Omid's Shadow

OMIDS SCHATTEN

1st German Edition

Hichkass Hamekass

with

May McGoldrick

with

Jan Coffey

Book Duo Creative

Urheberrecht

Vielen Dank, dass Sie sich für *Omids Schatten* entschieden haben. Falls Ihnen dieses Buch gefallen hat, bitten wir Sie, es weiterzuempfehlen, indem Sie eine Rezension hinterlassen oder sich mit den Autoren in Verbindung setzen.

Buch 1

Wir sind nicht hierher gekommen, um Gefangene zu machen,
Aber sich immer tiefer zu ergeben
Auf Freiheit und Freude.
Wir sind nicht in diese exquisite Welt gekommen
Wir halten uns selbst als Geisel der Liebe.
Laufen Sie, meine Liebe,
Von allem
Das stärkt vielleicht nicht
Ihre kostbaren, knospenden Flügel.
Laufen Sie wie der Teufel, meine Liebe,
Von jedem, der wahrscheinlich
Um ein scharfes Messer einzusetzen
In der heiligen, zarten Vision
Von Ihrem schönen Herzen.
Denn wir sind nicht hierher gekommen, um Gefangene zu machen
Oder um unsere wundersamen Geister einzuschließen,
Aber immer mehr und tiefer zu erleben
Unser göttlicher Mut, unsere Freiheit und unser Licht!

-Hafiz

Kapitel Eins

Teheran, Iran
Dezember 1978

ICH WAR siebzehn und ich habe das Gesetz gebrochen. Vorsätzlich.

Die Einfachverglasung der hohen Fenster des alten Highschool-Gebäudes klirrte vom schrillen Klang der Entlassungsglocke. Das metallische Läuten schallte durch die leeren Flure und störte die Feierlichkeit der überfüllten Klassenzimmer, indem es die Dutzenden von Mädchen, die sich in jedem Raum drängten, in Aufregung versetzte.

Ich klappte meine Bücher zu und stopfte sie schnell in meine Tasche. Das Stimmengewirr übertönte die Rufe unserer Naturwissenschaftslehrerin, die versuchte, in letzter Minute Anweisungen für unsere Laborberichte zu geben. Ich schnappte mir meine Tasche und meine Jacke und suchte nach meinen drei Freunden. Sie waren bereits an der Tür.

"Omid", rief unser Lehrer mir zu.

Ich sah, wie sie einen Artikel aus einer Fachzeitschrift in der Hand hielt, den sie für mich zu kopieren versprochen hatte.

"*Farda. Merci*", rief ich zurück. Morgen war noch früh genug. Ich konnte mich nicht ablenken lassen. Nicht jetzt.

Selbst als ich mich zum Gehen wandte, protestierten meine Gelenke gegen die Bewegung. Mein Körper zitterte. Ich schrieb es der Aufregung zu. Wir waren dabei, das Gesetz zu brechen. Die Konsequenzen, wenn wir erwischt würden, könnten katastrophal sein. Aber das spielte keine Rolle. Wir kämpften für das Allgemeinwohl.

Meine Freunde warteten auf mich, und ich segelte an ihnen vorbei, als erste in den Flur des zweiten Stocks. Als ich das tat, blieb die Klingel abrupt stehen. Bevor ihr Echo verklingen konnte, füllten sich die leeren Flure mit Mädchen, die aus ihren Klassenzimmern strömten. Wir vier zerstreuten uns.

Jeder von uns hatte einen Stapel Flugblätter dabei. Wir hatten unsere Routine einstudiert. Wir wussten, wie viele andere Schüler uns helfen würden und an welchem Ort in der Schule sie uns treffen würden. Wir hatten das weitläufige Skelett der Marjan High School und ihr Gelände unter all denen aufgeteilt, die bereit und mutig genug waren, für die Freiheit zu arbeiten.

Die Schüler drängten sich in der Halle. Die meisten Mädchen aus unserem Klassenzimmer hatten bereits die Flugblätter, die wir verteilt hatten. Die anderen mussten nicht lange angestachelt werden, um einen zu nehmen.

Das zweiseitige Faltblatt war vollgepackt mit Informationen. Termine der Demonstrationen. Zeit und Ort der Ankunft. Rufe darüber, wer wir waren, wofür wir standen und was wir während des Marsches skandieren sollten. Es gab Angaben zum Kriegsrecht, das seit September über die Stadt Teheran verhängt worden war. Welche Straßen ab 5:00 Uhr morgens sicher zu passieren waren. Die Rückseite jeder Seite war mit Beschreibungen der vom Schah-Regime begangenen Gräueltaten versehen. Die Verbrechen, die die verhasste SAVAK - die von der CIA ausgebildete Geheimpolizei des Schahs - in ihren versteckten Gefängnissen verübte. Wir sprachen darüber, warum es für uns, die Gymnasiasten, wichtig war, uns den anderen anzuschließen und uns Gehör zu verschaffen. Das meiste davon hatten wir von den Flugblättern abgeschrieben, die in den Straßen vor der Universität von Teheran auslagen.

Eine Klassenzimmertür zu meiner Linken öffnete sich, aber bevor jemand aussteigen konnte, zog die Lehrerin sie zu. Sie schrie Anweisungen in das Chaos hinein.

Der morgige Marsch begann um 7:00 Uhr, bevor der morgendliche Pendlerverkehr einsetzte. Letzte Woche hatten 40.000 Universitätsstudenten an der Demonstration teilgenommen. Diese Woche schlossen wir uns ihnen an, und es war sicher, dass die Zahl der Teilnehmer noch viel größer sein würde. Wir würden die Stadt lahmlegen.

Mit Verspätung öffnete sich eine weitere Klassenzimmertür und die Schüler strömten heraus. Die ersten fünf Schüler nahmen mir ohne Aufforderung Flugblätter aus der Hand. In diesem Flügel im zweiten Stock, in dem ich stand, waren die Zwölftklässler untergebracht. Die marineblau uniformierten Mädchen strömten in die Halle wie Käfer, die ein Nest unter einem umgestürzten Felsen verlassen. Der Lärm in dem überfüllten Korridor war jetzt lauter als die Entlassungsglocke. Ich klemmte mir meine Tasche zwischen die Füße, kämpfte gegen den Ansturm der Menschen an und versuchte verzweifelt, den alten Gedankenstrom zu ändern.

Ich war ein selbsternanntes Mitglied der Rebellengruppe *Fedayeen-e-Khalq* und standardmäßig der Anführer der Schule. Meine drei Freunde und ich hatten vor vier Monaten, zu Beginn unseres Abschlussjahres, eine Ortsgruppe an der High School gegründet. Jeder von uns hatte seine eigenen Gründe und Motive, sich zu engagieren. Aber wir hatten alle ein Ziel vor Augen.

Ich habe drei weitere Flugblätter verteilt.

"*Farda sobh.*" Morgen früh, sagte ich zu jedem Mädchen. "*Geloyeg madresseh*." Vor der Schule.

Meine Freunde und ich wollten Redefreiheit, Meinungsfreiheit und die Freiheit, Führer zu wählen, denen die Interessen des iranischen Volkes am Herzen liegen. Wir wollten der blutigen Diktatur, die unser Land beherrschte, ein Ende setzen.

Wir waren alt genug, um zu kämpfen und wir wollten Veränderung.

Meine beste Freundin Roya hatte leider den persönlichsten Grund für ihren Wunsch, etwas zu verändern. Ihr Bruder war ein politischer Gefangener. Er war die letzten sechs Jahre im Evin-Gefängnis im Nordwesten Teherans eingesperrt gewesen. Wir hatten so viele Geschichten über diesen Ort gehört. Horrorgeschichten. Selbst wenn jemand das Glück hatte, aus dem Evin-Gefängnis zu entkommen, war er nicht mehr derselbe.

Auch unsere Freundin Neda hatte Grund, den Schah zu hassen. Sie war die Cousine eines berühmten linken Dichters, der eines Tages vor über einem Jahrzehnt aus seinem Haus verschwunden war... und nie wieder gesehen wurde. Es wurde geflüstert, dass SAVAK für das Verschwinden verantwortlich war. Keiner zweifelte daran. Neda hatte sogar denselben Nachnamen wie der Dichter, und es war immer noch ein Name, der mit Protest gleichzusetzen war. Sie sah es als ihre Berufung, als ihre ererbte Bestimmung an, sich an diesem Kampf zu beteiligen.

Und Maryam war involviert, weil der Rest von uns es war. Sie wurde in eine wohlhabende Familie hineingeboren und genoss die Vorzüge, die zum inneren Kreis der wenigen Privilegierten gehörten. Sie kannte niemanden, der wegen seiner intellektuellen Ansichten gelitten hatte oder inhaftiert worden war. Dennoch schloss sie sich unserem Kampf an und genoss deshalb den Respekt von uns allen.

Ich war in all das verwickelt, weil ich mit offenen Augen aufgewachsen bin. Meine Mutter erlaubte mir nicht, ein behütetes Leben zu führen. Ich wurde ermutigt, den Diskussionen zuzuhören, die Azar mit den anderen Intellektuellen und Aktivisten führte, die sie nach Hause brachte. Auseinandersetzungen über den Schah, das Land, Gott. Sie hatte zu allem eine starke Meinung. Als ich aufwuchs, sah ich mir die geschmuggelten Filme an, die im Iran nicht legal gezeigt werden durften. Ich hörte die Geschichten der Geflüchteten und der Besitzlosen.

Und so wurde ich ein Abtrünniger. Ich habe mich nie angepasst. Ich stellte das Leben und die Regeln in Frage, von denen ich glaubte, dass sie von den Verantwortlichen willkürlich aufgestellt wurden, von Männern, die nichts anderes im Sinn hatten, als sich selbst zu bereichern und ihre eigenen Interessen zu schützen. In der Schule habe ich häufig die Autorität in Frage gestellt und bin deswegen in Schwierigkeiten geraten. Aber ich habe mir meine Momente ausgesucht. Ich war nicht immer feindselig und auch nicht mit jedem. Meine Mutter sagte immer, das sei meine rettende Gnade.

Mit dem Pahlavi-Regime nicht einverstanden zu sein, war für mich so selbstverständlich wie die Luft, die ich atmete und das Wasser, das ich trank. Ich war mit meiner Mutter durch das Land gereist, in den Süden nach Abadan und in den Norden nach Mashhad. Ich hatte hungernde Kinder gesehen, die in den unzähligen verfallenen Steindörfern dazwischen um Essen bettelten. Ich war durch die schmutzigen

Straßen im Süden von Teheran gelaufen, durch die ärmsten Viertel der Stadt. Der Geruch von Haschisch und Müll hing in der Luft, und zerlumpte Kinder saßen mit alten Männern im Schatten verfallener Gebäude auf staubigen Straßen. Dies waren Orte, an denen die Menschen nicht einmal mehr von fließendem Wasser oder einer anständigen Schule träumten.

Und ich war auch in den Straßencafés in Shermoon, im Norden von Teheran, gewesen, wo Wohlstand in der Luft hing und es nach Chanel, Givenchy und Gauloises duftete. Hier wurden Reichtum und Komfort durch die glitzernden Geschäfte und die schönen Menschen, die sie frequentierten, definiert. Und in den von Bäumen gesäumten Straßen und Vierteln im Norden Teherans standen die Häuser der Reichen hinter hohen Steinmauern, gebaut aus Stein und Mörtel und dem Blut der Massen.

Meine Wut über die Ungerechtigkeiten um mich herum war im vergangenen Sommer nach einer Entdeckung, die meine Freundin Roya gemacht hatte, hochgekocht. Meine Mutter, Azar Parham, eine Geschichtsprofessorin an der Universität Teheran, war vor acht Jahren eines der Gründungsmitglieder der *Fedayeen-e-Khalq* an der Universität gewesen. Diese Entdeckung rückte mein ganzes Leben in den Mittelpunkt. In diesem einen Moment lösten sich Dutzende von Fragen, auf die ich nie eine Antwort finden konnte, in Luft auf.

Ich verstand mein Leben und ihr Leben und den Respekt, den ihre Studenten und die anderen Dozenten ihr entgegenbrachten. Im Handumdrehen wusste ich, warum sie mich so sein ließ, wie ich war - rechthaberisch und eigensinnig. Jetzt verstand ich auch, warum Azar ihre Kurse weiterhin außerhalb der Universität abhielt und warum alle ihre Studenten sie weiterhin besuchten. Die Art und Weise, wie sie sie behandelten, hatte etwas Bewunderndes an sich, ganz anders als das, was ich für meine Lehrer empfand.

Ich hatte immer gewusst, dass sie klug, ja sogar brillant war. Sie war eine der ersten Frauen, die von der Universität Teheran einen Doktortitel erhalten hatten. Und mit dieser Bezeichnung ging eine gewisse Autorität einher. Aber die Aufmerksamkeit, die sie auf sich zog, war auf einer anderen Ebene angesiedelt, und ich konnte sie bis jetzt nicht verstehen.

Ich verstand auch besser den Grund für die Entfremdung, die

zwischen meiner Mutter und meinen Großeltern bestand. Sie war eine alleinerziehende Mutter und eine Freidenkerin, die die Welt verändern wollte. Sie waren gläubige Muslime, die ein friedliches Leben führten und für sich blieben. Sie starrten sich gegenseitig über einen gähnenden Abgrund hinweg an.

Ich wusste, dass wir Familie hatten; Azar war die jüngste von drei Schwestern. Alle anderen in unserer Familie lebten in Isfahan, und doch waren wir nie dort. Wir wurden nie zu Hochzeiten eingeladen. Wir gingen nicht zu Beerdigungen. *Norooz*, das persische Neujahrsfest, wurde nur von uns beiden gefeiert. Meine Mutter tauschte Nachrichten über die Familie aus, indem sie gelegentlich mit ihren Schwestern telefonierte.

Azar hatte nichts gegen die Religion, aber viel gegen die Kleriker. Sie war der Meinung, dass diese zu ihren Lebzeiten immer reaktionärer geworden waren. Sie benutzten den Islam nicht so, wie er eigentlich gedacht war, sondern auf eine Art und Weise, die an das Mittelalter erinnerte, und als Mittel zur Kontrolle der Gläubigen.

Als sie in den 1950er Jahren aufwuchs, kannte sie das empfindliche Gleichgewicht, das Reza Schah, der Vater des heutigen Königs, zwischen den Kräften der Verwestlichung und den islamischen Traditionen, die dem iranischen Volk nach den arabischen Invasionen vor etwa vierzehnhundert Jahren aufgezwungen worden waren, hergestellt hatte. Azar akzeptierte dieses Gleichgewicht, da sie wusste, dass jeder Einzelne den Lebensstil wählen konnte, der ihm passte. Was sie jetzt wollte, war Demokratie, um die Korruption zu ersetzen, die die Monarchie zu durchdringen schien wie das verrottete Gebälk eines alten Hauses.

Als ich diese Dinge erfuhr, stieg meine Meinung über sie in die Höhe. Sie wusste nicht, dass ich es wusste. Sie hatte keine Ahnung, dass ich seit jenem Sommertag viele der Artikel, die sie geschrieben hatte, recherchiert und gefunden hatte. Ich hatte Abschriften der zahlreichen öffentlichen Reden gefunden, die sie gehalten hatte. In unserem eigenen Haus lagen Akten in Akten vergraben. Sie war eine Lehrerin. Kisten voller Papiere und Regale voller Bücher waren ein Teil ihrer Existenz... ein Teil *unserer* Existenz. Ich stöberte in ihrer Arbeit und suchte nach den verborgenen Edelsteinen des Wissens. Ich fand die Revolution zwischen den Zeilen. Ich entdeckte die Wurzeln ihrer

Überzeugungen und wusste irgendwie, dass ich ein lebendiger Zweig war. Das Lesen ihrer Worte half mir, meine eigenen zu formulieren.

Und es war komisch, dass Azar bei all dem keine Ahnung hatte, warum ich nach Jahren der Rebellion und des ständigen Streits nun mit großen Augen zu ihr aufblickte.

Sie wusste auch nicht, dass ich, anstatt den täglichen Konkoor-Kurs nach der Schule zu besuchen, um mich auf die nationale Universitätsprüfung vorzubereiten, Anti-Schah-Flugblätter verteilte, Versammlungen abhielt und am Layout für unsere nächste Veröffentlichung arbeitete. Ich war eine Organisatorin, eine Führungspersönlichkeit in meinem eigenen Kreis, hungrig danach, Veränderungen herbeizuführen... so wie sie daran arbeitete, Veränderungen herbeizuführen.

"*Farda sobh.*" Morgen früh. Viele Mädchen nahmen das angebotene Papier an. Aber es gab auch einige, die ihre Schulter gegen die gegenüberliegende Wand drückten, um mir auszuweichen. Sie nahmen keinen Augenkontakt auf.

Sie waren das Niedrigste vom Niedrigen. Die meisten von ihnen waren Schüler, die von ihren Vätern oder Brüdern zur Schule begleitet wurden. Heuchlerinnen. Sie trugen den *Hidschab*, wenn sie mit diesen Männern zusammen waren, aber sobald sie die Schulmauern betraten, rannten sie zur Toilette, nahmen ihre Kopfbedeckung ab und legten die dicksten Schichten von Make-up auf. Einige von ihnen zogen sogar mittags aus und verbrachten den Nachmittag mit ihren Freunden. Ich sah, wie sie bei der Entlassung in die Menge der Schüler zurückschlüpften, die Gesichter sauber geschrubbt und die Haare ordentlich bedeckt. Sie taten so, als wären sie so fügsam und pflichtbewusst und anständig vor den Männern in ihren Familien.

Es verging jedoch keine Woche, in der nicht die Nachricht von der 'Fehlgeburt' einer von ihnen im Badezimmer durch das Gebäude hallte.

Ich hatte diese Mädchen sagen hören, dass unsere Gedanken wie *gormeh sabzi* riechen, der scharfe grüne Eintopf, der in jedem persischen Haushalt serviert wird. Sie meinten damit, dass wir unsere Gedanken und Taten nicht verbergen konnten. Es spielte keine Rolle, was wir sagten oder taten. Für sie waren wir gefährlich, weil wir so dachten. Wir waren offen kritisch gegenüber Autoritäten. Und was noch schlimmer war: Sie hielten uns für Kommunisten. Die Veränderungen, die wir anstrebten, so dachten sie, würden ihnen alles wegnehmen, was sie schätzten. Geld, Jungs und ihren Glauben, so wie sie ihn gerne praktizierten.

Ich habe ihnen ihre Ignoranz verziehen. Ich glaubte, dass sie wie Schafe zu unserer Denkweise getrieben werden würden, sobald wir unseren Kampf gewinnen würden. Sie waren keine Anführer, sondern Mitläufer. Und ich begrüßte die Herausforderung, diesen Frauen eines Tages den Wert des unabhängigen Denkens beizubringen. Die Macht der Freiheit. Ich sehnte den Tag herbei, an dem dieselben Menschen ihre Gleichstellung mit den Männern in der Gesellschaft anerkennen und schätzen würden.

Ein weiteres Flugblatt. "*Geloye madresseh*." Vor der Schule.

Ich war erfreut zu sehen, dass die Zahl der Studenten, die die Flugblätter mitnahmen, im letzten Monat erheblich gestiegen war. Der Wandel lag in der Luft, er war ansteckend. Die Angst, erwischt zu werden, wurde von dem Adrenalin überwältigt, das durch unsere Körper strömte. Wir wurden alle von den elektrischen Strömen des Wandels mitgerissen.

Ich holte einen weiteren Stapel Flugblätter aus meinem Rucksack, als Maryam mir von der nächsten Gangkreuzung aus zuwinkte, dass ihr der Stoff ausgegangen sei. Unsere Wissenschaftslehrerin verließ die Klasse und schloss die Tür hinter sich ab.

"Khanoom Habadi", rief ich und winkte mit einem Flugblatt in ihre Richtung. Sie rollte mit den Augen, schüttelte den Kopf und berührte ihren schwellenden Bauch. Wir alle wussten, dass ihr erstes Baby noch vor dem persischen Neujahr im März erwartet wurde. Sie war eine der Guten, was uns betraf. Obwohl sie sich unserem Kampf nicht anschloss, hat sie ihn auch nie verurteilt. Und wir verstanden, dass sie viel verletzlicher war als jeder von uns.

Ich persönlich hatte eine Schwäche für sie. Dank ihrer ständigen Ermutigung hatte ich die Anzahl der naturwissenschaftlichen Kurse, die ich belegt hatte, verdoppelt. Sie wollte, dass ich eine Karriere im Ingenieurwesen anstrebe, etwas, worüber ich immer mehr nachdachte.

Nur ein paar Studenten waren noch in den Hallen. Ich sah Maryam mit leeren Händen auf mich zukommen. Hinter ihr erschien Neda aus dem Treppenhaus. Die Panik in ihrem Gesicht ließ uns beide erstarren.

"Sie sind hier", rief sie aus.

Diese Aussage beendete meine friedlichen Tagträume über Babys und Technik. Die Papiere glitten mir durch die Finger und breiteten sich vor meinen Füßen aus. Ich ging sofort in die Hocke, um sie einzusammeln. Sie und Maryam waren im Handumdrehen bei mir. Gemeinsam sammelten wir die losen Zettel ein, während Neda uns aufklärte.

"Ein Armeelaster steht am hinteren Tor der Schule, ein weiterer vor dem Tor. Ein Dutzend Soldaten haben sich auf der Straße verteilt. Sie sind bewaffnet und haben an den Toren Kontrollpunkte eingerichtet. Jeder wird befragt, bevor er die Schule verlässt." Sie senkte ihre Stimme. "SAVAK-Agenten sind auch hier."

Die Erwähnung der Geheimpolizei des Schahs auf dem Campus bedeutete eine Katastrophe. Ich merkte, dass meine Hände zitterten, als ich mit den Papieren in meinen Armen aufstand. Ich stopfte die Flugblätter in meinen Rucksack, zusammen mit ein paar hundert anderen, die bereits da waren.

"Was sollen wir tun?" fragte Maryam. Ihr Gesicht war aschfahl.

Ich führte die anderen zu dem Fenster mit Blick auf das Eingangstor. Die Schüler standen im Stau und versuchten, hinauszukommen. Die Soldaten öffneten einige Schultaschen, und ich konnte sehen, wie die Flugblätter, die wir gerade verteilt hatten, auf dem Schulhof verstreut wurden, wo die Mädchen sie abgelegt hatten. Die Busse warteten, und der Verkehr stand auf der Straße dahinter still. Ich blickte in die Gesichter zweier Soldaten, die mit Gewehren bewaffnet beim ersten Bus standen. Sie konnten nicht mehr als ein Jahr älter sein als wir.

Die Informationen, die ich auf die Rückseite der Flugblätter getippt hatte, waren plötzlich Realität. Jeden Tag wurden Studenten verhaftet. Sie verschwanden einfach. Es gab keinen Richter und keine Jury, keinen Prozess für die Festgenommenen. Keine Gesetze schützten die Angeklagten. Die Familien erhielten keine Nachrichten. Im Evin-Gefängnis wurden Frauen und Männer gefoltert, damit sie die Namen anderer, die verhaftet werden könnten, preisgeben.

Kalte Stacheln der Angst durchbohrten mein Rückgrat. Ich spürte, wie Maryams Hände meinen Arm umklammerten. Wir zitterten alle.

"Ihr Mädchen", sagte Khanoom Habadi scharf hinter uns. "Kommt mit mir."

Der Wissenschaftslehrer schaute hinter uns aus dem Fenster. Bis zu diesem Moment hatte ich nicht bemerkt, dass die junge Lehrerin zurückgekehrt war. Mit ängstlichen Blicken folgten wir ihr zurück ins Klassenzimmer, wo sie die Tür aufschloss und uns alle hereinließ.

Der große Raum diente gleichzeitig als Chemie- und Physiklabor. Sie führte uns zu einem überdimensionalen Waschbecken an der Seite des Raums und sagte uns, wir sollten alle Flyer, die wir noch hatten, hineinlegen. Wir taten, wie uns gesagt wurde. Sie half mir, meinen Rucksack zu durchsuchen, um sicherzugehen, dass keine übrig geblieben waren. Selbst die, die in den Lehrbüchern steckten, wurden herausgezogen und zu den anderen gelegt.

Als wir alle hatten, zündete sie eine Fackel an dem Papier an.

Ich schaute entsetzt auf den Rauch, aber sie schaltete ruhig die Ventilatoren für die Abluftöffnungen über der nahe gelegenen Reihe von Brennern ein.

"Öffnen Sie die Fenster halb", befahl sie.

Ich beeilte mich, zu tun, was mir gesagt wurde. Der beißende Geruch des Rauchs brannte mir in der Nase, aber die kalte Luft, die hereinströmte, war ein Schlag für die Realität der Gefahr, in der wir uns befanden. Mit dem Versuch dieser Frau, uns zu helfen, wurden die Konsequenzen unseres Handelns noch deutlicher. Unsere Rücksichtslosigkeit gefährdete sowohl sie als auch das Baby. Ich blickte über meine Schulter. Es war immer noch Rauch im Raum, aber die junge Lehrerin wirkte ruhig, als sie in den Papierbündeln herumstocherte und dann Neda befahl, die Abluftventilatoren auf die höchste Stufe zu stellen.

"Sie sind lange geblieben und haben ein Chemieexperiment mit mir zu Ende gebracht", sagte Frau Habadi zu uns allen.

Ich sah mich um und stellte fest, dass Roya nicht bei uns war. Sie hatte unten Flugblätter verteilt.

"Roya", flüsterte ich ihren Namen laut.

Sie *konnte nicht* erwischt werden. Letzten Freitag waren wir bei ihr zu Hause zum Mittagessen. Ihre Mutter war jünger als meine, aber die Last der Trauer um ihren inhaftierten Sohn hatte sie so gebrechlich gemacht, dass sie doppelt so alt aussah wie Azar. Ihre Familie hatte schon so viel gelitten.

Ich rannte zur Tür. Der Lehrer für Naturwissenschaften rief mir nach. Ich drehte mich erst an der Tür zu ihnen um. Meine beiden Freunde standen bei ihr, die Augen weit aufgerissen und auf mich gerichtet.

"Ich bin gleich wieder da", log ich.

Kapitel Zwei

Die Flure waren leer, und das Treppenhaus hatte das Echo eines Mausoleums, als ich zwei Stufen auf einmal hinunterging. Unten angekommen, drängte ich mich durch die Tür, die zu dem Flur führte, von dem ich wusste, dass Roya dort sein sollte. Die schwere Tür prallte mit einem lauten Knall gegen ihre Feder und kam auf mich zurück.

Dieser Korridor führte zum Haupteingang der Schule. Zusätzlich zu den doppelten Reihen von Glastüren, die nach draußen führten, führten drei separate Flure, zwei Treppenhäuser und eine Reihe von Verwaltungsbüros in die geräumige Lobby.

Zwei Personen standen vor der Tür des Hauptbüros. Frau Elahi, die Schulleiterin, sprach mit einem Mann mittleren Alters, der einen dunkelgrauen Anzug und eine Krawatte trug. Er hatte nichts Besonderes an sich, außer einer Haarlippe und einem Blick, der sich auf mich konzentrierte, sobald ich die Lobby betrat. Als es an der Tür klopfte, blickte auch Frau Elahi in meine Richtung. Der Mann starrte mich weiter an. Ich verlangsamte meine Schritte und versuchte, ruhig zu wirken, als ob alles in Ordnung wäre. Mein Herz pochte in meiner Brust und ich spürte, wie sich die Angst wie Eiswasser in meinem Körper ausbreitete.

Zwei Lehrer standen an den Glastüren, die aus dem Gebäude führten. Ich konnte einige der Militäruniformen erkennen und die Menge der Schüler, die sich immer noch auf die Tore zubewegte.

Vielleicht hat sich Roya unter die anderen Schüler gemischt und versucht, zu entkommen. Ich hoffte so sehr, dass sie genau das getan hatte. Mit einem Nicken zu Frau Elahi ging ich auf die beiden Lehrer zu. Beide kannten mich, und einer von ihnen war im Jahr zuvor mein Mathelehrer gewesen.

"Was ist los?" fragte ich leise, als ich mich zu ihnen gesellte. "Warum ist die Polizei hier?"

"Nicht die Polizei", sagte eine von ihnen unter ihrem Atem und gestikulierte in Richtung des grauen Anzugs mit Frau Elahi. "SAVAK."

Mein Herz sank. Es war wahr. Ich wusste genug über SAVAK, um ihre Anwesenheit mit dem endgültigen Untergang von allem, was wir zu tun versuchten, gleichzusetzen.

"Was wollen sie?" Ich schaffte es zu fragen.

"Ich glaube, sie haben bereits... äh, die Person, hinter der sie her waren", flüsterte der andere Lehrer. "Deshalb lassen sie die Schüler jetzt endlich gehen."

"Roya..." flüsterte ich bestürzt. Die beiden sahen mich an.

Sie hatten Roya abgeholt. Ich tat es nicht bewusst, aber ich ertappte mich dabei, wie ich mich in Richtung des Hauptbüros bewegte. Wie ein Roboter bewegte ich mechanisch einen Fuß und dann den anderen. Meine Gedanken rasten, während ich versuchte, mir Szenarien auszudenken, die meine Mutter nicht in die Sache hineinziehen würden. Sie wäre natürlich auch in Gefahr. Aber ich konnte mich nicht zurückhalten. Die Agenten würden unser Haus durchsuchen. Wenn ich in der Lage war, die Beweise für ihren Aktivismus zu finden, würden sie es auch tun.

Aber dann war da noch Roya. Meine beste Freundin seit der ersten Klasse. Sie konnte die Verantwortung für unsere Taten nicht allein tragen. Sie war eine Mitläuferin, wo ich geführt hatte. Ich hatte den Anstoß gegeben, der die Flammen ihrer Rebellion angefacht hatte. Ich war der Wind gewesen, der das Feuer verbreitet hatte. Ich konnte sie diesen Weg nicht allein gehen lassen. Ich würde mich selbst aufgeben und ihnen sagen, dass sie mir nur einen Gefallen getan hat.

Mein Körper bewegte sich aus eigenem Antrieb in Richtung des SAVAK-Agenten und des Auftraggebers.

Frau Elahis Blick war auf den Mann gerichtet, aber ich wusste, dass sie mich beobachtete, als ich näher kam. Der SAVAK-Agent stand mit dem Rücken zu mir und schaute in das Büro, während er mit dem Direktor sprach.

Während meiner Jahre an dieser High School gab es Zeiten, in denen ich mich vor dieser Frau gefürchtet hatte. Sie brauchte keine eiserne Faust, um für Disziplin zu sorgen. Ihr missbilligender Blick reichte aus, um jedem der Mädchen, die ihre Schule besuchten, Angst einzuflößen. Ich sah, wie ihr Gesicht blass wurde, als ich mich näherte. Sie war diejenige, die ängstlich aussah.

"Sie haben die falsche Person", sagte ich, als ich sie erreichte.

Er wirbelte herum und sah mir direkt in die Augen. Als er das tat, spürte ich, wie mir das Blut in den Adern gefror. Sein dunkler Blick enthielt Alpträume, Ängste, die alles übertrafen, was ich mir je hätte vorstellen oder auf einem unserer Flugblätter hätte notieren können. Es war der Blick der Toten. Ich spürte, wie mein Kinn zu zittern begann. Meine Zunge schwoll in meiner Kehle an und ich war mir nicht sicher, ob ich überhaupt noch Luft in meine Lungen bekommen würde.

"Was haben Sie gesagt?", fragte er. Seine Stimme war tief und hart, und das leichte Lispeln tat nichts, um die Wirkung abzuschwächen.

Ich öffnete meinen Mund, um zu wiederholen, was ich gesagt hatte. Ich war Roya meine Loyalität schuldig, egal was passierte, aber es kam kein Ton heraus.

"Oh, nein", sagte Frau Elahi scharf. "Ich habe die *richtige* Person. Aber jetzt habe ich auch ihren Komplizen."

Ich hatte meine Auftraggeberin noch nie so wütend gesehen. Sie zitterte vor Wut, und der Agent wandte seinen Blick wieder zu ihr.

"Es tut mir leid, Mr. Fattah", sagte sie, ohne ihren Blick von mir abzuwenden. "Diese junge Frau hat mit mir gesprochen und nicht mit Ihnen."

Tränen sammelten sich in meinen Augen. Ich schüttelte den Kopf und sah sie an. Sie wusste, wie Royas Familie gelitten hat. Ich konnte das nicht zulassen.

"Ich... ich bin..."

"Sie werden in meinem Büro auf mich warten", befahl sie.

Ich schüttelte den Kopf. Meine Füße waren auf dem Boden zementiert. Ich würde nie wieder genug Mut aufbringen können, um das zu tun. Ich musste sie retten, solange ich noch konnte, bevor man sie mir wegnahm.

"Was hat sie getan?", fragte der Agent. Er starrte mir ins Gesicht.

Ich konnte sehen, wie Frau Elahi kurzzeitig in Panik geriet, aber dann war sie verschwunden und eine eisige Maske trat an ihre Stelle.

Sie hatte Angst, und ich musste ihr die Last abnehmen. Das war etwas, das *ich* getan hatte. Ich musste die Konsequenzen tragen. Ich griff in die Vordertasche meines Rocks und fand eines der gefalteten Flugblätter. Ich nahm ihn heraus und streckte meine Hand aus. Blitzschnell griff die Direktorin zu und schloss meine Hand in ihre eigene Faust.

"Sie hat geschummelt, ich schäme mich, das zu sagen. Dieses Mädchen, eine unserer besten Schülerinnen, hat mit einem Freund bei einem Mathe-Test geschummelt."

Frau Elahi zerrte mich zur Bürotür.

"Entschuldigen Sie mich. Ich bin in einer Minute wieder draußen."

Ich war mindestens einen halben Kopf größer als die Direktorin, aber der Griff um meine Hand war schmerzhaft und ließ mir keine andere Wahl, als zu tun, was sie wollte. Ich warf einen Blick auf die beiden Lehrer, die immer noch in der Nähe der Tür standen und uns mit großen Augen anstarrten. Ich sagte mir, dass ich immer noch Zeit hatte, zu argumentieren. Ich hatte nicht vor, meine Freundin zu verraten.

Die beiden Empfangsdamen starrten hinter ihren Schreibtischen hervor, als wir durch die Türen stürmten. Keiner von beiden sagte etwas, als die Direktorin mich einen kurzen Korridor entlang in ihr Büro schob.

"Holen Sie ihre Mutter ans Telefon", sagte Frau Elahi knapp über ihre Schulter, bevor sie mich durch die Tür schob.

Die Wände des Büros des Direktors waren mit dunklem Holz getäfelt. Die Jalousien an den Fenstern waren zugezogen. Sie schob mich zu einem Sofa an der gegenüberliegenden Wand, aber ich setzte mich nicht. Ich war froh, mich aus ihrem Griff zu befreien. Ich drehte mich um, bereit zum Kampf, als sie die Tür mit so viel Kraft zuschlug, dass die Bilder an den Wänden klapperten.

Das einzige Mal, dass eine Schülerin hierher gebracht wurde, war, als sie kurz vor dem Rauswurf stand. In Anbetracht dessen, was ich zu tun bereit war, war ein Schulverweis wohl kaum eine Strafe. Der Direktor wandte sich an mich, und ich wusste, dass ich nur ein kleines Zeitfenster hatte, um mich zu erklären.

"Ich kann nicht zulassen, dass sie Roya mitnehmen", sagte ich hastig. "Ich war es. Ich war es schon immer. Ich bin derjenige, der die Flugblätter tippt. Ich schreibe das Material. Eher sterbe ich, *khanoom*, als dass ich zulasse, dass ihre Familie ein weiteres ihrer Kinder verliert. Bitte, ich weiß, was ich tue."

"Hören Sie auf mit der Hysterie", sagte sie grimmig. Sie warf einen nervösen Blick auf die geschlossene Tür. "Ich will kein weiteres Wort von diesem Unsinn hören. Ich weiß nicht, wo Roya ist, aber sie sind weder wegen Ihnen noch wegen ihr noch wegen irgendeines Studenten hierher gekommen."

"Was?" Die Erkenntnis über das, was sie sagte, setzte sich nur langsam durch. "Sie... die Lehrer... sie sagten, er sei SAVAK... dass er bereits jemanden verhaftet hätte."

"Ja", sagte sie leise vor sich hin. "Aber *kein* Student."

"Aber..." In meinem Kopf drehte sich alles.

"Kein Wort mehr", schnauzte sie. "Du setzt dich hin und bleibst dort, bis deine Mutter kommt."

Sie machte sich auf den Weg zur Tür, blieb aber stehen und drehte sich zu mir um, wobei sie einen drohenden Finger hob.

"Und Sie werden sich nie wieder so dumm anstellen, wie Sie es da draußen getan haben. Dies ist kein Spiel. Haben Sie mich verstanden?"

Kapitel Drei

Die Minuten zogen sich zu Stunden hin. In der überbevölkerten und ausufernden Stadt Teheran war niemand nur einen Telefonanruf entfernt. Seit meinem ersten Jahr an der High School war ich entweder mit dem Schulbus oder, in seltenen Fällen, mit dem Taxi nach Hause gefahren. Ich konnte mich nicht daran erinnern, wann meine Mutter mich das letzte Mal von der Schule abholen musste.

Kurz nachdem Frau Elahi mich in ihrem Büro zurückgelassen hatte, brachte eine der Sekretärinnen meinen Mantel und meine Schultasche herein, die Neda oder Maryam aus dem Labor mitgebracht haben mussten. Als ich die Frau fragte, ob meine Freunde bereits nach Hause gegangen seien und ob sie Roya gesehen habe, sagte sie nichts. Sie war offensichtlich angewiesen worden, nicht mit mir zu sprechen.

Wieder allein gelassen, ging ich zu einem der Fenster und spähte über den Rand der Jalousien. Das Büro des Schulleiters blickte auf einen großen, geschlossenen Innenhof, der durch ein hohes Tor mit zwei Metalltüren von der Straße getrennt war. Auf der Straße jenseits der Mauern herrschte reger Verkehr. Ich konnte keine Schüler sehen, aber einer der Soldaten stand auf der Straße und sprach mit jemandem, den ich nicht sehen konnte. Die Worte von Frau Elahi kamen mir wieder in den Sinn. Sie waren nicht hierher gekommen, um einen Schüler zu verhaften. Das bedeutete, dass einer der Lehrer verdächtigt worden war. Mir gingen verschiedene Möglichkeiten durch den Kopf, wer ihr Opfer gewesen sein könnte.

Im Iran waren die Menschen unglücklich. Es spielte keine Rolle, welcher sozioökonomischen Gruppe man angehörte. Die Beschönigung der Wahrheit durch die Medien funktionierte nicht mehr. Die wiederholten Studentenproteste und die ständigen Zusammenstöße mit dem Militär hatten den Schah letzten Monat gezwungen, im Fernsehen zu sagen, dass er die Stimme unserer Unzufriedenheit gehört hatte. Er versprach, die Fehler der Vergangenheit nicht zu wiederholen und Wiedergutmachung zu leisten. Schon Minuten nach der Sendung gab es zahlreiche Verhaftungen. Lügen. Nichts hatte sich geändert.

Ich zog mich auf das Sofa zurück und kramte in meiner Tasche nach Stift und Papier. Ich war eine gute Schülerin, aber an Lernen dachte ich im Moment nicht im Geringsten. Ich begann, den Text für das nächste Flugblatt aufzuschreiben. Ich schrieb Ideen für eine Demonstration auf, die wir organisieren könnten, um gegen die Verhaftung unseres Lehrers zu protestieren. Die Verwaltung würde sicherlich angewiesen werden, nichts zu sagen, aber bis morgen würden die Schüler herausfinden, wer fehlte. Nichts würde das Interesse derjenigen wecken, die bisher gleichgültig gewesen waren, wie die Verhaftung von jemandem, der ihnen so nahe stand.

Es war meine Aufgabe, die Flammen anzufachen und das Beste daraus zu machen. Es waren Zeiten des Aufbruchs, emotional und politisch. Die Mädchen in unserer High School waren zwischen zwölf und neunzehn oder zwanzig Jahre alt. Die Umwälzungen im Land drängten die Menschen in bestimmte politische Lager. Zu den wichtigsten ideologischen Gruppierungen gehörten die nationalistisch Gesinnten und die Anhänger des Kommunismus. Beide Gruppen waren gegen den Schah, und das machte so viele Studenten zu potenziellen Demonstranten auf der Straße, wenn nicht diese Woche, dann nächste oder übernächste Woche.

Im vergangenen Jahr wurden in unserer Schule Taschenbücher mit den Geschichten derjenigen, die den Kampf des Volkes in Russland begonnen hatten, von Hand zu Hand gereicht. Sie waren leicht und schnell zu lesen. Wir hatten Dutzende von ihnen. Jetzt war es an der Zeit, sie an weitere Schüler weiterzugeben.

Ich habe die Zeit aus den Augen verloren, aber ich hatte bereits mindestens ein Dutzend Seiten mit Ideen aufgeschrieben, als Azar und der Direktor an der Tür erschienen.

Ich sah zum Gesicht meiner Mutter auf und versuchte, ihre Stimmung abzuschätzen.

"Komm, Omid. Wir müssen vor sechs Uhr noch einen Stopp einlegen."

Groß, schlank, immer professionell gekleidet, war Azar eine auffällige Frau. Sie hatte einen Streifen vorzeitig ergrauten Haares, der in ihrem streng zurückgezogenen Haar aufleuchtete. Im Moment fiel mir nur auf, dass sie blass aussah. Nicht wütend, nur sehr blass und müde.

Meine Mutter war eine leidenschaftliche Frau. Sie wusste, was sie im Leben wollte, und es fiel ihr nicht schwer, es auszudrücken. Ich war da nicht viel anders. Es gab viele Fälle, in denen unsere Nachbarn trotz geschlossener Türen und Fenster wahrscheinlich jedes Wort unserer Schreiduelle gehört hatten. Ich stopfte die Notizen in meine Tasche und schloss den Reißverschluss. Ich nahm an, dass Frau Elahi und meine Mutter bereits alles durchgesprochen hatten, was zu besprechen war, denn das taten wir jetzt nicht. Das war eine Erleichterung, denn ich war auch müde. Ausgelaugt. Und ich war ungeduldig, nach Hause zu kommen und meine Freunde anzurufen. Wir hatten heute Abend noch eine Menge Arbeit vor uns.

Die Sekretärinnen waren den ganzen Tag über nicht da. Die Lichter über den Schreibtischen waren ausgeschaltet, und vom Flur aus konnte ich das Summen des Staubsaugers eines Hausmeisters hören.

"Rufen Sie mich an, sobald die Vorbereitungen getroffen sind und Sie wissen, wohin ich die Unterlagen schicken soll?" fragte Frau Elahi meine Mutter, als wir uns auf den Weg durch das Büro machten.

Ich wollte fragen, welche Vorkehrungen getroffen wurden und wessen Aufzeichnungen, aber dann ließ der Direktor die nächste Neuigkeit fallen.

"Morgen ist keine Schule." Sie hat zu mir gesprochen. "Sagen Sie das jedem Ihrer Freunde, den Sie heute Abend sehen."

"Sie wird sich mit keinem von ihnen treffen", sagte Azar knapp, gab mir keine Gelegenheit zu antworten und schob mich aus der Bürotür in die Lobby.

Ich war beunruhigt, als ich sah, dass zwei bewaffnete Soldaten im vorderen Flur verweilten. Der oberste Hausmeister des Gebäudes stand in ihrer Nähe. Als wir in die hereinbrechende Dämmerung hinausgingen, eskortierte er uns zum verschlossenen Eingangstor und ließ uns hinaus.

Ich beschloss, keine voreiligen Erklärungen über das Geschehene abzugeben. Ich wusste, dass Azar es nicht auf sich beruhen lassen würde. Sie ließ nie etwas auf sich beruhen. Ich wusste, dass wir nicht nur eine, sondern viele Diskussionen über die Ereignisse des Tages führen würden, aber ich würde sie das Thema ansprechen lassen.

"Haben Sie ein Taxi genommen?" fragte ich.

"Nein, ich bin gefahren", sagte sie. "Wie ich schon sagte, wir müssen einen Zwischenstopp einlegen."

Wir gingen die Straße entlang und ich war überrascht, dass ihr Ton noch immer nicht wütend war. Ich dachte, ich würde das Gespräch zwanglos halten. "Wohin gehen wir?"

Die Stimme meiner Mutter hatte einen kalten Biss, der zu der späten Nachmittagsluft passte. "Du wirst es herausfinden."

Ich blieb stehen, zog meine Jacke an und zupfte die Büchertasche höher auf meine Schulter. Sie wurde nicht langsamer, und ich musste rennen, um sie einzuholen. Während wir liefen, dachte ich darüber nach, dass die High School morgen geschlossen ist. Ich fragte mich, ob Frau Elahi diese Entscheidung getroffen hatte oder ob der SAVAK-Agent dies angeordnet hatte. Aber warum hingen diese Soldaten immer noch in der Nähe der Schule herum, als wir gingen? Vielleicht eine Durchsuchung. Die Schließung des Gymnasiums könnte einige Mädchen ermutigen, sich dem Marsch anzuschließen. Und wie sollte ich alle kontaktieren, wenn wir den Marsch absagen würden? Die Studenten der Universität haben ihre Demonstrationen trotz des Streiks fortgesetzt. Das würden wir auch tun. Ich konnte es kaum erwarten, nach Hause zu kommen und Roya anzurufen. Wir mussten uns einen Plan einfallen lassen.

"Ich kann jederzeit ein Taxi oder den Bus nach Hause nehmen", bot ich hoffnungsvoll an. "Dann können Sie sich Zeit lassen mit dem, was Sie zu tun haben."

"Nein, du kommst mit mir."

Der Ton meiner Mutter blieb kühl, und als wir das Auto erreichten, fielen die ersten Regentropfen vom Himmel. Sie hatte unerlaubt geparkt, zu nahe an der Kreuzung. Verkehrsregeln bedeuteten jedoch nicht viel in einer Stadt, die bereits mit fünfmal so vielen Autos vollgestopft war, wie sie vernünftigerweise aufnehmen konnte.

"Wie viele Stopps machen wir?" fragte ich und stieg ein. Ich konnte nicht aufhören, an Roya zu denken. Wichtiger als die Pläne für morgen war es mir, ihre Stimme zu hören und mich zu vergewissern, dass sie sicher zu Hause angekommen war. Ich wollte jedes Detail darüber erfahren, wie gefährlich ihre Situation gewesen war und wie es ihr gelungen war, zu entkommen.

"Zwei Haltestellen", antwortete Azar. Sie bog in den Verkehr ein. Der Fahrer des Autos, dem sie den Weg abschnitt, drückte aus Protest auf die Hupe.

"Was sind die Haltestellen?"

"Ich habe Ihnen gesagt, dass Sie es herausfinden werden, wenn wir dort sind."

Ich dachte schon, dass ich ein öffentliches Telefon finden könnte, sobald meine Mutter in der ersten Haltestelle war. "Ich warte im Auto."

"Du kommst mit mir rein."

"Warum?" fragte ich, denn ich wusste, dass alle unsere Streitigkeiten damit begannen, dass ich nach dem Warum fragte. Normalerweise wäre der nächste Schritt gewesen, dass sie gesagt hätte, sie sei die Mutter und ich müsse tun, was mir gesagt wurde. Danach konnten wir richtig loslegen, aber dieses Mal hat sie den Köder nicht geschluckt. Ihre Lippen verengten sich zu einer dünnen Linie und sie antwortete nicht. Stattdessen griff sie nach unten und schaltete das Radio ein, eine Taktik, die ich selbst anwandte, wenn ich ein Gespräch vermeiden wollte.

Die beschwingte, schwüle Stimme von Googoosh füllte sofort die Stille, und ich dachte an sie. Googoosh hatte alles. Schönheit. Ruhm. Geld. Die Säle und Stadien füllten sich, wenn sie sang. Sie ging, wohin sie wollte, tat, was ihr gefiel. Sie stand über den Problemen all der Menschen, für die sie sang. Ich fragte mich, was sie über die Welle der Proteste dachte, die über das Land rollte.

Wir fuhren, ohne zu sprechen. Ich überlegte, ob ich sie jetzt nicht bedrängen sollte. Ich hatte heute Abend noch einiges zu erledigen, und unser Gespräch würde nicht einfach oder kurz sein. Ich war mir sowieso nicht ganz sicher, was der Direktor meiner Mutter erzählt hatte.

Eine Sache, die ich jedoch ungeduldig tat, war, sie wissen zu lassen, was ich bei der Durchsicht ihrer Akten über sie erfahren hatte. Ich wollte, dass Azar weiß, dass ich weiß, wer sie ist und wofür sie steht. Ich war stolz auf sie und wollte, dass sie das wusste.

Nicht reden zu wollen. Reden zu wollen. Nicht reden zu wollen. Meine eigenen widersprüchlichen Impulse brachten mich um. Schließlich griff ich hinüber und schaltete das Radio aus.

"Bringen wir es hinter uns. Können wir darüber reden, was passiert ist?"

"Nein."

"Ich habe nichts getan, was Sie nicht auch getan haben." Sie sagte nichts, also fuhr ich fort. "Es tut mir leid... aber ich bin nur einer von einer Million anderer junger Menschen in diesem Land, die unzufrieden sind mit dem, was vor sich geht. Ich habe das getan, was alle anderen auch tun. Was alle anderen auch tun *sollten*. Ich habe meine Meinung geäußert. Das ist doch nicht so schlimm, oder?"

Keine Antwort. Ich warf einen Blick in ihre Richtung. Wir befanden uns auf der Roosevelt Street und der Verkehr staute sich, aber ihre Knöchel waren weiß, als sie das Lenkrad mit einem Todesgriff festhielt.

"Das ist es, was Sie mir beigebracht haben. Zu sprechen. Zu denken. Aktiv zu sein. Ich bin die Person, zu der Sie mich gemacht haben."

"Ich weiß."

Ihre Stimme war kaum ein Flüstern, aber ich spürte den Hauch von Selbstvorwürfen in ihr.

"Warum sind Sie dann wütend?"

"Weil das hier anders ist."

"Ich wüsste nicht, wie."

"Sie spielen...spielen mit Ihrem Leben."

Ihre Stimme brach. Ich starrte auf ihr Profil und sah, wie ihr die Tränen über die Wange liefen.

"Warum weinen Sie?"

Sie wischte sich eine Träne weg, und die Finger kehrten zum Lenkrad zurück. Ich konnte so viel besser mit ihr umgehen, wenn sie mich anschrie. Es kam nicht allzu oft vor, dass sie sich von ihren Emotionen überwältigen ließ. Zumindest nicht in meiner Gegenwart. Sie war die Verkörperung der Stärke. Sie war die Löwin aus den alten Kindergeschichten.

"Azar *joon*", sagte ich sanft und berührte ihren Arm. Meine liebe Azar. Das war ein Kosename, den ich sie seit meiner Kindheit nannte. Sie war für mich so sehr eine Freundin wie eine Mutter; wir waren nur zwanzig Jahre auseinander. Die Worte haben ihre Stimmung immer aufgehellt und sie zum Lächeln gebracht. Aber heute Abend nicht. "Reden Sie mit mir. Schreien Sie mich an. Sei wütend. Ich hasse es, Sie weinen zu sehen."

Sie sah mich an und blickte dann wieder auf die Straße, aber ich sah eine Traurigkeit in diesem Blick, die ich noch nie in ihren Augen gesehen hatte. Ich richtete meinen Blick aus dem Fenster.

Azar bog links in eine Straße ein und ich schaute nach vorne. Ich kannte dieses Viertel. Diese Häuserblocks waren der Anfang des Gebiets der amerikanischen Botschaft. Der Stacheldraht auf einer Backsteinmauer verursachte ein mulmiges Gefühl in meinem Magen.

An der nächsten von Bäumen gesäumten Straße bog sie rechts ab und suchte nach einem Parkplatz.

Mein Mund wurde plötzlich trocken. Der Teil von mir, der immer vergessen wollte, dass zwei Menschen mich gezeugt hatten, kam wieder zum Vorschein.

"Wer wohnt hier in der Nähe?" Meine Stimme zitterte.

Sie fuhr rückwärts in eine Parklücke. "Sie haben einen Termin in der amerikanischen Botschaft."

"Warum?"

Sie stellte den Motor ab. Ihre Hände blieben auf dem Lenkrad. Sie blickte weiterhin geradeaus.

Ich schüttelte den Kopf. "Nein. Ich gehe da nicht rein. Sie können mich nicht zwingen."

Sie drehte sich um und sah mich an. "Ich schicke Sie weg, Omid."

"Nein. Das können Sie nicht. Wir haben das doch besprochen, erinnern Sie sich?" protestierte ich. "Sie können mich nur nach Amerika schicken, wenn ich an keiner der Universitäten hier angenommen werde. Ich habe die Konkoor-Prüfung noch nicht abgelegt, aber ich gehöre zu den Besten meiner Klasse. Ich *werde* es schaffen. Ich weiß es. Sie sagten, Sie würden bis nach meinem Abschluss warten, um Entscheidungen zu treffen."

"Ich warte nicht auf den Schulabschluss. Ich schicke Sie jetzt weg." Die Gelassenheit in ihrer Stimme machte mir Angst. Sie versuchte nicht, mich zu überzeugen. Sie sagte mir, was sie tun würde.

"Das können Sie nicht", rief ich. "Ich habe das halbe Schuljahr hinter mir. Sie können mich nicht einfach so entwurzeln. Das ist mir gegenüber nicht fair. Sie haben mir versprochen, mich die High School beenden zu lassen."

"Omid-"

"Ich dachte, du liebst mich. Ich dachte, du wolltest, dass ich - dein einziges Kind - bei dir lebe. Was habe ich nur getan? Bitte, Azar *joon*." Ich konnte meine Tränen nicht zurückhalten. "Tu mir das nicht an. Schmeiß mich nicht weg. Bitte!"

Sie streckte die Hand aus und griff nach meinem Kinn. Ihre Finger waren eiskalt. Die Nägel gruben sich in meine Haut. Ihr Blick begegnete meinem durch einen Tränenschleier hindurch. "Ich werfe Sie *nicht* weg. Haben Sie mich verstanden? Ich schicke Sie weg, weil ich Sie liebe. Weil ich möchte, dass meine Tochter lebt. Hören Sie mir zu. Ich möchte, dass Sie *leben*."

"Es geht um die Flugblätter, die ich herumgereicht habe, nicht wahr?" fragte ich. Ich war nicht mehr in der Lage, meine Gefühle zu kontrollieren. "Wir können über sie reden. So wie wir auch über alles andere reden. Ich werde vorsichtiger sein. Ich werde mich nicht noch einmal in eine solche Situation begeben. Es war dumm von mir, dass ich versucht habe, mich dem SAVAK-Agenten auszuliefern. Das weiß ich jetzt. Ich verspreche, nie wieder so irrational zu handeln."

Ihre Finger fielen von meinem Kinn, und sie ergriff meine Hände. "Omid, du bist siebzehn. Nächsten Sommer werden Sie achtzehn. Ich kann dich nicht mehr beschützen. I-"

"Ich brauche keinen Schutz."

"Aber Sie wissen es. Sehen Sie, ich weiß, was Sie in der Schule gemacht haben. Und ich weiß, dass Sie sich durch meine Akten gewühlt haben. Ich hätte Sie aufhalten sollen, als ich davon erfuhr, aber ich habe es nicht getan. Ich vermute, es war Eitelkeit, ich weiß, es war Dummheit. In gewisser Weise hat es mich stolz gemacht, daran zu denken, wie viel wir beide gemeinsam haben."

"Aber es ist wahr. Wir sind gleich. Deshalb gehöre ich hierher, wo Sie sind. Ich sollte bei dir sein. Du bist der einzige Elternteil, den ich habe."

Noch während ich es sagte, wusste ich, dass ich einen Fehler gemacht hatte. Sie schüttelte den Kopf.

"Ich habe mit Ihrem Vater gesprochen. Er ist einverstanden. Sie werden bei ihm und seiner Frau wohnen, bis Sie die High School abgeschlossen haben."

"Nein." Ich zog meine Hände weg und drückte mich gegen die Tür hinter mir. "Ich kenne sie nicht."

"Sie *werden* gehen", sagte sie fest. "Und Sie *werden* sie kennen lernen... und Ihre beiden Halbbrüder."

"Bitte." Ein Schluchzen entrang sich meiner Kehle. Ich blickte nach draußen auf den stetig fallenden Regen. Habib Mottahedeh war nicht mein Vater; er war nur ein Name für mich. Noch weniger wusste ich über seine Frau und seine Kinder. Er und meine Mutter heirateten, als sie beide im ersten Jahr an der Universität von Teheran waren, und sie waren nur zwei Jahre lang verheiratet. Als ich geboren wurde, ließen sie sich scheiden und er wechselte an eine Universität in Amerika. Er ging und kam nie wieder zurück. Azar blieb. Sie blieb, beendete ihr Studium und behielt mich bei sich.

Habib und seine neue Frau schickten mir zweimal im Jahr Geschenke - zu meinem Geburtstag und zu Norooz. Sie war Amerikanerin und - seltsamerweise - war sie diejenige, die ein paar Mal im Jahr anrief und sich nach mir erkundigte. Obwohl ich in der Schule Unterricht hatte, sprach ich kein Englisch, also war meine Mutter diejenige, die übersetzte und den Großteil der Gespräche führte. Zu Weihnachten bekam ich von ihnen auch eine Karte mit einem Bild ihrer Familie. Der Anblick dieser Karte löste in mir keinerlei Gefühle aus. Ich war nicht eifersüchtig. Ich habe ihn nicht vermisst. Er war ein gut aussehender Mann mit südländischen Zügen. Sie hatte irisches Blut und rötliches Haar, und die Zwillingsjungen hatten das Aussehen ihrer Mutter. Was mich betraf, so hätte das Familienfoto ein Ausschnitt aus einem amerikanischen Magazin sein können.

Ich wusste nichts über sie. Azar hätte mich genauso gut in eine Kommune in China schicken können.

"Azar *joon*", begann ich wieder.

Sie schüttelte den Kopf und hatte sichtlich Mühe, ihre Gefühle zu kontrollieren. Das gab mir Hoffnung. Sie wollte mich nicht wirklich schicken.

"*Madar*", flehte ich.

Azar unterbrach mich mit einer Handbewegung. "Vor einem Jahr... vor sechs Monaten... sogar im Herbst gab es noch Hoffnung. Aber jetzt wird es immer schlimmer werden."

"Nein, es wird ihnen besser gehen. Der Schah kann nicht allzu lange bleiben. Wir sind dabei, ihn zu schlagen. Die Menschen sind auf den Straßen. Unsere Stimmen werden gehört."

Ich hielt inne und erkannte, dass es dumm war, ihr einen Vortrag über die Situation zu halten; sie wusste so viel mehr als ich. Plötzlich waren meine politischen Überzeugungen und Bestrebungen trostlos und sinnlos im Vergleich zu dem, was mir am wichtigsten war. Ich kämpfte darum, in dem einzigen Zuhause zu bleiben, das ich kannte, mit dem einzigen Elternteil, den ich kannte.

"Ich werde mich ändern. Ich werde mit all dem hier aufhören. Ich werde mich nicht mehr einmischen. Ich werde nach der Schule nach Hause kommen. Sie müssen sich keine Sorgen um mich machen. Ich bitte Sie. Ich gebe Ihnen mein Wort. Ich werde nie wieder..."

"Omid." Sie nahm mein Gesicht in ihre Hände und zwang mich, ihr in die Augen zu sehen. "Ich weiß Dinge, die Sie nicht wissen. Ich bitte Sie, dies für mich zu tun... für meine Sicherheit und für Ihre. Ich bitte Sie, zu Habib und seiner Familie zu gehen und dort bis zum Ende des Schuljahres zu bleiben. Wenn es dort nicht klappt und Sie zurückkommen wollen, können Sie das tun. Sie können hierher zurückkommen und auf die Universität gehen."

"Wenn Sie mich nicht bei sich haben wollen, schicken Sie mich nach Isfahan zu Ihren Eltern."

"Nein. Sie und ich werden nur sicher sein, wenn Sie das Land verlassen", sagte sie in einem zerbrechlichen Ton. "Die Vorkehrungen sind getroffen worden. Du *wirst* gehen, Omid."

Die Diskussion war vorbei. An den Rest des Nachmittags kann ich mich kaum noch erinnern. Das Innere der US-Botschaft bestand aus einem Warteraum und einem Schalter mit einer Frau, die meiner Mutter mein Visum aushändigte. Auf dem Heimweg holten wir meine Flugtickets in einem Reisebüro ab.

Die Vorbereitungen wurden lange vor dem heutigen Tag getroffen.

Später in der Nacht dachte ich, dass es Hunderte von Dingen gab, die ich hätte tun können. Ich hätte aus dem Auto springen und bei Roya's Familie bleiben können. Ich hätte mehr kämpfen und streiten können. Ich hätte noch viel schwieriger sein können. Aber da war etwas im Ton meiner Mutter, ein Ton des Flehens, den ich noch nie gehört hatte. Das war es, was mich zum Aufhören brachte. Sie war verzweifelt. Ich musste ihr helfen.

Kapitel Vier

Ich kehrte nie zur Marjan High School zurück und mein Flug ging drei Tage später vom Flughafen Mehrabad. Ich konnte meine Freunde anrufen, um mich von ihnen zu verabschieden, aber meine Mutter verbot mir, jemanden zu sehen. Ich verließ den Iran und versprach allen... und mir selbst..., dass ich im nächsten Sommer zurück sein würde. Ich ließ alles zurück, was ich kannte und was mir lieb und teuer war.

Ich weigerte mich, mehr als einen kleinen Koffer mitzunehmen. Die Dinge, die einen besonderen Platz in meinem Herzen hatten, wollte ich unbedingt zurücklassen. Mein Tagebuch, meine Farsi-Übersetzungen von Victor Hugos *Les Misérables und* Tolstois *Krieg und* Frieden*, mein Divan von Hafiz*, mein abgenutztes Lederexemplar *des Golestan von Sa'di* und das Dutzend anderer Bücher, die ich so oft gelesen hatte und immer wieder zur Hand nahm. Die Jeansröcke, in denen ich praktisch lebte, habe ich nicht eingepackt. Ich ließ meine Lieblingsturnschuhe und die Wildlederjacke zurück, die ich im letzten Sommer in Mashhad gekauft hatte. Die neue Unterwäsche, die Azar für mich besorgt hatte, schob ich ganz nach hinten in die Kommode. Ich packte nur alte Kleidung und Dinge ein, die mir nicht gefielen. Ich nehme an, das war meine Art, gegen die Entscheidung zu protestieren, die mir aufgezwungen wurde.

Es war noch dunkel, als wir am Morgen meines Fluges unser Haus verließen. Meine Mutter fuhr uns. Das Kriegsrecht war noch eine halbe Stunde in Kraft, aber es wurden Sonderausweise für diejenigen ausgestellt, die zum Flughafen mussten oder medizinische Notfälle hatten.

"Er ist ein guter Mann", sagte Azar zu mir, als wir fuhren.

Wenn ich nicht so wütend wäre, hätte ich gelacht. Sie hatte siebzehn Jahre gewartet, bevor sie versuchte, mich wie meinen Vater zu machen. Sie war zu spät dran, wollte ich ihr sagen. Aber ich konnte mich nicht dazu durchringen, gemein zu ihr zu sein. Ich wusste, dass sie mindestens so sehr gelitten hatte wie ich in den letzten drei Tagen. Jedes Mal, wenn ich aus meinem Zimmer kam, sei es mittags oder um Mitternacht, war sie wach und lief durch die Wohnung. Ihre Augen waren geschwollen. Trotz alledem blieb sie standhaft in ihrer Entscheidung. Sie war nicht ins Wanken geraten, und das würde sie auch nicht tun.

Sie sprach weiter über meinen Vater, aber ich ignorierte sie.

Ich schaute auf die leeren Bürgersteige, auf die Militärfahrzeuge, die hier und da an den Kreuzungen parkten, auf die Soldaten auf den Straßen. Niemand hielt uns an, um unseren Pass zu kontrollieren. Es war, als ob sie bereits wussten, dass sie einen Unruhestifter loswerden würden. Gut, dass wir ihn los sind.

Roya erzählte mir am Telefon, dass sie in den letzten Tagen zu keiner einzigen Demonstration gegangen war. Sie durfte nicht aus dem Haus, außer um zur Schule zu gehen. Selbst da wurde sie hin und zurück eskortiert. Sie hatte den Verdacht, dass meine Mutter mit ihrer Mutter gesprochen hatte; ihre Familie behielt sie sehr genau im Auge. Neda und Maryam waren auch nicht zu irgendwelchen Kundgebungen gegangen. Azar muss auch mit ihren Familien telefoniert haben.

Roya und ich waren das Rückgrat der Organisation unserer Schule. Das war ein Rückschlag, aber ich wusste, dass mein Abgang nichts ändern würde. Wofür wir kämpften, war größer als jeder einzelne von uns.

Als ich die geschlossenen Geschäfte und die leeren Straßen betrachtete, sagte ich mir, dass ich im nächsten Sommer in einen freien Iran zurückkehren würde. Meine Mutter hat mir immer gesagt, dass es für mich keinen halben Weg gibt. Nichts war gerade gut genug.

Ich engagierte mich für eine Sache und ging den ganzen Weg, oder ich war überhaupt nicht interessiert. Und ich engagierte mich für den Wandel, der sich in meinem Land vollzog.

Als wir uns dem Shahyad-Turm näherten, waren mehr Autos auf der Straße. Der Flughafen befand sich gleich hinter dem Monument aus geschliffenem Marmor, das so gestaltet worden war, dass es die Alborz-Gebirgskette im Norden der Stadt widerspiegelte. Ich blickte auf die prächtige weiße Spitze des Damavand-Gebirges, hielt den Atem an und versprach im Stillen, dass ich bald wiederkommen würde.

Am Flughafen suchte Azar nach der Rampe zum Parkplatz.

"Sie können mich am Eingang absetzen", sagte ich barsch. "Ich brauche Sie nicht, um mit mir hineinzugehen."

"Ich weiß, dass Sie mich nicht brauchen. Aber ich brauche *Sie*."

Ich klappte meinen Kiefer zusammen und ärgerte mich über die Reaktion, die ihre Worte immer noch in mir auslösen konnten. Ich wollte nicht fühlen. Ich wollte nicht zusammenbrechen.

Es war kein Problem, einen Parkplatz zu finden. Die Hälfte der Autos auf dem Parkplatz schien illegal geparkt zu haben, und meine Mutter folgte dem Beispiel. Ich stieg aus dem Auto aus, sobald sie die Zündung ausschaltete.

Eine kalte Brise schnitt durch meine Jacke. Der Geruch von Schnee wehte von den Alborz-Bergen herüber und fegte über die Stadt. Ich merkte, dass ich nicht genug Atem in meine Lungen bekam. Ich war noch nicht losgefahren und vermisste bereits die Luft, die Aussicht, das Pflaster und den rücksichtslosen Autofahrer, der mir zu nahe kam, als ich am offenen Kofferraum des Autos stand.

Alles, was passierte, stürzte im selben Moment auf mich ein. Ich verließ zum ersten Mal in meinem Leben mein Zuhause. Ich ging in ein fremdes Land, lebte mit Fremden zusammen, weg von meiner Mutter, meinen Freunden, meiner Schule. Ich sprach nicht einmal die Sprache.

Meine Mutter kletterte aus dem Auto, und ich lehnte mich in den Kofferraum und wischte mir die ungewollten Tränen weg.

"Lassen Sie mich Ihnen dabei helfen."

"Nein, ich habe sie."

Ein leichter Koffer und eine Umhängetasche waren alles, was ich mitnehmen wollte. Ich war erleichtert, als Azar das Schweigen wählte, als wir beide zum Terminal gingen. Ein alter Mann, der an den Flughafentüren arbeitete, kam auf mich zu und fragte mich, ob ich Hilfe mit dem Gepäck bräuchte. Ich winkte ihn ab.

Die Morgendämmerung war nur ein Schimmer am östlichen Himmel, aber die Stadtlandschaft sah von innen heraus beleuchtet aus. Ich sah die Schönheit im Nichts einer hässlichen Stadt, die ich liebte. Trotzdem schaffte ich es, mich nicht zu langweilen.

Im Inneren des riesigen Gebäudes mit zwei Räumen, das als Terminal diente, wimmelte es nur so von Menschen, aber ich entdeckte sofort die Schlange für meinen Flug. Ich würde mit Pan Am fliegen. Ich würde einen Zwischenstopp in Istanbul einlegen und in Rom umsteigen müssen, bevor ich in New York ankommen würde. Ich schlängelte mich durch die Menge. Ich schaute nicht einmal über meine Schulter, um zu sehen, ob Azar mir folgte oder nicht. Es war ärgerlich, als ich am Ende der Schlange vor dem Flugabfertigungsschalter zum Stehen kommen musste. In der Schlange waren acht Personen vor mir. Ich stellte das Gepäck nicht auf den Boden, weil ich dachte, dass ich damit die Schlange dazu bringen könnte, sich schneller zu bewegen.

Azar stand neben mir.

"Ich schaffe das schon. Sie brauchen nicht bei mir zu bleiben. Bitte gehen Sie nach Hause." Ich wusste nicht, wie ich es schaffte, diese Worte zu sagen. Tränen brannten in meinen Augen, Traurigkeit drohte mich zu ersticken.

"Omid, Sie sind jetzt wütend auf mich. Aber in einer Woche... oder in einem Monat werden Sie sich nicht mehr so fühlen."

"Ich bin *nicht* wütend. Ich habe es Ihnen gesagt. Ich verstehe es nur nicht."

"Sie werden es auch verstehen, wenn Sie eines Tages Ihre eigenen Kinder haben." Sie legte ihre Hand auf meinen Arm. "Sehen Sie mich an."

Ich wollte es nicht, aber ich tat es, und was ich in ihrem Gesicht sah, zerriss mir das Herz. Ich verlor die Kontrolle. Ich ließ alles fallen und warf mich in ihre Arme. Wir schluchzten ganz offen. Wir hielten uns gegenseitig fest, als wäre es das letzte Mal, dass wir uns sehen würden. Als wäre dies der letzte Moment, den wir uns für den Rest unserer Tage einprägen müssten. Ich wollte, dass sie sagt: "*Geh nicht.*

"Das ist so viel besser", flüsterte sie stattdessen. "Kein Bedauern. Ich bereue nichts, und Sie sollten niemals auf diesen Moment zurückblicken."

"Ich komme zurück, Azar *joon*. Ich verspreche Ihnen, dass ich nächsten Sommer wiederkommen werde."

Sie nickte und wischte mir die Tränen aus dem Gesicht.

"*Boro, khanoom*", sagte jemand hinter uns. Los, Lady.

Die Leute hinter uns murrten. Ich bemerkte, dass sich die Schlange bewegt hatte. Meiner Meinung nach bewegte sie sich jetzt zu schnell.

Azar hatte meine Umhängetasche bereits abgeholt. Ich nahm meinen Koffer. Sie hatten ein neues Fenster am Schalter geöffnet, und wir waren erst die zweiten in der Schlange.

"Werden Sie mich anrufen?" fragte ich sie.

"Jede Woche."

"Werden Sie mir schreiben?" fragte ich.

"Jeden Tag."

Plötzlich war ich die Bedürftige. Ich wollte die Zeit einfrieren. Ich wünschte, ich könnte die drei Tage, die ich vergeudet hatte, zurücknehmen. Ich wollte eine zweite Chance, um jede Minute mit ihr zu verbringen und ihr Fragen zu stellen. Sie zu halten.

Ich stand ganz vorne in der Schlange.

"Das war's. Ich glaube, Sie schaffen es von hier aus", sagte sie und umarmte mich ein letztes Mal.

Ich umklammerte ihre Jacke, weil ich nicht gehen wollte. Sie hielt mich fest. Unsere Gesichter waren beide tränenüberströmt. Keiner von uns wollte der Erste sein, der loslässt. Die Frau am Fenster rief mich nach vorne. Die Leute hinter mir begannen sich wieder zu beschweren. Meine Mutter küsste mich auf beide Wangen und ging weg.

Ich hielt den Atem an und versuchte, die Tränen zu verdrängen.

"*Montazereh*", sagte der Idiot hinter mir ungeduldig. Sie wartet.

Ich bin zum Schalter gegangen. Die Flugbegleiterin war Amerikanerin. Auf ihrem Namensschild stand Lucy.

"Reisepass. Ticket."

Ich hatte noch nichts herausgenommen. Ich stellte meinen Koffer auf die Waage und griff in meine Umhängetasche.

Meine Hand berührte das kleine Rechteck. Als ich die Tasche

weiter öffnete, sah ich einen silbernen Rahmen. Ich nahm ihn heraus. Darin befand sich ein Bild von meiner Mutter und mir. Ich kann nicht älter als zwei oder drei gewesen sein. Sie hielt mich in ihren Armen und meine Arme waren fest um ihren Hals geschlungen. Unsere Wangen waren aneinander gepresst, unsere Augen geschlossen, während der Wind unsere Haare hinter uns herpeitschte.

Unter dem Bett meiner Mutter stand ein Schuhkarton mit all den alten Bildern. Dieses hier hatte ich dort gesehen. Ich schaute nach oben in die Richtung, in die sie gegangen war. Die wachsende Menge der Reisenden hatte sie eingehüllt. Sie muss dieses Bild gerahmt und in meine Tasche gesteckt haben.

"Reisepass und Fahrkarte, Miss", wiederholte die Frau.

Ich presste den Rahmen an meine Lippen und steckte ihn zurück in meine Tasche. Ich nahm meinen Reisepass und mein Ticket heraus.

Kapitel Fünf

JFK Flughafen, New York

BEGRÜẞUNGSBANNER in verschiedenen Sprachen säumten das Terminal. Ich blieb stehen und sah zu dem in Farsi geschriebenen Banner auf. *Khosh amadid.* Ich wischte mir eine Träne aus den Augen und war überrascht über meine Reaktion.

Ich war in den letzten zwanzig Stunden entweder in einem Flugzeug gesessen oder ziellos durch einen Flughafen gelaufen. Ich konnte mich nicht mehr daran erinnern, wann ich das letzte Mal geschlafen hatte. Mein Kopf tat weh. Meine Kleidung klebte an meinem Körper. Ich brauchte eine Dusche und richtiges Essen, das nicht in einem Plastikbehälter serviert wurde.

Ich wusste von der Landung an, dass es draußen dunkel war, aber ich hatte wirklich keine Ahnung, wie spät es war. Ich war sehr müde und hatte bereits Heimweh.

Die Leute eilten an mir vorbei, als ob sie irgendwo sein müssten oder jemand auf sie warten würde. Ich verweilte weiter unter meiner Fahne. Ich hatte auch etwas, wo ich hinwollte. Ich wollte nach Hause gehen. Ich wollte zurück in den Iran. Ich wollte eine weitere Chance, meiner Mutter diese schlechte Entscheidung auszureden. Ich wollte bei ihr sein. Ich vermisste meine Freunde, meine Schule, die Aufregung, weil ich wusste, dass ich in sechs Monaten meinen Abschluss machen würde. Ich vermisste bereits die kleine Wohnung im zweiten Stock im Stadtteil Abbas Abad in Teheran, in der meine Mutter und ich in den letzten zehn Jahren gelebt hatten. Ich sehnte mich danach, in einer kalten Nacht meine Bettdecke auf das Dach zu schleppen und in den Himmel zu starren, auf den schneebedeckten Gipfel des Berges Damavand, der im Mondlicht glitzerte.

Das war mein Zuhause. Dorthin gehörte ich.

"Brauchen Sie Hilfe?"

Eine der Flugbegleiterinnen blieb neben mir stehen. Sie war älter als der Rest des Flugpersonals und hatte sich während der letzten Etappe der Reise besonders um mich gekümmert. Sie zog eine kleine Gepäcktasche, die an einem verchromten, zweirädrigen Rollwagen befestigt war.

Ich sah den besorgten Blick in ihrem Gesicht und wischte mir schnell mit dem Handrücken über das Gesicht, weil ich mich für die Tränen schämte, von denen ich wusste, dass sie sie gesehen haben musste.

"Ich bin ... okay." Ich hatte vier Jahre Englisch in der High School gelernt. Ich konnte Nomen, Pronomen und Adjektive erkennen und beherrschte die Verbtabelle. In meinem Englisch-Grammatiktest für das letzte Schuljahr hatte ich achtzehn von zwanzig möglichen Punkten erreicht. Aber wenn es darum ging, die gesprochene Sprache zu verstehen oder zu versuchen, mich tatsächlich in ihr zu unterhalten, war ich hilflos.

"Ich gehe sowieso in diese Richtung", sagte sie und gestikulierte mit ihrer freien Hand. "Wir können zusammen hinausgehen. Warten Ihre Leute auf Sie?"

Auch wenn sie sich bemühte, langsam zu sprechen, kamen die Worte zu schnell, als dass ich alles verstehen konnte, was sie sagte. Aber ihre Absicht war klar. Sie wollte bei mir bleiben, bis ich mich mit meiner Familie getroffen hatte.

Ich ging neben ihr her und bemühte mich, genügend Worte zu finden, um ihr zu erklären, dass der Grund für meine Aufregung nichts mit meinem Verlust zu tun hatte. Mein Verstand funktionierte nicht.

Ich schien die grundlegendsten Dinge vergessen zu haben, zum Beispiel, wie man einen einfachen Satz zusammensetzt. Zuerst das Subjekt, dann das Verb.

"Ich bin Holly", sagte die Flugbegleiterin zu mir, als wir am Gepäckband auf mein Gepäck warteten.

"Omid. Ich... bin Omid."

"Schöner Name. Was bedeutet er?"

"Bedeutet?"

"Ja. Hat es eine Bedeutung auf Arabisch?"

"Nicht Arabisch", sagte ich ihr. "Farsi."

"Oh. Hat es eine Bedeutung auf Farsi?"

"Ja. Wunsch... guter Wunsch", sagte ich und erinnerte mich an einen frühen Sprachkurs, in dem wir die englischen Entsprechungen unserer Namen diskutiert hatten.

Sie lächelte und irgendwie überraschte mich diese einzige Geste. Ich wollte alles und jeden in Amerika hassen. Ich hatte bereits beschlossen, nur noch nach dem Negativen zu suchen. Aber es war schwer, Holly und ihr warmes Lächeln nicht zu mögen.

"Kommst du nach Amerika, um zur Schule zu gehen?"

Ich nickte.

"College?"

Ich schüttelte den Kopf. "Highschool."

"Das ist großartig!"

Wenn sie etwas daran auszusetzen hatte, dass jemand mitten im Schuljahr ankam, ließ sie es sich nicht anmerken.

Mein Koffer tauchte auf, und ich zog ihn vom Förderband. Ich trat vom Karussell weg, und sie schaute wieder auf die Reihe der Koffer und erwartete mehr.

"Ist das alles?", fragte sie überrascht.

Ich nickte erneut. "Nur einen."

Sie führte den Weg durch einen langen, gewundenen Korridor zu einer Reihe von Kabinen, in denen die Zollbeamten die ankommenden Passagiere kontrollierten.

"Sie gehen in diese Richtung. Ich muss in die andere Richtung gehen. Ich warte und sorge dafür, dass Ihre Mitfahrgelegenheit auf Sie wartet."

Wieder einmal verstand ich nur wenig von dem, was sie sagte, aber ich wusste, dass sie mich bat, in eine bestimmte Richtung zu gehen. Ihre Geste verriet mir, wo sie warten würde.

"Mir geht es gut", erinnerte ich sie erneut. Ich begann, mich für ihre Freundlichkeit zu schämen. "Vielen Dank."

Sie schenkte mir wieder dieses sanfte Lächeln. Sie glaubte nicht, dass es mir gut ging.

Zum Glück stellte mir der Beamte hinter der Glaskabine keine schwierigen Fragen, sondern stempelte nur meinen Pass ab und steckte ein Stück Papier hinein.

Holly und ich folgten den anderen durch einen anderen Gang zu einer Doppeltür und hinaus in einen großen Wartebereich, in dem aufgeregte Menschen hinter einer Barriere aus dicken Samtkordeln warteten. Einige winkten wie die Verrückten den ankommenden Angehörigen zu. Ein Gefühl der Erwartung und Freude lag in der Luft. Meine Stimmung jedoch war feierlich. Ich spürte nur Traurigkeit, das Gefühl, nicht dazuzugehören.

Ein paar Schritte in den Wartebereich hinein und ich kam zum Stehen. Ich sah mich in dem Meer von Menschen um und konnte mich plötzlich nicht mehr an die Gesichter auf dem letzten Bild erinnern, das ich von meinem Vater und seiner Familie gesehen hatte. Ich war davon ausgegangen, dass sie mich abholen würden, denn meine Mutter hatte gesagt, dass er das Flugticket gekauft und die Vorbereitungen für mein Visum getroffen hatte. Jetzt war ich mir nicht mehr sicher. Es gab niemanden, den ich erkannte.

"Ist Ihre Familie hier?"

Ich war erleichtert, dass Holly noch bei mir stand. Ich blickte wieder in die Menge. "Ich weiß es nicht."

Wir blockierten andere Leute, die herauskamen. Holly ging mit mir zu einem großen Glasfenster am Rande der begrüßenden Menge. Taxis und Autos waren direkt vor dem Fenster zu sehen. Ich stellte meinen Koffer ab und suchte weiter die Menge ab, um meinen Vater zu finden. Ich dachte mir, dass ich eine bessere Chance hatte, einen Mann aus dem Nahen Osten ausfindig zu machen als eine amerikanische Frau wie seine Frau.

Gesichter zogen an mir vorbei. Sie alle hatten ein Ziel. Keiner sah in meine Richtung. Die Minuten vergingen wie im Flug.

"Sie können gehen, Holly. Sie kommen", sagte ich der Flugbegleiterin und fühlte mich schlecht, weil sie dort mit mir wartete.

"Nein, das ist kein Problem. Ich werde warten."

Wir warteten schweigend und beobachteten, wie die Leute weiter an uns vorbeizogen. Die Menge des Fluges, mit dem ich gekommen war, begann sich zu lichten. Diejenigen, die noch auf Passagiere warteten, zeigten kein Interesse an mir.

"Wer soll Sie abholen?", fragte sie.

Ich habe das 'Wer' verstanden.

"Mein Vater und seine Frau."

"Ich werde sie ausrufen lassen."

Ich sah sie ausdruckslos an.

"Ihr Name. Der Name Ihres Vaters. Und der Ihrer Stiefmutter."

Ich kannte das Wort 'Stiefmutter' bis dahin nicht. Die Bedeutung war amüsant. Eine Mutter, auf die man tritt. Ich wusste nicht, wie ich mich dabei fühlen sollte.

Ich nannte Holly ihre Namen. Sie bat mich, den letzten Namen zu buchstabieren und schrieb ihn auf ein Stück Papier.

"Warum kommst du nicht mit mir?"

Ich folgte ihr zu einem Telefon, an dem Holly mit jemandem sprach. Eine Minute später hörte ich, wie mein Nachname Mottahedeh - völlig verstümmelt und unkenntlich - über die Lautsprecher aufgerufen wurde. Ich dachte mir, selbst wenn mein Vater am Flughafen wäre, könnte er die verstümmelte Aussprache unmöglich verstehen.

Die Flugbegleiterin war sichtlich genervt von meiner scheinbar sorglosen Familie. Als sie wieder auf ihre Uhr und dann auf eine Glastür eines Büros in der Nähe der Rolltreppe schaute, wurde mir klar, dass sie sich langsam Gedanken darüber machte, wo sie mich absetzen könnte. Ich konnte es ihr nicht verübeln, ganz und gar nicht. Andererseits war ich mit all dem einverstanden; ich schmiedete meinen eigenen Plan. Ich beschloss, wenn sie nicht auftauchen würden, würde ich vielleicht einfach den nächsten Flug zurück in den Iran nehmen.

Diese Idee zerfiel einen Moment später, als ein kleiner, kahlköpfiger Mann auf uns zukam. Es war der Fahrer, den mein Vater engagiert hatte, um mich abzuholen und nach Wolcott, Connecticut, zu bringen.

Holly überprüfte seinen Ausweis, und er hatte einen Brief und die Telefonnummer meines Vaters dabei.

Ich verabschiedete mich von Holly und ging mit diesem Fremden weg, denn ich wusste jetzt ganz genau, wie wenig ich dieser Familie bedeutete.

Kapitel Sechs

Wolcott, Connecticut

NIEMAND IM HAUS WAGTE ES, am Sonntagmorgen um 8:00 Uhr ans Telefon zu gehen. Ich war seit zwei Wochen hier und trotz des anfänglichen Alptraums der Kommunikation hatten Carol und meine beiden Halbbrüder Verständnis.

Als ich an diesem zweiten Sonntag den Hörer abnahm, begann ich mich zu beschweren, bevor meine Mutter mit dem persischen Brauch beginnen konnte, jede Person, die im Umkreis von drei Häuserblocks lebt, zu begrüßen und dann nach ihrem Befinden zu fragen.

"Ich möchte nach Hause kommen", begann ich. "Ich halte es nicht mehr aus. Ich habe getan, worum Sie mich gebeten haben, aber ich kann nicht einen weiteren Tag bleiben."

Am anderen Ende herrschte Schweigen. Ich wusste, dass dies etwas ganz anderes war als das, was sie erwartet hatte. Azars erster Anruf war gleich nach meiner Ankunft gekommen. Ich war noch immer wie betäubt vom Schlafmangel und dem Wechsel der Zeitzonen. In der letzten Woche war ich immer noch verhalten; ich hatte mich noch nicht an eine Routine gewöhnt. Außerdem wurde ich von meinem Vater und seiner Frau Carol immer noch wie ein Gast behandelt. Die

Zwillinge hatten sich auf Distanz gehalten. Diese Woche hatte ich das Gefühl, dass der Himmel auf mich gefallen war.

Als ich eine Pause einlegte, sagte meine Mutter ruhig. "Warum erzählst du mir nicht von deiner Woche?"

Ihre gefasste Antwort hat mich nur noch mehr verärgert. "Du hast mich bereits vergessen. Du liebst mich nicht."

"Omid", sagte sie fest. "Keine leeren Anschuldigungen. Sagen Sie mir, was Sie gemacht haben. Wie läuft es in der Schule?"

Ihr Ton verriet mir, dass dieses Gespräch nicht weitergehen würde, wenn ich nicht meine Taktik änderte. Ich wusste, dass sie auflegen würde, und dann würde ich eine ganze Woche warten müssen, bis ich ihre Stimme wieder hören würde.

"Sie haben mich aus dem regulären Unterricht genommen. Ich muss zurück in eine Mittelschule gehen, um Englisch zu lernen. Ein Bus, der behinderte Kinder transportiert, holt mich an der Haustür ab und bringt mich zum ESL-Unterricht. Es ist so peinlich. Ich bin das Riesenmonster unter den Zwergen. Sie machen sich alle über mich lustig."

"Haben Sie mit Ihrem Vater darüber gesprochen?"

"Er ist nie zu Hause. Er kommt von einer Geschäftsreise zurück und ist nur einen Tag lang im Haus, bevor er wieder weggeht. Seit ich hier bin, hat er insgesamt zehn Worte mit mir gewechselt. Sie hätten mich genauso gut zu einem Fremden schicken können, so viel Interesse hat er an mir. Ich hasse ihn. Ich möchte hier nicht bleiben. Bitte, Azar *joon*, kann ich zurückkommen?"

"Wie geht es Carol?"

Die Tatsache, dass sie nicht 'nein' gesagt hat, hat meine Hoffnung gestärkt. Das war meine Chance. Ich wusste, wenn es mir gelänge, meine Mutter davon zu überzeugen, dass Carol mich schrecklich behandelt hatte, würde Azar etwas unternehmen. Aber trotz all meines Elends konnte ich nicht lügen.

"Carol versucht es.... Sie ist nett, nehme ich an. Aber sie hat alle Hände voll zu tun mit den beiden Jungs", sagte ich wahrheitsgemäß. "Übrigens haben beide die Windpocken. Und was macht ihr Mann? Er geht auf eine andere Reise."

"Sie können ihr eine Hilfe sein."

"Ich spreche kein Englisch und sie spricht kein Farsi."

"Sie sprechen viel besser Englisch, als Sie es sich eingestehen. Und so lernen Sie es, Omid", sagte Azar sanft. "Meinen Sie nicht, wenn Carol freundlich ist, sollten Sie das auch erwidern?"

"Sie hat mich von den Jungs und sich selbst ferngehalten. Sie hat mich gefragt, ob ich Windpocken habe und ich wusste es nicht. Sie hat Angst, dass ich mich anstecken könnte."

"Sie können ihr sagen, dass Sie die Windpocken hatten. Dann können Sie eine Hilfe sein."

"Ich kann mich nicht erinnern, Windpocken gehabt zu haben", antwortete ich.

"Es gibt eine Menge Dinge, an die Sie sich nicht erinnern. Ja, Sie haben es erlebt."

"Ich bin nicht wegen der Windpocken verärgert", sagte ich schnell, da ich meine Probleme nicht so einfach wegwischen lassen wollte. "Ich war in der Oberstufe der High School in Teheran. Ich wollte in sechs Monaten meinen Abschluss machen und dann an die Universität gehen. Hier werde ich nicht einmal am Ende des Schuljahres fertig sein. Ich muss die zwölfte Klasse wiederholen. Ich bin nicht dumm. Ich bin diesen Schülern in Mathe und Naturwissenschaften weit voraus, aber ich muss alles noch einmal durchnehmen. Das ist verheerend. Ich werde mich zu Tode langweilen."

Ich habe so viel Dramatik in meinen Tonfall gelegt, wie ich nur konnte. Ich wollte, dass sie weiß, wie zermürbend das alles für mich sein würde.

"Sie rauben mir ein ganzes Jahr meines Lebens. Das ist total unfair."

"Ich werde mit Carol sprechen. Vielleicht kann sie mit jemandem in der Schule sprechen, damit Sie schnell wieder in die richtige Klasse kommen."

"Ich habe eine Woche lang in diesen Highschool-Klassen gesessen. Ich weiß es besser als jeder andere. Ich schaffe es nicht. Ich kann nicht verstehen, lernen oder Tests in Englisch schreiben. Mama, ich bin nicht in der Lage, etwas zu verstehen. Und du hast mir versprochen, dass ich mich für das nächste Jahr an der Universität in Teheran bewerben kann. Aber jetzt bin ich völlig durcheinander. Ist das die richtige Art, mich zu behandeln? Willst du nicht, dass ich auf die

Universität gehe? Überlegen Sie doch mal. Sie geben mir nicht die gleiche Chance, die Sie selbst hatten."

Ich habe nicht auf ihre Antwort gewartet. Ich wusste, dass ich zu ihr durchdringen würde.

"Habe ich das verdient? Willst du mein Leben wegwerfen?"

Ich drehte mich um und sah die Hälfte des Gesichts meines Bruders Darius durch die Küchentür ins Wohnzimmer schauen. Die Haut des Sechsjährigen war mit einem holprigen rosa Ausschlag bedeckt. Die Zwillinge hatten das schon oft gemacht. Sie starrten mich nur aus der Ferne an. Es war offensichtlich, dass sie sich noch nicht entschieden hatten, ob sie mich mögen oder hassen würden.

Ich verfolgte mehr von dem, was in diesem Haus vor sich ging, als ich meiner Mutter zu verstehen gab. Die Zwillinge waren ganz verrückt nach Weihnachten. Es war nur noch eine Woche entfernt. Carol nutzte die Aufregung über die bevorstehenden Feiertage, um sie zu erpressen, damit sie ihre Befehle befolgten, während sie durch die Krankheit ans Haus gefesselt waren. Das erinnerte mich daran, wie meine Mutter Norooz nutzte, unser persisches Neujahrsfest, das am ersten Tag des Frühlings stattfand und Weihnachten und Ostern in einem war. Sie nutzte diesen Feiertag immer, um mich zu erpressen, damit ich mich benehme.

"Norooz", sagte meine Mutter am anderen Ende.

"Was?" fragte ich hoffnungsvoll.

"Omid, du wirst dort bis Norooz bleiben", sagte sie mir. Dann werde ich versuchen, Sie hierher zurückzubringen und Sie an der High School anzumelden, damit Sie das Jahr mit Ihrer Klasse abschließen können. Wie klingt das?"

Es wäre besser gewesen, morgen zurückzugehen. Aber der erste Tag des Frühlings war nur noch dreieinhalb Monate entfernt. Das war ein großer Gewinn gegenüber dem, was ich jetzt hatte.

"Großartig." erwiderte ich und legte viel Enthusiasmus in die Antwort. "Ich werde bis Norooz durchhalten."

Kapitel Sieben

Februar 1979

REVOLUTION BEDEUTET VERÄNDERUNG.

In der Schule habe ich im Unterricht gesprochen.

Zu Hause habe ich ein Gespräch mit Carol begonnen.

Ich war entschlossen, meinen Teil zu tun. Die Verbesserung würde langsam vonstatten gehen, aber ich hatte vor, mich zu ändern. Es war schwierig, meine Schüchternheit beim Sprechen zu überwinden. Ich studierte meinen Wortschatz. Ich versuchte zu verstehen, was um mich herum gesagt wurde, und nicht einfach nur die Worte zu verdrängen. Ich bemühte mich, Sätze aneinanderzureihen. Ich hatte die Motivation.

Und ich hatte etwas, über das ich sprechen wollte. Die Revolution.

In meinem Land fand eine Revolution statt, und ich war nicht dabei. Aber ich war trotzdem glücklich darüber. Der Schah hatte den Iran zwei Wochen zuvor verlassen. Ayatollah Khomeini war diese Woche eingetroffen. Ich hatte gemischte Gefühle dabei, denn er war nie Teil der Zukunft, die ich für mein Land sah. Aber ich starrte auf die Nachrichtenbilder von Millionen von Menschen, die den religiösen Führer am Flughafen begrüßten, und ich konnte nicht anders, als stolz zu sein.

Ich hatte geholfen, den Wandel herbeizuführen.

Mein Sprachlehrer in der Schule ließ mich diese Woche vor der Klasse über den Iran sprechen. Nur zwei der Kinder in meiner ESL-Klasse wussten, dass im Iran eine Revolution im Gange war, und keiner von ihnen konnte mein Land auf der Karte finden. Ich habe trotzdem mein Bestes gegeben. Ich fühlte mich als Vertreter meines Heimatlandes. Ich war derjenige, der den anderen die Macht der Menschen und die enorme Bedeutung dessen, was wir dort erreicht hatten, verständlich machen musste.

Carol förderte diese neue Einstellung in mir, indem sie zuließ, dass der Fernseher sogar während des Abendessens angelassen wurde. Mein Vater war wieder einmal auf einer seiner Geschäftsreisen und war die letzten zehn Tage weg gewesen.

Ich habe nicht ein einziges Mal an meiner Entscheidung gezweifelt, mich über diese Wendung der Ereignisse zu freuen, bis mein Vater am Ende der Woche nach Hause kam. Carol hatte die Zwillinge um vier Uhr zu einer Geburtstagsfeier für einen ihrer Freunde mitgenommen. Als er ankam, saß ich vor dem Fernseher und versuchte, jedes Wort eines ausführlichen Berichts über die Ereignisse im Iran zu verstehen, aber ich begrüßte meinen Vater an der Haustür. Ich nahm ihm seine Winterjacke und seine Aktentasche ab und sagte ihm, dass im Kühlschrank noch etwas übrig sei, falls er hungrig sei.

Er war überrascht. "Carol hatte Recht. Sie sehen wirklich glücklich aus."

Ich habe es ihm immer übel genommen, dass er kein Farsi mit mir gesprochen hat. Er hatte mir während meiner ersten Woche in Connecticut gesagt, dass dies der einzige Weg sei, die Sprache schnell zu lernen. Außerdem war er der Meinung, dass es für Carol und die Zwillinge besser wäre, wenn er kein Farsi sprechen würde. Er wollte nicht, dass sie sich ausgegrenzt fühlen. In diesem Moment war es mir egal, welche Sprache wir sprachen. Ich stellte mir bereits meinen Flug zurück in einen freien Iran zu Norooz vor.

"*Engelab*...rev...revolution", sagte ich zu ihm, folgte seinem Beispiel und sprach in seiner Sprache. "Ich bin glücklich."

Habib runzelte die Stirn und sah mich einen Moment lang an, bevor er sich abwandte. Er teilte meine Begeisterung nicht. Aber ich ließ mich davon auch nicht beirren. Ich wusste bereits, dass mein

Vater zu sehr in die amerikanische Kultur eingetaucht war, um sich für die iranische Politik zu interessieren. Er äußerte nie eine Meinung. Er fragte mich nie nach meiner Meinung zu dem, was dort geschah. Er stellte mir nie eine Frage zu den Schwierigkeiten, in die ich an meiner High School geraten war, bevor ich hierher kam. Wenn er das alles schon von meiner Mutter wusste, hat er es nie erwähnt.

Er war in seiner Einstellung so anders als meine Mutter, dass es leicht zu verstehen war, warum ihre Ehe nicht überlebt hatte. Ich hielt Azar für einen Iraner und Habib für einen Amerikaner. Sie war so leidenschaftlich und wortgewandt, und er war... nun ja... nicht.

Er ging in die Küche, um etwas zu essen, und ich ging zurück ins Wohnzimmer zum Fernseher. Ich hatte nicht vor, mir von ihm die Laune verderben zu lassen.

Der Sender, den ich zuvor gesehen hatte, war mit den Nachrichten fertig. Ich schaltete um und freute mich, einen weiteren Bericht über den Iran im öffentlichen Fernsehen zu sehen. Ich war überrascht, als mein Vater mit einem Teller kalten Hühnchens ins Zimmer kam und in der Tür stand, um zu sehen, was ich gerade sah.

Sie strahlten eine Rede aus, die Khomeini Anfang der Woche gehalten hatte. Ich hatte sie schon einmal gehört, als ich das Farsi im Hintergrund hörte, aber jetzt hörte ich mir das Englisch an und freute mich, dass ich mehr von den Worten verstehen konnte.

"Durch die Vormundschaft, die ich vom Propheten habe, erkläre ich hiermit Bazargan zum Herrscher, und da ich ihn ernannt habe, muss ihm gehorcht werden. Die Nation muss ihm gehorchen. Dies ist keine gewöhnliche Regierung. Es ist eine Regierung, die auf der *Scharia* basiert. Sich gegen diese Regierung aufzulehnen bedeutet, sich gegen die *Scharia* des Islam aufzulehnen. Eine Revolte gegen die Regierung Gottes ist eine Revolte gegen Gott."

Mein Vater fluchte unter seinem Atem.

Fassungslos schaute ich zu ihm hinüber. Ich kannte bereits die Bedeutung des Wortes, das er benutzt hatte, und mir war klar, dass es völlig unangebracht war, es laut und in höflicher Gesellschaft auszusprechen.

"Du magst ihn nicht", sagte ich.

"Er ist ein Heuchler."

Ich wusste nicht, was das bedeuten sollte. Mein verwirrter Blick muss es ihm gesagt haben.

"*Adame do royeh*", sagte er erneut, dieses Mal auf Farsi. "Prophet. Islamisches Gesetz. Nicht so, wie es gedacht war, sondern *seine* Version des islamischen Rechts. Er wird es ändern. Er verdreht Politik und Religion nach seinem Gusto. Und Mehdi Bazargan ist ein Narr, wenn er die Verantwortung als Premierminister annimmt, die Khomeini ihm überträgt. Er verkauft seine Seele. Die Mullahs werden ihm die Hände binden, das werden Sie sehen. Sie werden ihn daran hindern, die Veränderungen, für die er steht, umzusetzen. Er wird sich in diesem Amt nicht halten. Ich gebe ihm ein Jahr, wenn überhaupt. Der Kampf ist noch lange nicht vorbei."

Ich hatte ihn noch nie so viel sagen hören, und ich starrte ihn an, um meine Gedanken zu sammeln. Mein Verstand war eine Stahlfalle, aber ich war meiner Mutter so ähnlich. Ich musste erst alle Fakten berücksichtigen, bevor ich argumentierte. Ich wusste über Bazargan Bescheid. Er hatte in den 1950er Jahren in der Regierung von Dr. Mohammed Mossadegh gedient, der für viele ein Held war. Als Mossadegh die Ölindustrie im Iran verstaatlichte und die in britischem Besitz befindliche Anglo-Iranian Oil Company übernahm, beauftragte er Bazargan mit der Leitung der Geschäfte des Unternehmens. Und nachdem Mossadegh 1953 durch einen von der CIA unterstützten Putsch gestürzt wurde, begann Bazargan, sich für den Sturz des jungen Schahs einzusetzen, den er beschuldigte, die Menschenrechte zu verletzen. Er wurde mehrmals inhaftiert und wurde sogar für meine Generation zum Helden.

Aber es gab noch andere Informationen, die ich nicht hatte. Informationen über Ayatollah Khomeini. Ich starrte zurück auf den Fernseher und das Meer von Menschen, das sich auf den Straßen von Teheran versammelt hatte.

"Warum sprechen Sie so über den Ayatollah?" fragte ich. Ich habe ihn nicht beschuldigt, aber ich war neugierig.

"Er glaubt, dass er von Gott auserwählt ist. Der Schah glaubt auch, dass er von Gott auserwählt ist. Das allein macht sie schon sehr gefährlich, denn Menschen, die das glauben, glauben auch, dass nur Gott das Recht hat, sie zu entmachten." Habib setzte sich auf die Armlehne des Sofas. Er sah nicht bequem genug aus, um zu bleiben, aber auch nicht bereit, zu gehen. "Die Menschen, die sie auf den Straßen Teherans zeigen, sehnen sich nach Freiheit und Unabhängigkeit, etwas, das ihnen das Regime des Schahs vorenthalten hat. Aber Khomeini spricht bereits über die Konsequenzen, wenn man nicht mit seinen Ansichten übereinstimmt. Er ist ein Fundamentalist. Er glaubt nicht an die Demokratie. Es ist sein Weg oder der Tod. Vergessen Sie das nicht, Omid. Unter der Herrschaft dieses Mannes werden mehr Menschen sterben, als bereits unter der Regierung des Schahs getötet wurden."

"Nein. Sie waren nicht dabei", sagte ich leidenschaftlich. "Sie haben keine Ahnung, wie viele Verhaftungen es jeden Tag gab. Wie viele Schüler einfach verschwinden. In meiner letzten Woche im Iran drangen SAVAK-Agenten und Soldaten in meine Schule ein und verhafteten einen meiner Lehrer."

Ich war so voller Hass auf den Schah, dass ich mir niemanden vorstellen konnte, der einem Land mehr Schaden zufügt.

"Geben Sie diesen Mullahs Zeit. Sie werden noch Schlimmeres tun", sagte Habib hartnäckig. "Sie sprechen bereits von einer islamischen Revolution, nicht von einer demokratischen."

"Das Volk wird entscheiden", argumentierte ich. "Das iranische Volk wird seine Wünsche äußern."

"In dem, was ich von diesem Mann weiß und höre, ist kein Platz für die Wünsche des Volkes", behauptete er. "Khomeini repräsentiert den reaktionären Teil der Gesellschaft. Er predigt religiösen Fanatismus. Es wird keine Toleranz für jeden geben, der an etwas anderes glaubt."

"Sie sind zu streng mit ihm."

"Das werden Sie nicht denken, wenn er anfängt, die Bahá'í zu töten. Oder wenn er Juden und Christen daran hindert, ihre Religion auszuüben. Sie werden seine Ansichten nicht unterstützen, wenn er mit dem Hammer auf Studenten und Intellektuelle und vor allem auf Frauen losgeht."

"Bei den Demonstrationen vor meiner Abreise gab es keine Anzeichen von Mullahs. Es waren die Studenten und Intellektuellen, die mit den..."

"Streiten Sie beide?"

Erschrocken drehten mein Vater und ich uns beide zur Tür. Carol stand dort mit ihrem Mantel in der Hand. Die beiden Jungen lehnten an ihr und beobachteten uns mit großen Augen. Wir hatten uns so lautstark gestritten, dass wir sie nicht kommen hörten.

"Nein", sagte Habib auf Englisch.

"Kein Kampf", sagte ich. "Krieg."

Ich wollte eigentlich 'streiten' sagen, aber mir fiel das Wort nicht ein. Anhand von Carols Gesichtsausdruck vermutete ich jedoch, dass die Wortwahl nicht die richtige war.

Mein Vater stellte seinen Teller auf den Tisch, ging in die Hocke und öffnete seine Arme für seine Söhne. Die Zwillinge rannten zu ihm. Als ich sie beobachtete, musste ich mir den Anflug von Eifersucht verkneifen. Stattdessen zählte ich die Tage, die bis Norooz noch übrig waren. Dann würde ich wieder eine eigene Familie haben.

Ich würde meine Mutter haben.

Kapitel Acht

März 1979

EINE EINFACHE FRAGE sollte eine einfache Antwort erhalten. Aber niemand in meiner Umgebung war mutig genug, sie zu geben.

Carol sagte, sie wisse nicht, wer sich um den Kauf meines Rückflugtickets in den Iran für Norooz kümmere. Mein Vater sagte, Azar treffe alle Vorkehrungen und er halte sich aus der Sache heraus. Es blieben nur noch drei Wochen bis zum ersten Frühlingstag, und meine Mutter beschloss, dass dies der perfekte Zeitpunkt war, um ihre sonntäglichen Anrufe einzustellen.

So viel zu einer einfachen Antwort.

Ich versuchte, mir keine Gedanken darüber zu machen. Sie sagte Norooz, und ich musste darauf vertrauen, dass sie ihr Wort nicht brechen würde.

Es sah ihr überhaupt nicht ähnlich, nicht anzurufen. Sie war der zuverlässigste Mensch auf dem ganzen Planeten.

Anstatt mich jedoch am Sonntagmorgen anzurufen, wie sie es seit meiner Ankunft in Amerika immer getan hatte, rief sie am Montag an, als ich in der Schule war. Carol erzählte mir später, dass Azar sagte, alles sei in Ordnung und sie habe nichts Neues zu berichten. Sie sagte, meine Mutter habe meinen Flug in den Iran bei Norooz nicht erwähnt.

Ich versuchte, sie am Dienstagmorgen vor der Schule anzurufen, aber sie ging nicht ans Telefon. Wegen der achtstündigen Zeitverschiebung war es in Teheran drei Uhr nachmittags, also war ich nicht allzu überrascht, dass sie nicht zu Hause war. Gegen Mitternacht versuchte ich es erneut. Das wäre im Iran acht Uhr morgens gewesen. Wieder keine Antwort.

Ich wusste nicht mehr, wie oft ich in den nächsten Tagen unsere Nummer gewählt hatte. Es war nicht ungewöhnlich, dass Azar für ein paar Tage wegging, aber sie ließ mich immer vorher wissen, dass sie es tat. Am Samstag war ich völlig fertig, aber ich hoffte immer noch, dass sie am nächsten Tag anrufen würde.

Am Sonntagmorgen war ich kurz nach fünf Uhr wach, in eine Decke gehüllt und saß auf dem Wohnzimmersofa neben dem Telefon.

Ich hatte Mühe, mich an die extreme Kälte in Neuengland zu gewöhnen. In Teheran gibt es vier Jahreszeiten und da ich dort aufgewachsen bin, hatte ich schon viel Schnee gesehen. Was uns dort zum Glück fehlte, waren der schneidende Wind und die täglichen Minustemperaturen. Keine zusätzlichen Kleidungsschichten konnten die klirrende Kälte abhalten.

In der Nacht zuvor war Schnee vorhergesagt worden, aber als ich aus dem Fenster schaute, konnte ich keine Spur von dem weißen Zeug sehen. Der Winter war hier immer noch in vollem Gange und es gab keine Anzeichen dafür, dass er nachlässt. Zu Hause würde das anders sein. Ich stellte mir bereits vor, wie ich in Teheran ankam, wo bereits die Kirschblüten blühten und der Duft von Hyazinthen in der Luft lag.

Ich schaltete den Fernseher ein, achtete aber darauf, die Lautstärke niedrig zu halten. Mein Vater war zur Abwechslung mal zu Hause und die Zwillinge spielten am Wochenende in ihrem Zimmer, bis Carol sie zum Frühstück herunterrief.

Ich hatte in den letzten Tagen nicht viel Nachrichten gesehen, weil ich in der Schule arbeiten musste und weil die Nachrichten über den Iran im Fernsehen fast verschwunden waren. Ich war Anfang der Woche wieder in den regulären Klassenraum versetzt worden und meine Lehrer hatten dem Beratungsbüro berichtet, dass ich, wenn ich mich anstrenge, im Juni vielleicht mit den regulären Schülern meinen Abschluss machen könnte. Ich hatte mir nicht die Mühe gemacht, ihnen zu sagen, dass ich nach der dritten Märzwoche nicht mehr da sein würde.

Doch wie ich es zu Hause immer getan hatte, lernte ich fleißig und sorgte dafür, dass ich trotz der Sprachschwierigkeiten in allen Fächern aufholen konnte. Kalkulation war einfach. An der Marjan High School hatte ich Multivariablen gelernt, und meine Klassenkameraden hier hatten immer noch mit Algebra zu kämpfen. Abgesehen vom Schreiben von Laborberichten waren auch die Naturwissenschaften kein Problem. Womit ich mich schwer tat, waren Literatur und Geschichte und alles, was umfangreiches Lesen und Schreiben erforderte. Englisch stand nicht auf der Liste der drei wichtigsten Sprachen, mit denen ich als Kind in Berührung gekommen war. Farsi, Französisch und Arabisch waren die ersten Sprachen, die ich gelernt hatte. Englisch wurde erst in der High School zu einem Schwerpunkt. Aber es lag in meiner Natur, niemals aufzugeben.

Heute Morgen war ich überrascht und erfreut, als ich in den Nachrichten sah, dass ein "Frauenmarsch" auf den Straßen Teherans übertragen wurde. Die Frauenbewegung war in der Schule und in den USA ein heißes Thema, und der Bericht in den Morgennachrichten stellte eine Verbindung zwischen den Bewegungen her.

Im vergangenen Monat hatte ich versucht, eine positive Einstellung zur Revolution zu bewahren, aber die Nachrichten, die ich hier über die Rechte der Menschen im Iran finden konnte, waren sehr enttäuschend. Die Mullahs zerstörten mit ihren lauten, unnachgiebigen Forderungen systematisch eine populäre, antidiktatorische Revolution. Ständig gab es Hinrichtungen. Die Bilder der Toten schafften es sogar in die Zeitungen und Zeitschriften hier. Die meisten Namen der Menschen, die ich sah, waren Menschen, die für die Regierung des Schahs gearbeitet hatten. Aber nicht alle von ihnen.

Ein paar Wochen zuvor hatte mir meine Mutter am Telefon erzählt, dass der Ayatollah angeordnet hatte, dass die Ernennung von Frauen zu Richterinnen gestoppt werden müsse. Auch zum Militär durften Frauen nicht mehr gehen, und diejenigen, die bereits im Dienst waren, sollten entlassen werden. Azar erzählte mir, dass es Pläne für einen großen Protest als Reaktion auf die jüngste Anweisung gab, dass Frauen gezwungen werden sollten, in der Öffentlichkeit einen Schleier zu tragen.

Ich versuchte, mich von dieser Nachricht nicht zu sehr beunruhigen zu lassen. Ich glaubte, dass nach dem, was wir als Nation mit dem Schah überwunden hatten, nichts und niemand uns die Freiheiten nehmen konnte, die jedem gehörten... Männern *und* Frauen. Ich versuchte, mich nicht mehr auf Gespräche mit meinem Vater einzulassen. Seine Ansichten waren wie eine dunkle Wolke über den hellen Veränderungen. Ich wusste, dass sich unser Land in die richtige Richtung bewegte. Diese Zeit der Unruhen war ein Sprungbrett, eine Übergangsphase, zu etwas Größerem und Besserem.

"Was dagegen, wenn ich mich zu Ihnen setze?"

Ich war überrascht, als Carol, immer noch in ihrem Flanellpyjama gekleidet, ihren Kopf ins Wohnzimmer steckte. Ich schaute auf die Uhr an der Wand. Es war noch nicht einmal fünf Uhr dreißig am Morgen und dies war der einzige Tag in der Woche, an dem sie normalerweise etwas länger schlief.

Diese Frage hat mich immer verwirrt. Ich kannte die richtige Antwort nicht.

"Ja... nein... Sie können reinkommen", sagte ich schließlich und hoffte, dass meine Botschaft ankam.

Sie hat es offensichtlich verstanden, denn sie kam herein und starrte auf den Fernsehbildschirm. Es gab noch andere bequeme Sessel im Zimmer, aber sie setzte sich neben mich auf das Sofa.

"Was sehen Sie sich da an?", fragte sie.

"Nachrichtenmagazin Show".

Sie sah eine Minute lang zu. "Sie sprechen über die Demonstration zum Internationalen Frauentag in Teheran."

Ich wünschte mir so sehr, mein Englisch würde so gut werden, dass ich schnell verstehen könnte, was im Fernsehen gesagt wurde. Ich übersetzte immer noch alles zuerst in meinem Kopf, bevor ich es sagte. Meine Träume waren immer noch auf Farsi. Ich trug ein Farsi-Englisch-Taschenwörterbuch zu all meinen Kursen in der Schule mit. Ich habe einmal gehört, dass man in dem Moment, in dem man aufhört, die Wörter in seinem Kopf zu übersetzen, am Ziel ist. Ich war noch weit davon entfernt.

Ich sah, wie Carol ihre Arme rieb.

Ohne etwas zu sagen, streckte ich ihr die Hälfte meiner Decke entgegen. Sie nahm sie und rückte näher an mich heran.

Ich starrte auf den Bildschirm. Vom ersten Tag an hatte ich sie nicht mögen wollen. Ich wollte sie zum Grund dafür machen, dass ich bei einer alleinerziehenden Mutter aufgewachsen war. Aber ich konnte es nicht. Carol und Azar, so unterschiedlich sie auch waren, hatten viele ähnliche Qualitäten. Jede von ihnen war auf ihre Weise eine unabhängige Frau, und beide führten ein glückliches Zuhause, ohne dass mein Vater dabei sein musste.

Das Programm zeigte Standbilder von Frauen, die vor einem der Nachrichtensender in Teheran protestierten.

"Ihre Mutter hat mir gesagt, dass sie dort sein wird", sagte Carol und zeigte auf den Bildschirm.

Ich hätte nicht überrascht sein sollen. Trotzdem starrte ich mit gesteigertem Interesse auf den Fernseher. Ich suchte nach ihr. Was ich jedoch sah, waren die wütenden Gesichter einer Reihe von Männern mit Knüppeln vor einer Gruppe demonstrierender Frauen.

"Sie planten für jeden einzelnen Tag der Woche einen Protest", fügte Carol hinzu. "Sie gingen überall hin - vom Büro des Premierministers bis zur Residenz des Ayatollahs in Qom. Tausende waren in der Woche zuvor zu jeder Versammlung erschienen. Aber leider vertuscht die neue Regierung alles. Sie hat den Medien verboten, etwas davon im Iran zu drucken oder zu zeigen. Ich weiß nicht, wie es ihnen gelungen ist, diese Bilder nach draußen zu schmuggeln."

"Meine Mutter hat das gesagt?" fragte ich sie.

Carol nickte.

"Sie sagten, am Montag sei alles in Ordnung."

"Ich wollte Sie nicht beunruhigen und sie auch nicht. Wir wussten, dass Sie sich aufregen würden, bis Sie mit ihr gesprochen haben. Aber mit ihr ist alles in Ordnung. Und sie hat versprochen, Sie heute Morgen anzurufen. Sie können sie heute danach fragen."

Ich schaute wieder auf die Kaminsimsuhr. Die Minutenzeiger bewegten sich nicht schnell genug.

"Wenn Ihre Mutter anruft, sagen Sie ihr bitte, dass ich an sie gedacht habe."

Ich sah Carol an und nickte leicht. "Ich glaube, wenn Sie in Teheran leben würden, dann wären Sie beide... Freunde."

"Das glaube ich auch." Carol lächelte. "Aber ich sehe mich trotz allem gerne als ihren Freund an, selbst jetzt."

Es wäre so einfach, sie zu mögen und Teil des Hauses zu werden, das sie geschaffen hatte. Ich richtete meine volle Aufmerksamkeit auf den Fernsehbildschirm. Ich fühlte mich schuldig, weil ich so empfand. Carol hatte ihre eigenen Kinder. Ich gehörte zu meiner Mutter. Ich wollte im Iran sein.

Das Programm ist beendet. Carol hat den Sender gewechselt. Es war offensichtlich, dass sie wusste, wonach ich suchte. Aber das waren alle Nachrichten aus dem Iran. Auf einem UHF-Sender wurde gerade einer meiner Lieblingsfilme gezeigt.

"Das ist gut."

Sie setzte sich wieder auf das Sofa. "Haben Sie The *Sound of Music* schon einmal gesehen?"

"*Sound of Music*", wiederholte ich. "Auf Farsi nennen wir es *Ashkha va Labkhandha*."

Sie versuchte, den Titel auf Farsi zu wiederholen. Ihre Aussprache von 'kh' war furchtbar. Ich lachte, als ich ihr beibrachte, wie man das Geräusch macht, während sie so tat, als würde sie sich räuspern.

"Was bedeutet das?" fragte Carol.

"*Tränen und Lächeln*." Ich zuckte mit den Schultern. Ich wusste nicht, warum sie die Namen in der Übersetzung geändert hatten.

Die alte Nonne sang gerade davon, Berge zu besteigen und Träume zu finden. Ich dachte an den Berg Damavand und das Alborz-Gebirge, das Teheran vom Kaspischen Meer trennt. Damavand war so wichtig für das iranische Volk. Er symbolisierte die Freiheit von Tyrannen. In dem großen Buch *Shahnameh*, einer Zusammenstellung der gesamten alten persischen Mythologie, Legende und Geschichte, erzählt Ferdowsi von dem bösen König Zahhak, der in einer Höhle unter dem Damavand angekettet wurde, nachdem er von Fereydun besiegt worden war.

Diese Berge hatten für mich aber noch eine andere Bedeutung. Im Sommer fuhren meine Mutter und ich über diese Pässe zu einem besonderen Badeort im Norden. Auf dem Grundstück befand sich ein Leuchtturm. Wir hielten jedes Mal an einem bestimmten Teehaus in den Bergen an. Es hatte eine Terrasse, die über einem klaren, rauschenden Bach inmitten eines Waldes mit riesigen Bäumen gebaut war, und wir saßen auf Kissen auf den dicken Teppichen, aßen zu Mittag und tranken Tee.

Ich wollte jetzt kein Heimweh haben und schüttelte diese Gedanken ab.

"Der erste Film, den ich gesehen habe", sagte ich ihr. "Im Kino."

"Wie alt waren Sie?"

"Fünf. Meine Mutter hat mich mitgenommen. Wir waren zu zweit. Wir haben kein Taxi genommen und sind nach dem Film nach Hause gelaufen. Wir haben die Lieder gesungen."

"Waren die Lieder auf Englisch?" fragte Carol.

"Nein, sie waren auch auf Farsi. Und Julie... Julie..."

"Julie Andrews".

Ich nickte. "Ihre Stimme war anders als das hier."

"War es offensichtlich, dass es synchronisiert wurde?" Sie machte eine Bewegung mit ihrem Mund. "Der Gesang und die Lippen... haben sie zusammengepasst?"

Ich nickte. "Ich war mir sicher, dass sie auf Farsi singt. Sie haben gute Arbeit geleistet."

Wir haben ein paar Minuten lang einem Lied zugehört.

"All diese Stimmen waren anders."

In meinem Kopf tauchten plötzlich Bilder von meiner Mutter und mir auf, wie wir Hand in Hand durch die Straßen von Teheran hüpften. Es war eine Sommernacht. Es war hell draußen, als wir ins Kino gingen, aber es war dunkel, als wir herauskamen. Das allein war für mich wie Magie. Die Straßen waren nass, denn es hatte geregnet, als wir drinnen waren. Der Geruch des dampfenden Pflasters, das Geräusch des jungen Straßenverkäufers, der die Kunden zum Kauf von Walnüssen auffordert, der Anblick von Hunderten von Kindern und Erwachsenen, die das Kino verlassen, alle noch mit großen Augen von der Magie der Leinwand erfüllt.

Die Erinnerung war schon so lange her, aber sie fühlte sich auch an wie gestern.

Wir saßen die längste Zeit da und sahen uns den Film an. Von Zeit zu Zeit hörte ich, wie Carol einige der Lieder leise vor sich hin summte.

"Vielleicht könnten wir beide irgendwann einmal ins Kino gehen", sagte Carol.

"Das haben wir. Ihr...Jungs...ich."

"Das waren Filme, die gut für die Zwillinge waren. Action, Zeichentrickfilme, Disney. Ich spreche nur von uns beiden. Wir können uns einen Film ansehen, den Sie gerne sehen möchten. Ich werde einen Babysitter für die Jungs besorgen."

Das hätte ich gerne getan, aber ich wollte sie nicht daran erinnern, dass mir nur noch ein paar Wochen blieben, bevor ich in den Jet nach Hause steigen musste. Selbst jetzt wollte ich mich nicht an Carol binden. Ich wollte sie nicht vermissen, wenn ich wieder in Teheran war. Gleichzeitig wollte ich aber auch nicht ihre Gefühle verletzen.

Ich gab ihr die einzige Antwort, die ich für angemessen hielt. "Vielleicht."

Sie drängte nicht auf mehr und ich wusste das zu schätzen. Wir sahen uns den Rest des Films schweigend an. Ich behielt weiterhin die Uhr im Auge. Als der Film zu Ende war, war es bereits acht.

Ich setzte mich aufrecht hin. Mein Herz schlug mir bis zum Hals. Ich war bereit, aufzuspringen und das Telefon zu holen, sobald es klingelte. Carol streichelte mir liebevoll den Rücken, bevor sie sich aufrichtete und den Fernseher ausschaltete.

"Vergessen Sie nicht, ihr zu sagen, dass ich an sie gedacht habe."

Ich nickte. Mit der Decke war mir zu warm. Zu kalt ohne sie. Carol machte sich auf den Weg in die Küche. Meine Handflächen schwitzten. In meinen Gedanken versuchte ich, mich ganz auf meine Mutter zu konzentrieren. Azar sagte immer, dass sie wusste, wann ich in Not war. Sie glaubte, dass es eine mentale Verbindung zwischen einer Mutter und ihrer Tochter gab - eine Art Telepathie, die existierte. Ich wollte das jetzt glauben. Ich wollte, dass sie erkannte, wie sehr ich ihre Stimme in diesem Moment brauchte.

Die Uhr tickte weiter, aber das Telefon klingelte nicht. Acht Uhr fünfzehn. Acht Uhr dreißig. Ich hörte, wie Carol nach oben ging, und ein paar Minuten später kamen die Zwillinge die Treppe heruntergestürmt, um ihr Frühstück zu holen. Mein Vater kam auch herunter. Carol steckte ihren Kopf wieder ins Wohnzimmer.

"Können Sie etwas frühstücken?", fragte sie mich.

Ich schüttelte den Kopf. Ich war wie erstarrt, wo ich saß.

"Warum rufen Sie sie nicht an?"

Sie war nicht zu Hause, sonst hätte sie mich angerufen. Trotzdem musste ich es versuchen. Ich wählte die Nummer für den internationalen Anruf und hielt das Telefon an mein Ohr. Die Verbindung kam zustande. Unsere Privatnummer in Teheran klingelte und klingelte. Niemand nahm ab. Ich musste schließlich auflegen, als sich eine Aufnahme der Telefongesellschaft meldete und mich aufforderte, es noch einmal zu versuchen.

Ich legte den Hörer auf und setzte mich hin, während mir die Tränen über das Gesicht liefen. Ich hatte gar nicht bemerkt, dass Carol noch im Zimmer war. Sie kam und setzte sich neben mich auf das Sofa und nahm mich in die Arme.

"Sie wird Sie heute anrufen. Irgendwann heute. Das verspreche ich Ihnen."

Aber Azar hat an diesem Tag nicht angerufen.

Kapitel Neun

ICH HATTE KEIN FIEBER, keine Symptome einer Erkältung oder Grippe. Mir fehlte nichts, was es gerechtfertigt hätte, die Schule zu versäumen. Aber Carol verstand, warum ich zu Hause bleiben musste, und sie ließ mich.

Am Montag teilte ich meine Zeit zwischen dem Familienzimmer und meinem Schlafzimmer auf. Ich hatte keinen Appetit auf das Frühstück, aber Carol machte mir ein gegrilltes Käsesandwich zum Mittagessen und zwang mich, es zu essen. Am Nachmittag klingelte das Telefon zweimal, und beide Male ging ich ran wie ein Stier an einen Matador. Beide Male spürte ich den scharfen Stich der im Umhang verborgenen Klinge.

Am Montagabend hatte mein Halbbruder Niroo beschlossen, dass er sich meine eingebildete Krankheit eingefangen hatte. Er wich nicht von meiner Seite auf dem Sofa und setzte sich bereits dafür ein, am nächsten Tag von der Schule zu Hause zu bleiben. Von meinen beiden Brüdern war er derjenige, der ganz begeistert von der Idee war, eine ältere Schwester zu haben, insbesondere eine iranische. Er war wie ein Schwamm und lernte alles über meine Vorlieben und Abneigungen in Bezug auf Essen, Kleidung oder Fernsehsendungen. Ich hatte ihm bereits beigebracht, wie man auf Farsi bis zehn zählt und wie man auf einfache Begrüßungen antwortet. Er übte sie bei jeder Gelegenheit, wenn wir zusammen waren. Jeden Abend bestand er darauf, seine Hausaufgaben zu machen, wo immer ich auch war. Obwohl ich immer noch Probleme mit dem Englischen hatte, bat er mich um Hilfe bei seinen Schularbeiten und brachte mir seine Bücher, damit wir gemeinsam lesen konnten.

Sein Bruder Darius war sich noch nicht ganz sicher, was er von mir halten sollte. Er beobachtete mich aus sicherer Entfernung, und ich spürte, dass er sich darüber ärgerte, die liebevolle Aufmerksamkeit seines Zwillings verloren zu haben. Nach dreieinhalb Monaten konnte ich feststellen, dass Niroo Carols Persönlichkeit hatte und Darius die unseres Vaters.

Ich dachte gerne, dass ich ganz ich selbst war. Ehrlich, schroff, rational, unverblümt und, wie ich annehme, nicht übermäßig anhänglich. Ich konnte nicht verstehen, warum Carol und Niroo mir so viel Aufmerksamkeit schenkten. Doch insgeheim tröstete es mich zu wissen, dass sie sich um mich sorgten.

Mein Vater ist am Montag zu einer weiteren seiner Geschäftsreisen aufgebrochen. Es war sinnlos, mit ihm über das Thema Heimreise zu diskutieren. Er hatte meine Bitten, mir das Flugticket für die Reise in den Iran zu Norooz zu kaufen, immer wieder abgewiesen. Vor meinen Augen hatte er auch Carol befohlen, nichts dergleichen zu tun. Ich ärgerte mich über seinen Ton und sein Verhalten, nicht nur mir gegenüber, sondern auch gegenüber Carol. Es war offensichtlich, dass er damit durchsetzen wollte, wer das Sagen über mich hatte.

Am Montagabend hatte Carol die Nase voll von den Eskapaden der beiden Sechsjährigen, die am nächsten Tag zu Hause bleiben wollten. Nachdem Niroo sich mit meiner "Krankheit" angesteckt hatte, war Darius schnell dabei, auf den Zug aufzuspringen. Ich hatte sogar Mitleid mit ihr und verkündete, dass es mir besser ginge und ich morgen früh wieder zur Schule gehen würde. Damit war die Revolte beendet.

Carol kam an diesem Abend in mein Zimmer, nachdem die Jungs im Bett waren. Seit meiner Ankunft in den USA hatte ich begonnen, ein neues Tagebuch zu führen, in das ich jeden Abend treu einen Eintrag schrieb.

Ich klappte das Notizbuch zu und schob es unter mein Kopfkissen, als sie hereinkam. Sie setzte sich auf die Kante meines Bettes.

"Vielen Dank für das, was Sie den Jungs gesagt haben", sagte sie mir. "Ich weiß, wie schwer es für Sie war."

Ich nickte. Ich war mir nicht sicher, ob irgendjemand den Grad meiner Verzweiflung kennen konnte, aber ich schätzte es trotzdem, dass sie versuchte, mitfühlend zu sein.

"Ich muss Ihnen etwas sagen." Sie zögerte, sah nach unten und strich die Decke zwischen uns glatt. "Als ich letzte Woche mit Azar telefoniert habe, sagte sie mir, dass sie nicht möchte, dass Sie zu Norooz in den Iran zurückkehren."

Mein Körper spannte sich an und es war offensichtlich, dass Carol das spürte.

"Ich habe sie gebeten, Ihnen das selbst zu sagen, weil ich weiß, wie sehr Sie sich darauf gefreut haben", fuhr Carol fort. "Ich hatte gehofft, dass sie das tun würde. Als Mutter musste Azar die schwierigste Entscheidung ihres Lebens treffen, als sie Sie im Dezember zu uns schickte. Sie sind alles für sie. Sie könnte nicht leben, wenn sie wüsste, dass Sie in Gefahr sind und sie Sie nicht beschützen könnte."

"Das war wegen des Schahs", erinnerte ich sie.

"Vielleicht", sagte Carol. "Aber ich glaube, sie hat sich so entschieden, weil Sie eine intelligente und freimütige junge Frau sind. Ganz so wie sie selbst. Azar ist eine Anführerin, keine Mitläuferin. Sie ist eine Intellektuelle. Sie hat ihr ganzes Leben lang gearbeitet, um sich Respekt zu verschaffen, um eine Position im Leben zu erreichen, die nicht nur für eine Frau, sondern für jeden Menschen lobenswert ist. Jetzt versucht diese Regierung, die gleiche wie die letzte, sie zum Schweigen zu bringen. Und sie hat Angst vor dem, was passieren wird."

Ich erinnerte mich an die Frauenproteste, die Carol und ich am Sonntagmorgen gemeinsam im Fernsehen gesehen hatten.

"Sie braucht mich, wie ich sie brauche. Wir können den ... Krieg ... zusammen kämpfen. Ich werde nicht in Gefahr sein."

Carol strich mir eine Haarsträhne aus der Stirn. "Sie glaubt, dass Sie in Gefahr sind. Sie weiß, dass *sie* nicht ganz sicher ist. Aber ich kenne die Details nicht. Ich kann Ihnen nicht mehr sagen als das, was sie mir gesagt hat. Das ist sogar viel mehr, als ich Ihnen jemals zu sagen beabsichtigt hatte. Sie wird Sie anrufen. Das hat sie mir versprochen. Sie wird es viel besser erklären, als ich es je könnte."

Irgendwie schlief ich schließlich doch ein, aber die Nacht wurde durch eine Reihe kurzer, beunruhigender Albträume unterbrochen. In einem protestierte ich vor meiner High School in Teheran. Meine Freunde waren drinnen eingesperrt. Sie erzählten mir, Roya sei getötet worden... erschossen. Eine Kette von Erwachsenen mit verschränkten Armen ließ mich nicht durchkommen. In einem anderen Fall war ich in der Moschee von Imam Reza in Mashhad verloren. Ich war ein Kind und eine Menschenmenge füllte den offenen Bereich draußen. Dann war meine Mutter verschwunden. Ich kletterte auf den Sockel einer Säule. Ich konnte meine Mutter auf der anderen Seite der Menschenmenge sehen. Sie suchte verzweifelt nach mir, aber aus meiner Kehle drang kein Laut. Ich konnte ihre Aufmerksamkeit nicht erregen. In meinem letzten Traum bin ich gefallen. Ich fiel eine endlose Wendeltreppe hinunter, außer Kontrolle, stürzte und fiel, immer weiter nach unten, in einen schwarzen unterirdischen Abgrund.

Es war zwanzig nach vier, als ich erschrocken meine Augen öffnete. Ich starrte auf die Uhr. Das Telefon klingelte im Familienzimmer. Ich kann mich nicht erinnern, dass meine Füße jemals den Boden berührt haben, bevor ich die Treppe hinunterlief und zum Telefon rannte.

Es war meine Mutter.

Ich fing an zu weinen wie ein kleines Kind. Verzweifeltes Schluchzen raubte mir den Atem, und ich konnte kaum sprechen.

"Hören Sie mir zu, meine Liebe", sagte sie.

"Ich habe dich vermisst", sagte ich zu ihr. "Ich habe immer wieder versucht, dich anzurufen. Ich möchte nach Hause kommen. Du hast mir versprochen, dass ich zurückkommen kann. Ich habe alles getan, worum Sie mich gebeten haben. Es ist an der Zeit."

"Hör mir zu, Omid." Die Stimme meiner Mutter war angespannt. "Ich bin nicht zu Hause gewesen. Ich habe nicht angerufen, weil ich mich versteckt habe."

"Verstecken vor wem?"

"Sie haben eine Akte über mich angelegt. Diese Regierung. Sie behaupten, ich sei einer der Anführer der Mudschaheddin. Sie haben Haftbefehle gegen mich."

"Das ist lächerlich. Ihre Studenten werden während eines Prozesses für Sie sprechen. Andere Fakultätsmitglieder. All die Menschen, die Sie so sehr respektieren."

"Omid, fast alle, die ich kenne, sind entweder tot, im Gefängnis oder untergetaucht. Hier gibt es keine Gesetze mehr. Eine Schreckensherrschaft hat begonnen. Täglich gibt es Attentate. Die Liberalen und diejenigen, die eine säkulare Regierung wollen, werden ohne Gerichtsverfahren getötet. Khomeini nutzt seine Rhetorik gegen den 'Großen Satan und seine einheimischen Agenten', um alle loszuwerden, die die Revolution geplant und herbeigeführt haben. Ich weiß bereits, dass es für mich keinen Prozess geben wird. Wenn sie mich erwischen, werde ich auch tot sein."

Ich vertraute meiner Mutter, aber ich konnte den Worten keinen Glauben schenken. Das war nicht der neue Iran, den ich mir vorgestellt hatte.

"Ich möchte mit Ihnen dort sein. Wenn Sie sich verstecken, werde ich mich mit Ihnen verstecken. Sie haben mir versprochen, dass ich zurückkommen kann. Das ist auch mein Kampf. Es ist mein Land."

Es gab eine lange Pause. Ich dachte, ich hätte sie auch weinen hören. Ihre Stimme zitterte, als sie wieder sprach.

"An dem Tag, an dem Sie geboren wurden, habe ich Ihnen ein Leben versprochen. Und das gebe ich Ihnen heute."

"Mama."

"Ich bin auf dem Weg nach Isfahan. Ich werde dort bei einigen Freunden meiner älteren Schwester wohnen. Ich rufe Sie an, sobald ich dort bin."

"Warten Sie", rief ich. "Bitte, Sie können mich hier nicht einfach so hängen lassen. Erzählen Sie mir mehr darüber, was hier los ist. Bitte sagen Sie mir, dass es Hoffnung gibt, dass sich die Dinge ändern werden."

"Es gibt immer Hoffnung, meine Liebe. Solange es den menschlichen Geist gibt, gibt es Hoffnung. Jetzt muss ich gehen. Ich rufe dich morgen um dieselbe Zeit aus Isfahan an. Ich liebe dich."

Kapitel Zehn

"...EINE Person, die den sogenannten wandelnden Toten ähnelt."

Als ich am Freitag nach Hause kam, las ich die Definition von 'Zombie' im Wörterbuch. Am Ende des Tages hatte mich meine Klassenlehrerin einen Zombie genannt.

Azar hatte mich am Mittwoch nicht angerufen. Oder Donnerstag. Oder Freitag.

'Tot' war wahrscheinlich eine genaue Beschreibung von mir. Was das Laufen anbelangt, so wusste ich nicht, wie ich es weiterhin tun sollte. Ich schlief jede Nacht für ein paar Stunden unruhig. Dann war ich vor vier Uhr wach und kampierte neben dem Telefon im Familienzimmer. Ich ging jeden Morgen zur Schule, wie Carol es von mir verlangte, aber in den Klassenzimmern hörte ich gar nichts. Ich habe mich nicht beteiligt und keine Fragen beantwortet. Ich habe meine Hausaufgaben nicht gemacht. Meine Lehrer schickten mich viermal in der Woche zur Krankenschwester. Carol wurde zu Hause angerufen und gesagt, dass ich auf Mono getestet werden sollte. Aber sie schickten mich nicht nach Hause, denn ich hatte kein Fieber, keine Halsschmerzen, keine anderen Symptome als Depressionen und extreme Müdigkeit.

Carol machte sich nicht die Mühe, Bluttests bei mir zu machen. Sie wusste, was mit mir los war. Sie versuchte, mich aus meiner Stimmung zu reißen, aber es war nicht möglich. Ich wollte ihr helfen, wirklich, aber ich konnte nicht aufhören, mir Sorgen zu machen.

Es gab Ausschnitte von Artikeln aus Zeitungen und Zeitschriften, die ich aufbewahrte. Ich klebte sie in mein Tagebuch. Ich unterstrich Abschnitte, damit ich sie immer wieder lesen konnte.

Ein Autor schrieb, dass es im Iran ein "Machtvakuum" gebe. Ein anderer glaubte, dass die iranische revolutionäre Bewegung im Grunde keine religiöse Bewegung gewesen sei; die teilweise Immunität, die religiösen Äußerungen gewährt wurde, habe ihr lediglich eine Öffnung und einen Sammelpunkt verschafft. Ich glaubte das.

In einem Zeitschriftenartikel war die Rede von Frauen, die früher den Schleier als Symbol des Widerstands gegen den Schah trugen und sich nun Khomeini widersetzten, indem sie sich weigerten, ihn zu tragen.

All dies gab mir Hoffnung. Andere kämpften gegen die neue Regierung, so wie ich gegen die alte gekämpft hatte, so wie es meine Mutter seit Jahren getan hatte. Ich kopierte eines der Zitate oben auf jede Seite meines Tagebuchs.

Die einzige Möglichkeit, die Revolution zu verteidigen, besteht darin, sie auszuweiten.

Das war es, was meine Mutter erreichen wollte. Ich musste mit ihr reden.

Ich hatte die Telefonnummer des Hauses meiner Tante in Isfahan. Zwischen Mittwoch und Freitag habe ich ein Dutzend Mal versucht, sie anzurufen. Es kam nie eine Antwort. Ich fragte mich, ob sich ihre Nummer geändert hatte, seit ich hierher gekommen war. Ich hatte keine Möglichkeit, das herauszufinden. Im Iran gab es keine Telefonauskunft für alle Städte wie in Amerika. Ich war verloren und hatte keine Ahnung, was ich tun sollte.

Mein Vater sollte bis Freitagabend verreist sein. Ich hoffte, dass er die Telefonnummern von weiteren Mitgliedern unserer Familie hatte. Das musste er auch. Irgendwann war er mit ihnen verwandt gewesen. Aber ich war auch mit ihnen verwandt und hatte nie Kontakt zu ihnen gehabt. Meine Mutter und ich lebten in unserem eigenen Kokon der Privatsphäre, der alle anderen ausschloss.

Am Freitagabend bat ich Carol, meinen Vater zu bitten, mit mir zu sprechen, bevor er ins Bett ging, wenn er nach Hause kam. Sein Flug sollte erst sehr spät am JFK in New York ankommen. Er würde dann nach Connecticut fahren.

Um elf Uhr war ich noch wach. Ein frischer Gedanke trieb mich aus dem Bett, und ich war froh, Carol noch wach und lesend im Wohnzimmer anzutreffen. Seit ich nach Amerika gekommen war, hatte ich mit keinem meiner Freunde im Iran telefoniert. Wir hatten eine Handvoll Briefe ausgetauscht - meistens zwischen mir und Roya - aber das war alles. Wir alle wussten, wie teuer ein internationales Telefongespräch war, und es erschien mir völlig unvernünftig, das Geld unserer Familie dafür auszugeben.

"Du solltest versuchen zu schlafen, Schatz. Dein Vater kommt vielleicht erst sehr spät nach Hause", sagte Carol zu mir.

"Darf ich Sie um etwas Großes bitten, das mir wirklich wichtig ist?"

Carol griff nach meiner Hand und zog mich neben sich auf das Sofa. "Wenn ich es Ihnen geben kann und wenn es Sie glücklich macht, auf jeden Fall."

"Kann ich einen meiner Freunde in Teheran anrufen? Roya war meine beste Freundin. Wir haben schon ewig nicht mehr miteinander telefoniert."

"Roya ist die Freundin, von der Sie Briefe bekommen", sagte Carol.

Ich nickte. "Es tut mir leid. Ich weiß, dass es teuer ist." Carol und mein Vater hatten mir in meiner ersten Woche hier gesagt, dass ich das Telefon benutzen konnte, um meine Mutter jederzeit anzurufen. Meistens brauchte ich das nicht; Azar rief immer selbst an.

"Das ist völlig in Ordnung für mich. Es tut mir leid, dass ich nicht selbst daran gedacht habe. Natürlich können Sie sie anrufen."

Ich schüttelte den Kopf. "Ich würde nicht so viel fragen... wenn es nicht wichtig wäre."

"Nur zu."

Ich warf einen Blick auf die Uhr und dann auf das Telefon. "Wenn ich jetzt anrufe, geht sie vielleicht ran, bevor sie zur Schule geht."

"Morgen ist Samstag", sagte Carol und fügte dann hinzu: "Das ist richtig. Samstag und Sonntag sind reguläre Schultage in Teheran. Ich werde mir jetzt eine Tasse Tee holen. Warum rufen Sie sie nicht gleich an?"

Ich kannte die Vorwahlen von Land und Stadt auswendig. Ich kannte auch Royas Nummer besser als meine eigene.

Bei den ersten beiden Malen bekam ich nach der Landesvorwahl ein Besetztzeichen. Als nächstes wählte ich die Vermittlung und bat um Unterstützung, um durchzukommen.

Die Magie hatte so lange in meinem Leben gefehlt, dass mir die Tränen kamen, als das Telefon klingelte und Roya abnahm. Sie fing auch an zu weinen. Ich weiß nicht mehr, was wir beide in den ersten paar Minuten gesagt haben, aber ich habe mich schnell wieder an die Zeit erinnert und daran, was dieser Anruf Carol gekostet hat.

"Ich brauche Ihre Hilfe."

"Alles."

Ich erzählte ihr in vielen Worten von dem letzten Anruf von Azar und dass es schon drei Tage her war und sie immer noch nicht zurückgerufen hatte.

"Ich möchte, dass Sie herausfinden, wo meine Mutter ist und ob sie in Sicherheit ist."

Ich wusste, dass Roya von all meinen Freunden die besten Verbindungen zu Leuten an der Universität hatte, die meine Mutter kannten. Wenn etwas Schreckliches passiert war, würden sie es wissen.

Sie versprach, herauszufinden, was sie kann.

"Die Dinge sind hier schrecklich", sagte sie mir, ohne das Gespräch beenden zu wollen. "Sie haben meinen Bruder gleich nach Beginn der Revolution freigelassen. Aber letzte Woche haben sie ihn wieder abgeholt."

Aus ihren Briefen wusste ich, dass Royas Bruder Ende Dezember entlassen worden war. "Mit welcher Begründung haben sie ihn festgenommen? Wo ist er jetzt?"

"Das wissen wir nicht. Sie haben es uns noch nicht gesagt. Wir bekommen nicht einmal eine Antwort, ob er wieder im Evin-Gefängnis ist oder nicht."

"Es tut mir leid, Roya."

"Es ist verrückt. Sobald Sie eine Meinung äußern, nennen sie Sie einen Marxisten, einen Kommunisten, einen Mudschaheddin, einen Anti-Islam...irgendetwas. Sie verhaften Menschen ohne jeden

Vorwand. Jeden Tag gibt es Hinrichtungen, und die Bilder der Leichen werden in den Zeitungen abgedruckt. Meine Mutter hat nicht mehr aufgehört zu weinen, seit sie bei uns zu Hause aufgetaucht sind und meinen Bruder mitgenommen haben."

Omid erinnerte sich an die Worte ihres Vaters, als sie die Demonstrationen nach der Ankunft von Khomeini angefeuert hatte. Er hatte dies vorausgesagt.

"Gott, Roya."

"Alle sind entsetzt. Ich spreche nicht mehr mit Neda oder Maryam. In der Schule wissen die anderen Mädchen, dass mein Bruder wieder verhaftet wurde, und sie haben Angst, etwas mit mir zu tun zu haben."

"Ich wünschte, ich wäre bei Ihnen."

"Ich auch. Ich war noch nie so allein wie jetzt."

Wir unterhielten uns noch eine Weile, aber bevor ich auflegte, war ich noch mehr als zuvor davon überzeugt, dass ich dorthin gehörte... in den Iran, zu meiner Mutter, zu Roya, zu den Menschen, die mich brauchten.

Kapitel Elf

Das Wochenende glitt geräuschlos in die Schulwoche über. Norooz war nur noch fünf Tage entfernt, und meine Mutter hatte sich nicht gemeldet. Ich hatte das Versprechen meines Vaters, dass er alles tun würde, um herauszufinden, wo Azar war, aber das war ein dünner Ast, an dem ich mich festhalten konnte.

Das einzige Überbleibsel unserer persischen Kultur, das mein Vater in seinem amerikanischen Leben beibehalten zu haben schien, war die Feier des Neujahrs. Norooz, der erste Tag des Frühlings, ist ein uralter Feiertag. Sein Ursprung liegt in einer nebligen, prähistorischen Zeit, die politische Systeme, nationale Identitäten und sogar bestehende Religionen überdauert hat. Aber es ist ein ganz besonderer Feiertag, ein Tag, an dem die Welt irgendwie erneuert wird. Er schafft eine Gegenüberstellung des Ursprünglichen mit dem Modernen und schimmert wie Sonnenschein auf den Glaswänden eines Wolkenkratzers mit einem ewig blauen Himmel dahinter.

Ich war überrascht, als ich sah, wie Carol sich in der Woche vor dem Feiertag darauf vorbereitete. Eine handgefertigte persische Tischdecke lag auf dem Esszimmertisch. Sie hatte eine Liste mit Gegenständen erstellt, die sie für die Auslage *der Hafenspeisen* benötigte. Sieben traditionelle Gegenstände, die alle mit dem persischen 'S' beginnen. Ein Spiegel und Kerzen und ein Apfel und ein Dutzend

Goldfische, bei deren Kauf die Jungs ihr geholfen hatten. Sie hatte ihnen versprochen, dass sie am Sonntag Eier bemalen würden.

Am Freitag wurde ich fünf Minuten vor Schulschluss in das Hauptbüro gerufen. Ich war überrascht, dass Carol auf mich wartete.

"Anstatt mit dem Bus nach Hause zu fahren, dachte ich, wir beide könnten einkaufen gehen, was ich noch für den Tisch *der Häftlinge* besorgen muss."

"Was ist mit den Zwillingen?"

"Da Habib zu Hause ist, wird er da sein, wenn die Jungs aus dem Bus steigen." Als wir ins Auto stiegen, kramte Carol in ihrer Handtasche nach ihren Schlüsseln und holte eine Kreditkarte hervor, die sie mir zuwarf. "Es kommt nicht allzu oft vor, dass er mir seine Kreditkarte gibt und sagt, wir beide sollten einkaufen gehen, was immer wir wollen."

Ich hatte bereits die Macht der Kreditkarte in Amerika kennengelernt. Die Idee, erst etwas zu kaufen und dann zu entscheiden, wie man es am Ende des Monats bezahlt, war für mich ein neues Konzept. Ob man sie im Iran benutzte, wusste ich nicht. Ich konnte mich nicht erinnern, dass Azar jemals einen hatte. Wir haben alles bar bezahlt, soweit ich wusste.

Als wir den Parkplatz der Schule verließen, schaute ich vage auf die Kinder, die aus der Schule kamen und sich in die Busse drängten. Mein Vater war diese Woche ausnahmsweise nicht auf Reisen, und das erforderte von uns allen Anpassungen. Es schien, als gäbe es mehr Regeln im Haus und einen klaren Sinn für den Zeitplan.

"Ich habe Habib gesagt, dass wir zum Abendessen eine Pizza holen und um sechs zu Hause sind."

"Hat heute jemand aus dem Iran angerufen?" fragte ich. Ich war zu vorsichtig, um nach Azar namentlich zu fragen. Zu diesem Zeitpunkt wäre ich mit jeder Nachricht zufrieden gewesen.

"Nein. Aber ich weiß, dass Ihr Vater einige Telegramme an verschiedene Leute geschickt hat. Ich bin sicher, er wird Ihnen alles darüber erzählen, wenn wir zu Hause sind."

Ich wäre jetzt genauso gut nach Hause gegangen, aber Carol war wie ein aufgeregtes Kind wegen Norooz. Sie traf dieses Jahr die Urlaubsvorbereitungen und hatte ein Dutzend Fragen dazu. Sie wollte alles richtig machen. Wir fuhren nach Hartford. Jemand hatte ihr erzählt, dass es dort einen nahöstlichen Laden gab, in dem sie einige der Gewürze kaufen konnte, von denen mein Vater ihr erzählt hatte. Als wir in der Hauptstadt ankamen, stellte sich jedoch heraus, dass sie sich bei der Adresse nicht ganz sicher war. Und als wir herumfuhren, sahen wir einige der gleichen Geschäfte zwei- oder dreimal.

"Haben Sie nicht noch ein paar von diesen Dingen aus anderen Jahren?" fragte ich, nachdem wir zweimal angehalten und nach dem Weg gefragt hatten.

Carol schaute verwirrt hinüber. "Wir haben es noch nie zu Hause gefeiert."

"Aber mein Vater... hat gehandelt..."

"Er hat immer die Pläne gemacht und wir sind nach Boston oder New York gefahren und haben in einem persischen Restaurant zu Norooz gegessen. Dies ist das erste Jahr, in dem er die ganze Sache zu Hause machen will."

Ich wollte nicht emotional werden, aber ich wurde es. "Wir könnten dieses Jahr auch in ein Restaurant gehen."

Carol schüttelte den Kopf. "Er hat mir erzählt, dass Ihre Mutter ihn immer zu Hause gefeiert hat und dass es ein sehr wichtiger Feiertag für Sie beide ist. Er möchte, dass wir ihn mit Ihnen in Ihrem neuen Zuhause feiern."

Ich schaute aus dem Fenster und wischte die hartnäckigen Tränen weg, die mir über die Wangen liefen. Ich hatte geplant, an diesem Feiertag zu Hause zu sein. Aber das würde ich nicht sein. Ich wünschte, ich würde von Azar hören. Ich wollte eine weitere Chance, mit ihr zu sprechen. Nur um ihre Stimme zu hören und mich zu vergewissern, dass es ihr gut ging.

"Ihr Vater sagt, Sie wissen viel über Norooz."

Ich zuckte mit den Schultern. Ich wollte sie daran erinnern, dass meine Mutter Geschichtsprofessorin war, so dass ich mich mit vielen Dingen auskannte, besonders wenn es um unsere Kultur ging. Aber ich dachte mir, dass Carol das schon wusste.

Sie hielt den Wagen an einer roten Ampel an. "Die Bedeutung von *haft-seen*. Ich weiß, dass damit der Stoff von sieben Gerichten gemeint ist, die jeweils mit dem persischen Buchstaben 'S' beginnen. Warum sieben und nicht acht oder neun oder zehn?"

Obwohl Schmollen und Schmollen besser zu meinen Gefühlen

passte, war ich froh, mit Carol zu teilen, was ich über Norooz wusste. Das war Teil meiner Berufung hier.

"Die Zahl Sieben ist in der iranischen Kultur wichtig. Meine Mutter hat mir erzählt, dass sie auf *Zartoush* zurückgeht..."

"Oh, ja. Der Zoroastrismus. Ihr Vater hat vor ein paar Jahren etwas darüber gesagt."

"Zoroastrismus." Ich hatte Mühe, das Wort auf Englisch auszusprechen. "Die sieben Gerichte stehen für sieben Engel. Engel des Lebens oder der Wiedergeburt, Gesundheit, Glück, Reichtum, Freude, Geduld..." Ich musste sie noch einmal zählen. "Und Schönheit."

Carol sah mich bewundernd an. "Ich frage mich, ob Habib das alles weiß."

"Ich glaube schon", antwortete ich bescheiden, obwohl es mich kitzelte, dass ich über alles mehr wissen könnte als mein Vater. Ein Auto hupte hinter ihr. Die Ampel war grün. Carol fuhr wieder los.

"Was ist mit den anderen Dingen, die sie auf dem Tisch haben? Zum Beispiel bemalte Eier?"

Ich konnte mich nicht an das englische Wort dafür erinnern. "Babys... Babys bekommen?"

"Trächtigkeit? Fruchtbarkeit?"

Ich nickte. "Fruchtbarkeit. Das ist ein Symbol dafür."

"Ich muss noch einmal darüber nachdenken, ob ich bemalte Eier auf dem Tisch haben möchte." Sie lächelte. "Also müssen Münzen für Reichtum stehen."

"Ja."

"Wofür stehen der Spiegel und die Kerzen?"

"Der Spiegel ist die Reflexion der Schöpfung. Wir feiern die alten persischen Traditionen und den Glauben, dass die Schöpfung am ersten Tag des Frühlings stattgefunden hat. Das geschieht jedes Jahr wieder und wieder. Kerzen stehen für Erleuchtung und Glück. Und für jedes Kind in der Familie sollte es eine Kerze geben."

Carol schaute zu mir rüber und sah verärgert aus. "Es tut mir leid, ich hatte keine Ahnung davon. Ich hätte drei Kerzen auf den Tisch stellen sollen und nicht zwei. Aber wir sind noch nicht fertig mit dem *Haft-Seen*, also hoffe ich, dass Sie..."

"Kein Problem", sagte ich sanft. "Meine Mutter hat immer zwei Kerzen angezündet, weil das besser aussieht."

Sie lächelte mich an.

"Ich kenne die Bedeutung von Norooz und die Traditionen, weil meine Mutter sie mir beigebracht hat. Aber wir haben uns nicht an alles gehalten. Es gab Jahre, in denen wir das eine oder andere nicht finden konnten, also stellten wir andere Dinge auf den Tisch, die hübsch aussahen... oder die wir gefunden hatten."

"Wir müssen auch eine Hyazinthenpflanze besorgen", sagte sie.

Ich nickte und dachte an die Jahre zurück, in denen ich Norooz mit Azar feierte. "Eines der Dinge, die man auf dem *Teller sieht*, ist *Samanu - eine* besondere Art von Pudding. Meine Mutter wusste nie, wie man ihn zubereitet, also haben wir immer etwas anderes dafür genommen."

"Was bedeutet *Samanu*?"

"Ich dachte an Kochen... aber es soll ja Wohlstand sein." Ich zuckte mit den Schultern. "Und es gibt Dinge, die sich jedes Jahr wiederholen, die Familientraditionen sind. Zum Beispiel erzählt ein Mitglied der Familie jedes Jahr eine Geschichte oder sagt etwas Lustiges - den gleichen Witz oder die gleiche Geschichte - jedes Jahr. Das ist eine Tradition."

"Ja!" rief Carol und fuhr in eine Parklücke. Auf der anderen Straßenseite hatte sie das Schild eines nahöstlichen Ladens entdeckt. "Erinnern Sie sich an die Geschichten, die Sie als Kind bei Norooz gehört haben?"

"Amoo Norooz Geschichten." Ich nickte. "Viele Geschichten von Onkel Norooz. Er kommt herein und spielt Musik. Er hat schwarze Haut und besucht jedes Haus. Wie der Weihnachtsmann. Vielleicht kann ich den Zwillingen ein paar von ihnen erzählen." Ich habe mich selbst mit meinem unaufgeforderten Angebot überrascht.

"Das hatte ich gehofft." Carol legte ihre Hand auf meinen Arm. "Würde es Ihnen etwas ausmachen, uns allen - mir und den Jungs und sogar Ihrem Vater - einige der Traditionen beizubringen und zu erklären, was das alles bedeutet, wenn wir nächste Woche das Norooz-Fest begehen?"

Ich sah sie an. Ich wusste, was sie vorhatte. Sie wollte mir das Gefühl geben, dass ich wichtig bin und gebraucht werde. Das hat meine Gefühle nur noch mehr verwirrt. Ich wollte nicht glücklich sein. Ich wollte nicht dazugehören. Alle auf Abstand zu halten, würde mir die Entscheidung darüber, wo ich leben sollte, viel leichter machen. Sie hat auf eine Antwort gewartet.

Ich zuckte schließlich mit den Schultern und hoffte, dass diese unverbindliche Antwort ausreichen würde.

Sie griff nach mir und umarmte mich. Keine kühle, höfliche Umarmung. Das war nicht Carol. Stattdessen schlang sie ihre Arme um mich, hielt mich fest und zog mich an sich. Ihre Arme waren stark, aber ich habe mich nicht gewehrt. Ihre Schulter war weich, und sie sagte mir auf ihre Weise, dass sie sich um mich sorgte... mehr als sorgte.

Sie war für mich da und sie verstand mich. Und plötzlich merkte ich, dass ich weinte.

Kapitel Zwölf

AM NÄCHSTEN TAG schleppte mich Carol zum Einkaufen und ließ die Zwillinge bei meinem Vater. Freitagabend war die Nacht *der Haftentlassung*. Am Samstag ging es um neue Kleidung. Die einzigen beiden üblichen Norooz-Vorbereitungen, von denen Carol vor meiner Ankunft zu wissen schien, waren der Frühjahrsputz im Haus und der Kauf neuer Kleidung für das neue Jahr.

Letzteres war heute unser Ziel. Wir verbrachten den ganzen Vormittag und einen Teil des Nachmittags in der West Farms Mall, auf dem Weg nach Hartford. Dies war der erste Einkaufsbummel, den ich seit meiner Ankunft in Amerika unternommen hatte. Sogar zu Weihnachten hatte ich mich davor gedrückt, einkaufen zu gehen. Ich hatte nur den Jungs Geschenke gemacht, und das waren kleine Geschenke, die meine Mutter für sie geschickt hatte.

Carol war fest entschlossen, mich mehr als ein Outfit kaufen zu lassen. Sie drängte mir Jeans, Röcke und Pullover auf, und ich versuchte, sie bei jedem Schritt abzuwehren. Ich sagte immer wieder, dass ich mit dem zufrieden war, was ich hatte, aber sie akzeptierte kein Nein als Antwort.

Nach den Blicken zu urteilen, die wir auf uns zogen, war ich wohl der Neid aller Teenager, die an diesem Tag einkauften.

Es war mitten am Nachmittag, als wir in die Einfahrt fuhren. Für ein paar kurze Stunden hatte Carol es fast geschafft, mich von den Sorgen um meine Mutter abzulenken. Wir betraten das Haus mit den Armen voller Tüten und Darius und Niroo stürzten sich sofort auf uns. Im Gegensatz zu Weihnachten sind die Geschenke zu Norooz keine Überraschung. Die Menschen tragen ihre neuen Kleider am ersten Frühlingstag und die Kinder bekommen knackiges Papiergeld oder glänzende neue Münzen, die in die Seiten des Korans oder der Bibel oder der Thora oder des religiösen Buches, das die Familie aufbewahrt, gesteckt werden.

Ich sah keine Spur von meinem Vater, bis ich meine Pakete in mein Schlafzimmer brachte und sie auf den Boden fallen ließ. Ich drehte mich um und er stand in der Tür.

"Ich hatte einen Anruf aus dem Iran", sagte er ohne Umschweife.

"Von Azar?"

"Ja."

"Geht es ihr gut?"

"Natürlich."

Ich sprang auf und stemmte eine Faust in die Luft. Ich wippte mit den Füßen, als ob ich tanzen würde. Er sah mich mit großen Augen an und mir wurde klar, dass er mich wahrscheinlich zum ersten Mal so richtig glücklich gesehen hatte. Ich versuchte, mich zu beruhigen, aber die Mühe war vergebens.

"Wo ist sie? Wie lautet ihre Telefonnummer? Kann ich sie anrufen und selbst mit ihr sprechen?" Ich hatte hunderte von Fragen. Meine Aufregung brodelte in mir. Mittwoch war Norooz. Vielleicht war noch Zeit für mich, in den Iran zurückzukehren.

"Sie können sie nicht anrufen. Sie hat beschlossen, bei Freunden in einem Dorf außerhalb von Isfahan zu wohnen. Sie haben kein Telefon in ihrem Haus. Sie dachte, es wäre das Beste für ihre Familie, wenn sie nicht bei ihnen bleibt."

"Wann ruft sie zurück? Ich muss mit ihr sprechen."

"Sie war sich nicht sicher, ob sie in den nächsten Wochen anrufen kann. Mit Norooz ist es sehr schwer, Verbindungen ins Ausland zu bekommen. Sie sagte, sie hatte heute Schwierigkeiten, durchzukommen. Sie musste mehrere Male zu einem Telefonbüro gehen."

Ich saß auf der Kante meines Bettes und ein Gefühl der Schuld drängte sich in mein Bewusstsein. Ich hätte nicht einkaufen gehen sollen. Ich hätte hier sein sollen, um mit ihr zu reden.

"Ich bin froh, dass du hier bist, Omid", sagte mein Vater unwirsch und unterbrach meine Gedanken. "Das ist das erste Mal... nun ja, seit vielen Jahren, dass ich meine ganze Familie zusammen habe."

Seine Stimme zitterte, seine Emotionen zeigten sich tatsächlich. Jetzt war es an mir, ihn mit großen Augen anzustarren. Er war fähig, etwas zu fühlen.

Und es schien, so dachte ich, als würde er sich tatsächlich für mich interessieren.

Kapitel Dreizehn

Ich habe einen sechsten Sinn, der mir oft sagt, wann das Telefon klingeln wird, vor allem, wenn es in der Nacht passiert.

Ich öffnete die Augen und die Dunkelheit umgab mich. Ich schaute auf die Nachttischuhr. Es war 3:57. Ich wartete und wusste, dass der Anruf kommen würde. Bevor die Minutenziffer auf der Uhr weiterrücken konnte, klingelte das Telefon.

Einen Moment später war ich im Wohnzimmer und hatte die Hand auf der Wiege, bevor es das zweite Mal klingelte.

"Hallo, darf ich..."

"Roya, ich bin's", unterbrach ich meinen Freund auf Farsi.

"Wie spät ist es dort?"

Ich sagte ihr die Uhrzeit, stellte aber sicher, dass sie verstand, dass ich bereits wach war und dass es für sie kein Problem war, mich jederzeit anzurufen. Wir tauschten ein wenig Smalltalk über Norooz aus. Sie sagte, dass ihre Familie das Fest dieses Jahr nicht feierte. Es war so schwierig, auch nur so zu tun, als ob sie sich freute, wenn ihr Bruder wieder im Gefängnis saß. Es war mir zu peinlich, etwas über Carol und die Bemühungen meines Vaters zu sagen, mich hier willkommen zu fühlen. Ich wollte nicht glücklich klingen, wenn mein Freund litt.

Ich nahm an, dass Roya nicht einfach anrufen würde, um über

einen Feiertag zu plaudern, den sie nicht feierte, also lenkte ich das Gespräch auf das Thema meiner Mutter.

"Ich habe immer noch nicht mit ihr sprechen können." Ich bin mir nicht sicher, warum ich ihr nicht gesagt habe, was mein Vater gestern Abend gesagt hatte. Streng genommen *habe* ich die Wahrheit gesagt. Ich hatte ihre Stimme nicht *persönlich* gehört.

Die lange Pause in der Leitung schickte eine Welle der Kälte durch mein Herz.

"Roya, haben Sie irgendwelche Neuigkeiten über meine Mutter?"

Ich dachte, ich könnte sie weinen hören.

"Roya", sagte ich etwas schärfer. "Bitte. Ich habe Sie angerufen, weil ich verzweifelt war. Sie müssen mir sagen, was Sie wissen."

"Was ich gehört habe... ist nicht definitiv. Wir haben Gerüchte gehört, aber niemand weiß es wirklich sicher."

"Welche Gerüchte?" drängte ich.

"Azar ist vor ein paar Wochen in einen Bus nach Isfahan gestiegen."

"Welcher Tag... haben Sie gehört, welcher Tag?"

"Nein."

Ich rechnete im Geiste nach, wie viele Tage es her war, dass meine Mutter angerufen und mit mir gesprochen hatte. Es waren fast zwei Wochen.

"Was haben Sie noch gehört?" fragte ich.

"Sie ist nie in Isfahan angekommen", sagte Roya leise.

"Sie ist wahrscheinlich bei einem Freund zu Besuch", bot ich an und spürte, wie das Blut aus meinem Körper floss.

"Nein, Omid. Die Leute, die sie abholen sollten, konnten sie nicht finden", erklärte Roya. "Es gab Gerüchte, dass der Bus *unterwegs* von bewaffneten Wachen gestoppt worden war. Einige Passagiere wurden gezwungen, auszusteigen. Ihre Mutter war... war eine von ihnen."

"Nein. Das sind nur Gerüchte. Sie können nicht wahr sein." Die Tränen liefen mir ungehindert über die Wangen. Ich erinnerte mich daran, was mein Vater gestern Abend gesagt hatte. Azar hatte angerufen. Es ging ihr gut. Sie müssen sie gehen lassen haben. Sie wohnte jetzt bei einigen Freunden.

"Vielleicht haben Sie Recht. Aber es gibt noch andere Gerüchte, die meine Tante gehört hat", sagte Roya feierlich. "Sie sagte mir, dass der Name Ihrer Mutter auf einer Liste von Personen steht, die nächste Woche in Teheran vor Gericht gestellt werden sollen. Sie geben die Namen erst bekannt, wenn sie die Person in Gewahrsam haben."

Ich kauerte auf dem Boden neben dem Sofa und zog die Knie fest an meine Brust. Ich hielt mir den Mund zu, um ein Schluchzen zu unterdrücken.

"Es tut mir leid, Omid. Es ist möglich, dass das alles nicht wahr ist. Sie wissen, wie die Gerüchte..."

"Die Gerüchte, die Sie über Ihren Bruder gehört haben, waren immer richtig, nicht wahr?" erinnerte ich meinen Freund.

"Ja."

"Stammen sie aus derselben Quelle?"

Es gab eine weitere lange Pause. "Ja, sie stammen von einem Freund meiner Tante."

Ich wusste, dass mein Vater mich anlügen würde, um mich zu beruhigen. Roya hat mich angerufen, um mir die Wahrheit zu sagen. Meine Mutter wusste, wie besorgt ich war. Wenn es ihr gut ging, rief sie zu einer Zeit an, zu der ich zu Hause war, damit wir uns gegenseitig hören konnten.

"Roya, ich muss zurückkommen", sagte ich mit gebrochenem Herzen.

"Ich weiß. Es muss so viel schwieriger sein, so weit weg zu sein. Aber das ist so gut wie unmöglich, nicht wahr?"

Ich wusste, dass ein einfaches Flugticket von New York nach Iran mit Pan Am tausend Dollar kostet. Ich hatte den Preis bereits überprüft, als ich im vergangenen Monat ein Reisebüro angerufen hatte. Das war weit mehr als die achtundsechzig Dollar, die ich in meiner Brieftasche hatte.

"Könnten Sie mich vom Flughafen abholen und kann ich bei Ihrer Familie wohnen, wenn ich nach Hause komme?"

"Ja, natürlich. Aber ist das Ihr Ernst? Das muss doch ein Vermögen kosten. Wird Ihr Vater Ihnen die Fahrkarte kaufen?"

"Ich weiß es nicht. Ich werde es herausfinden. Aber warten Sie auf meinen Anruf. Hoffentlich rufe ich Sie vom Flughafen aus an, wenn ich in Teheran lande."

Wir beendeten das Gespräch. Ich schaute auf die Uhr. Es war noch nicht fünf Uhr morgens.

Meine Mutter brauchte mich. Was würde sie tun, wenn sie an meiner Stelle wäre? Ich erinnerte mich an ein Sprichwort von Sa'di: *"Wer seiner Herkunft nicht treu ist, wird nicht zum Gefährten des Glücks."* Ich war die Tochter meiner Mutter, und die Antwort war für mich klar. Ich musste in den Iran gehen.

Ich stapfte in die Küche. Carols Handtasche lag auf dem Tresen. Ich öffnete sie, schaute in ihr Portemonnaie und fand, was ich suchte.

Ich ging aus der Küche mit der Kreditkarte meines Vaters in der Faust. Ich wollte in den Iran.

Kapitel Vierzehn

Waterbury, Connecticut

Die Drähte des Maschendrahtzauns durchkreuzten meinen Blick auf den leeren Bahnhof. Zumindest hoffte ich, dass es noch der Bahnhof war.

Der Taxifahrer hatte geschworen, dass dies der Ort war. Es gab zwar Gleise, aber der riesige Bahnhof aus rotem Backstein - mit Brettern vernagelt und bröckelnd - sah in der trüben Märzdämmerung trostlos aus.

Mein Vater hat mich angelogen.

Als ich um den Zaun herumkam, stapfte ich einen breiten Gehweg entlang, der von der Straße zu den Gleisen führte. Ein verandaähnliches Dach ragte aus dem Gebäude heraus, und als ich darunter hindurchging, sah ich durch die Öffnungen die fehlenden Bretter und den grauen Himmel. Braune Stängel des Unkrauts vom letzten Sommer säumten die Ränder des Weges und grauer Papiermüll flitzte über das kaputte Pflaster, das von gelegentlichen Windböen aufgewirbelt wurde. Am Ende des Weges erstreckte sich ein leerer Parkplatz entlang der Gleise, der durch eine alte, verrottende Holzplattform und einen weiteren rostigen Zaun von den Schienen getrennt war.

Ich stieg vorsichtig die Treppe zum Bahnsteig hinauf und blickte auf die Gleise hinunter. Bevor sie um eine Kurve verschwanden, führten die stählernen Bänder unter dem komplizierten Gewirr von Autobahnen hindurch, die auf einer doppelstöckigen Brücke über den eisigen Fluss zusammenliefen. Hinter mir ragte ein hoher Uhrenturm aus Backstein, der aussah, als gehöre er an einen anderen Ort - in eine warme, helle italienische Renaissancestadt -, einsam über diese verfallende städtische Einöde. Die schneidenden Windböen und der graue Himmel vervollständigten das Bild nur noch; sie passten perfekt zu meiner Stimmung.

Ich war allein.

Ich setzte mich auf eine der Bänke auf dem Bahnsteig. Die abblätternden Holzlatten fühlten sich durch meine Jeans kalt an. Ich blickte auf die leeren Gleise hinunter und hoffte, dass der Taxifahrer Recht gehabt hatte, dass die Züge nach New York von diesem Bahnsteig abfuhren. Ich konnte sehen, dass die Gleise hier endeten, also war es zumindest möglich, dass die Züge wirklich bis hierher fuhren.

Aber mein Vater hatte mich belogen, warum also nicht ein kettenrauchender Taxifahrer.

Ich musste aus dem Haus gehen. Ich musste es tun, bevor jemand aufwachte. Ich war alt genug, um mein Leben selbst in die Hand zu nehmen. Alles, was ich brauchte, stopfte ich in meinen Schulrucksack. Ich verließ das Haus mit weniger, als ich gekommen war, und das war mir recht.

Ich rief mir ein Taxi. Ich wusste, dass das der schnellste Weg war, um aus dem Haus zu kommen. Auf Zehenspitzen schlich ich hinaus und zog die Tür hinter mir zu. Der Himmel begann sich erst aufzuhellen, als ich den Fahrer am Ende der Straße traf. Ich war auf dem Weg zurück in den Iran. Ich wollte nicht angehalten werden. Es war das Einfachste für mich, einfach zu gehen. Ich sah keine Notwendigkeit für eine große Explosion.

Ich war seit dem Tag meiner Ankunft nicht mehr in New York gewesen. In dieser Nacht war der Fahrer zwei Stunden unterwegs gewesen, um mich nach Wolcott zu bringen. Ich hatte auf keinen Fall genug Geld, um das Taxi zu bezahlen, das so weit fuhr. Also bat ich den Fahrer, mich zu dem nächstgelegenen Ort zu bringen, an dem ich einen Zug nach New York bekommen konnte. Hier hatte er mich abgesetzt. Waterbury.

Ich war nur ein paar Mal mit Carol in Waterbury gewesen, um verschiedene Besorgungen zu machen. Ich konnte ihr ansehen, dass sie nicht allzu begeistert von dem Ort war; sie schloss immer die Türen ab, wenn wir durchfuhren. Darüber hinaus wusste ich nur sehr wenig über die Stadt.

Ich merkte, dass ich zitterte, schlug den Kragen meiner Jacke hoch und drückte meine Tasche an meine Brust. Mein Plan nahm in meinem Kopf Schritt für Schritt Gestalt an. Ich würde zuerst zum New Yorker Flughafen fahren. Zum JFK-Flughafen. Dann musste ich eine Fluggesellschaft finden, die in den Iran flog. Ich war mit Pan Am eingeflogen. Das wäre der erste Ort, den ich überprüfen würde. Dann kaufe ich ein One-Way-Ticket in den Iran, suche das Gate und warte auf den Aufruf zum Boarding.

Auf meinem Flug in die USA waren noch ein paar Plätze frei. Und da ich die Reisen meines Vaters in den letzten Monaten beobachtet hatte, wusste ich, dass er viele seiner Reisen in letzter Minute plante, so dass der Kauf eines Tickets und das Einsteigen in ein Flugzeug am selben Tag nicht ausgeschlossen schien.

Eine Windböe peitschte über die leeren Gleise und versetzte mir einen Stich mit dem Sand, den sie auf ihrer Reise aufgenommen hatte. Ich zog meine Jacke höher um meine Ohren. Ich war für dieses Wetter nicht allzu lange angezogen. Ich blickte wieder auf das Backsteingebäude. Unter dem überhängenden Dach waren die Fenster, an denen vermutlich einmal Fahrkarten für die Züge verkauft worden waren, mit Brettern vernagelt wie der Rest des Gebäudes. Der ganze Ort war verlassen. Ich schaute auf die Turmuhr. Es war noch nicht einmal sieben Uhr morgens.

Ich hatte keine Ahnung, wann der Zug von diesem Bahnhof abfahren würde. An einem der vergitterten Fenster an der Seite des Gebäudes hatte einmal ein Fahrplan geklebt, aber ich konnte sehen, dass nur noch die Ränder übrig waren und im Wind baumelten.

"Hey, wie ist Ihr Name?"

Ich bin praktisch aus der Haut gefahren. Ich stand auf, drückte meine Tasche an meine Brust und drehte mich um. Ein Mann saß auf einem erhöhten Betonvorsprung, der sich entlang des Parkplatzes erstreckte. Er war nur etwa drei Meter entfernt. Ich schaute mich um und plante einen Fluchtweg für den Fall, dass er sich entschließen sollte, von seiner Sitzstange herunterzukommen.

"Sei nicht so verklemmt, Babe. Wie ist dein Name?"

Ich warf ihm einen "Lassen Sie mich in Ruhe"-Blick zu, aber er schien nicht überzeugt.

Er trug einen schmutzigen alten Armee-Parka und eine Hose, die aussah, als hätte er einen Monat lang darin geschlafen. Wahrscheinlich hatte er das auch, entschied ich. Sein Gesicht war schmutzig und unrasiert, und die Haare, die unter einer schwarzen Strickmütze hervorlugten, waren schwarz und grau und sahen fettig aus. Hinter ihm auf dem Boden lag ein grüner Seesack in Armeefarben. Alles in allem war er ein Wrack. Am anderen Ende des Vorsprungs führte eine Betontreppe hinunter zum Parkplatz.

Ich stand auf und ging die hölzerne Treppe wieder hinunter und ging schnell auf den Gehweg zu, der zurück zur Straße führte.

"Hey! Ich möchte nur mit Ihnen reden."

Ich hasste es, wenn Menschen dumme Dinge taten. Ich hasste Filme, in denen Mädchen in meinem Alter sich selbst in Gefahr brachten, weil sie zur falschen Zeit am falschen Ort waren. Ich konnte es nicht glauben, aber ich war gerade diese dumme Person geworden.

Als ich mich von dem Mann entfernte, behielt ich ihn in meinem Blickfeld. Ich war nie ein besonders religiöser Mensch gewesen, aber das hatte mich nie vom Beten abgehalten. Ich wollte nicht zum Haus meines Vaters zurückkehren, aber ich wollte auch nicht zum Opfer werden.

Ich sah, wie er aufstand, und begann, schneller zu laufen. Ich sagte mir, wenn ich nur auf die Straße käme, könnte ich weglaufen, wenn er mich weiter verfolgt. Ansonsten würde ich einfach dort warten, bis jemand auf den Parkplatz kommt.

"Komm schon, Schatz. Es ist zu kalt, um hier draußen allein zu sitzen", rief er und ging am Rand entlang. "Liebe den, mit dem du zusammen bist, weißt du?"

Genau in diesem Moment fuhren zwei Autos auf den Parkplatz und ich beobachtete, wie sie in der Nähe der Holzplattform parkten. Die Autos waren vollgepackt mit Menschen, und als die Insassen aus den Autos stiegen, sah ich, dass sie nicht viel älter waren als ich. Insgesamt stiegen neun lärmende junge Männer und Frauen aus, die alle grün gekleidet waren und lustige Hüte trugen, und gingen auf die Bank zu, die ich gerade verlassen hatte.

Ich blickte zu meinem Möchtegern-Freund hinüber. Er trug seine Tasche und ging in Richtung Straße davon.

Ich ging zurück zu den Gleisen.

"Happy St. Patrick's Day", rief mir eine junge Frau zu, als ich mich näherte.

"Einen wunderschönen guten Morgen", rief einer der Männer mit schlechtem irischen Akzent und einem kecken Gruß.

Ich versuchte zu lächeln und wiederholte die Grüße. Ich erinnerte mich daran, wie Carol über den irischen Feiertag gesprochen hatte, als wir gestern Abend unterwegs gewesen waren. Ich hatte sie nach den Traditionen gefragt, die damit einhergehen. Sie hatte gesagt, dass der St. Patrick's Day vor allem bedeutet, grün zu tragen und viel zu trinken. Sie nannte ihn einen Feiertag für junge Leute und alte Säufer.

Ein Pickup fuhr auf den Parkplatz, und keine Minute später kam ein Lieferwagen herein. Die Leute darin sahen aus, als ob auch sie feiern wollten.

"Fahren Sie zur Parade nach New York?", fragte die junge Frau.

"Nun, ich gehe nach New York", sagte ich vage.

"Jetzt geht's los", sagte einer der anderen, als das Pfeifen eines Zuges auf den Gleisen ertönte. "Wir haben es gerade noch rechtzeitig geschafft."

Ich atmete erleichtert auf, als der ankommende Zug in Sicht kam.

Ich war auf dem Weg nach Hause.

Kapitel Fünfzehn

New York City

DIE ERKENNTNIS, dass ich am falschen Bahnhof ausgestiegen war, kam mir erst, als ich auf die Straße trat. Ich war mir sicher, dass ich den Schaffner "New York" hatte sagen hören. Ich hatte einfach nicht bemerkt, dass es mehr als einen Bahnhof für die Stadt geben könnte.

Ich stand am Bordstein und schaute auf das Schild über der Bahnhofstür - *125th Street-Harlem*. Ich drehte mich um und blickte auf den Stau. Die Autos bewegten sich kaum, aber es wurde viel gehupt und aus den Fenstern auf der Fahrerseite geschrien. Das war so ähnlich wie die ständigen Staus in Teheran, dachte ich.

Gebäude, Schaufenster und bunte Schilder reihten sich aneinander und bildeten in meiner Vorstellung einen Regenbogen aus Farben. Die Bürgersteige waren überfüllt mit Menschen, die unterwegs waren. Die meisten von ihnen waren schwarz, mit ein paar Weißen dazwischen.

Als ich mir die Leute auf der Straße ansah, wurde mir klar, dass ich einen weiteren Hinweis darauf übersehen hatte, dass ich an der falschen Haltestelle aussteigen würde. All die lauten St. Patrick's Day-Partygänger im Zug. Keiner von ihnen hatte den Zug an dieser Station verlassen. Ich schüttelte den Kopf und versuchte zu entscheiden, was ich als nächstes tun sollte.

Ich war noch nie in New York City gewesen. Obwohl ich bei meiner Ankunft auf dem Kennedy-Flughafen gelandet war, hatte ich Manhattan noch nie betreten. Aber ich hatte Bilder davon gesehen, und in dieser Straße fehlten die hoch aufragenden Wolkenkratzer, von denen ich dachte, dass sie die Stadt ausmachen.

Ein Straßenhändler mit einem Wagen voller Brezeln verkaufte seine Waren nur ein paar Schritte entfernt. Ich bin zu ihm hinübergegangen.

"Ist das New York? Dieser Bahnhof...New York?" fragte ich, um sicherzugehen.

Ein dunkelhäutiger Mann mit einer Augenklappe schaute mich an und dann auf das Gebäude, aus dem ich gekommen war. Er nickte. "Oh, ja. Aber Sie sind in Harlem, Süße. Sie hätten an der *nächsten* Station aussteigen sollen. Am Grand Central."

Ich kannte Harlem aus Filmen. Ich habe *Shaft* gesehen. Der Name Harlem war in meinem Kopf als ein armes Viertel mit gefährlichen Menschen und ständigen kriminellen Aktivitäten eingebrannt. Ganz ähnlich dem Ruf, den die Viertel im Süden Teherans hatten. In solchen Gegenden ging man nicht spazieren, zumindest nicht ohne Begleitung. Man fuhr nicht einmal nachts durch sie hindurch. Ich schaute mich um. Niemand schenkte mir Aufmerksamkeit, geschweige denn, dass er sich auf mich stürzen wollte. Die Leute schienen sich um ihre eigenen Angelegenheiten zu kümmern. Tatsächlich fühlte ich mich überhaupt nicht bedroht.

Eine Frau, die sich an der Hand eines Kindes festhielt, blieb bei dem Verkäufer stehen und kaufte eine Brezel und ein Getränk. Mein Magen knurrte. Ich hatte noch nicht gefrühstückt. Ich gab dem Verkäufer dieselbe Bestellung auf und holte mein Portemonnaie aus der Tasche. Ich reichte ihm einen Fünf-Dollar-Schein.

"Woher kommen Sie, Süßer?", fragte der Mann und gab mir das Wechselgeld.

Ich wusste, was er meinte. Ich hatte einen persischen Akzent. Es war offensichtlich, dass ich ein Ausländer war, aber ich hatte mich bereits über die Frage geärgert. Ich fühlte mich wie ein Außenseiter. Die Frage 'Woher *komme ich?*' bedeutete eigentlich '*Sie gehören nicht hierher*'. Und die Leute fragten mich das die ganze Zeit. Wenn ich in der Apotheke eine Packung Kaugummi kaufte, stellte mir die Kassiererin die gleiche Frage. Völlig Fremde, die mir das Gefühl gaben, unbedeutend zu sein.

"Connecticut", sagte ich und nahm dem Mann das Getränk und die Brezel ab. Ich steckte die Brieftasche in meine Jackentasche und nicht zurück in die Tasche. Ich wartete auf die nächste Frage, von der ich wusste, dass sie immer folgte. '*Woher kommen Sie wirklich? Ihr Akzent.*' Dann sagte ich Iran und der Gesichtsausdruck des Mannes war leer. Entweder hatten sie keine Ahnung, wo das Land liegt, oder - noch schlimmer - diejenigen, die vermuteten, dass der Iran im Nahen Osten liegt, stellten alle möglichen Fragen über Araber. Meine nächste Antwort war dann immer die gleiche. '*Iraner sind keine Araber.*' Die Verwirrung, die aus dieser Aussage resultierte, beendete in der Regel das Gespräch.

"Wohin gehst du?" Er hat mich überrascht.

"Flughafen."

"Welcher Flughafen?"

New York war eine große Stadt. Obwohl es mir nicht in den Sinn gekommen war, war es vernünftig, dass sie mehr als einen Flughafen hatte. "Kennedy."

Der Verkäufer kratzte sich am Kinn, als ob er nachdachte. "Sie könnten ein Taxi nehmen. Aber das wäre zu teuer."

"Wie viel kostet das?"

"Ich weiß es nicht. Ich habe es noch nie gemacht." Er zog an dem Schirm seiner Baseballkappe. "Es wäre billiger, den Bus zu nehmen."

"Wo kann ich einen Bus nehmen?"

Er sah sich um. "Als Mets-Fan war ich schon oft in Queens, aber noch nie in Kennedy. Ich sehe hier Lieferwagen vorbeifahren, auf denen 'Airport' steht, aber ich weiß nicht, woher Sie die haben. Und mir gefällt der Gedanke nicht, dass Sie hier alleine herumlaufen, ohne zu wissen, wohin Sie gehen."

Ich sah den Mann an und war überrascht von seiner Besorgnis. Er musste nicht nett zu mir sein oder gar meine Fragen beantworten.

"Ich würde mich auch nicht auf die U-Bahn verlassen. Irgendwelche Kids haben heute früh die Haltestelle zerschossen und der Laden war vor einer Stunde noch geschlossen." Er runzelte die Stirn und dachte nach. "Ich denke, das Beste für Sie wäre, gleich wieder in den Bahnhof zu gehen und zu sagen, dass Sie zu früh aus dem Zug gestiegen sind und zum Grand Central müssen... wo Sie für die Fahrt bezahlt haben. Dort hätten Sie schon beim ersten Mal aussteigen sollen."

"Ist das die nächste Station dieses Zuges?" fragte ich.

"Die letzte Station, Zucker. Dort steigen alle aus. Das ist ein wirklich großer Ort, aber Sie können jeden dort fragen, wo Sie den Bus zum Flughafen nehmen können."

"Danke", sagte ich und meinte es wirklich ernst. Ich nahm mein Portemonnaie wieder aus der Tasche, holte zwei Dollar heraus und reichte sie ihm.

"Wollen Sie noch mehr Brezeln?", fragte er und sah auf die Brezel in meiner Hand, die er mir verkauft hatte. Ich hatte nicht einmal einen Bissen genommen.

"Nein...das ist ein Dankeschön für Ihre Hilfe."

Er lächelte. Ich bemerkte, dass ihm zwei Vorderzähne fehlten.

"Gern geschehen." Er nahm das Geld und steckte es in seine Tasche. "Seien Sie vorsichtig...und stecken Sie die Brieftasche weg. Es gibt viel zu viele Taschendiebe im Big Apple."

Ich bedankte mich noch einmal und schob die Brieftasche tief in meine Jackentasche. Während ich die Brezel und die Limonade in einer Hand hielt, nahm ich mit der anderen meinen Rucksack und machte mich auf den Weg zurück zum Eingang des Bahnhofs.

An der Schwingtür öffnete sich eine von ihnen und ein Teenager winkte mir, hineinzugehen. Ich flüsterte ein höfliches Dankeschön und ging an ihm vorbei, nur um mir den Arm fast aus der Gelenkpfanne reißen zu lassen, als derselbe Teenager meine Tasche packte und losrannte, wobei er so heftig zerrte, dass ich entweder loslassen oder mit dem Gesicht gegen die sich schließende Tür schlagen musste.

Ich ließ los und schaffte es trotzdem, gegen den Türpfosten zu prallen. Die Limonade in meiner anderen Hand fiel herunter und explodierte auf dem Bürgersteig. Ich sah gerade noch rechtzeitig auf, um zu sehen, wie der Dieb in der Menschenmenge auf der Straße verschwand.

Shaft oder nicht Shaft, Harlem wurde seinem Ruf gerecht.

Kapitel Sechzehn

UM MICH HERUM FEUERTEN DIE Leute unverständliche Anweisungen ab, alle zur gleichen Zeit. Mehrere hatten gesehen, wie die Person meinen Rucksack an sich gerissen hatte. Draußen vor dem Gebäude schrie jemand in das Fenster eines Polizeiautos, das nicht weit von meinem Brezel verkaufenden Freund entfernt am Straßenrand stand. Ein Hausmeister, der gerade die Lobby fegte, kam heraus und fragte, was passiert sei.

Noch immer etwas fassungslos über die Plötzlichkeit des Vorfalls, ging ich zurück in den Bahnhof und versuchte, mich zu sammeln. Das war schwierig, denn alle zwitscherten mir immer noch zu wie ein Schwarm aufgeregter Vögel. Ich sagte ihnen immer wieder, dass es mir gut ginge, aber niemand schien mir zuzuhören.

Technisch gesehen war ich eine Ausreißerin, die die Kreditkarte meines Vaters gestohlen hatte. Ich wollte mich nicht mit der Polizei einlassen, weil ich befürchtete, dass sie meinen Vater und Carol in Connecticut benachrichtigen würde. Ich steckte meine Hand in die Manteltasche und war erleichtert, dass meine Brieftasche noch da war. Auf die Dinge, die sich in der Tasche befanden, konnte ich verzichten.

Als ich durch die Türen des Bahnhofs schaute, konnte ich einen Polizisten sehen, der mit einer Frau sprach, die den Diebstahl beschrieb. Sie gestikulierte sehr lebhaft und deutete in die Richtung, in der der Teenager mit meinem Rucksack verschwunden war. Ich drehte mich um und ging direkt zu einem Fahrkartenschalter.

"New York. Grand Central", sagte ich und schob das Geld unter dem Sicherheitsgitter aus Metallstangen hindurch zum Kassierer.

Der Angestellte sah mich an. "Miss, normalerweise verkaufen wir von hier aus keine Fahrkarten zum Grand Central. Sie können die U-Bahn oder den Bus oder sogar ein Taxi nehmen..."

"Nein", sagte ich. "Ich bin am falschen Bahnhof ausgestiegen. Ich muss mit dem Zug zum Grand Central fahren. Ihre Fahrkarte, bitte."

Der Angestellte starrte mich einen Moment lang an, zuckte dann mit den Schultern, nahm das Geld und schob das Wechselgeld und die Fahrkarte unter dem Gitter hindurch. "Der Bahnsteig befindet sich am oberen Ende der Treppe auf der linken Seite."

Ich stopfte das Geld in meine Tasche, als mir plötzlich klar wurde, was in der Tasche war. Das einzige, was ich wirklich brauchte. Meinen Reisepass.

Ich würde das Land nicht ohne ihn verlassen können. Ich hatte keine Ahnung, wie oder wo ich einen Ersatz beantragen konnte. Und selbst wenn ich es herausfinden könnte, war die Zeit nicht auf meiner Seite.

Ich musste meinen Rucksack holen.

Ich eilte zur Tür hinaus, vorbei an dem Polizisten und der lebhaften Frau. Sie zeigte auf mich, als ich vorbeiging.

"Es war ihre Tasche, die er genommen hat. Er hat sie sich einfach geschnappt und..."

Ich lief weiter.

Ich bin in einer Stadt aufgewachsen, und ich war nicht dumm. Was ich tun würde, wenn ich den Dieb überhaupt erwische, war ein Problem. Ich brauchte den Reisepass. Alles andere konnte er haben. Ich hatte gehofft, dass diese Erklärung ausreichen würde. Oder ich könnte ihn dafür bezahlen. Ich wusste, dass die Chance, dass ich überhaupt mit ihm reden konnte, gering war, aber ich musste es versuchen.

Im Endeffekt hatte ich keine andere Wahl.

Die Frau hatte auf die andere Straßenseite an der nächsten Kreuzung gezeigt. Ich sprintete hinüber und schlängelte mich zwischen den stehenden Autos hindurch. Ich hatte bereits beschlossen, dass man allen Straßenhändlern vertrauen sollte. Kurz hinter der Kreuzung blieb ich an einem kleinen Tisch stehen, an dem ein Mann Schals und Hüte verkaufte.

"Mann...auf der Flucht. Er hat meine Tasche gestohlen. Haben Sie ihn gesehen?" fragte ich.

Er starrte mich an, als hätte ich den Verstand verloren.

"Bitte. Haben Sie einen Teenager laufen sehen?"

"Ja. Vor ein paar Minuten. Aber er ist weg." Er zeigte auf mich und ich ging die Straße hinunter, die parallel zu den Hochbahngleisen verlief. Der Verkehr auf dieser Straße war in Bewegung und schien weniger stark zu sein, aber es waren immer noch viele Menschen auf den Bürgersteigen. Am Ende des Blocks glaubte ich, einen Blick auf meine Tasche auf der Schulter eines Teenagers erhaschen zu können, der um die Ecke bog. Ich rannte ihm hinterher.

Ich wusste nicht, ob ich tatsächlich meinem Rucksack folgte oder nur ziellos durch die Straßen von New York lief. Sechs oder sieben oder zehn Blocks vom Bahnhof entfernt, blieb ich stehen. Ich hatte keine Ahnung, wo ich war oder wie ich hierher gekommen war. Ich stand in einer schmalen Seitenstraße. Reihen von aneinandergebauten Ziegel- und Holzhäusern säumten den Bürgersteig, wobei gelegentlich eine Gasse ein Gebäude vom nächsten trennte. Bei einigen von ihnen führten Stufen aus braunem Stein vom Bürgersteig hinauf zu ramponierten Hauseingängen, und alle Häuser sahen alt aus. Als ich weiterging und in der Hoffnung, den Dieb oder meinen Rucksack zu sehen, in die Gassen schaute, fiel mir auf, dass viele Fenster zerbrochen und mit Klebeband oder Pappe abgedeckt waren. In anderen waren Decken drapiert; die meisten waren mit etwas abgedeckt, das jede Sicht von der Straße aus versperrte. Das zweite Haus am Ende der Straße war komplett mit Brettern vernagelt, offensichtlich durch ein Feuer zerstört.

Die wenigen Menschen, an denen ich vorbeikam, sahen mich seltsam an, als ob sie wüssten, dass ich mich verlaufen hatte oder nicht dorthin gehörte. Ich war frustriert, verärgert und verängstigt. Ich wollte nicht zurück nach Connecticut, aber ich wusste nicht, wohin ich sonst gehen sollte.

Und zum ersten Mal, seit ich aus dem Zug gestiegen war, spürte ich die Kälte. Meine Hände waren eiskalt. Ich stopfte sie tief in meine Taschen und erinnerte mich daran, dass ich in einer Stadt aufgewachsen war. Als ich in Teheran lebte, war ich sehr unabhängig gewesen. New York war auch eine Stadt. Hier galten die gleichen Regeln.

Belebte Alleen waren immer sicherer als Seitenstraßen und Gassen.

An der Ecke sah ich, dass ich mich wieder an einer Hauptstraße befand. Ich schaute auf das Schild. Zweite Avenue. Der Verkehr auf dieser Straße war sehr gering, aber ich dachte, ich könnte wenigstens ein Taxi finden, das mich zum Bahnhof zurückbringt.

Das Schild des Reisebüros an der Ecke gab mir neue Hoffnung. Als ich durch die Glasfront hineinspähte, sah ich eine Frau, die darin arbeitete.

Die Türglocke läutete, als ich eintrat. Sie war am Telefon, sah aber auf und winkte mir zu, ich solle warten.

Ich sah mich in dem überfüllten Büro um. Drei Schreibtische, viele Regale mit allen möglichen Flyern und Broschüren, weitere Papiere und Zeitschriften, die sich auf den Schreibtischen stapelten. Plakate von sonnigen Stränden und schicken Hotels bedeckten die Rückwand. Eines von ihnen, das ein Paar bei verschiedenen Aktivitäten auf einem Kreuzfahrtschiff zeigte, war am unteren Rand zerrissen und die Ecke baumelte in Richtung Boden. Ein muffiger Geruch nach alten Büchern durchzog den Raum. Meine Augen wurden von der Decke angezogen; die Farbe blätterte von einem großen dunklen Kreis ab, durch den Wasser eingedrungen war. Auf dem Boden darunter war ein Plastikeimer strategisch platziert.

Die Frau beendete das Gespräch und legte auf.

"Danke, dass Sie gewartet haben."

"Hallo", sagte ich und klang pünktlicher, als ich erwartet hatte. "Sie arbeiten am Sonntag?"

"Ich erledige nur den Papierkram."

Die Frau war schwarz und kräftig, hatte sehr kurzes salziges und pfeffriges Haar und freundliche braune Augen, die mich über die Spitzen einer glitzernden, goldumrandeten Brille hinweg ansahen.

"Und Sie müssen sich verlaufen haben", sagte sie. Es war keine Frage.

Es war bedauernswert, dass ich so deplatziert aussah. "Ich war am Bahnhof. Ein Mann hat meine Tasche gestohlen. Mein Reisepass war darin. Und ich möchte heute in den Iran fliegen und weiß nicht, was ich tun soll, und da habe ich das Schild eines Reisebüros gesehen." Ich hielt inne und merkte, dass ich plapperte.

Sie sah mich an.

Die Leute sagten mir immer, dass ich für mein Alter alt aussah. Ich hoffte, dass das stimmte, besonders jetzt.

"Komm doch rein und setz dich, Schatz", sagte sie sanft und wies auf den Stuhl ihr gegenüber.

Als ich mich hinsetzte, bemerkte ich, dass neben ihrem Schreibtisch ein Heizstrahler aufgestellt worden war. Als ich dort saß, spürte ich die Wärme, die von der roten Glut ausging.

"Sie sagten, Ihre Tasche sei am Bahnhof gestohlen worden?"

Ich nickte.

"Haben Sie mit der Verkehrspolizei gesprochen? Haben Sie Anzeige erstattet?"

"Nein. Ich dachte, ich hätte gesehen, wohin der Junge rannte, also bin ich ihm gefolgt." Ich habe meine Hände zwischen die Knie geklemmt. "Er war ein Teenager. Ich weiß, das war dumm, aber ich brauche meinen Pass."

"Na ja, wir alle machen manchmal solche Sachen. Letzten Monat verließ ich die Reinigung ein paar Blocks von hier und dieser Junkie tauchte wie aus dem Nichts vor mir auf, hielt ein Messer in der Hand und wollte meine Handtasche. Ich habe dem Idioten 'Nein' gesagt, und zwar in aller Deutlichkeit."

Sie hat gelacht. Sie hatte ein warmes, ansteckendes Lachen, das mich zum Lächeln brachte... trotz der Geschichte, die sie erzählte.

"Sie haben 'Nein' gesagt?"

"Ja, das habe ich. Ich habe ihm gesagt, dass ich ihm meine Handtasche nicht geben werde, weil meine Tochter mir gerade neue Fotos von meinen drei Enkelkindern geschenkt hat und sie in meiner Brieftasche in meiner Handtasche waren und ich mich nicht von ihnen trennen würde... auf keinen Fall."

"Was hat er getan?" fragte ich erstaunt.

"Dieser arme Teufel hat stattdessen meine Reinigung genommen und ist damit abgehauen."

Sie hat wieder gelacht. Und dann konnte ich nicht anders, als mit ihr zu lachen.

"Er hat gute Kleidung mitgenommen?"

"Ja, das hat er. Zwei Röcke und ein rosa Kleid. Meine Größe. Ich bin mir sicher, dass der Junge darin sehr gut aussehen wird." Sie lachte wieder bei dem bloßen Gedanken daran.

Als sie mit ihrer Geschichte fertig war, fühlte ich mich schon viel entspannter. Und ich dachte, sie sei so perfekt in ihrem Job. Die meisten Menschen reisten, um sich zu entspannen und glücklich zu sein. Sie war in der Lage, das für Sie zu tun, bevor Sie überhaupt für eine Reise bezahlt hatten.

"Okay... mal sehen", sagte sie, setzte sich in ihrem Stuhl nach vorne und sah mich an. "Möchten Sie Kaffee oder Tee?"

"Nichts, danke."

"Wie wäre es mit heißer Schokolade? Ich habe hier eine Mischung und heißes Wasser steht bereit." Sie wartete nicht auf eine Antwort von mir, sondern stand auf. Ich nickte achselzuckend, und sie ging zu einem Tisch, auf dem eine Kaffeekanne und einige Styroporbecher standen. Für eine große Frau bewegte sie sich mit enormer Anmut.

Ich knöpfte meinen Mantel auf und betrachtete die Bilder, die sie auf ihrem Schreibtisch hatte. Ich vermutete, dass es ihre Enkelkinder waren.

"Danke", sagte ich, als sie mit einer dampfenden Tasse heißer Schokolade zurückkam.

Bevor sie sich hinter den Schreibtisch zurückzog, bückte sie sich und drehte die Heizung weiter in meine Richtung.

"Es ist in Ordnung. Mir ist warm."

Sie winkte abweisend mit einer Hand. "Ich lasse das Ding nur laufen, um die Luft in dieser Wohnung zu trocknen. In der Wohnung im Obergeschoss scheinen sie die Rohrleitungen nicht in den Griff zu bekommen, so dass ich jeden zweiten Tag eine Wasserpfütze vorfinde, wenn ich zur Arbeit komme."

Ich schaute mitfühlend auf den dunklen Fleck an der Decke.

"Übrigens, mein Name ist Rita Wilson. Und wie heißen Sie, Schätzchen?"

Ich nannte ihr meinen Vor- und Nachnamen und buchstabierte sie für sie. Sie schrieb sie auf ein Blatt Papier und starrte sie an, um sich die Namen einzuprägen.

"Also, Omid. Sie sagten, Sie haben Ihr Flugticket in den Iran?"

"Ich werde in den Iran reisen, aber ich habe noch kein Ticket. Ich muss es erst kaufen."

"Und deshalb sind Sie in ein Reisebüro gekommen", sagte sie und nickte. "Was gibt es im Iran?"

"Meine Mutter."

Sie lächelte sanft, als ob sie verstanden hätte.

"Und mit wem leben Sie in den USA?"

"Mein Vater und seine Frau."

Sie hat etwas auf dem Papier notiert.

"Sie sind sehr nette Leute", fügte ich hinzu. Ich weiß nicht, warum ich das Gefühl hatte, es erklären zu müssen, aber ich tat es. "Carol, die Frau meines Vaters, ist mehr wie eine Freundin für mich als jemand, der mit meinem Vater verheiratet ist."

"Haben Sie Geschwister?"

Ich nickte. "Zwillingsbrüder. Halbbrüder", korrigierte ich. "Sie sind klein, aber sie sind auch nett."

Mir wurde klar, dass ich versuchte, sie wissen zu lassen, dass ich nicht vor meiner Familie davonlief, weil sie gemein oder gleichgültig zu mir gewesen war. Ich rannte zu meiner Mutter, weil sie mich jetzt brauchte. Aber ich wusste nicht, wie ich das sagen sollte.

"Wann wollen Sie losfliegen?", fragte sie.

"Früher ist besser. Norooz...das persische Neujahr ist am Mittwoch, also wollte ich bis dahin bei meiner Mutter sein. Aber da mein Pass jetzt weg ist, weiß ich nicht, was ich tun muss oder wie schnell ich einen neuen bekommen kann."

"Der Pass sollte kein Problem sein. Sie haben Glück, dass die iranische Botschaft ein Büro in Manhattan hat. Ich glaube, die meisten Botschaften können einen verlorenen Reisepass über Nacht ersetzen. Fluggesellschaften hingegen..." Rita hielt inne und zog ein dickes, magazinartiges Buch aus einem Stapel ähnlicher Bücher heraus. Ein Blick auf den Einband verriet mir, dass es sich um ein Buch mit den Flugplänen der Fluggesellschaften handelte. "Wir müssen uns einfach um einen Flug für Sie kümmern."

"Ich bin mit Pan-Am in die USA geflogen", sagte ich ihr in der Hoffnung, dass das helfen würde. "Im Flugzeug gab es leere Sitze. Also vielleicht..."

"Ich rufe dort an und erkundige mich nach der Verfügbarkeit und nach Standby-Tickets."

Rita suchte die Telefonnummer in einem Rolodex heraus und begann sie zu wählen. Ich hatte großes Glück, dieses Büro und Rita gefunden zu haben.

"Ich bin in der Warteschleife", sagte sie eine Minute später und legte eine Hand auf den Hörer. "Weiß Ihre Mutter, dass Sie kommen, oder wollen Sie sie überraschen?"

"Wir hatten schon einmal darüber gesprochen, dass ich für Norooz in den Iran fliegen würde", erklärte ich. "Ich weiß, dass sie sich freuen wird, mich dort zu haben."

Ich hatte mir vorgenommen, mich nicht mit den Details der Situation meiner Mutter zu befassen, solange ich noch in Amerika war. Ich musste mich auf eine Sache konzentrieren, und das war, zu ihr nach Hause zu kommen.

Rita begann wieder zu telefonieren. Ich sah, wie ihr Stift wie wild auf dem Papierblock herumfuhr.

"Bitte bleiben Sie einen Moment dran", sagte sie und sah zu mir auf. "Sie haben noch freie Plätze für ihren Flug am Dienstagabend. Bis dahin sollten wir uns um Ihr Passproblem kümmern können."

Ich nickte aufgeregt.

"Es ist teuer", warnte sie. "Tausend Dollar für eine einfache Fahrt."

Ich griff in meine Jackentasche und holte meine Brieftasche heraus. Ich zog die Kreditkarte meines Vaters heraus und reichte sie Rita.

Sie blickte darauf hinunter. "Von Ihrem Vater?"

Ich nickte.

Sie las dem Angestellten der Fluggesellschaft die Kreditkartennummer vor und machte sich weitere Notizen, bevor sie auflegte.

Die Aufregung stieg in mir auf. Dies wurde zur Realität. Ich würde nach Hause gehen.

"Okay, Sie haben einen reservierten Platz. Die Karte wird erst am Montag belastet, wenn ich zurückrufe, um es zu bestätigen. Lassen Sie mich in der Zwischenzeit alle Informationen notieren, die wir brauchen, bevor ich die iranische Botschaft anrufe."

"Sie werden sich auch darum kümmern?" fragte ich erstaunt.

"Ich werde es sicher versuchen, Schatz."

Ich nannte ihr erneut meinen Namen, meine Adresse in Teheran und in Connecticut, mein Geburtsdatum und die Nummer meiner Geburtsurkunde. Sie fragte nach dem vollen Namen meines Vaters und dem meiner Mutter und schrieb alles auf.

"Ich werde sie morgen anrufen, denn ich weiß, dass keine dieser Botschaften sonntags geöffnet ist. Ich sollte in der Lage sein, alles zu klären, bis ich Ihren Flug bestätigen muss."

Ich nahm einen weiteren Schluck heiße Schokolade. Es war die beste heiße Schokolade, die ich je gekostet hatte. "Und was soll ich jetzt tun? Hier warten oder zurückkommen?"

"Bei wem wohnen Sie in New York?" fragte Rita und blickte auf den Block hinunter.

Ich wollte sie jetzt nicht anlügen. "Niemanden. Ich bin heute Morgen mit dem Zug in die Stadt gefahren."

"Sie können zurück nach Connecticut gehen..."

"Nein, das will ich nicht."

Rita blickte zu mir auf, bevor sie sich wieder auf ihren Notizblock konzentrierte. "Oder ich kann Ihnen ein günstiges Hotelzimmer in der Nähe des Flughafens besorgen."

"Das wäre das Beste", sagte ich. Ich dachte mir, dass sie meine Geschichte bereits durchschaut haben musste und wusste, was ich vorhatte. Ich war erst siebzehn und in New York mit der Kreditkarte meines Vaters. Ich hatte zwar nicht sein Einverständnis, aber sie war trotzdem bereit, mir zu helfen.

"Kann ich dieselbe Kreditkarte benutzen, um ein Hotelarrangement für Sie zu machen?"

Ich nickte und hoffte, dass noch genug Geld auf der Karte war. Carol hatte mich beim Einkaufen über das Limit von Kreditkarten aufgeklärt.

Ihre Finger blätterten wieder durch die Rolodex-Karten, und sie tatigte einen weiteren Anruf. Noch bevor ich meine heiße Schokolade ausgetrunken hatte, hatte sie ein Zimmer für mich in einem Sheraton unweit der Grand Central Station. Sie tätigte einen weiteren Anruf und ich hörte, wie sie jemanden bat, einen Wagen zum Reisebüro zu bringen.

"Ich bin der glücklichste Mensch, der Ihr Büro betreten hat", sagte ich zu ihr, als sie mir die Kreditkarte und das Blatt Papier mit den Informationen über das Hotel und den Flug überreichte. Oben auf dem Blatt war ihre Visitenkarte angeheftet, auf der sie ihre Privatnummer notiert hatte. "Vielen Dank."

"Es war mir ein Vergnügen, Schatz." Rita kam um den Schreibtisch herum. "Jetzt möchte ich, dass Sie direkt zum Hotel gehen... und laufen Sie nicht durch diese große, gefährliche Stadt. Ich werde Sie am Montagmorgen anrufen und Ihnen mitteilen, wie ich mit der iranischen Botschaft verfahren bin."

Ich stand auf und ging mit ihr zur Eingangstür. "Soll ich einen Bus oder ein Taxi zum Hotel nehmen?"

"Ich habe bereits nach einem Auto gerufen, Omid. Der Ehemann eines Freundes aus meiner Kirche wohnt gleich um die Ecke. Er wird Sie in die Innenstadt zum Hotel bringen." Sie schaute aus dem Glasfenster. "Und da ist er auch schon."

Wir gingen zum Bordstein hinaus, wo das Auto wartete. Während Rita mit dem Mann ihrer Freundin sprach und ihm sagte, wohin er mich bringen sollte, dankte ich Gott dafür, dass er mir einen Engel in Gestalt eines völlig Fremden an einer Straßenecke in Harlem geschickt hatte.

Irgendwo im Iran kümmerte sich meine Mutter um mich. Sie wollte, dass ich nach Hause komme.

Kapitel Siebzehn

Ich wusste nicht, was ich von Sonntag bis Dienstag machen wollte, aber Sightseeing kam nicht in Frage. Ich hatte noch achtzehn Dollar und etwas Kleingeld in meiner Tasche. Ich hatte die Kreditkarte meines Vaters, aber es war mir zu peinlich, sie für etwas anderes zu benutzen.

Der Wagen setzte mich vor dem Hotel ab, und ich musste nur noch an der Rezeption unterschreiben, um mich anzumelden. Rita hatte sich um alles gekümmert.

Kein Gepäck, nicht einmal eine Handtasche. Ich kam mir ziemlich blöd vor, als mich ein Busjunge in den vierten Stock begleitete und mir das Zimmer zeigte. Ich zögerte, beschloss dann aber, ihm einen meiner kostbaren Dollars zu geben.

Ich schloss die Tür ab und schaute aus dem Fenster. Von der gegenüberliegenden Straßenseite aus konnte ich durch die Fenster eines Wohnhauses sehen, wie Menschen auf mehreren Etagen ihren Geschäften nachgingen. Auf Straßenebene konnte ich gerade noch eine Backsteinmauer mit Werbung für die Pizza sehen, die der Laden verkaufte. Ich setzte mich auf das Bett und starrte in den Spiegel an der Wand. Meine Gedanken kreisten um meine Mutter und um das, was mit ihr im Iran geschah. Ich konnte mich nicht davon abhalten, an

Carol und meinen Vater zu denken und daran, wie besorgt sie im Moment sein müssen.

Ich war wütend auf meinen Vater, weil er mich belogen hatte, aber gleichzeitig wusste ich, wie sehr sich Carol um ihre Familie sorgte. Und ob Sie es mögen oder nicht, ich war ein Teil davon.

Ich war hungrig, aber Essen hatte keine Priorität, also beschloss ich, erst einmal nicht daran zu denken. Ich sah mich im Badezimmer und im Schrank um und erkundete den Kühlschrank, der mit Getränken und Snacks gefüllt war, die ich kaufen konnte. Nichts lockte mich.

New York schien fünf Fernsehkanäle zu haben, aber nur einer von ihnen kam deutlich auf dem Hotelfernseher an, egal wie ich die Hasenohren einstellte. Schließlich gab ich auf, setzte mich aufs Bett und starrte auf den Bildschirm, ohne wirklich auf die Sendungen und die Werbung zu achten.

Ich muss eingeschlafen sein, denn ich wurde von einem Klopfen an der Tür wachgerüttelt. Ich brauchte eine Minute, um zu realisieren, wo ich war, aber der Nebel lichtete sich, als es erneut klopfte.

Noch bevor ich aus dem Bett aufgestanden war, wusste ich, wer auf der anderen Seite der Tür war. Es ergab alles einen Sinn. Rita hatte ihn angerufen. Ich wusste, dass ich an der Stelle des Reisebüros dasselbe getan hätte. Sie musste ihn anrufen.

Ich ging zur Tür und öffnete sie, während der Riegel noch in Position war. Mein Vater wich einen Schritt zurück.

"Darf ich reinkommen, Omid?"

Er sah nicht wütend aus. Seine Stimme war leise. Aber er sah definitiv verärgert aus.

"Nein", sagte ich. Ich versprach, ihm das gesamte Geld zurückzugeben, das ich benutzt hatte.

"Es geht nicht um das Geld", sagte er auf Farsi. "Omid, bitte lassen Sie mich eintreten."

"Nein, Sie haben mich angelogen. Gestern Abend haben Sie mir gesagt, meine Mutter hätte angerufen und es ginge ihr gut." Ich konnte die Tränen nicht zurückhalten, die bei diesen Worten kamen. "Ich will nicht, dass du reinkommst. Ich möchte nichts mit Ihnen zu tun haben. Ich gehe nach Hause in den Iran, zu meiner Mutter. Dorthin gehöre ich. Ich hätte gar nicht erst hierher kommen dürfen."

Er lehnte sich mit dem Rücken gegen die Wand gegenüber meiner Tür. Durch die schmale Öffnung konnte ich nur einen Teil seines Gesichts sehen. Ich sah, dass er seine Augen geschlossen hatte.

"Sie müssen mich nicht hereinlassen", sagte er. Seine Stimme zitterte. "Aber würden Sie mir bitte zuhören?"

"Damit Sie mir noch mehr Lügen erzählen können?"

"Nein. Keine Lügen mehr." Er sah mich jetzt an, aber er hatte sich nicht von der gegenüberliegenden Wand wegbewegt. "Das verspreche ich Ihnen. Ich schwöre es beim Leben Ihrer Brüder."

Die persische Redewendung, auf das Leben eines Menschen zu schwören, war eine ernste Angelegenheit. Er gab damit zu, dass seine Söhne das Wichtigste in seinem Leben waren. Er sagte auch, dass er sie eher sterben lassen würde, als mich noch einmal anzulügen.

Ich habe die Tür nicht geöffnet. Ich habe sie auch nicht geschlossen. Ich habe gewartet und gelauscht.

"Ich habe gestern Abend von dem Schicksal Ihrer Mutter erfahren. Ich hatte ein Dutzend Leute, die sich erkundigten und versuchten, herauszufinden, wo sie ist. Das letzte Mal, dass man sie gesehen hatte, war am Tag nach ihrem Gespräch mit Ihnen. Irgendwo zwischen Teheran und Isfahan verschwand sie, und niemand in der Busgesellschaft wollte etwas dazu sagen. Die Regierung wollte nicht sagen, dass sie sie haben."

Ich rutschte auf den Boden, mit dem Rücken gegen die Wand neben der Tür. Ich zog die Knie an meine Brust und lauschte. Die Tränen liefen mir einfach über das Gesicht.

"Ich habe gestern einen Anruf erhalten, als Sie und Carol unterwegs waren. Mein Albtraum wurde bestätigt. Ein revolutionäres 'Komitee' hatte Azar entführt und zurück nach Teheran gebracht. Ihr Prozess sollte hinter verschlossenen Türen stattfinden. Sie durfte keinen Anwalt haben. Sie durften ihr keine Besucher gestatten."

Ich konnte es an seiner Stimme hören. Er weinte. Mein Vater weinte. Ich stand auf und entriegelte die Tür. Ohne ein Wort zu sagen, stieß er sie auf und ging an mir vorbei. Er ging durch den Raum und ließ sich in einen Stuhl am Fenster sinken. Er vergrub sein Gesicht in seinen Händen.

"Das hätten Sie mir gestern Abend sagen sollen", sagte ich. Ich schien meine Emotionen besser unter Kontrolle zu haben als er in diesem Moment. Ich lehnte mich gegen die geschlossene Tür.

"Eines Tages, Omid, werden Sie Ihre eigenen Kinder haben. Mein einziger Wunsch ist, dass Sie Ihrem Kind niemals sagen müssen, dass der wichtigste Mensch in seinem Leben in einer solchen Gefahr schwebt, wie es Ihre Mutter jetzt gerade tut."

Er holte ein Taschentuch aus seiner Tasche und wischte sich das Gesicht ab. Seine Augen waren rot, als er zu mir aufsah.

"Ich konnte mich nicht dazu durchringen, es Ihnen zu sagen. Noch nicht. Nicht, als ich noch versuchte, herauszufinden, ob man ihr irgendwie helfen kann."

"Ich möchte in den Iran gehen."

"Sie werden Sie nicht zu ihr lassen. Niemand weiß, in welchem Gefängnis sie ist." Frische Tränen sammelten sich in seinen Augen. "Omid, ich habe Ihnen nie von den Telefonaten erzählt, die ich mit Azar geführt habe, bevor Sie letztes Jahr hierher kamen. Sie sind das Wichtigste in ihrem Leben. Sie würde sterben, wenn Ihnen etwas zustoßen würde. Sie sagte mir, dass sie Sie nicht länger beschützen kann. Ihre politischen Aktivitäten hatten sie zu einer gebrandmarkten Frau gemacht und Sie waren in Gefahr. Ihr Name tauchte bereits auf bestimmten Listen auf. Ob es nun etwas war, was *Sie* getan haben, oder ob es nur dazu diente, sie zu bestrafen, sie war sich sicher, dass es nur eine Frage der Zeit war, bis Sie von der SAVAK abgeholt werden würden."

"Sie hätte mit mir gehen können. Wenn sie mich geliebt hätte, hätte sie auch den Iran verlassen können." Die Wut brachte einen Schmerz zum Vorschein, über den ich nie viel nachgedacht hatte. Ich war wütend auf meine Mutter, weil sie ihre Sache mehr liebte als mich.

"Sie liebt Sie", schnauzte er. "Sie liebt Sie so sehr, dass sie bereit war, ein Stück ihres Herzens herauszuschneiden, um Sie wegzuschicken. Sie sind ihr ganzes Leben, und ein Teil von ihr ist gestorben, als Sie das Flugzeug bestiegen haben. Aber sie konnte nicht gehen, selbst wenn sie es gewollt hätte. Die amerikanische Botschaft wollte ihr kein Visum erteilen. Das Pahlavi-Regime war so etwas wie eine Marionette der USA, und der SAVAK hatte jahrelang eine Akte mit Azars Aktivitäten angelegt. SAVAK war der rechte Arm der CIA im Iran. Vor ein paar Sommern sagte mir Ihre Mutter, sie wolle mit Ihnen nach

Amerika reisen, damit Sie sich hier allmählich wohlfühlen. Sie wollte, dass du hier aufs College gehst, wenn du das möchtest."

"Sie hat nie etwas darüber gesagt."

"Nein... weil ihr Visum verweigert wurde. Die US-Regierung wollte sie nicht hierher kommen lassen", erklärte er. "Sie können mich beschuldigen, was Sie wollen. Aber denken Sie niemals... *niemals*, dass Ihre Mutter Sie nicht liebt."

Ich ging ins Badezimmer, um Taschentücher zu holen. Ich starrte in den Spiegel und erkannte kaum das rote, geschwollene Gesicht, das mich ansah. Ich drehte das kalte Wasser auf und hielt meine Handflächen darunter. Im Wasser kämpften sich die Blasen an die Oberfläche und purzelten über die Seiten meiner Hände. Das war ich, diese Blasen - aufsteigend, suchend, aber sofort wieder nach außen stürzend, dem sicheren Vergessen entgegen. Ich spritzte mir das kalte Wasser ins Gesicht.

Als ich endlich wieder ins Zimmer kam, saß mein Vater vornüber, die Ellbogen auf die Knie gestützt. Er starrte auf seine leeren Hände. Er schaute auf. Für mich sah Habib aus, als wäre er an einem Tag um zehn Jahre gealtert.

"Omid, ich bitte Sie nicht um meiner selbst willen... oder um Carols willen. Ich flehe Sie im Namen Ihrer Mutter an. Sie zu beschützen ist das Einzige, was Azar je von mir verlangt hat. Gehen Sie nicht zurück. Nicht jetzt. Berauben Sie Ihre Mutter nicht der einzigen Sache, die ihr im Moment etwas Seelenfrieden gibt."

Ich verschränkte meine Arme vor der Brust. Ich lehnte mich gegen die Wand und ließ die Tränen fließen.

"Aber ich will nicht, dass sie stirbt", keuchte ich durch mein Schluchzen. "Ich will sie nicht verlieren."

Er stand auf, kam zu mir und nahm mich in seine Arme. Er zitterte, und ich wusste, dass er auch weinte.

"Ich will auch nicht, dass sie stirbt."

Ich weiß nicht, wie lange wir dort standen und wie lange wir weinten. Allmählich wurde mir jedoch klar, dass dies das erste Mal in meiner Erinnerung war, dass mein Vater mich jemals im Arm gehalten hatte.

Irgendwann später setzten wir uns einander gegenüber und unterhielten uns. Er nannte mir den Namen des Anwalts, den er in Teheran engagiert hatte, um den Fall meiner Mutter zu verfolgen. Er erzählte mir von Familienmitgliedern, mit denen er schon lange nicht mehr gesprochen hatte, mit denen er aber jetzt in Kontakt stand. Er versicherte mir, dass alles, was für Azar getan werden konnte, getan wurde.

Schließlich stellte er mir die Frage, auf die es unweigerlich nur eine Antwort gab.

"Kommst du mit mir zurück nach Connecticut? Werden Sie bleiben?"

Kapitel Achtzehn

Carol hatte nicht versucht, ihre Gefühle zu verbergen, als ich am Sonntagabend mit meinem Vater nach Connecticut zurückkehrte. Sie schimpfte mit mir und umarmte mich. Sie schrie mich an und versuchte, mit mir zu reden. Sie zeigte all die Emotionen, die so viele Menschen so sehr zu unterdrücken versuchen.

Menschen wie ich und mein Vater.

Am Montagmorgen wachte ich auf, um zur Schule zu gehen, aber sie war schon auf und schickte mich zurück ins Bett. Sie hatte die Schule kontaktiert und ihnen gesagt, dass unsere Familie Norooz, das persische Neujahrsfest, feierte und sie mich die ersten drei Tage der Woche von der Schule fernhalten würde. Am Montag verbrachte ich dann den ganzen Tag im Bett, unglücklich und schweigend. Sie ließ mich in Ruhe.

Am Dienstagmorgen weckte sie mich um neun Uhr und schickte mich zur Arbeit, um banale Aufgaben in letzter Minute zu erledigen. Ich wusste bereits, dass ich den entsprechenden Enthusiasmus an den Tag legen musste, sonst würde sie mit einer weiteren Tirade beginnen. Die Zwillinge waren auch zu Hause und ob sie nun nach ihren Anweisungen oder aus eigenem Interesse handelten, sie würden mich den ganzen Nachmittag nicht in Ruhe lassen.

Carol hatte es irgendwie geschafft, ein halbes Dutzend Bücher über die Volksgeschichten des Iran zu finden. Zwei waren auf Farsi und zwei enthielten Geschichten über Amoo Norooz, unsere Version des Weihnachtsmanns. Ich musste den Jungen die Geschichten auf Farsi vorlesen und sie dann ins Englische übersetzen.

Auch mein Vater hatte sich die Tage frei genommen. Aber er war still. Er ging von Zimmer zu Zimmer, lächelte ab und zu über die Possen der Jungs oder saß in seinem Sessel und beobachtete uns einfach. Aber er sagte nichts, es sei denn, er war gezwungen, auf etwas zu antworten, was Carol ihn fragte. Er war besorgt. Und ich wusste warum. Er hatte mir gesagt, dass er darauf wartete, dass seine Kontakte im Iran ihn mit Informationen über meine Mutter anrufen würden. Das Telefon hat nicht geklingelt.

Die Frühlings-Tagundnachtgleiche sollte in der Nacht zum Dienstag um zweiundzwanzig Minuten nach zwölf stattfinden. Carol hatte Darius und Niroo bereits gesagt, dass sie zum neuen Jahr wach bleiben dürfen.

Zum Abendessen gab es gegen sechs Uhr Fisch und Reis, gewürzt mit Dill. Irgendwo hatte Carol eine Flasche mit eingelegtem Knoblauch gefunden, eine beliebte persische Beilage. Um acht Uhr dösten die Jungs auf dem Sofa und Carol brachte ein paar frische Windbeutel, die sie gemacht hatte. Eine halbe Stunde später hatte der Zucker gewirkt und die Zwillinge waren in einen Actionfiguren-Krieg vertieft, während der Rest von uns fernsah.

Das Telefon klingelte. Ich stürzte darauf zu, aber mein Vater erreichte den Hörer vor mir und ging ran.

"Hallo."

Er hörte einen Moment lang zu.

Ich stand in der Mitte des Wohnzimmers und hielt den Atem an. Ich starrte ihn an und wartete darauf, dass er etwas sagen würde. Er hörte zu. Ab und zu flüsterte er nur: "*Baleh...Baleh...*" Ja...Ja...

Die Zwillinge sprangen auf dem Sofa herum. Carol nahm jeden von ihnen am Arm und zerrte sie aus dem Wohnzimmer. Ich hörte, wie Darius sich bereits beschwerte, als sie das Schlafzimmer der Jungen erreicht hatte. Sie brachte sie mit einer Warnung zum Schweigen, als die Schlafzimmertür hinter den dreien zuschlug.

Mein Vater hatte sich von mir abgewandt, und ich konnte seine

Augen nicht sehen. Aber ich wusste es. Ich sah, wie seine Schultern nachgaben. Ich hörte, wie er versuchte zu atmen.

Ich habe versucht, etwas zu sagen. Ich wollte fragen, was die Neuigkeiten sind. Aber ich konnte nicht. Der Knoten in meiner Kehle ließ keine Worte zu.

Ich wusste es.

Ich rannte in mein Schlafzimmer und schloss die Tür. Ich nahm das Kissen von meinem Bett und vergrub mein Gesicht darin, um mein Schluchzen zu unterdrücken.

Ich habe versucht, mir alles andere als das Schlimmste einzureden. Dass der Prozess gegen Azar weitergeht. Dass sie nicht in der Lage waren, einen Anwalt zu engagieren. Dass sie eine Gefängnisstrafe absitzen müsste. Ich wollte nicht darüber hinaus denken. Ich fürchtete, wenn ich das Schlimmste dachte, könnte es wahr werden.

Ich habe versucht, an etwas anderes zu denken. Irgendetwas.

Ich setzte mich auf. Auf dem Tisch neben meinem Bett fiel mir eine Ausgabe von Hafiz ins Auge. Ich nahm es in die Hand und ließ es auf eine beliebige Seite fallen. Ich schloss meine Augen und ließ meine Finger die Passage auswählen. Durch meine Tränen hindurch las ich die Zeilen,

> Die Gewässer von Lebens sind nicht mehr klar,
> Die lila Rose hat geworden. blass mit Angst,
> Und was ist befallen der Wind von Frühling?

Ich klappte das Buch zu und warf es quer durch den Raum.

Ich weinte immer noch, als er an meine Tür klopfte. Ich setzte mich auf und wartete. Die Tür ging auf. Carol war bei ihm, und sie kamen beide herein. Sie weinten beide. Er setzte sich auf mein Bett, und Carol stand hinter ihm.

Ich schüttelte den Kopf. "Nein", krächzte ich.

"Ich habe dir versprochen, dass ich dich nie wieder in Bezug auf deine Mutter anlügen würde", sagte mein Vater mit heiserer Stimme vor Rührung.

Ich starrte ihn an. Er sah mir in die Augen.

"Ihre Mutter wurde heute Morgen auf Befehl der Mullahs im Evin-Gefängnis hingerichtet."

Buch 2

Der Sturm der letzten Nacht war eine Reise zu den Geliebten.
Ich ergebe mich dem, dem Wind, der
ist mein Freund und für meine Arbeit.

Jede Nacht zucken die Blitze.
Jeden Morgen, eine Brise.

Nicht an einem geschützten Ort, sondern in der Flut
des pumpendes Herzens, im Wind
einer Rosenknospe, die sich öffnet....

Eine müde Hand bricht erschöpft zusammen,
das am Morgen Ihr Haar wieder hält.

Frieden entsteht, wenn wir zusammen Freunde sind,
Erinnern Sie sich.

-Hafiz

Kapitel Neunzehn

Litchfield, Connecticut
Mai 2009

AUF FARSI NENNT man sie *dell shureh*. Die langsam brennende Angst, die tief in der Magengrube beginnt, sich verselbständigt und dann nagt und kratzt, bis sie die Kehle ihres Opfers erreicht. Die Art von Angst, die man nicht wegdiskutieren kann. Sie kommt ohne Vorwarnung. Es ist das Gefühl, das Ihnen sagt, dass ein geliebter Mensch in Schwierigkeiten ist.

Sie setzte sich erschrocken im Bett auf. Sie hatte keine Ahnung, wie spät es war, und die Luft war so warm, dass sie daran erstickte. Sie warf ihre Decken ab und stellte ihre Füße auf den Boden. Das Holz war kühl, und sie zwang sich zu atmen.

Omid wusste nicht, was sie geweckt hatte. Sie berührte ihr Gesicht. Ihre Wangen waren feucht. Sie hatte im Schlaf geweint. Wenn sie einen Albtraum gehabt hatte, konnte sie sich nicht daran erinnern. Das unangenehme Gefühl in ihrer Magengrube war immer noch da. Die Sorge pochte unaufhörlich in ihren Schläfen. Im Haus war es still, bis auf das Tropfen des Regens in den Dachrinnen. Wind und der Geruch des Sturms drangen durch das wenige Zentimeter offene Fenster auf der anderen

Seite des Zimmers und drückten wie träge Geister an den Gazevorhängen.

Sie schaute auf die Nachttischuhr. Es war 4:27 Uhr, eine Stunde bevor ihre innere Uhr sie normalerweise wecken würde.

"Was?" fragte John, ohne seinen Kopf vom Kissen zu heben.

Sie stand auf. Sie überlegte, ob sie ihm nicht antworten sollte; er war gestern Abend wieder zu spät nach Hause gekommen. Zu spät.

"Ich möchte sicherstellen, dass Hannah zu Hause ist", sagte sie schließlich. Ihre jüngere Tochter war gestern Abend noch bei der Arbeit gewesen, als Omid ins Bett gegangen war.

"Ich war schon auf, als sie hereinkam. Sie hat geschlafen."

In jeder anderen Nacht hätte das gereicht, um ihre Nerven zu beruhigen. Als sie in der Dunkelheit stand, spürte sie die Brise vom Fenster und fragte sich, wie ihr vorher so warm gewesen sein konnte. Der Holzboden fühlte sich unter ihren Fußsohlen kalt an und sie spürte, wie sich eine Gänsehaut auf der Haut ihrer Arme bildete. Es war fast Ende Mai, aber so, wie sie sich jetzt fühlte, hätte es genauso gut Januar sein können. Omid ging durch das Schlafzimmer zum Fenster und schaltete den eindringenden Regen und Wind aus.

Der Schlaf war weg und die Unruhe, die an ihr nagte, ließ nicht nach. Sie steckte ihre Füße in die Hausschuhe und nahm ihren Bademantel von der Bank am Fußende des Bettes.

Sie schaute zu John hinüber. Er hatte sich bereits auf den Rücken gerollt und schnarchte leise.

Sie wickelte sich in den Bademantel, ein Geschenk ihrer lieben Töchter zum Muttertag im letzten Jahr. Sayeh und Hannah hatten ihr außerdem einen Gutschein für ein örtliches Spa geschenkt. Sie hatte ihn noch nicht eingelöst. Vor ein paar Wochen hatte sie die beiden angerufen, um sich zu vergewissern, dass der Gutschein nicht verfallen war, und sie hatten ihn um weitere sechs Monate verlängert.

Der Ausflug ins Spa sollte der Entspannung dienen, hatten ihre Töchter sie daran erinnert, etwas, wovon Omid nicht viel wusste.

Das war nicht beabsichtigt. Sayeh machte sich über sie lustig, indem sie sagte, dass Omid ein paar Dinge mit dem süßen kleinen Terrier von nebenan gemeinsam hatte - hin und her rennen, sieben Tage die Woche, zu jeder Tages- und Nachtzeit aufstehen. Omid konnte ihr Leben nur so leben, wie es für sie natürlich war. Seit sie ein Teenager war, hatte sie sich selbst beigebracht, immer zu planen, zu arbeiten und nach vorne zu schauen. Das war ihre Art, mit ihrer Vergangenheit umzugehen. Sie hat nicht darüber gesprochen. Sie gab sich keine Zeit, sich damit zu beschäftigen. Sie hatte schon vor Jahren beschlossen, dass sie nie wieder zusammenbrechen würde, nie wieder.

Zum Muttertag *in diesem* Jahr hatten die Mädchen sie für sechs Yogakurse angemeldet. Sie hatten ihr gedroht, dass sie ab diesem Sommer zu dritt zu den Kursen gehen würden. Daran war nicht zu rütteln.

Dell shureh. Die Sorge kletterte aus ihrem Magen und saß nun wie ein Knoten in ihrer Brust.

Omid ging aus dem Schlafzimmer. Im Flur war überhaupt keine Luft zu spüren. Sie stand am Fenster am oberen Ende der Treppe und beobachtete, wie der Wind an den Ästen der Bäume zerrte. Die knospenden Blätter an einem Ast, der dem Haus am nächsten war, kratzten leicht an der Scheibe.

Ein Nachtlicht aus der offenen Tür der Mädchentoilette warf Schatten auf den Flur. Omid hielt an Hannahs geschlossener Tür inne und drehte leise den Knauf.

Die Tür gab ein leises Geräusch von sich, als sie sie öffnete. Die Blau-, Grün- und Rottöne der elektronischen Geräte im Schlafzimmer gaben genug Licht ab, dass Omid den chaotischen Zustand erkennen konnte. Überall, wo sie hinsah, lagen saubere und schmutzige Kleidungsstücke in Stapeln. Der leere Wäschekorb stand auf der Seite am Fußende des Bettes.

Zu dem Trommeln in ihren Schläfen gesellte sich ein Anflug von Irritation. Gestern hatte sie hier drin die Kleidung sortiert und gefaltet. Sie holte tief Luft, um sich zu beruhigen. Hannah war im letzten Jahr der High School und war nicht nur eine ausgezeichnete Schülerin, sondern kellnerte auch zwei Abende pro Woche in einem Restaurant in der Stadt. Omid erinnerte sich daran, dass sie Hannah nur noch zwei oder drei Monate im Haus haben würde, wenn überhaupt. Nur noch drei Wochen bis zum Schulabschluss. Und dann kämen Sommerjobs, das College, ein Semester oder ein Jahr im Ausland, Praktika. Das Leben würde nach ihrer jüngeren Tochter rufen, genau wie es nach Sayeh gerufen hatte.

Kümmern Sie sich *nicht* um Kleinigkeiten, erinnerte sich Omid. Sie musste jede Minute genießen, die ihr mit Hannah noch blieb.

Omid blickte an dem Chaos vorbei in Richtung des Bettes. Ihre Tochter lag zusammengerollt, so wie sie geschlafen hatte, seit sie ein Kleinkind war. Von der Erkältung, die sie in der Woche zuvor bekämpft hatte, war nichts zu spüren. Ihre Atmung war klar. Omid überlegte, ob er sich zu ihr setzen sollte, um ihr seidiges schwarzes Haar zu streicheln und ihr einen Kuss auf die Stirn zu drücken, so wie sie es getan hatte, als die Mädchen noch klein waren. Aber Hannah hatte einen so leichten Schlaf, dass Omid es nicht wagte, sich ihr zu nähern.

Sie stand einen langen Moment lang da, starrte ihre Tochter an und hoffte, dass sich die Unruhe legen würde. Aber das tat sie nicht. Das nagende Gefühl war immer noch da. Das Ziehen in der Magenschleimhaut, die Andeutung von Panik, dass etwas ganz und gar nicht in Ordnung war, wollte nicht verschwinden.

Der Grund für ihre Sorge war nicht Hannah.

Sayeh. Omid musste sich um ihre ältere Tochter kümmern.

Sie ging rückwärts aus dem Zimmer und machte sich auf den Weg die Treppe hinunter und durch das Haus zum Arbeitszimmer. Auf dem Weg dorthin schaltete sie die Lichter im Erdgeschoss ein, in der Hoffnung, das Gefühl der Vorahnung zu vertreiben, das immer stärker wurde. Sie wusste nicht, ob überhaupt etwas nicht stimmte, und doch spürte sie, wie sie verzweifelt wurde.

Die Kaminuhr über dem Kamin zeigte 4:40 an. Omid schaltete den Computer ein und rechnete im Geiste aus, wie viel Uhr es jetzt in Kairo ungefähr sein würde. Sie schätzte, dass es etwa Mittag sein musste.

Sayeh war fast am Ende ihres Auslandsjahres in Ägypten angelangt. Sie anzurufen war natürlich das ganze Jahr über eine Herausforderung gewesen. Seit ihrer Ankunft in Kairo schien die Zwanzigjährige nie an ihr Mobiltelefon zu gehen. Sie hörte weder Sprachnachrichten noch Textnachrichten ab... zumindest nicht die von Omid, wie es schien. E-Mail war der zuverlässigste Weg, ihr eine Nachricht zukommen zu lassen. E-Mail und das Hinterlassen einer Nachricht auf ihrer Facebook-Seite.

Während sie darauf wartete, dass ihr Computer zum Leben

erwachte, nahm Omid den Hörer ab und wählte trotzdem die Nummer ihrer Tochter. Wie sie erwartet hatte, kam sie nicht durch.

Sie konnte es nicht erwarten, bis Sayeh wieder zu Hause war. Sie hatte bereits das Rückflugticket ihrer Tochter für die erste Juniwoche gekauft. Sayeh hatte in dieser Woche ihren Unterricht beendet, wollte aber in Kairo bleiben und sich mit Freunden die Sehenswürdigkeiten ansehen. Zu Hannahs Abschlussfeier würde sie wieder zu Hause sein. Omid wünschte sich, die Tage würden schneller vergehen. Als sie die Bildschirme öffnete, fielen ihr einige Zeilen des Dichters Rumi ein. "Oh Engel, bring sie zu mir zurück. Die Augen ihres Herzens waren auf Hoffnung gerichtet, ohne Rücksicht auf die Konsequenzen..."

Der Computer fuhr schließlich hoch, aber Omid machte sich nicht die Mühe, sich zu setzen. Sie griff über den Stuhl, um ihre E-Mails zu öffnen.

"Warum sind Sie so früh auf?" Der Ton hinter ihr war anklagend.

Omid sprang völlig erschrocken auf. Sie hatte nicht gehört, dass Hannah die Treppe herunterkam.

Sie drehte sich zu der verschlafenen Siebzehnjährigen um, die an der Tür lehnte und einen vorgetäuschten Blick der Missbilligung aufsetzte. In solchen Momenten erkannte Omid in Hannahs Blick so viel von ihrer eigenen Mutter.

"Habe ich dich geweckt, Schatz?"

"Beantworten Sie eine Frage nicht mit einer Frage. Ich habe Sie zuerst gefragt."

Omid lächelte. Jeden Tag schien es ihr, als würde sie ihre eigenen Worte wiederholen. "Ich war früh auf und dachte, ich komme mal runter und checke meine E-Mails."

Hannah schüttelte den Kopf. "E-Mails können warten. Genauso wie das Abrufen Ihrer Facebook-Nachrichten und der Zugriff auf Ihre Dateien von der Arbeit aus und die Tatsache, dass Sie an einem Sonntag den halben Tag vor dem Computer verbringen." Sie betrat das Zimmer, nahm Omids Hände und zog sie zur Tür. "Heute ist dein Geburtstag, Mama. Weißt du noch, wie du mir versprochen hast, im Bett zu bleiben und mich und Papa brunchen zu lassen?"

Sie hatte vergessen, dass heute ihr Geburtstag war. "Lassen Sie mich nur noch meine E-Mails checken - das Privatkonto - und dann gehe ich wieder ins Bett."

"Nein, Mama. Du bist ein schlimmerer Internet-Junkie als ich. Du fängst an zu checken..."

Omid zog ihre Hand aus der Umklammerung ihrer Tochter. Sie ging zurück zum Computer. "Bitte, Schatz. Das ist wichtig."

Hannah starrte sie an, als würde sie sie heute Morgen zum ersten Mal sehen. Sie war jetzt völlig wach.

"Was ist los?" Sie ging zu ihrer Mutter und legte einen Arm um sie. "Du zitterst ja. Du wirst doch nicht krank, oder?"

"Es ist alles in Ordnung, Hannah. Nun, wahrscheinlich nichts", korrigierte sie. Sie wollte stark sein, aber ihre Stimme verriet sie. Sie fühlte sich eiskalt bis auf die Knochen. Was auch immer die Ursache für ihre Gefühle war, es wurde nur noch schlimmer. Sie umarmte ihre Tochter, in der Hoffnung, sie beide zu beruhigen. "Ich bin mit einem Albtraum aufgewacht."

"Und du zitterst immer noch?" Hannahs Arme legten sich enger um sie. "Es ist dieser verdammte Regen. Er hat seit einem Monat nicht mehr aufgehört. Ich hasse diese Art von Wetter. Es fühlt sich nicht so an, als ob der Sommer vor der Tür stünde. Ist Ihnen kalt?"

Omid schüttelte den Kopf und begrüßte die Umarmung ihrer Tochter. Hannah war immer die zärtlichere ihrer beiden Töchter. Sie hielt ihre Gefühle nicht zurück, weder im Guten noch im Schlechten.

"Wollen Sie mir sagen, worum es in dem Traum ging?"

Omid schüttelte den Kopf. "Ich kann mich nicht erinnern. Ich weiß nur, dass ich nach allen sehen muss."

Sie drehte sich um und strich Hannah eine Locke ihres dunklen Haares hinter ein Ohr. Da ihre Schwester nicht da war, war es das erste Mal, dass Hannah die Verantwortung für etwas Besonderes zu Omids Geburtstag übernommen hatte. Vor ein paar Wochen waren sie am Muttertag zum Brunch ausgegangen. Auch das hatte Hannah nicht als Omids Geburtstagsfeier gelten lassen, egal wie sehr sie auch gejammert hatte. Die jüngere Tochter hatte sogar ihre Schicht im Restaurant getauscht, so dass sie heute den ganzen Tag zu Hause sein würde.

"Schau, Schatz. Du bist hier, sicher in meinen Armen. Ich möchte nach Sayeh sehen. Lassen Sie mich nur sehen, ob es eine E-Mail von ihr gibt. Lassen Sie mich das überprüfen und ich verspreche, wieder ins Bett zu gehen."

Hannah hielt inne, als würde sie die Optionen abwägen. Schließlich nickte sie. "Kann ich Ihnen etwas zu trinken bringen? Ein Glas Orangensaft oder eine Tasse Tee?"

"Tee wäre toll", sagte Omid so fröhlich wie möglich, um sich Zeit zu verschaffen. Sie wusste, dass Hannah nicht aufgeben würde, bis sie sie nach oben begleitet hatte.

Sie sah zu, wie ihre Tochter hinausging und setzte sich dann schnell an den Schreibtisch. In diesem Jahr mussten sie sich alle ein wenig umstellen, da Sayeh so weit weg war. Ihre ältere Tochter war über Weihnachten für eine Woche nach Hause gekommen. Das war ein wahrer Segen gewesen, vor allem, weil das Saberi-Mädchen im Iran verhaftet worden war, kurz nachdem Sayeh nach Ägypten zurückgekehrt war. Angesichts dieser Nachricht, die ständig im Fernsehen lief, wusste Omid, dass sie es nicht neun Monate lang ausgehalten hätte, ohne ihr Kind zu sehen. Kairo war tausend Meilen von Teheran entfernt und die Amerikanerin war endlich freigelassen worden, aber diese Situation hatte Omids Nervosität über die Abwesenheit ihrer Tochter nur noch verstärkt.

Sie hatte vierzehn neue Nachrichten, seit sie gestern Abend nachgesehen hatte. Omid überprüfte die Liste schnell, bis sie die E-Mail ihrer Tochter fand. Zwei davon... wurden ihr nacheinander geschickt. Der Anblick dieser Nachrichten hätte eine Erleichterung sein sollen, aber die nagende Sorge wollte nicht verschwinden. Sie überprüfte die erste der beiden. Es war eine elektronische Geburtstagskarte. Sie speicherte sie als neu für später und öffnete die zweite E-Mail.

Alles Gute zum Geburtstag, Mama!

Ich weiß, dass morgen ein Arbeitstag ist, aber ich hoffe, Sie haben vor, heute Abend lange aufzubleiben und zu feiern. Ich rufe Sie gegen Mitternacht Ihrer Zeit an. Ich habe eine Überraschung für Sie.

Ich liebe Sie...vermisse Sie...wünschte, Sie wären hier. Sayeh

Omid konnte sich nicht erinnern, wann sie das letzte Mal bis Mitternacht aufgeblieben war. Ihre Töchter kannten sie so gut. Sie war der Typ, der früh ins Bett ging und früh aufstand. Sie musste jeden Tag eine Stunde zur Arbeit fahren und war immer eine der Ersten im Büro. Sie las die kurze E-Mail noch einmal. Sie überprüfte die Zeit darin. Sie wurde vor sechs Stunden abgeschickt.

"Fühlen Sie sich jetzt besser?" fragte Hannah, die hinter ihr stand. Sie stellte eine Tasse Tee neben der Tastatur ab. Die Siebzehnjährige las die E-Mail von ihrer Schwester.

"Was ist die Überraschung?" fragte Omid.

"Seien Sie kein Spielverderber. Sie werden es früh genug herausfinden."

"Ich sehe an Ihrem Gesicht, dass Sie wissen, was es ist."

Hannah rollte den Stuhl, auf dem Omid saß, vom Schreibtisch weg. "Sie haben mir versprochen, wieder ins Bett zu gehen. Nehmen Sie Ihre Tasse Tee und verschwinden Sie."

"Bitte, Hannah. Sag es mir."

Omid wurde aus dem Stuhl gezogen und die Tasse Tee wurde ihr sanft in die Hand gedrückt. "Nein. Ins Bett."

Sie ging gehorsam mit ihrer Tochter aus dem Zimmer und verstand nicht, warum selbst die E-Mail von Sayeh ihre Nerven nicht beruhigt hatte. Sie war heute achtundvierzig Jahre alt und *dell shureh* war immer aufgetaucht, wenn etwas mit John oder den Mädchen los war. Es wäre lähmend, wenn sie die Nervosität auch bei anderen Familienmitgliedern und Freunden zu spüren bekäme. Das würde eine Menge E-Mails und Anrufe mitten in der Nacht bedeuten.

Gott steh mir bei, dachte Omid. Ich werde immer persischer, je älter ich werde.

Kapitel Zwanzig

Teheran

SAYEH ZOG die Jalousie am Fenster neben ihrem Sitz hoch und blickte durch die Wolkenfetzen auf die sich ausbreitende Stadt hinunter. Der Jet befand sich im schnellen Sinkflug in Richtung des Flughafens von Mehrabad, und sie konnte Gebäude sehen, die die Landschaft bis zum Fuß der schneebedeckten Berge im Norden säumten. Der schwere Smog und die dunkleren Wolkenfelder, die tief über der dicht besiedelten Hauptstadt hingen, färbten alles einheitlich gelblich-grau.

Fünfzehn Millionen Menschen, dachte sie. *Unglaublich*.

"*Kessey forodgah baret medareh?*"

Sayeh wandte sich an die ältere Frau, die neben ihr saß. Seit das Flugzeug den Flughafen in Damaskus verlassen hatte, sprachen die beiden ab und zu eine Kombination aus Englisch und Farsi. Mehrys Englisch war ebenso schwach wie Sayehs Farsi, so dass jeder mehr in der Sprache sprach, die ihm vertraut war. Dennoch hatten die beiden es geschafft, sich während des zweieinhalbstündigen Fluges zu unterhalten, wobei die großmütterliche Mehry den größten Teil des Gesprächs übernahm.

Es gab keine Direktflüge zwischen Kairo und Teheran, und so war

Sayeh froh, dass sie auf dem zweiten Teil ihres Fluges in den Iran die Gelegenheit hatte, ihr Farsi mit dieser gutherzigen Frau zu üben.

Mehry war die stolze Mutter von fünf Kindern und Großmutter von achtzehn Jungen und Mädchen. Vier ihrer Kinder lebten noch im Iran, und die jüngste Tochter war mit einem Syrer verheiratet. Sie lebten in Damaskus. Mehry lebte in Amol, drei Stunden nördlich von Teheran, hinter den Bergen und in der Nähe des Kaspischen Meeres. Sie erzählte Sayeh, dass ihr Sohn sie abholen würde und sie sofort nach Hause fahren würden, weil die Frau ihres Sohnes im neunten Monat schwanger sei. Sie mussten zu ihr zurückkehren.

Viele der Farsi-Wörter in diesem Gespräch gehörten nicht zum normalen Vokabular von Sayehs Rosetta Stone-Kursen, und das Jahr Arabisch, das sie an der Universität in Kairo belegt hatte, war überhaupt nicht von Nutzen, so dass sie ein gutes Gefühl hatte, all diese Informationen zu sortieren. Diese letzte Frage hatte sie allerdings überrascht.

Sie bat die ältere Frau, die Frage zu wiederholen.

"Wer? *Schlüssel?*" Mehry fing wieder an. *"Kessey forodgah baret medareh?"*

"Forodgah heißt Flughafen", sagte Sayeh stolz und verstand das Wort beim zweiten Mal. Sie begriff, dass sie gefragt wurde, wer sie vom Flughafen abholen würde.

"Niemand. *Hichkass",* sagte sie der älteren Frau. "In Isfahan." Sie winkte mit der Hand zum Fliegen. Sie musste einen weiteren Flug in die Stadt nehmen, in der die Verwandten ihrer Mutter lebten.

"Az Mehrabad?" fragte Mehry.

"Ja, vom selben Flughafen."

"Haben Sie Familie in Isfahan?" fragte sie auf Farsi.

Sayeh nickte. Sie hatte bereits erklärt, dass ihre Eltern und ihre Schwester in Amerika leben und dass ihre Mutter Iranerin ist. "Tanten und Cousinen." Eigentlich waren sie die Tanten und Cousinen ihrer Mutter, aber das war zu kompliziert für ihre Sprachkenntnisse.

Das Flugzeug befand sich im Endanflug auf den Flughafen. Die Passagiere waren bereits aufgefordert worden, ihre Sitze in aufrechte Position zu bringen und alle losen Gegenstände zu verstauen. Eine Flugbegleiterin, die eine letzte Kontrolle durchführte, zeigte auf Sayehs Schoß.

Sie sah auf das abgenutzte Notizbuch hinunter, das sie in der Hand hielt. Sie hatte gehofft, auf dieser Etappe des Fluges mehr Passagen daraus lesen und übersetzen zu können. Aber ohne ein Wörterbuch war es viel schwieriger, es durchzuarbeiten. Sayeh verstand Farsi im Gespräch besser als beim Lesen, und es fiel ihr besonders schwer, handgeschriebene Schrift zu lesen.

Sayeh hatte das Notizbuch vor etwa einem Monat in Kairo von einer Großtante, die sie in Isfahan besuchen wollte, per Post erhalten. Das Tagebuch gehörte Sayehs Mutter und war geschrieben worden, als Omid im Iran auf der High School war.

Sie steckte das Notizbuch in die Umhängetasche, die sie unter dem Sitz vor sich verstaut hatte.

Vor der Landung ging die Flugbegleiterin noch einmal den Gang hinunter zu ihrem eigenen Sitz. Sayeh dachte an die Artikel, die sie über weibliche Passagiere gelesen hatte, die sich vor der Ankunft auf dem Flughafen von Teheran ein Kopftuch aufsetzten und ihr Make-up abwuschen. Da dieser Flug aus einem anderen muslimischen Land kam, waren die meisten dieser Vorsichtsmaßnahmen überflüssig, aber Sayeh hatte gesehen, wie einige Kopftücher angelegt wurden.

Mehry hatte die Augen geschlossen und flüsterte Gebete unter ihrem Atem, so wie sie es beim Start getan hatte. Sayeh prüfte ihre Uhr und stellte sie auf die Ortszeit ein. Die beiden Flüge, die sie bisher genommen hatte, waren pünktlich gewesen. Wenn der nächste Flug planmäßig verlief, würde sie in Isfahan ankommen und genug Zeit haben, um ihre Mutter in Connecticut anzurufen. Mitternacht in Litchfield war der nächste Morgen in Isfahan. Sie war zum Frühstück mit einigen Tanten und Cousins verabredet. Sie konnten Omid alle gemeinsam zum Geburtstag gratulieren. Ihre Mutter würde schockiert sein.

Sayeh war aufgeregt und stolz auf das, was sie getan hatte. Solange sie sich erinnern konnte, war sie vom Erbe ihrer Mutter fasziniert gewesen. Sie und ihre Schwester Hannah hatten schon so oft darüber gesprochen, in den Iran zu reisen. Aber sie waren zu jung, um eine solche Reise allein zu unternehmen, und Omid wollte nichts davon hören. Die angespannten politischen Beziehungen zwischen den beiden Ländern hatten natürlich nicht gerade dazu beigetragen. Nicht, dass es jetzt keine Probleme gäbe - die Verhaftung von Roxanne Saberi hatte große Schlagzeilen gemacht - aber es war nicht mehr so ungewöhnlich, dass Touristen hierher kamen wie in den letzten Jahren. Man musste nur vorsichtig sein, die Gesetze befolgen und sich anpassen.

Sayeh und Hannah waren in einem komfortablen Kokon des amerikanischen Vorstadtlebens aufgewachsen, weit entfernt von der persischen Sprache und Kultur, die Teil ihrer Herkunft war. Ihr Großvater, Habib, war im Iran geboren, aber er starb, als Sayeh kaum ein Teenager war. Außerdem war Baba Habib, wie ihre eigene Mutter, in Amerika ausgebildet worden und hatte sein ganzes Erwachsenenleben hier verbracht. Zu Sayehs Enttäuschung sprachen die beiden also nicht besonders viel Persisch.

Sayeh wusste nicht viel über die Familie ihrer Mutter im Iran, außer der Tatsache, dass Omid noch zwei Großtanten in Isfahan hatte. *Über Facebook* hatte sie die erste Verbindung zu den Kindern der Cousins ihrer Mutter hergestellt. Sie waren ungefähr im gleichen Alter wie sie und waren genauso interessiert wie Sayeh, die Verbindung herzustellen. Die Entscheidung, ein Jahr lang in Ägypten zu studieren, hatte sie noch näher zusammengebracht. Sie schickten sich wöchentlich E-Mails und luden sie am Ende ihres Aufenthalts in Kairo ein, die Familie kennenzulernen.

Sie schaute aus dem Seitenfenster, als das Flugzeug in Höhe des Daches einschwebte. Ihre Mutter wäre nicht erfreut gewesen, wenn sie im Voraus erfahren hätte, dass Sayeh dies tun würde. Deshalb hatte sie es für eine Überraschung gehalten. Omid war zu sehr Pessimistin. Sie stellte sich immer das Schlimmste vor. Sie hatte zu viel Angst vor allem und konnte sich Dutzende von Alptraumszenarien ausdenken, wenn ihre Töchter etwas tun wollten, um ihre Flügel auszubreiten. Dieser Mangel an Ermutigung - oder auch Entmutigung - war besonders deutlich zu spüren, wenn sie davon sprachen, dass sie den Iran besuchen wollten. Omid war im Alter von siebzehn Jahren ausgereist und nie zurückgekehrt. Sie schien auch nicht den Wunsch zu haben, zurückzukehren.

John, Sayehs Vater, war ein absolutes Nichts, wenn es darum ging, Entscheidungen für die Familie zu treffen. Er mochte es nicht, sich einzumischen. Er mochte keine Streitereien. Er vermied um jeden Preis das Drama, das damit einherging, drei Frauen im Haus zu haben.

Er mochte seinen Zeitplan und seine Routinen. Als Meister der Passiv-Aggressivität schützte er sorgfältig die Pufferzone, die er für sich geschaffen hatte. Omid kümmerte sich um alles in der Familie, und er machte mit.

Ihr Vater hatte keine Meinung dazu, als Sayeh vorschlug, ein Auslandsjahr in Ägypten zu absolvieren. Es war nur natürlich, dass eine Studentin mit einem Doppelstudium in Journalismus und Nahoststudien sich für das Kairoer Programm einschreiben wollte. Ihre Mutter hatte nicht energisch widersprochen. Also war Sayeh losgezogen.

Als die Reifen des Flugzeugs die Oberfläche der Landebahn berührten, spürte sie sofort die Aufregung in ihr aufsteigen. Sie hatte am Tag zuvor mit Zari, einer Cousine ihrer Mutter, gesprochen. Sie würde Sayeh am Flughafen von Isfahan abholen, und sie war von Anfang an sehr nett gewesen. Zari hatte sogar den Flug arrangiert und den Papierkram für Sayehs Visum erledigt. Sie war eine der wenigen Cousinen, die noch Kontakt zu Omid hatten. Sayeh hatte ihr einen Eid der Verschwiegenheit abverlangt.

Sayeh glaubte wirklich, dass ihre Mutter kein Problem mit dieser Reise haben würde, wenn sie erst einmal wüsste, dass ihre Tochter ohne Probleme dort angekommen war. Sayeh hatte das Gefühl, dass sie Hannah den Weg ebnete. Sie öffnete sogar die Türen für Omid, um wieder Kontakt zu den Familienmitgliedern aufzunehmen, die sie vor über dreißig Jahren zurückgelassen hatte.

"*Alhamdolah*." Mehry, die neben ihr saß, hob ihre Hände zur Decke und dankte Allah, als das Flugzeug zum Stillstand kam.

Die Passagiere ignorierten die über Funk gesendeten Anweisungen zum Anschnallen, als das Flugzeug zum zugewiesenen Flugsteig rollte. Die ältere Frau neben ihr war eine der ungeduldigsten.

"Um wie viel Uhr geht Ihr Flug nach Isfahan?"

Sayeh schaute auf ihre Uhr. "Erst in zwei Stunden."

"Viel Glück bei *Gomrok*."

Die ältere Frau hatte sie völlig aus dem Konzept gebracht. Sayeh schüttelte verwirrt den Kopf.

"*Gomrok*", wiederholte Mehry.

Sayeh hatte keine Ahnung, was das Wort bedeutete. Sie überlegte, ob sie ihr Taschenwörterbuch herausholen und das Wort nachschlagen sollte. Aber das Flugzeug war bereits am Gate angekommen und alle standen auf.

"Sie... kommen mit mir." Die ältere Frau winkte Sayeh zu sich.

Das war kein Problem für sie. Es wäre schön, wenn ihr jemand helfen würde, zum richtigen Abfluggate zu gelangen.

Sayeh holte ihr Handgepäck aus den Gepäckfächern. Mehry hatte eine Reihe von Einkaufstaschen dabei. Sie hatte Sayeh erzählt, dass ihre Enkelkinder jedes Mal, wenn sie eine Reise antrat, *sogati*, d.h. Mitbringsel, erwarteten. Sayeh hatte ein paar Dinge aus Kairo mitgebracht, aber sie hoffte, dass ihre eigenen Cousins nichts Besonderes erwarten würden.

Sayeh folgte ihrer neuen Freundin aus dem Flugzeug. Sie hatte keine Koffer zu holen. Da sie nur für einen kurzen Besuch gekommen war, hatte sie alles, was sie brauchte, in ihren Handgepäckkoffer gepackt. Mehry hatte jedoch Taschen zu holen.

Als sie von der Brücke in das Terminal traten, wies ein bärtiger junger Mann in einem grauen Anzug ohne Krawatte jedem Passagier den Weg. Er wechselte ein paar Worte mit Mehry und wies auf ein Schild, auf dem stand, wo sich die Gepäckabholung befand. Sayeh hatte vor, ihrer Freundin zu folgen, aber der Mann versperrte ihr den Weg.

"Isfahan." Sie gab ihr Ziel gleich bekannt und reichte ihm ihr Ticket, um Fragen zu vermeiden.

Er sagte etwas unter seinem Atem, aber die Worte und ihre Bedeutung gingen völlig an ihr vorbei. Sayeh hoffte, dass es sich nicht um eine Frage handelte, die sie beantworten sollte. Sie beobachtete ihn, als er sich das Ticket genau ansah, insbesondere den Namen, der darauf gedruckt war. "Sayeh...Olsen."

Sie nickte.

Er sah ihr ins Gesicht, und sie spürte einen Anflug von Sorge tief in ihrem Bauch.

"Amerikaner?"

Sie nickte, schüttelte dann aber schnell den Kopf. "Meine Mutter ist Iranerin."

Er hielt ihr Ticket weiterhin fest und starrte sie an. "Reisepass."

Die Leute sind hinter ihr zurückgeblieben. Es gab Beschwerden. Der Mann winkte jemandem hinter sich zu, und im Nu erschien eine zweite Person an ihrer Seite und begann, den Durchreisenden zu helfen.

Sayeh wollte ihm sagen, dass sie keine Hilfe brauchte und ihren Weg selbst finden konnte. Aber die Farsi-Worte, die sie kannte, waren plötzlich ein einziges Durcheinander in ihrem Kopf. Sie wollte die Dinge nicht noch schlimmer machen.

Sie griff in ihre Tasche, holte ihren Reisepass heraus und reichte ihn ihm. Sayeh sagte sich, dass es keinen Grund zur Sorge gab. Dies waren Standardverfahren.

"Amerikanischer Pass", sagte er in einem anklagenden Ton, als er ihn nahm.

"Ich habe ein Visum", sagte sie auf Englisch, denn es war offensichtlich, dass er keine Schwierigkeiten hatte, die Sprache zu sprechen. "Ich habe den ganzen Papierkram erledigt. Es sollte alles in Ordnung sein."

Er öffnete ihren Reisepass und blätterte die Seiten durch. Er hielt bei dem Visum inne, das ihr für die Einreise in das Land ausgestellt worden war.

Sie fühlte sich nicht wohler, als er wieder aufblickte. "Haben Sie Gepäck?"

"Nein. Nur das Handgepäck", sagte sie und deutete auf die Tasche zu ihren Füßen, die Umhängetasche und die Handtasche.

"Kommen Sie mit mir", sagte er und wandte sich ab.

Sie hatte keine andere Wahl als zu folgen. Sie hob ihre Sachen auf und warf einen Blick in die entgegengesetzte Richtung, wo Mehry wartete. Das Gesicht der alten Frau zeigte deutlich ihre Besorgnis, und sie eilte sofort zu Sayeh.

"Warten Sie...auf mich...*dar gomrok",* sagte Mehry und wies in die Richtung, in die der Mann ging.

Endlich ergab das Wort einen Sinn. *Gomrok* musste der Zoll sein. Zari hatte ihr gesagt, dass sie durch den Zoll gehen musste, bevor sie den Flug nach Isfahan nehmen konnte. Irgendwie fühlte sich Sayeh jetzt viel besser. Sie nickte ihrer Freundin zu und ging hinter dem Mann her, der ihren Pass und ihr Ticket in der Hand hielt. Sie wollte ihn nicht aus den Augen verlieren.

Der Geruch von Zigarettenrauch durchdrang die Luft. Sayeh holte ihn auf einer größeren Freifläche ein, wo die Menge in zwei getrennte

Reihen für Männer und Frauen aufgeteilt war. Sayeh fiel auf, dass die Schlange der Frauen viel kürzer war und hinter behelfsmäßigen Trennwänden verschwand. Der Mann mit ihrem Pass hielt an und sprach mit einer Frau, die eine Kopfbedeckung und eine Uniform trug, während die weiblichen Reisenden hinter der Mauer verschwanden.

Von einem Bild an der Wand blickte das riesige Gesicht eines Mullahs missbilligend auf sie herab, und Sayeh zog das Kopftuch, das sie trug, fester um ihr Haar, als sie sich näherte. Sie fragte sich, warum sie von diesem Mann ausgewählt worden war. Der amerikanische Pass hatte etwas damit zu tun, aber nach allem, was sie gehört hatte, reisten Amerikaner jeden Tag ohne Probleme in den Iran, solange sie ein Visum bekamen.

Sie stand geduldig da und beobachtete die Diskussion. Schließlich verließ der Mann, ohne ihr einen weiteren Blick zuzuwerfen, die Dokumente mit der uniformierten Frau und ging zurück in Richtung des Tores, wo er sie angehalten hatte.

"Sprechen Sie Farsi?"

"*Yekam*", antwortete Sayeh. Ein wenig.

Die Frau gab ihr ein Zeichen, ihr zu folgen. Hinter der Trennwand trat sie hinter einen Tisch und zeigte auf den Platz auf der anderen Seite, wo Sayeh stehen sollte, und gab ihr eine Reihe von Anweisungen.

Sayeh verstand die meisten Worte und nahm an, dass man ihr sagte, sie solle ihre persönlichen Sachen auf den Tisch legen. Sie blickte auf das halbe Dutzend Tische wie diesen zu beiden Seiten von ihnen. Andere Frauen standen aufgereiht, und andere persönliche Gegenstände wurden durchsucht. Obwohl die meisten Reisenden nur zu Fuß unterwegs waren, fühlte sie sich trotzdem besser; dies musste einfach eine Routinekontrolle sein.

Sie stellte ihren Koffer und ihre Umhängetasche auf den Tisch.

Die Frau deutete auf die Handtasche, und Sayeh ließ sie ebenfalls auf den Tisch fallen.

Sayeh kümmerte sich nicht um den Inhalt ihrer Taschen. Sie beobachtete, wie die Beamtin den Deckel des Handgepäckkoffers öffnete und mit den Fingern hier und da stocherte, bevor sie ihn schloss. Aus der Umhängetasche nahm sie ein paar CDs heraus und legte sie zur Seite.

"Das sind nur persönliche Dateien", sagte Sayeh schnell. Man hatte ihr vorher gesagt, dass es Einschränkungen für die Mitnahme von Filmen und Musik gibt.

Der Beamte nickte, holte dann den Laptop heraus und gab ihr weitere Anweisungen.

Sayeh klappte ihren Laptop auf und drückte die Taste, um ihn zu starten.

Während er darauf wartete, dass der Computer hochfährt, durchsuchte der Beamte den Rest von Sayehs Tasche und nahm einen Flash-Drive heraus, den er ebenfalls auf den "fragwürdigen" Stapel legte. Das letzte, was aus der Tasche herauskam, war das Notizbuch ihrer Mutter. Die Frau sah es sich an und legte es in die Mitte, unschlüssig, zu welchem Stapel es gehörte.

"Der Computer ist eingeschaltet", sagte Sayeh und drehte den Laptop zu dem Beamten hin.

Die Frau ignorierte sie und öffnete stattdessen das Notizbuch. Sayeh fühlte den ersten Anflug von Verärgerung. Es gab keinen Grund für diese Fremde, in etwas so Privatem zu blättern. Sie wusste, dass ihre Tante es ihr geschickt hatte, um es ihrer Mutter in den USA zu bringen. Die Einträge waren angeblich geschrieben worden, als Omid ein Teenager gewesen war. Sayeh hatte mit ein oder zwei Schuldgefühlen gekämpft, als sie in das Notizbuch geschaut hatte, und hatte deshalb nur versucht, die ersten paar Seiten zu übersetzen. Zwischen den Seiten befanden sich zwei oder drei kurze Briefe, die von einem Freund geschrieben worden waren. In dem Tagebuch entzifferte Sayeh Informationen, die im Wesentlichen eine Aufzeichnung dessen waren, was Omid tat, wohin sie gegangen war... und gelegentlich eine Schimpftirade über etwas, das sie an diesem Tag verärgert hatte, unterstrichen mit großen Buchstaben, Sternen und kleinen Zeichnungen von wütenden oder schockierten Gesichtern.

Sayeh hatte noch nichts Wichtiges herausgefunden, aber dennoch war es ein Kapitel im Leben ihrer Mutter, über das sie unbedingt mehr erfahren wollte. Ihre Mutter war jedoch eine private Person und Sayeh war sich sicher, dass Omid es ablehnen würde, wenn irgendjemand, einschließlich ihrer Tochter, in ihrem vergangenen Leben herumschnüffeln würde.

Da sie jedoch nicht wusste, wie sie dies ausdrücken sollte, sah sie mit wachsender Erregung zu, wie der Beamte weiter in dem Buch blätterte. Ein kleines Bild fiel heraus. Sayeh griff hinüber und hob es schnell auf. Die Frau riss es ihr aus der Hand.

"Meine Mutter und meine Großmutter", erklärt Sayeh schnell. Das Foto zeigte zwei Frauen in T-Shirts und Shorts. Es war am Kaspischen Meer aufgenommen worden. Die beiden könnten eher Schwestern als Mutter und Tochter gewesen sein. Sie hatte das Bild in ihrem Tagebuch gefunden. "Es ist ein Familienfoto."

Der Beamte legte das Bild auf den fraglichen Stapel. Sayeh spürte, wie die Verärgerung immer größer wurde.

"Bitte zerstören Sie das nicht", sagte sie auf Englisch. "Es ist das einzige Foto, das ich von ihnen zusammen habe."

Der Beamte blätterte weiter in dem Buch, jetzt langsamer und las offensichtlich Passagen.

Die Konzentration der Frau auf den Inhalt des Tagebuchs ließ Sayeh die Haare zu Berge stehen. Es tat ihr leid, dass sie es auf diese Reise mitgenommen hatte. Die Offizierin hatte das Buch etwa zu einem Viertel durchgeblättert und schien die aktuelle Seite Zeile für Zeile zu lesen. Sayeh verspürte das Bedürfnis zu sprechen, um die Frau abzulenken.

"Hören Sie, ich weiß, dass dieses Bild nach den heutigen Regierungsstandards vielleicht nicht mehr angemessen ist, aber das wurde 1978 aufgenommen."

Es war nicht Angst, sondern Wut, entschied Sayeh, die sie fühlte. Aber sie war klug genug, um zu wissen, dass sie sich auch an diesen Leuten vorbeimogeln musste. Sie betrachtete die Tischreihe und die Gesichter derjenigen, die ihr Gepäck kontrollieren ließen. Es waren andere Reisende als die, die an den Tischen saßen, als sie angekommen war.

"Bitte", flehte sie. "Ich muss noch einen anderen Flug erwischen."

Die Beamtin tat so, als ob sie kein Wort gehört hätte. Ihre Aufmerksamkeit klebte an der Seite.

"Du bist immer noch hier, Kind?" Mehry stand nur ein paar Meter vom Tisch entfernt.

Die Stimme der alten Frau war wie eine frische Brise für Sayeh. Mehry hatte eine Hand an einem Wagen, auf dem ein großer Koffer stand. Andere Handgepäckstücke wurden darauf balanciert. Sie ging auf den Tisch zu wie eine Frau, die ein Ziel vor Augen hat.

Der Beamte wies sie an, weiterzufahren.

"Dieses Mädchen gehört zu mir", sagte Mehry auf Farsi, passend zum scharfen Ton.

Der Blick, den die Beamtin ihnen zuwarf, war vernichtend. Sie zeigte auf die alte Frau und rief.

Gehen Sie sofort oder... Sayeh verstand nicht den ganzen Text, aber sie sah, wie Mehrys Gesicht kreidebleich wurde.

"Mich verhaften?", sagte die alte Frau auf Englisch, zweifellos zu Sayehs Nutzen. "Warum? Was habe ich getan?"

Die Frau griff nach dem Telefon, das auf einem Tisch hinter ihr lag. Zwei andere weibliche Beamte am Ende der Leitung beobachteten die Interaktion mit Argusaugen.

"Telefon... Familie", flüsterte Mehry schnell zu Sayeh. Sie winkte ungeduldig mit der Hand, ihr zu geben, was sie wollte.

Sie hatte sich Zaris Nummer aufgeschrieben, aber die war in der Tasche, die durchsucht wurde. Sayeh sagte schnell ihre Telefonnummer zu Hause in Connecticut auf.

Zwei weitere weibliche Beamte, die ihrem Auftreten nach offensichtlich Vorgesetzte waren, erschienen aus dem Nichts.

"Ich gehe", sagte Mehry, kehrte zu ihrem Wagen zurück und ging den Gang entlang in Richtung Ausgang.

Als sie ging, sah Sayeh, dass sie etwas unter ihrem Atem wiederholte. Sayeh wusste nicht, ob es ein weiteres Gebet war oder die Zahlen, die sie ihr gerade gegeben hatte, aber sie hoffte, dass es letzteres war.

Kapitel Einundzwanzig

Litchfield, Connecticut

Selbst nachdem sie bis acht Uhr morgens im Bett geblieben war, durfte Omid nicht in die Küche. Stattdessen wurde ihr eine Schüssel Müsli gereicht, damit sie warten konnte, bis Hannah den Brunch fertig hatte.

Sie hatte keinen Appetit. Ihr Magen war unruhig, aber sie sagte weder zu ihrer Tochter noch zu John etwas. Die unausgesprochene Regel, die sie sich vor Jahren geschworen hatte, galt immer noch: Mütter wurden nicht krank. Sie hatten keine Zeit für Krankheiten. Das galt auch für weniger körperliche Probleme und Sorgen, wie das, womit sie gerade kämpfte.

Omid war überrascht, als John sie fragte, ob sie an diesem Morgen mit ihm in die Kirche gehen wolle. Er war zwar katholisch, aber er hielt sich nicht an die Standardregeln eines guten Kirchgängers. Er hielt sich an die großen Feiertage wie Weihnachten und Ostern, aber zu einem gewöhnlichen Sonntagsgottesdienst zu gehen bedeutete, dass er bereits die Sonntagszeitung gelesen hatte und dass ihm nichts anderes einfiel, was er an diesem Tag tun könnte.

Omid hielt sich selbst gerne für eine äußerst spirituelle Person mit einem starken inneren Glauben, aber sie hatte sich nie dazu durchringen können, die von Menschen gemachten Lehren irgendeiner Religion zu übernehmen. Während ihrer Ehe hatte sie John in die Kirche begleitet, ihre Töchter jede Woche zum Religionsunterricht gefahren und dafür gesorgt, dass sie die Rituale der Erstkommunion und der Konfirmation durchliefen. Im Grunde hatte sie dafür gesorgt, dass die Mädchen katholisch erzogen wurden, wie es ihre Schwiegereltern wünschten. Trotzdem hat sie sich nie als Katholikin bezeichnet.

An diesem Sonntagmorgen nahm sie Johns Angebot an, da sie dachte, dass dies Hannah mehr als alles andere den Freiraum geben würde, um das Meisterwerk zu erschaffen, das sie sich vorgenommen hatte. Sie schätzte es sehr, dass ihre Tochter sich die Mühe machte, ein besonderes Essen für sie zu planen und zuzubereiten.

"Sie sind heute Morgen nicht wieder eingeschlafen, oder?" fragte John, als sie im Auto saßen.

Omid fand, dass sie gut so getan hatte, als ob sie schliefe, als ihr Mann aufstand. Sie zuckte mit den Schultern. "Wissen Sie etwas über eine Überraschung, die Sayeh für mich plant, wenn sie heute Abend zu Hause anruft?"

"Eine Überraschung?"

"Sie hat mir eine E-Mail geschickt und gesagt, dass ich heute Abend auf jeden Fall kommen soll. Sie sagte, sie habe eine Überraschung für mich."

"Sie wird..." Er unterbrach sich mitten im Satz, weil ihm etwas einfiel. "Das werden Sie heute Abend herausfinden."

"Sie wissen es also *doch*", sagte sie und betrachtete sein Profil. "Hören Sie, John, ich mache mir Sorgen. Bitte sagen Sie es mir."

"Sie werden mich nicht dazu bringen, etwas zu sagen, also vergessen Sie es einfach", sagte er und wandte seine Aufmerksamkeit der Straße zu. Der nächtliche Sturm hatte seine Spuren auf den Straßen hinterlassen. Abgestorbene Äste lagen auf den Gehwegen, und aus jedem Gully sprudelte das Wasser.

Was auch immer Sayeh vorhatte, es konnte nichts Weltbewegendes sein, dachte Omid. Zumindest nicht, wenn John etwas damit zu tun hatte. Er war kein Mensch, der gerne große Entscheidungen über seine Töchter traf. Mit zwanzig war Sayeh natürlich kein Kind mehr, aber die beiden Mädchen hatten immer noch die Angewohnheit, sie einzubeziehen. Gott sei Dank.

"Was dagegen, wenn wir auf dem Rückweg von der Kirche im Einkaufszentrum vorbeischauen?" fragte John, um das Thema zu wechseln.

"Sicher, aber erwartet Hannah uns nicht gleich zurück?"

"Ja, aber das wird nicht länger als zehn oder fünfzehn Minuten dauern", sagte er ihr. "Wir müssen Ihr Geburtstagsgeschenk abholen."

Omid nickte. Sie kannte die Routine. Sie musste ihr Geburtstagsgeschenk selbst aussuchen und vor ihrer Tochter so tun, als ob John es ausgesucht hätte. Irgendwann in ihrer Ehe war die Überraschung durch Zweckmäßigkeit ersetzt worden und die Spontaneität durch Gewohnheit. Omid kannte ihren Mann sehr gut. Für ihn war es wichtiger, wie ihre Beziehung den Blicken der Familienbeobachter standhielt, als dass das Fundament stabil blieb. Er mochte es nicht, Risiken einzugehen. Er verachtete es, zu raten.

Omid warf einen Blick auf das Profil ihres Mannes. Johns Haaransatz war zurückgegangen, und er hatte in letzter Zeit etwa zwanzig Pfund zugenommen, aber er war immer noch ein gut aussehender Mann. Es hatte allerdings viele Momente gegeben - vor allem in den letzten Jahren - in denen Omid sich gefragt hatte, ob die beiden genug gemeinsam hatten, um zusammenzubleiben, sobald ihre jüngere Tochter das Nest verlassen hatte.

Vierundzwanzig Jahre Ehe und sie hatten nichts getan, um die gleichen Hobbys oder Interessen zu entwickeln. Sie hatten getrennte Freunde. Sie führten getrennte Leben.

Sie führte ein ziemlich langweiliges Leben, das aus den Mädchen, ihrem Haus und ihrem Job bestand. John hingegen hatte seine Freunde und Angelausflüge und Golfausflüge und Pokerspiele und Casinoabende und eine sehr enge Beziehung zu seiner Seite der Familie. Er wusste, wie man Spaß hat und wie man das Leben unter einen Hut bringt... zu oft ohne sie.

Die Kluft zwischen ihnen wurde immer größer, und das war eine Sorge, die sie ständig quälte.

John war immer der einzige Mann in ihrem Leben gewesen. Ihr erster Freund auf dem College. Der Mann, den sie geheiratet hatte. Sie liebte ihn vom ersten Tag an und seitdem gab es keinen anderen Mann in ihrem Leben. Von ihm konnte sie nicht dasselbe behaupten. Zumindest nicht definitiv. Was sie beunruhigte, war die Frage, ob sie ihm genug war.

Omid wusste, dass sie es ihm von Anfang an zu leicht gemacht hatte. Sie war immer für ihn da, für die Mädchen. Sie versuchte, alles zu tun. Sie verlangte keine zusätzliche Arbeit oder Aufmerksamkeit. Sie hat nichts von ihm erwartet. Keine besonderen Geschenke, keine romantischen Ausflüge zu zweit, keine Hysterie in ihrem Alltag. Nichts, was ihm das Leben in irgendeiner Weise kompliziert machte. Sie erinnerte sich, dass er einmal vor einem Freund mit ihr geprahlt hatte. Er hatte sie als "pflegeleicht" bezeichnet.

Vielleicht war das wahr. Und vielleicht war es ein Fehler. Mehr und mehr erkannte sie, dass es in der menschlichen Natur liegt, nicht zu schätzen, was wir bereits haben, nicht die Dinge zu schätzen, die keine Anstrengung erfordern, um sie zu behalten. Omid glaubte, sie wüsste nicht einmal mehr, wie sie sich selbst in den Vordergrund stellen oder so tun sollte, als ob sie Aufmerksamkeit wollte. Sie wusste nicht, wo sie jetzt anfangen sollte.

Der Gottesdienst war derselbe wie beim letzten Mal, als sie dort gewesen war, und auf dem Weg zum Einkaufszentrum hielten sie wie üblich beim Juwelier, wo Omid eine achtzehn Zentimeter lange Goldkette zu all den anderen Ketten hinzufügte, die sie in der Schachtel oben auf ihrer Kommode aufbewahrte. Weniger als zwei Stunden, nachdem sie das Haus verlassen hatten, waren sie wieder in ihrer Straße und hielten vor dem Haus.

Omid war überrascht, als sie das halbe Dutzend Autos in ihrer Einfahrt sah. Sie wandte sich an ihren Mann. "Das ist kein gemütlicher Brunch zu dritt. Stimmt's?"

Er lächelte. "Das ist alles Hannahs Werk. Ich hatte nichts damit zu tun."

Kapitel Zweiundzwanzig

Mehrabad Flughafen, Teheran

"SETZEN SIE SICH."

Das war das einzige Wort, das sie in den letzten anderthalb Stunden zu Sayeh gesagt hatten. Sie verließ das mit Draht verstärkte Fenster am Ende des Warteraums und ging zurück zu dem unbequemen Metallstuhl in der ersten Reihe.

Der Warteraum, in den man sie gebracht hatte, war klein und luftleer. Drei Reihen klappbarer Metallstühle mit je vier Sitzplätzen waren in den Raum gequetscht. Es gab eine Tür, die zum Terminalbereich des Flughafens führte, und eine weitere Tür neben dem Fenster. Auf der anderen Seite des Fensters saß eine mürrische Flugbegleiterin in einer Art kleinem Büro, mit zwei Schreibtischen an der gegenüberliegenden Wand.

Nur eine weitere Person war in dem Zimmer gewesen, als Sayeh ankam. Eine deutsche Touristin, etwa im gleichen Alter wie ihre Mutter. Sie hatten nur ein paar Minuten miteinander sprechen können, bevor eine andere Frau ans Fenster kam und der Pfleger die Touristin ins Büro rief. Sayeh schätzte die Situation der deutschen Frau so ein, dass es eine Verwirrung über die Länge ihres Visums gab.

Sayehs gesamtes Hab und Gut, einschließlich ihres Reisepasses und ihrer Flugtickets, befand sich in den Händen dieser Leute. Sie konnte sich nicht vorstellen, was sie getan haben könnte, um ein solches Aufsehen zu erregen. Sie wünschte sich, dass jemand herauskäme und sie befragen würde. Sie wollte wissen, was sie falsch gemacht hatte oder was man dachte, dass sie falsch gemacht hatte. Das Notizbuch ihrer Mutter hatte das Interesse der Person geweckt, die zunächst ihre Sachen durchsuchte. Aber warum das dreißig Jahre alte persönliche Tagebuch eines Teenagers ein so großes Problem darstellen sollte, dass sie ihren Flug verpassen könnte, konnte Sayeh nicht verstehen.

Sie warf einen Blick auf die Zeiger der Uhr über dem Fenster und ging wieder zum Fenster hinauf.

"Ich weiß nicht, ob Sie sich dessen bewusst sind, aber mein Flug nach Isfahan startet in fünfzehn Minuten."

Die Frau hinter dem Glas starrte sie verständnislos an.

"Flug nach Esfahan", wiederholte Sayeh. Sie zeigte auf die Uhr. "Jetzt."

"Setzen Sie sich." Die Wärterin wiederholte ihren früheren Befehl.

"Ich muss meine Familie anrufen. Meine Cousine", sagte sie und weigerte sich dieses Mal, einen Rückzieher zu machen. Sayeh hatte ihr Handy in der konfiszierten Umhängetasche vergessen.

"Sie werden am Flughafen von Isfahan auf mich warten. Kann ich Ihr Telefon benutzen?"

Sie zeigte auf das Telefon neben der Frau.

"Setzen Sie sich", sagte die Frau in einem viel schärferen Ton.

Sayeh war versucht, ihre Stimme zu erheben, aber sie musste sich auf die Zunge beißen. Soweit sie wusste, war 'sit' vielleicht das einzige englische Wort, das der Wärter kannte. Gleichzeitig war Sayeh gespannt darauf, wie lange man sie warten lassen wollte. Offiziell war sie nicht einmal im Lande. Wenn etwas mit ihrem Visum nicht in Ordnung war, konnte man sie jederzeit in das nächste Flugzeug zurücksetzen. Sie wäre enttäuscht, wenn sie, nachdem sie so weit gereist war, die Familie ihrer Mutter nicht kennenlernen könnte, aber diese Verzögerung machte sie bereits nervös wegen ihrer großen Pläne.

Sie ging zurück zu ihrem Stuhl und setzte sich. Sie schaute auf die Uhr und überlegte, wie spät es in Connecticut war. Mitte des Vormittags. Sie hatte Hannah und ihrem Vater erzählt, was sie in dieser Woche vorhatte, so dass sie wenigstens wussten, wohin sie gehen würde. Außerdem brauchte sie Geld für das Flugticket und ihre Ausgaben für die Reisewoche. Ihr Vater hatte das Geld besorgt. Solange er sich nicht um die Vorbereitungen kümmern musste und sie ihm versichert hatte, dass sie in Sicherheit sein würde, hatte er zugestimmt. Es kam nicht allzu oft vor, dass einer von ihnen ihn direkt um etwas bat.

Omid würde irgendwann von Sayehs Aufenthaltsort erfahren, also wollte Sayeh diejenige sein, die sie anrief und ihr mitteilte, wo sie war und was sie tat. Sie wollte, dass alles perfekt ist.

Sayeh sah, wie sich das Gesicht der Frau vom Fenster aus jemandem zuwandte, der das Büro betreten hatte. Sie sprachen ein paar Worte auf Farsi. Die Tür öffnete sich und Sayeh stand sofort auf, in der Hoffnung, mit demjenigen ins Gespräch zu kommen, um den es sich handeln könnte.

Ein weiterer bärtiger Mann in einem Anzug und einem offenen Hemd kam heraus, gefolgt von zwei uniformierten Wachen.

"Sayeh Olsen", sagte der Mann, öffnete einen Ordner und sah sich ihren Namen an.

"Ja... *baleh*", sagte sie auf Farsi und trat einen Schritt vor. Ihre Knie zitterten. Ihr Herz trommelte nervös.

Der Mann winkte den Wachen mit dem Kopf, und sie stellten sich hinter sie. Sayeh sah sie nervös an.

"Was ist hier los?"

"*Beyaresh*", befahl der Mann. Bringen Sie sie.

"Wo bringen Sie mich hin? Ich verpasse meinen Flug. Ich muss mit meiner Familie telefonieren."

Sayeh verstummte, als eine der Wachen ihren Arm mit einem brutalen Griff umklammerte und sie vorwärts drängte.

Kapitel Dreiundzwanzig

Litchfield, Connecticut

"HABEN Sie Ihrer Schwiegermutter jemals gesagt, dass ihr Name auf Farsi 'Scheiße' bedeutet?"

"Carol!" Omid brachte ihre Stiefmutter zum Schweigen. "Nein, das habe ich nicht. Und Sie werden es ihr auch nicht sagen. Benimm dich."

Omid war froh, dass sie sich einen Pullover angezogen hatte, bevor sie auf die Terrasse ging. Der Himmel sah weiterhin bedrohlich aus, aber zumindest hatte der Regen aufgehört. Für heute Abend waren mehr Regen und Wind angesagt.

Omid sah sich auf der leeren Terrasse um. Die Gartenmöbel standen noch im Keller. Bei dem kalten, nassen Wetter in diesem Frühjahr hatten sie noch nicht draußen gesessen und gegessen oder sich unterhalten. Die Geranien, die sie in der ersten Maiwoche in ihre großen Tontöpfe gepflanzt hatte, sahen schlaff und übermäßig bewässert aus. Sie würde neue Blumentöpfe für die Abschlussfeier kaufen müssen, die sie im Juni für Hannah geben wollte.

Omid drapierte das Geschirrtuch, das sie mitgebracht hatte, auf dem Geländer und setzte sich dagegen, während sich ihre Stiefmutter eine Zigarette anzündete. Es waren zu viele Menschen in der Küche versammelt. Familie, Nachbarn, Freunde. Alle versuchten, Hannah beim Abwaschen zu helfen. Omid durfte nicht helfen, also nutzte sie die Gelegenheit, um an die frische Luft zu kommen, während Carol ihre Zigarette rauchte.

Carol zog eine Augenbraue teuflisch in Richtung des Glasschiebers hoch und Omid konnte sehen, wie Ann, Johns Mutter, über irgendein Thema sprach. "Ich finde immer noch, sie sollte wissen, dass 'Ann' auf Farsi 'Scheiße' bedeutet."

"Ich schwöre bei Gott, Sie sind schlimmer als Ihre Enkelkinder." Omid warf erneut einen Blick zur Tür, um sich zu vergewissern, dass man sie im Haus nicht gehört hatte.

"Ich bin sechsundsiebzig Jahre alt. Ich muss mich nicht benehmen, wenn mir nicht danach ist." Carol grinste und lehnte sich neben Omid an die Reling. "Wie lange sind Sie und John schon verheiratet?"

"Vierundzwanzig Jahre."

"Vierundzwanzig Jahre. Und *diese* Frau hat immer noch nicht gelernt, sich zu benehmen. Sie hat immer noch nicht gelernt, Sie mit genügend Respekt zu behandeln. Sie hat immer noch nicht gelernt, Ihnen für alles, was Sie für Ihre Familie tun, Anerkennung zu zollen." Carol ahmte die Stimme der anderen Frau nach, als sie fortfuhr. "Sehen Sie sich dieses Festmahl an, das John zusammengestellt hat. Es gibt nichts, was er nicht tun könnte. John ist der beste Vater. John ist der beste Ehemann. Haben Sie die Halskette gesehen, die er Omid zum Geburtstag geschenkt hat? Oh, meine Enkelinnen sind so klug; ihre Intelligenz haben sie von John. Ihr gutes Aussehen? Alles von ihrem Vater. John *dies*. John *das*."

"Pst." Omid schüttelte den Kopf. "Ich kann nicht wütend auf sie sein, weil sie ihren Sohn liebt. Sie haben eine wunderbare Beziehung. John ist ein hingebungsvoller Sohn und ihr einziges Kind."

"Nun, Sie waren auch ein Einzelkind für Ihre Mutter. Und zum Glück die einzige Tochter, die ich bekommen habe. Wenn sie 'obenauf' spielen will, kann ich sie so tief begraben, dass sie einen halben Meter unter der Erde liegt... im Stehen."

Omid lachte und legte einen Arm um Carols dünne Schultern. "Ich weiß, dass Sie das können, aber ich will nicht, dass Sie es tun."

Carol mochte einen Meter fünfzig groß sein und hundert Pfund wiegen, aber Omid wusste, dass ihre Stiefmutter zäh war und einen ziemlich fiesen Kampf führen konnte, wenn es darum ging, ihre

Kinder zu verteidigen. Obwohl Omid im Alter von siebzehn Jahren in Carols Schoß gelandet war, mit einer ganzen Wagenladung von Einstellungen, wusste sie doch, dass Carol sie als ihr eigenes Kind betrachtete.

Habib, Omids Vater, war nun schon seit sechs Jahren tot. Omid vermisste ihn, denn er war die letzte Verbindung, die ihre Kinder zu ihren iranischen Wurzeln hatten, aber er war ein Mann für alle Fälle. Die Zwillinge, Darius und Niroo, elf Jahre jünger als Omid, waren seine Jungs. Er wusste nur nie, was er von der Tochter halten sollte, die zu dem Zeitpunkt zu ihm geschickt worden war, als sie gerade in das Erwachsenenalter hineinschlitterte. Keiner von ihnen hatte sich die Mühe gemacht, die Zäune zwischen ihnen niederzureißen. Sie waren herzlich zueinander. Und es war ein gewisser Respekt zwischen ihnen gewachsen. Aber mehr auch nicht.

Nur dank Carol hatte Omid es länger als eine Woche in den USA ausgehalten.

Carol hat nicht aufgegeben. "Wie wäre es damit? Omid macht alles in diesem Haus. Omid kocht. Omid macht die Reinigung. Omid trägt alle Hüte. Und wer verdient das Geld in dieser Familie? Wer ist der Brotverdiener? Wer arbeitet sechzig oder siebzig Stunden pro Woche, um die Hypothek und die Studiengebühren zu bezahlen und das Essen auf den Tisch zu bringen? Und was ist mit... John ist nichts ohne Omid?"

Omid streichelte Carols Rücken. "Seien Sie nicht so aufgeregt deswegen. Das bin ich nicht."

"Das sollten Sie aber", schimpfte Carol. "Sie sollten sie in ihre Schranken verweisen. Sie sollten mit Ihrem Muttersöhnchen-Ehemann reden und ihm sagen, dass es an der Zeit ist, dass er einige Ihrer Kämpfe für Sie austrägt."

Omid winkte ihre Stiefmutter ab. "Fangen Sie nicht mit John an. Du weißt, dass ich mir das nicht gefallen lassen werde."

"Ich weiß...aber wie viele Jobs hat er allein in den letzten zehn Jahren gewechselt? Wie oft hat er gute Positionen aufgegeben, weil er weiß, dass Sie die Last tragen werden? Und was macht er eigentlich? Projektleiter. Was bedeutet *das*? Und wann war das letzte Mal, dass er nicht gegangen ist oder gefeuert wurde, bevor er ein Projekt zu Ende geführt hat?"

"Carol", sagte sie müde. "Es ist nicht Johns Schuld, dass er mit seiner Karriere nicht viel Glück hatte."

"Nein? Dann verteidigen Sie ihn einfach weiter", sagte sie und gestikulierte, als hätte Omid der älteren Frau gerade Recht gegeben. "Aber ich würde gerne sehen, wie er nur einmal den Mund aufmacht und seiner Mutter alles erzählt, was Sie tun. Ich würde gerne sehen, wie er Ihnen die Anerkennung zollt, die Sie verdient haben."

Das würde ich auch, dachte Omid, als sich die Schiebetür öffnete und ein Vierjähriger herauslief.

"Tante Omid!"

"Es ist zu nass hier draußen, Nick. Wo sind deine Schuhe?" fragte Omid und hob den Jungen in ihre Arme. Sie war erleichtert über die Unterbrechung. Sie liebte ihre Stiefmutter. Aber gleichzeitig zog sie es vor, Ruhe in ihrem Leben zu haben. Sie wollte niemanden verärgern oder seine Gefühle verletzen. Ihre Töchter schätzten alles, was sie tat. Das war genug.

"Da ist ein Kuchen drin. Ich habe ihn gesehen. Und auch Geschenke", sagte Nick ihr. "Kann ich Ihnen helfen, die Kerzen auszupusten und die Geschenke zu öffnen?"

"Auf jeden Fall", sagte Omid. Sie wischte Nicks nasse Füße mit der Ecke des Handtuchs ab, auf dem sie saß.

Nick und die zweijährige Neda waren die Kinder ihres Halbbruders Niroo und dessen Frau Sara. Sie lebten nur zwanzig Minuten entfernt und sahen sich oft. Omids anderer Halbbruder Darius war inzwischen geschieden und lebte in Seattle. Carol war nach dem Tod ihres Mannes in eine Seniorenresidenz in Woodbury gezogen.

"Ist es jetzt sicher, hineinzugehen?" fragte Omid Nick.

"Sicher? Gibt es zum Beispiel einen Räuber oder ein Feuer?"

Omid lachte darüber, wie wörtlich Nick alles nahm. "Sind sie mit dem Aufräumen in der Küche fertig? Hat Hannah gesagt, dass ich wieder reinkommen darf?"

Er wälzte sich aus ihren Armen und lief zur Tür. "Ich weiß es nicht. Ich werde gehen und es herausfinden."

"Es ist mir völlig egal, ob sie fertig sind oder nicht", verkündete Carol und drückte den Stummel ihrer Zigarette in dem Aschenbecher aus, den Omid für sie auf der Veranda aufbewahrte. Carol muss eine heimliche Raucherin gewesen sein, als die Jungs noch klein waren und

Omid mit ihnen im Haus lebte. Erst als die Zwillinge auf dem College waren, begann Carol offen zu rauchen. "Wir gehen rein."

Omid wartete auf Carol. "Übrigens, haben Sie mir nicht letzte Woche erzählt, dass Ihr Arzt Ihnen die Leviten gelesen hat, weil Sie nach der Bronchitis, die Sie letzten Monat hatten, immer noch rauchen? Hat er Ihnen nicht alle möglichen Informationen über Programme gegeben, die Ihnen helfen, mit dem Rauchen aufzuhören?"

"Das war letzte Woche. Ich werde ihn erst im nächsten Jahr wiedersehen müssen. Und was zum Teufel weiß er überhaupt? Er ist zweiundvierzig Jahre alt, schwul, fährt ein Motorrad und hat Tattoos."

"Nun, ich weiß nicht, inwiefern das relevant ist, aber ich bin sehr beeindruckt, dass Sie immer noch zu ihm gehen."

Carol blinzelte. "Warum sollte ich nicht? Er sieht doch verdammt gut aus."

"Nun, vielleicht sollten Sie darüber nachdenken, zuzuhören..."

Die Schiebetür öffnete sich, bevor sie fertig war. Hannah war am Telefon und hatte einen panischen Gesichtsausdruck.

"*Ghushi...ghushi...dastetoon*...äh, warten Sie bitte."

"Ich hatte auch immer Panik und machte mir in die Hose, wenn jemand aus dem Iran anrief und anfing, mit mir auf Farsi zu sprechen", sagte Carol lachend, während sie ihrer Enkelin einen Klaps auf die Schulter gab.

Hannah reichte das Telefon an Omid weiter. "Es tut mir leid, Mama. Es ist wahrscheinlich einer deiner Cousins, der an deinem Geburtstag anruft, und ich habe mich total blamiert. Ich habe sogar vergessen, Hallo zu sagen. Die Verbindung ist schrecklich. Ich konnte sie kaum hören. Ich bin so ein Idiot."

Omid nahm das Telefon.

"Ist schon gut, Schatz." Sie küsste ihre Tochter auf die Wange. "Sie hätten dich auch auf Englisch begrüßen können."

Omid konnte sich nicht vorstellen, wer sie anrufen würde. Sie hatte in letzter Zeit mit einigen ihrer Cousins über E-Mail und Facebook Kontakt gehabt. Keiner von ihnen kannte sich wirklich, als sie aufwuchsen, aber durch Facebook, so beschloss Omid, musste jemand mitbekommen haben, dass heute ihr Geburtstag war.

Sie hielt das Telefon an ihr Ohr. *"Salam, Mann Omidam."* Hallo, ich bin Omid.

Die Verbindung war furchtbar. Die Leitung klang hohl, und ihre eigenen Worte hallten zu ihr zurück.

"*...Mehry...mobil...*"

Es war die Stimme einer Frau. Jemand namens Mehry. Und sie schien vom Mobiltelefon ihres Sohnes aus anzurufen. Omid versuchte sich zu erinnern, ob sie einen Verwandten namens Mehry kannte. Es war sehr gut möglich. Auf beiden Seiten der Familie gab es Tanten, Onkel und Cousins, die sie nicht wirklich kannte. Eine Sache, an die sie sich sehr gut erinnerte, war, dass in der persischen Kultur zwei Menschen zehnmal so weit voneinander entfernt sein konnten, aber diese Person war immer noch Ihr Cousin und erwartete eine enge familiäre Behandlung, wenn Sie sich trafen oder miteinander sprachen.

"*Salam, Mehry.*" Omid bemühte sich, freundlich zu sein und dachte sich, dass sie früher oder später erfahren würde, worum es in dem Telefonat ging oder in welcher Beziehung sie zueinander standen.

"*...forodgah...Sayeh...*" Flughafen...Sayeh.

Omid spürte, wie jeder Nerv in ihrem Körper Feuer fing. "Meine Tochter, Sayeh?"

Die Leitung war tot, die Verbindung unterbrochen.

Kapitel Vierundzwanzig

Teheran

Sayeh wurde gezwungen, auf einem Metallstuhl an einem rechteckigen Klapptisch Platz zu nehmen. Ein leeres Blatt Papier und ein Stift lagen vor ihr auf dem Tisch. Es gab keine weiteren Einrichtungsgegenstände in einem Raum, der nicht größer als acht mal zehn gewesen sein konnte. Keine Fenster, kein Telefon, keine Kamera, die sie sehen konnte. Nur eine einzige Tür, die von außen verschlossen war.

Sie war allein gelassen worden, und ihr Flug war schon lange vorbei.

Sie konnte sich nicht erinnern, jemals so viel Angst gehabt zu haben wie jetzt. Sie wusste nicht, was sie tun sollte. Es waren ihr keine Fragen gestellt worden. Nichts wurde zu ihr gesagt, direkt nachdem sie hierher gebracht worden war. Sie hatten alle ihre Habseligkeiten. Ihren Reisepass, ihre Flugtickets, ihren Koffer und ihre Taschen. Sie verstand nicht, was sie auf das Blatt Papier hätte schreiben sollen. Sie hatten bereits alle Informationen, die sie von den Gegenständen, die sie ihr abgenommen hatten, haben konnten.

Sie wusste, dass sie immer noch auf dem Flughafen war. Sie hatten sie nicht aus dem Terminalgebäude gebracht, in dem sie festgehalten wurde. Sie versuchte, darin etwas Positives zu sehen. Vielleicht versuchten sie immer noch, die Verwirrung mit ihrem Visum oder ihren Tickets zu beseitigen. Jeden Moment, so dachte sie, würde jemand den Raum betreten und ihr sagen, dass sie ihre Reise fortsetzen kann. Sie würden sich für ihren Fehler entschuldigen.

Sie fragte sich, wie oft die Flüge nach Isfahan von diesem Flughafen aus starten.

So hatte sie sich ihre Ankunft im Iran sicher nicht vorgestellt. Seit Jahren hatte sie von dieser Reise geträumt. Sie hatte sich vorgestellt, durch die Straßen von Teheran zu gehen und die Paläste des ehemaligen Schahs zu besichtigen. Sie hatte über Yazd gelesen, eine Wüstenstadt mit kuppelförmigen Behausungen und Bienenkorbzisternen, die in den Sommermonaten eiskaltes Wasser lieferten. Sie hatte es kaum erwarten können, nach Isfahan zu kommen und die Familie ihrer Mutter zu bitten, ihr die Blaue Moschee zu zeigen. Isfahan wurde als *nesf-e-jahan* oder 'die halbe Welt' beschrieben.

All das kam ihr jetzt wie ein Hirngespinst vor. Was sie sich gewünscht und geplant hatte, war Äonen entfernt.

So verängstigt sie jetzt auch war, was sie am meisten beunruhigte, war, dass ihre Mutter davon Wind bekommen würde. Sie würde verzweifelt sein. Sie wusste nicht einmal, dass Sayeh auf diese Reise gehen würde. Sie erinnerte sich an die Einwände ihrer Mutter, wenn sie von einer solchen Reise gesprochen hatte. Sie fragte sich, ob Omid Dinge wusste, die sie ihnen nie gesagt hatte.

Sie vergrub ihren Kopf in den Händen und versuchte, sich an irgendetwas zu erinnern, das ihr im Laufe der Jahre gesagt worden war, sie aber vergessen hatte. Sayeh hatte nie viel Gewicht auf die Ausrede ihrer Mutter gelegt, warum sie nicht in den Iran zurückkehren wollte. Omid hatte immer gesagt, es sei einfach nicht sicher. *Aber nicht sicher für wen?* hatte Sayeh jedes Mal gefragt. *Und warum?* Aber darauf gab es nie eine Antwort.

Sie dachte an Roxanne Saberi, die derzeit zu Hause in den Staaten bei ihrer Familie war. Saberi war wegen des Kaufs von Wein verhaftet und dann fast vier Monate lang festgehalten worden. Aber nach iranischen Maßstäben hatte sie das Gesetz gebrochen. Sayeh hatte nichts Falsches getan.

Die Minuten verstrichen mit einer bleiernen Qualität, schwer und tot wie eine schlechte Wirtschaftsvorlesung. Man hatte ihr die Uhr abgenommen, die Goldkette, die sie um den Hals trug, den Ring an ihrem kleinen Finger, den ihr Großvater ihr in dem Jahr geschenkt hatte, als Baba Habib gestorben war. Eine Frau in Uniform hatte sie durchsucht. Zum Glück war es nur eine oberflächliche Durchsuchung. Aber sie nahm ihr trotzdem alles Wertvolle ab, das Sayeh bei sich hatte. Sie hatte nur noch ihre Kleidung und sonst nichts.

Die längste Zeit hatte sie Angst, sich von dem Stuhl zu bewegen. Dort hatten die Behörden sie sitzen lassen. Aber bald erkannte sie den Wahnsinn dieser Angst. Sie hatte nichts falsch gemacht. Sie war nicht mit Handschellen an den Stuhl gefesselt. Sie stand auf und begann in dem winzigen Raum auf und ab zu gehen. Sie fragte sich, ob man sie hören konnte.

"Stellen Sie mir Fragen", sagte sie laut. "Sagen Sie mir, was Sie von mir wollen. Ich habe nichts zu verbergen." In dem kleinen Raum gab es ein Echo.

Sie dachte an einen Kurs, den sie letztes Jahr über Menschenrechte belegt hatte. Die iranische Regierung war einer der schlimmsten Übeltäter. Sie hatte eine Reihe von Studien gelesen, die von Amnesty International veröffentlicht worden waren. Einige der Lektüren waren fakultativ gewesen und Sayeh hatte absichtlich einige übersprungen, bei denen es um Beweise für Folter und Misshandlung von politischen Gefangenen durch die iranische Regierung ging. Sie hatte ihre rosarote Brille nicht abnehmen wollen. Sie wollte hierher kommen, um die Schönheit zu sehen, um ihre familiären Wurzeln zu finden und sich nicht von der Politik beeinflussen oder beeinflussen zu lassen. Sie wollte nichts mit ihrer Regierung zu tun haben. Es war die Familie und die Kultur, nach der sie sich sehnte.

Sie ging zur Tür und klopfte kräftig an.

"Ich werde Ihnen alles sagen, was Sie wissen wollen", rief sie. "Fragen Sie mich einfach. Ich werde kooperieren. Bitte!"

Sayeh war schockiert, als sie tatsächlich hörte, wie sich das Schloss auf der anderen Seite drehte. Sie machte einen Schritt zurück. Die gleiche Frau, die sie durchsucht hatte, kam herein. Die beiden Wachen standen in der Halle.

Die Frau zeigte auf den Tisch, auf dem Papier und Stift lagen.

"Name, Adresse, Telefonnummer von Freunden. Schreiben Sie sie auf und gehen Sie."

Kapitel Fünfundzwanzig

Litchfield

"Unbekannt... Unbekannt", las Omid laut vor und sah auf die Anrufer-ID auf dem Hörer. Sie konnte den Ton der Verzweiflung in ihrer eigenen Stimme hören. Es war nicht zu überhören. Ihr Herz pochte in ihren Schläfen. Ihr Körper zitterte und sie fühlte sich miserabel. Wenn das Atmen eine bewusste Entscheidung wäre, hätte sie es jetzt aufgegeben.

"Wissen Sie, wer das war?" fragte Hannah, die am geöffneten Schieber vorbeischwebte.

Omid sah zu ihrer Tochter auf. "Wo ist Sayeh?"

Es gab eine Pause. "In Ägypten. Wo sonst?"

Sie kannte ihr Kind. Hannah hat gelogen.

"Holen Sie Ihren Vater. Sofort", schnauzte sie, nicht mehr in der Lage, ihre Gefühle zu kontrollieren. "Sie beide... kommen Sie ins Arbeitszimmer."

Hannah wurde sofort blass, als ob sie plötzlich den Ernst der Lage erkannt hätte. Omid ging an ihrer Tochter vorbei und durch das Wohnzimmer. Sie umklammerte das Telefon in ihren verschwitzten Händen wie eine Rettungsleine. Sie wünschte sich verzweifelt, dass es wieder klingeln würde.

"Bist du bereit, jetzt ein paar Geschenke zu öffnen?", sagte ihre Schwiegermutter fröhlich.

"Bitte, Ann", sagte Omid angespannt und hielt nicht inne, um mit ihr zu sprechen. "Nicht jetzt", sagte er.

Tränen trübten ihre Sicht. Sie sah besorgte Gesichter, die sich ihr zuwandten. Wenn noch jemand sprach, konnte sie ihn nicht hören. Sie konnte nicht antworten. Sie wusste nicht, wie sie die Kraft aufbrachte, ins Arbeitszimmer zu gehen und die Tür zu schließen. Sie lehnte sich dagegen. Etwas versuchte, sich in ihren Bauch zu krallen. Sie wurde auseinandergerissen. Irgendetwas stimmte nicht... schrecklich nicht. Sie hatte es gewusst, als sie heute Morgen aufgewacht war. Es war Sayeh. Es hatte etwas mit Sayeh zu tun. Sie hatte es schon vor Stunden gewusst, aber nichts unternommen.

Es klopfte an der Tür. "Omid, was ist los?"

Sie öffnete die Tür. John und Hannah standen in der Tür. Hinter ihnen konnte sie die besorgten Gesichter der anderen im Wohnzimmer sehen. Nick versuchte, auf sie zuzulaufen, aber seine Mutter packte den kleinen Jungen am Arm und hob ihn trotz seiner zappelnden Proteste auf. Omid hätte gerne gelächelt, wäre gerne die angenehme, freundliche Seele gewesen, die jeder von ihr erwartete. Sie konnte nicht einmal so tun als ob. Nicht heute.

Sie ging zurück, und John und Hannah kamen herein. Sie schloss die Tür.

"Wo ist Sayeh?", fragte sie ohne eine Sekunde zu zögern.

"Verderben Sie es ihr nicht." begann John sofort in einem sachlichen Ton. "Sie wird Sie heute Abend anrufen und es Ihnen erklären."

"Dieser Anruf", erklärte Omid. Sie konnte die Panik in ihrer Stimme nicht verbergen. "Wer auch immer die Frau war, sie erwähnte Sayehs Namen und sagte Flughafen."

"Sie wussten nicht, wer sie war?" fragte Hannah.

"Nein. Sie sprach Farsi. Sie sagte, sie benutze das Mobiltelefon ihres Sohnes und erwähnte Sayehs Namen und den Flughafen. Dann wurde die Verbindung unterbrochen."

"Welcher Flughafen?" fragte Hannah.

"Ich weiß es nicht", wiederholte Omid und zitterte. "Das ist alles, was ich weiß."

John legte ihr beide Hände auf die Schultern. "Kommen Sie, O, hören Sie auf sich selbst. Ich verstehe nicht, warum Sie so aufgeregt sind. Sie haben auch alle im anderen Zimmer aufgeregt. Für nichts."

Es war irritierend, dass er den Komfort anderer für wichtiger hielt als das Wohlergehen seiner Tochter und seiner Frau.

"Sie müssen einfach verstehen, dass ich mir Sorgen um Sayeh mache. Ich denke im Moment nur an meine Tochter. Verstehen Sie denn nicht? Es ist etwas passiert. Ich weiß es. Ich mache mir Sorgen."

Er beugte sich zu ihr hinunter und schaute ihr in die Augen, als ob er versuchen würde, einem Kind etwas verständlich zu machen.

"Diese Frau könnte eine von Sayehs Freundinnen sein oder jemand, den sie in Kairo kennengelernt hat. Oder ihr Sohn könnte der Freund unserer Tochter sein. Sie hat uns bereits erzählt, dass es dort an der Universität viele Iraner gibt. Sie ziehen voreilige Schlüsse, wenn Sie glauben, dass etwas nicht stimmt."

"John."

"Nein." Er nahm ihr das Telefon aus der Hand und legte es auf den Schreibtisch. "Sehen Sie sich an. Du zitterst ja. Kommen Sie. Setzen Sie sich hin. Atmen Sie tief durch. Sie regen sich ganz umsonst auf."

Tränen spritzten auf ihre Wangen. Omid wusste nicht, wie er ihnen begreiflich machen sollte, dass sie *wusste, dass* etwas nicht stimmte. Ihr Körper, ihr Geist, die Träume, an die sie sich nicht mehr erinnern konnte... das alles ergab ein Problem. Irgendwie wusste sie es.

Und sie *war nicht* für Hysterie zu haben. Wenn überhaupt, agierte sie in einer Krise ruhiger, sogar noch souveräner. Sie kümmerte sich um die Dinge, sah den Weg durch Notfälle. Ob zu Hause oder bei der Arbeit. Sie war immer die Ingenieurin. Logisch. Sie ging mit Fakten um.

Aber dieses Mal war es anders.

"Sie scheinen vergessen zu haben, dass heute Ihr Geburtstag ist", sagte John zu ihr. "Soweit wir wissen, hätte Sayeh die Mutter eines Freundes bitten können, Sie an Ihrem Geburtstag anzurufen. Sie hätte von jedem beliebigen Flughafen in den Vereinigten Staaten anrufen können."

"Sie sind mir keine Hilfe. Sagen Sie mir *etwas*." Omid sah zu beiden auf. "Wenn Sie etwas wissen, was ich nicht weiß, sagen Sie es mir."

"Sie nennen es eine Überraschung, Mama", antwortete Hannah

hoffnungsvoll. "Vielleicht solltest du Sayeh eine Chance geben. Sie hat Ihnen geschrieben, dass sie etwas Besonderes plant."

Omid nahm das Telefon wieder in die Hand, schaute auf das Display und wünschte sich, es würde wieder klingeln.

"Warum ruft mich diese Frau nicht zurück? Wenn sie von einem Flughafen in den USA angerufen hat, warum wird dann keine Nummer angezeigt?", fragte sie. "Ich bin wirklich krank vor Sorge, und Sie wissen, dass mir das nicht oft passiert. Ich habe es nicht so mit der Dramatik. Ich habe mich in den neun Monaten, in denen sie weg war, gut verhalten. Aber ich weiß nicht, wie ich Ihnen begreiflich machen soll, dass ich in meinem Innersten... tief im Inneren..."

Eine Schachtel mit Taschentüchern wurde ihr entgegengestreckt. Sie nahm eines, putzte sich die Nase und wischte sich die Tränen ab.

Hannah war diejenige, die schließlich das Wort ergriff. "Sie fliegt... heute. Und sie wird Sie anrufen. Ich verspreche Ihnen, dass sie Sie anrufen wird, sobald sie an ihrem Ziel angekommen ist. Aber jetzt ist es noch zu früh. Sie ist noch nicht da."

"Diese Frau, Mehry, hat von einem Flughafen aus angerufen. Sie müssen wissen, woher sie fliegt... oder wohin." Plötzlich kam ihr ein Gedanke. Mit ihm kam ein Hoffnungsschimmer. "Kommt sie früher nach Hause? Ist das die Überraschung?"

Hannah schüttelte den Kopf. "Nein, Mama."

"Wohin geht sie dann?"

Der Vater und die Tochter sahen sich gegenseitig an. Omid brauchte jetzt etwas von ihnen. Etwas, um ihre Sorgen zu lindern. Sie konnte nicht verstehen, wo Sayeh hingehen könnte, dass es für sie so eine Überraschung sein könnte.

Und dann wusste sie es. Sayeh war mit ihrem Unterricht fertig. Aber sie hatte darauf bestanden, dass ihr Rückflug nicht sofort angesetzt wurde. Sie wollte Zeit zum Reisen haben. Um Sehenswürdigkeiten zu besichtigen, hatte sie gesagt. Omid nahm einfach an, dass Sayeh sich die Sehenswürdigkeiten in Ägypten ansehen wollte. Aber das war es nicht.

"Sie fliegt in den Iran. Stimmt's?"

Kapitel Sechsundzwanzig

Teheran

AKADEMIKER, Reporter, Studenten, Reisende. Es wurden keine Beweise benötigt. Ein Verdacht allein reichte aus, damit ein Reisender von den Sicherheitskräften aufgegriffen wurde, bevor er vom iranischen Geheimdienstministerium befragt und sogar verhört wurde.

Sayeh ärgerte sich über sich selbst, denn sie verstand jetzt, was sie in den ägyptischen Zeitungen und in ihren Kursen gelesen und in den Nachrichten gesehen hatte.

"Was ist das?", fragte die Frau barsch und hielt das Stück Papier an einer Ecke fest, als sei es kontaminiert. Ihre Laune verschlechterte sich zusehends.

"Meine Adresse in Kairo und meine Universitätsadresse in Amerika", erklärt Sayeh. "Ich bin eine amerikanische Studentin, die in Kairo studiert. Das sind die Informationen, nach denen Sie gefragt haben."

"Wir wollen die Namen von Freunden", schnauzte sie wütend. Sie winkte Sayeh mit dem Papier, der es ihr abnahm. "Leute hier. Leute, die Sie treffen. Bleiben Sie mit ihnen im Iran. Wir wollen die Namen der Menschen in *diesem* Land."

Sayeh blickte auf die offene Tür. Zwei männliche Wachen waren direkt vor der Tür postiert. Sie konnte sie sehen. Sie drehte sich zu der wütenden Frau im Inneren um. Diese Beamtin war kaum fünf Fuß groß, aber sie war wie ein solider Vierkant gebaut. Sayeh schätzte sie auf Mitte dreißig. Sie trug ein schwarzes Kopftuch, das jede Spur ihres Haares verdeckte. Ihre Augen und Augenbrauen waren dunkel. Ihre Lippen waren eine dünne, zornige Linie. In ihrem Gesicht war kein Hauch von Sanftheit zu erkennen - nur harte Linien und ein kurzes Temperament.

"Ich kann mich nicht mehr an die Adresse und Telefonnummer meines Cousins erinnern. Die Informationen sind in meiner Tasche. Sie haben sie."

"Andere. Ich will andere. Freunde. Freunde in Ihrer Partei."

"Ich weiß nicht, was Sie wollen", schnauzte Sayeh sie an. "Ich habe keine Freunde im Iran. Ich bin eine Touristin. Ich bin allein hierher gereist. Es gibt keine Partei. Ich habe keine Verbindung zu einer politischen Organisation. Ich weiß nicht, warum Sie mich hier festhalten. Ich habe ein Touristenvisum für sieben Tage erhalten, um meine Familie in Isfahan zu besuchen und dann abzureisen. Das war's. Warum haben Sie mich hier festgehalten? Warum erklärt mir nicht jemand, was ich getan habe?"

Sayeh sah, wie die Hände der Frau zu Fäusten wurden. Der Beamte war vier oder fünf Zentimeter kleiner, aber Sayeh fühlte sich durch die Präsenz der Frau wie ein Zwerg.

"Notizbuch in Ihrer Tasche. Ihrs?"

Es *ging* um das Tagebuch ihrer Mutter, dachte Sayeh. Irgendetwas darin war für diese Leute anstößig. Sie konnte sich nicht vorstellen, was. Alles, was sie über Omids Vergangenheit wusste, war tadellos. Ein guter Schüler, ein harter Arbeiter, von allen geliebt. Auf jeden Fall kein Unruhestifter. Omid sprach nie über den Iran, außer dass sie ihn während der High School verlassen hatte, um bei der Familie ihres Vaters zu leben.

"Antworten Sie", rief die Frau.

"Nicht meine", sagte Sayeh. "Das ist eine alte Schrift. Sie wurde vor über dreißig Jahren geschrieben. Lange bevor ich geboren wurde."

"Namen. Ich will Namen im Iran."

"Es spielt keine Rolle, was Sie wollen. Ich habe keine Namen, die ich Ihnen geben kann."

Die Frau, die sich sichtlich bemühte, Sayeh nicht zu schlagen, drehte sich plötzlich scharf um und winkte zur Tür, wobei sie Befehle auf Farsi gab.

Das einzige, was Sayeh verstand, war der erste Satz. Nehmen Sie sie.

"Wohin bringen Sie mich?", fragte sie.

Im Handumdrehen waren die beiden Wachen hinter ihr. Sayeh war fassungslos, als sie ihr tatsächlich die Hände auf den Rücken fesselten.

"Warten Sie einen Moment. Ich bin ein amerikanischer Staatsbürger. Das können Sie mir nicht antun." Sie versuchte, ihre Arme freizudrehen, aber das Metall grub sich in ihr Handgelenk. Aus Protest stampfte sie mit den Füßen auf. Sie brachten sie nirgendwohin.

Zumindest dachte sie das. Als ein harter Gegenstand sie hart zwischen den Schulterblättern traf, stolperte Sayeh nach vorne und zuckte vor Schmerz zusammen. Bevor sie sich wieder aufrichten konnte, wurde ihr ein schwarzer Baumwollbeutel über den Kopf geworfen.

Mit einem Wächter, der jeden Arm fest umklammert, wurde sie aus dem Raum geführt.

Die Welt war ein dunkelgrauer Abgrund und sie konnte ihr eigenes schweres Atmen hören, während sie stolperte und versuchte, die Panik zu unterdrücken, die sie durchströmte.

Sie waren verärgert über das, was sie im Tagebuch ihrer Mutter gelesen hatten. Sayeh beschloss, ihnen zu sagen, dass es ihrer Mutter gehöre, da sie außer Landes sei. Sie konnten Omid nicht wehtun.

Aber sie hatten Sayeh. Durch sie könnten sie an ihre Mutter herankommen, dachte sie.

Sie wusste nicht, dass sich vor ihr eine Treppe befand und sie trat ins Leere. Bevor sie landen konnte, verschärften die Wachen ihren Griff und rissen ihr fast die Arme aus den Gelenken. Die Männer knurrten sie an, beschwerten sich, drohten. Sie schleppten und trugen sie teils die Treppe hinunter. Unten angekommen blieben sie stehen und eine Tür öffnete sich. Dann waren sie draußen. Sie spürte die Wärme der Sonne, aber sie hielt nicht lange an. Eine Autotür öffnete sich. Eine Wagentür, erkannte sie und spürte sofort, wie sie auf eine Metallfläche gehoben und grob auf einen Metallsitz gedrückt wurde. Die Tür knallte zu.

Ihr Herz klopfte so heftig, dass sie dachte, ihre Brust würde gleich explodieren. Ihre Ohren klingelten noch immer von der zuschlagenden Tür.

"Wo bringen Sie mich hin?", schrie sie und saugte die schwarze Tüte in ihren Mund, während sie atmete. Sie spuckte ihn aus, aber es war nicht genug Luft in dem Van. "Was habe ich getan? Bitte sagen Sie es mir."

Sie spürte, wie sich die Türen von Fahrer und Beifahrer öffneten und schlossen und der Motor aufheulte. Als der Wagen mit einem Ruck losfuhr, fiel sie vom Sitz auf den Boden und ihr Körper landete auf etwas Weichem. Das dumpfe Grunzen einer Frau. Es war noch jemand mit ihr in dem Wagen.

"Wer sind Sie?" fragte Sayeh in aller Eile.

Keine Antwort. Sie zwang sich in eine sitzende Position.

Der Van schlängelte sich durch den Verkehr. Sayeh beugte ihren Kopf zwischen die Knie und versuchte, sich die Tasche vom Kopf zu ziehen. Es war ein hartes Stück Arbeit, und als sie es schaffte, ihn vom Gesicht zu ziehen, hatte sich ihr Schal um ihren Hals verheddert und sie hatte sich damit fast selbst erstickt.

Als Sayeh sich umdrehte, um die Frau neben sich anzusehen, bremste der Wagen und sie schleuderte über den Boden und landete auf der Seite zwischen den sich gegenüberliegenden Metallsitzen. Sie hatte keine Chance, sich aufzurichten, bevor der Wagen wieder losfuhr und sie mit dem Rücken zu den Türen des Wagens schob.

Sie stützte sich mit den Füßen ab und blickte auf die Frau hinunter, die in einer Ecke zusammengekauert saß. Eine ähnliche Tasche wie die, die Sayeh getragen hatte, bedeckte ihren Kopf, und sie hielt sich an einem Metallbein eines Sitzes fest.

Es gab keine Fenster, aber in dem trüben Licht konnte Sayeh vier vergitterte Sitze an jeder Wand erkennen, die mit dem Boden des Wagens verschraubt waren und sich gegenüberstanden. Sonst gab es im Inneren nichts. Eine massive Metallwand trennte diesen Teil des Wagens vom Fahrer.

"Hallo", sagte Sayeh und ging auf den Körper der Frau zu. "*Salam*."

Auch die Hände der Frau waren mit Handschellen hinter ihr gefesselt. Ihr Gesicht war der Tür zugewandt. Sie sah, wie sich die Finger bewegten.

Sayeh erreichte sie. "Hallo. *Salam*", wiederholte sie. Sie beugte sich vor und versuchte, die schwarze Kapuze auf dem Kopf der anderen Frau mit den Zähnen zu fassen. Das war unmöglich, da sie auf der Seite lag und sich das Fahrzeug bewegte.

"Helfen Sie mir. Können Sie sitzen? Oder Ihren Kopf heben?"

Die Frau hat sie gehört. Sie versuchte, ihren Kopf zu heben, aber es war offensichtlich ein Kampf. Nach ein paar Versuchen und indem sie sich gegen Sayeh stemmte, gelang es ihr, sich in eine sitzende Position zu bringen.

Sayeh versuchte es erneut. Der Fahrer fuhr über die ganze Straße und es gab ein paar plötzliche Stopps, die ihr Vorankommen verlangsamten, aber sie schafften es trotzdem, die Tasche von ihrem Kopf zu bekommen.

Sayeh brauchte einen Moment, um ihre Stimme zu finden, als sie das Gesicht der jungen Frau sah. Sie war schwer verprügelt worden. Getrocknetes Blut bedeckte den unteren Teil ihres Gesichts. Ihre Nase schien gebrochen zu sein. Ihre Lippen waren geschwollen, und sie blutete immer noch aus dem Mund. Sayeh sah zu, wie sie sich drehte, bis sie mit dem Rücken an der Tür lehnte. Sie hob ihre Knie an und stützte sich mit einem Fuß auf einem Metallsitz ab.

"Danke." Ihre Stimme war nicht viel mehr als ein Murmeln und Sayeh sah, wie sie zusammenzuckte, als sie ihre Lippen bewegte.

"Kein Problem." Sayeh nickte.

"Sind Sie Amerikaner?", fragte die junge Frau.

"Ja, das bin ich. Was haben sie mit Ihnen gemacht? *Chee...kee...*" Die Farsi-Worte verließen ihr Gehirn, als sie das Gesicht der anderen Person studierte. Die blauen Flecken am Kiefer und am Hals waren schwer. Sie hatte einen Schnitt am Haaransatz, aus dem Blut tropfte. Sayeh hatte im wirklichen Leben noch nie jemanden gesehen, der so zugerichtet war. Und sie konnte ihr nicht einmal die Hand reichen.

"Fußball", sagte sie.

Sayeh starrte sie verwirrt an. Die Frau sprach über Fußball? "Ich spreche ein wenig Farsi. Sehr wenig", fügte sie hinzu.

"Ich kann Englisch", sagte sie.

"Was ist mit Fußball?" fragte Sayeh.

Die andere Frau beugte sich über ihr Knie und wischte sich den blutigen Mundwinkel an ihrer Jeans ab. Sie starrte einen langen

Moment lang auf den Fleck. Sie kann nicht älter als Sayeh gewesen sein.

"Das machen sie, wenn sie jemanden verhaften", begann sie. "Bedecken Sie Ihren Kopf...Hände so...sie schubsen Sie...von einem Pasdaran zum anderen Pasdaran. Sie schlagen Ihren Kopf durch den Sack. Sie spielen Fußball mit meinem Kopf, um mich zum Reden zu bringen. Sie haben Glück. Kein Fußball mit Ihnen."

Sayeh zitterte. Noch nicht, dachte sie. Sie sah sich ihre Begleiterin noch einmal an. Der Frau fehlte einer ihrer Turnschuhe, und der Schal, den sie trug, hing ihr um den Hals. Sie hatte kurzes, lockiges, dunkles Haar und schöne Augen, die trotz allem, was man ihr angetan hatte, vor Trotz leuchteten.

"Mein Name ist Mina", sagte sie und stellte sich vor.

"Sayeh."

"Persischer Name!", sagte sie und klang überrascht.

"Meine Mutter ist Iranerin."

"Sie wohnt hier?"

Sayeh schüttelte den Kopf. "Sie lebt in Amerika. Ich bin hierher gekommen, um einige Cousins in Isfahan zu besuchen. Ich weiß nicht, warum sie mich verhaftet haben. Ich hatte ein Visum. Alle richtigen Papiere. Und niemand hat mir gesagt, was ich falsch gemacht habe."

"Sie werden es Ihnen nicht sagen", sagte Mina achselzuckend. "Sie antworten nicht. Keine Gesetze. Nichts schützt mich oder Sie. Sie sind allein unterwegs?"

Sayeh nickte und dachte an Mehry. Sie fragte sich, ob die alte Dame die Möglichkeit hatte, ihre Eltern in Amerika anzurufen.

"Wissen Sie, warum man Sie verhaftet hat?" fragte Sayeh.

"Papiere...verteilen Papiere für...*entekhabat*...wie heißt das Wort...? *Raee*...für den Präsidenten", sagte sie und sah hilfesuchend zu ihr auf.

"Wahl? Abstimmen?"

Mina nickte. "Ja. Meine Freunde und ich haben die Papiere für die Wahl in zwei Wochen verteilt. Sie haben mich verhaftet. Meine Freunde sind geflohen. Gott sei Dank."

"Sie haben Sie verhaftet und geschlagen, weil Sie Wahlkampf gemacht haben?" fragte Sayeh und blickte entsetzt auf das zerschlagene Gesicht der jungen Frau.

Mina nickte und sah sich im Wagen um. Sayeh erkannte, dass sie nach einer Möglichkeit zur Flucht suchte.

"Wissen Sie, wohin sie uns bringen?" fragte Sayeh.

Trotz ihres Mutes erschauderte die andere Frau. "Vielleicht das Evin-Gefängnis. Vielleicht irgendwo anders noch schlimmer. Das Kahrizak-Gefängnis ist ein Haus des Todes. Oder irgendwo anders, geheime Häuser, die als Gefängnis genutzt werden. Es gibt viele in Teheran... und noch mehr in anderen Städten."

"Sie werden uns nicht erlauben, unsere Familien anzurufen, oder?" In Sayehs Magen tat sich ein gähnendes Loch auf. "Wir dürfen sie nicht wissen lassen, wo wir sind? Sie lassen uns nicht einmal telefonieren?"

Das Geräusch, das aus Minas Mund kam, war fast ein Lachen.

"Nein... keine Gesetze. Wir haben keine Rechte", sagte sie mit dünner Stimme. "Der Iran ist nicht Amerika. Sie werden uns wehtun...mehr...weil wir Frauen sind."

Sayeh wollte nicht fragen, wie. Sie brauchte keine wilde Fantasie, um es zu erraten. Sie brauchte nur in Minas Gesicht zu sehen. Und das war es, was sie ihr gleich nach der Verhaftung angetan hatten. Was würden sie ihr in einem Sicherheitsgefängnis antun? Sie wusste, dass Vergewaltigungen zum Standardverfahren gehören.

"Gibt es etwas, was wir tun können? Können wir etwas sagen, damit sie uns gehen lassen?" fragte Sayeh.

"Ich weiß nicht, wie es Ihnen geht... aber ich bin Student. Es steht eine Wahl an. Wir haben Papiere für einen Kandidaten abgegeben, den sie zugelassen haben. Informationen. Wieso ist das gegen das Gesetz? Nur im Iran. Und auch nicht hier. Sie sagen es nicht in der Öffentlichkeit. Trotzdem werde ich verhaftet. Sie verhaften auch alle anderen mit mir, aber sie laufen weg. Das ist es, was sie von mir wollen. Namen von anderen Studenten, die sie verhaften und foltern wollen." Sie drehte sich um, so dass sie mit dem Rücken an einem Metallsitz lehnte. "Ich werde eher sterben, als ihnen Namen zu nennen."

Sayeh beobachtete, wie Minas Augen sich auf einen vertikalen Schlitz konzentrierten, wo die Türen des Vans zusammenliefen. Für ein paar Augenblicke war ihre Aufmerksamkeit ganz darauf gerichtet. Sayeh sah nicht viel Sinn darin. Ein dünner Rauchschwall würde durch den Schlitz ziehen, mehr nicht.

"Vielleicht halten sie im Verkehr an. Wir müssen aussteigen. Die Menschen werden uns helfen. Alle sind gegen diese Regierung. Sie hassen sie. Sie warten auf eine Chance zu helfen, besonders junge Leute wie wir."

Sayeh dachte sich, dass es keinen Sinn hatte, Mina daran zu erinnern, dass die Tür von außen verschlossen war.

Fast wie aufs Stichwort kam der Wagen abrupt zum Stehen. Selbst wenn sie sich mit den Armen festhielt, wurde Sayeh über den Sitz vor ihr gehoben und durch den Stopp quer über den Platz geschleudert. Während sie flog, hörte sie das Geräusch eines Aufpralls in ihrem Gehirn - Metall auf Metall und gleichzeitig zerbrechendes Glas. Der Fahrer des Vans hatte seine Hand auf der Hupe.

Als sie sich aufrichtete, spürte sie, wie Mina sich an sie presste. Aus dem vorderen Teil des Wagens kamen Schreie. Plötzlich schrien die Leute draußen wütend auf und dann hörte sie das scharfe Vibrieren von Schlägen oder Tritten gegen die Karosserie des Fahrzeugs.

"Das ist besser als der Verkehr. Tür", flüsterte Mina, riss sich aus ihrer Trance und zappelte zurück. "Kick... du und ich. Zusammen."

Sayeh hielt inne und fragte sich immer noch, ob es eine Chance gab, mit einer Erklärung aus diesem Schlamassel herauszukommen.

"Wenn sie Sie verhaften, töten sie Sie vielleicht. Das weiß niemand."

Mina hatte Recht. Sayeh nickte. Sie brauchte nicht erst in einem Gefängnis zu verschwinden, um zu erkennen, wie tief sie in der Klemme steckte.

"Okay." Sayeh rutschte bereits auf ihrem Hintern zur Tür. "Was haben wir zu verlieren?"

"Zusammen treten. In der Mitte." Mina stellte sich neben sie. Die beiden Frauen sahen sich an.

"Ich zähle bis drei."

Mina nickte.

"*Yek, doh, seh*." Beide traten gegen die Tür.

Es gab ein lautes Geräusch, aber nichts rührte sich. Der Fahrer drückte erneut auf die Hupe. Sie wurden angehalten.

"Wir machen es. Kicken."

Sayeh nickte. "Jetzt." Nichts.

"Noch einmal", ermutigte Mina.

Die beiden traten weiter gegen die Tür. Nicht mehr im Einklang, aber beide mit einem wachsenden Gefühl der Verzweiflung, rauszukommen. Sayeh wusste, dass die Männer, die den Van fuhren, den Lärm hören würden. Sie könnten zurückkommen und sie für das, was sie taten, sofort verprügeln. Aber das war ihr lieber, als in eine Folterkammer verschleppt zu werden. Im Moment waren sie im Tageslicht, offensichtlich mitten in der Stadt. Es waren Menschen in der Nähe.

Sie hörte ein Geräusch auf der anderen Seite der Tür. Jemand versuchte, die Tür aufzureißen.

"*Ghofleh*", sagte eine Männerstimme von der Straße aus. Verschlossen.

Mina hielt ihr Gesicht an den Türspalt und rief auf Farsi: "Mister, helfen Sie uns. Bitte helfen Sie zwei Frauen." Sie wandte sich an Sayeh. "Treten Sie."

Sayeh trat und schrie, wenn Mina es tat. Sie wiederholte einige der Farsi-Wörter, die sie wiederholen konnte. Zu diesem Zeitpunkt verstand sie kaum noch etwas. Der Schrei war ein Hilferuf.

Sie hörten, wie die Fahrertür des Vans geöffnet und zugeschlagen wurde. Draußen wurde der Lärm der streitenden Menschen lauter. Das Geschrei wurde immer heftiger.

"Ich glaube, wir haben keine Eskorte außer den Fahrern", sagte Mina. "Die Menschen helfen, wenn sie nicht gegen bewaffnete Männer kämpfen."

Es gab so vieles, was die Menschen auf der ganzen Welt nicht über die Unruhen im Iran wussten. Die Berichterstattung in den ausländischen Medien wurde stark zensiert. Sayeh fühlte sich plötzlich wie ein Soldat an der Front.

Der Wagen schaukelte und Mina trat gegen die Tür. Die beiden Frauen brauchten keinen weiteren Lärm zu machen. Draußen gab es genug davon. Sayeh wartete neben Mina und ließ sich von der anderen Frau den Hinweis geben. Sie traten gemeinsam gegen die Tür. Jemand zerrte erneut von draußen an der Tür. Plötzlich stach etwas Schweres und Metallisches in die Mitte der Tür, und dann hörte Sayeh, wie die Tür aufgehebelt wurde. Das Schloss knackte und die Tür schwang auf.

Sayeh schaute hinaus. Der Verkehr war zum Stillstand gekommen. Die Straße sah aus wie ein Parkplatz. Die Leute stiegen aus ihren

Autos aus, und es war eine große Menschenmenge zu sehen. Sie konnte den Streit neben dem Wagen hören.

Diejenigen, die am nächsten standen, konzentrierten sich sofort auf Minas zerschlagenes Gesicht. Es gab ein paar schnelle Fragen und Antworten, von denen Sayeh nichts verstand. Ein junger Mann griff hinein und half Mina beim Herausklettern. Sie verschwanden durch die offene Tür. Der Rest der Versammelten richtete seine Aufmerksamkeit auf die andere Seite, wo Sayeh vermutete, dass ihr Fahrer festgehalten wurde.

Eine Sekunde später tauchte Minas Gesicht wieder auf. Sie sah zu Sayeh auf.

"Kommen Sie. Jetzt. Mit uns."

Sayeh brauchte nicht zweimal gefragt zu werden. Sie schob sich an den Rand des Wagens und trat auf die Straße hinaus.

Kapitel Siebenundzwanzig

Litchfield

KEIN KUCHEN, keine Geschenke. Familie und Gäste wurden gebeten, früher nach Hause zu gehen. Omid wusste, dass sie Hannahs Vorbereitungen zunichte gemacht hatte. Sie wusste auch, dass ihr Verhalten heute Morgen ein Schock für die Leute im Haus gewesen war. Es passte einfach nicht zu Omid, dass *etwas* die Gastfreundschaft für Familie und Gäste beeinträchtigte. Kulturell gesehen war das ein Teil von ihr. Es war nicht ihre Art, anderen zu zeigen, dass sie verzweifelt war.

Doch in diesem Moment war es Omid egal, was sie dachten.

Ihre unmittelbare Familie war wütend auf sie, das war klar. Hannah verschwand in ihrem Zimmer, und John beschloss, den Rasen zu mähen, obwohl er ihn erst vor zwei Tagen gemäht hatte und es wieder zu regnen begonnen hatte.

Sie konnten einfach nicht verstehen, warum sie so überdreht war. Sie konnten nicht sehen, dass sie Schmerzen hatte. Das ärgerte sie. Trotzdem hatte Hannah, bevor sie sich selbst einsperrte, den Flugplan für Sayeh überprüft. Angeblich war sie pünktlich in Teheran angekommen. Im Moment befand sie sich auf der letzten Etappe ihres Fluges nach Isfahan. Sie hatte Omid schwören lassen, den Iran nicht anzurufen. Sie sollte Sayeh eine Chance geben, sie zuerst anzurufen.

Carol hatte sich natürlich von allen Anweisungen ausgeschlossen. Als John eine Ausrede vorbrachte, dass es Omid nicht gut ginge und alle nach Hause gehen müssten, hatte Carol einfach gesagt, dass sie nirgendwo hingehen würde. Als Hannah und John in ihre jeweiligen Ecken gestürmt waren, hatte Carol sich in den Sessel im Wohnzimmer fallen lassen und den Fernseher eingeschaltet. Omid wusste, dass ihre Stiefmutter nicht weggehen oder verschwinden würde, egal wie sehr sie versuchten, sie wegzuschieben. Sie wusste auch, dass Carol trotz ihrer ruppigen, unnachgiebigen Art Omids Sorgen verstand. Von allen, die sie verstand.

Nachdem sie auf dem Boden des Arbeitszimmers herumgelaufen war, bis ihre Füße taub wurden, ging Omid zu Carol ins Wohnzimmer.

"Wann geht ihr Flug nach Isfahan?" fragte Carol sie und schaltete den Fernseher aus.

Omid schaute auf die Uhr. "Noch zwanzig Minuten."

"Und um wie viel Uhr ruft sie Sie angeblich an?"

"In acht... zehn Stunden von jetzt an. In ihrer E-Mail stand, dass sie mich um Mitternacht (unserer Zeit) anrufen würde. Das ist morgens in Isfahan."

"Den Teufel wird sie tun", antwortete Carol unverblümt. "Sie wird sich ausschlafen und Sie dann anrufen, wenn Sie vor meinen Augen in Stücke zerfallen? Das glaube ich nicht. Es ist mir egal, was der Rest von ihnen sagt. Geben Sie mir das Telefon in einer Stunde, und ich rufe bei Ihrer Cousine an."

Omid hatte keinen Zweifel daran, dass Carol das tun würde, obwohl sie kein Farsi sprach und noch nie mit einem ihrer Cousins gesprochen hatte.

"Alle denken, dass ich verrückt werde", sagte Omid und begann, durch das Wohnzimmer zu gehen.

"Es spielt keine Rolle, was sie denken. Sie haben berechtigte Gründe, so zu sein. Wir beide wissen, dass Sie jedes Recht haben, so zu fühlen, wie Sie es tun."

Omid rieb sich den Nacken. Sie schaute auf die Wanduhr. Die Zeit verging nicht schnell genug. Sie ging zum Bücherregal und zog die Ausgabe des *Divan von Hafiz* heraus. Seit über dreißig Jahren lebte sie als Amerikanerin, und dies war ein Teil ihrer Kultur, der nie verschwunden war. Eine Frage zu stellen und den alten Dichter Hafiz um Rat zu fragen, war ein persisches Ritual. Sie dachte an Sayeh und ließ ihre Finger über den dicken Einband gleiten, bevor sie eine Seite aufschlug. Sie las zwei Zeilen:

Oh, wo sind Taten der Tugend und dieser schwache Geist, wo?
Wie weit ist der Raum, der die Reiche von Hier und Dort trennt !

Sie hatte Angst, noch mehr zu lesen - um schlimmer zu spekulieren, als sie es sich vorgestellt hatte. Omid klappte das Buch zu und schob es zurück ins Regal. Hafiz war der beliebteste Dichter des iranischen Volkes. Die meisten konnten seine Gedichte auswendig rezitieren; sie benutzten sie als Sprichwörter.

"Ihr Vater hat immer dasselbe getan", sagte Carol. "Er ging immer zu Hafiz, um Antworten zu erhalten."

Dieser Band hatte ihrem Vater gehört. Omid war gerührt gewesen, als Carol es ihr nach seinem Tod schenkte.

"Ich will nur, dass Sayeh nach Hause kommt."

"Ich weiß, Schatz."

"Glauben Sie, es war falsch, es ihnen nicht zu sagen?" fragte Omid.

Carol starrte sie einen Moment lang an, dann schüttelte sie den Kopf.

"Was bringt es, an sich selbst zu zweifeln?", antwortete sie. "Sie haben immer versucht zu tun, was das Beste für Ihre Familie ist. Sie haben sie beschützt. Außerdem waren Ihre Mädchen zu jung, um etwas so Schreckliches zu verstehen. Ich kann mir nicht vorstellen, wie man jemandem in ihrem Alter die Art von Ungerechtigkeit, die Ihre Mutter erlebt hat, begreiflich machen will. Das ist so fremd für ihr Leben, für die Art und Weise, wie sie Gesetze, Autorität... Gerechtigkeit sehen. Nein, Sie haben sich nicht geirrt. Es gibt für alles eine angemessene Zeit."

"Aber was passiert, wenn Sayeh wegen dem, was sie nicht weiß, in Schwierigkeiten gerät?"

"Als Sie das Land verließen, herrschte totale Verwirrung. Das war noch vor den Computern. Wie kommen Sie darauf, dass diese Leute ein Gedächtnis wie ein Elefant haben? Glauben Sie wirklich, dass jemand Aufzeichnungen von vor dreißig Jahren aufbewahrt? Glauben Sie ernsthaft, dass sie eine Verbindung zwischen einem jungen amerikanischen Kind von heute und etwas herstellen können, das genauso gut aus der Vergangenheit stammen könnte?"

Omid wünschte sich, dass Carol Recht hatte. Sie hoffte, dass dieser Aufruhr, der sie innerlich zerriss, wirklich umsonst war. Sie würde sich gerne bei Hannah und John und allen anderen, die heute Morgen hier im Haus gewesen waren, für ihr Verhalten entschuldigen. Es wäre schön, wenn sich das alles im Nachhinein als eine Überreaktion herausstellen würde. Zwei weitere Zeilen von Hafiz kamen ihr in den Sinn:

Mein Mund hat geschmeckt Bitterkeit ,
Und lernte den sterblichen , vergifteten Becher zu trinken.

Sie begann wieder, durch den Raum zu gehen. Sie hatte gelernt, zu trinken, was das Leben über sie ausschüttete, so bitter es auch war. Die Türen zu schließen und die schmerzhafte Vergangenheit zu verbergen, war für Omid so viele Jahre überlebenswichtig gewesen. Sie musste diese Ereignisse begraben und nicht darüber sprechen. Sie hatte immer daran gearbeitet, ihr Leben mit einer undurchlässigen Schicht aus Routine und Aktivität zu füllen. Sie durfte nicht zulassen, dass sich die kleinste Blase der bitteren Wahrheit ihren Weg an die Oberfläche bahnt und zum Vorschein kommt. Und das tat sie schon, als sie noch sehr jung war. Schon seit den Tagen, bevor sie John überhaupt kannte.

"Setzen Sie sich", befahl Carol. "Von Ihnen wird mir schwindelig."

Omid setzte sich auf die Kante des Sofas, aber einen Moment später war sie wieder auf den Beinen.

"Ich sagte 'sitzen'."

"Nein. Ich kann nicht. Und hören Sie auf, so herrisch zu sein."

"Gott sei Dank."

Sie sah ihre Stiefmutter an. "Für was?"

"Sie wissen noch, wie man 'Nein' sagt."

Omid runzelte die Stirn und begann wieder im Zimmer auf und ab zu gehen. "Sie waren heute Morgen hier. Sie haben gesehen, dass ich immer noch störrisch sein kann, wenn ich es will."

Carol schnaubte. "Sie wissen nicht, was das Wort bedeutet. Ich muss Sie dazu bringen, ein paar Stunden am Tag mit den alten Damen in meinem Haus zu verbringen. Dann werden Sie die Bedeutung von 'widerspenstig' kennen."

Omid schüttelte den Kopf.

"Nein zu sagen hat nichts mit Widerspenstigkeit zu tun", sagte Carol ihr. "Was ich möchte, ist, dass Sie anfangen, Sie selbst zu sein. Hören Sie auf, immer nur an die anderen zu denken. Sagen Sie Ihrer Familie ab und zu, was Sie wollen."

Omid blickte aus dem Fenster auf den tief bewölkten Himmel. "Sie wissen, dass ich das nicht bin. Ich war noch nie so."

"Ich spreche nicht über *Dinge, die* Sie wollen", schimpfte Carol sie aus. "Hören Sie, Sie befinden sich auf einem Crash-and-Burn-Kurs. Sie müssen Ihre Meinung sagen, Ihre Meinung äußern. Sagen Sie etwas, wenn Sie verärgert sind. Holen Sie sich etwas von dem Mumm zurück, den Sie in sich haben."

"Nur einen Teil davon?"

"Okay, alles." Carol nickte. "Komm schon, Schatz. Ich habe mir Sorgen um dich gemacht. All die Stunden, die du arbeitest. Alles, was du versuchst zu tun. Du hörst nie auf. Du nimmst dir nie Zeit für dich."

"Sie klingen genau wie meine Schwiegermutter... die Art, wie sie John lobt."

"Ja, aber sie redet nur Mist und ich nicht. John tut ein Dutzend Dinge, die nur für ihn sind. Eigentlich fällt mir nichts ein, was er für irgendjemand anderen tut... einschließlich Ihnen und den Mädchen. Sie hingegen..." Carol hielt inne und schüttelte missbilligend den Kopf. "Diese Frau hat nicht einen Bruchteil der Dinge, mit denen ich mich brüsten kann."

"Sie klingen..."

Omid blieb stehen, als das Telefon klingelte. Sie schaute auf die Uhr an der Wand. Die Landung von Sayeh war erst in fünf Minuten geplant. Sie griff trotzdem nach dem Hörer. Hannah hatte den Hörer bereits abgenommen, aber sie hatte Mühe, weil die Person am anderen Ende Farsi sprach.

"Ich bin Sayehs Mutter", sagte Omid schnell auf Farsi.

Es war Mehry, dieselbe Frau, die heute Morgen angerufen hatte. Die Verbindung war ein wenig besser, aber es gab immer noch ein schreckliches Echo. Omid hatte Mühe, geduldig zu sein, als die andere Frau darauf bestand, zuerst die notwendigen Höflichkeiten zu erwähnen und zu erklären, dass sie warten musste, bis sie in der Stadt Amol, ihrem Zielort, angekommen war, bevor sie sie zurückrufen konnte.

"Sayeh saß bei der Einwanderungsbehörde in Teheran fest."

"Warum?"

"Ich weiß es nicht. Die Pasdaran sind wahnsinnig. Sie sind niemandem Rechenschaft schuldig."

Omid kannte die Pasdaran. Sie waren eine Art Teil der Revolutionsgarde, der religiösen Streitmacht des Landes, und nur dem Obersten Ayatollah unterstellt... wenn überhaupt ihm.

Die Frau fuhr fort. "Ich habe Sayeh gesagt, dass ich Sie anrufen werde", sagte sie.

Omid fragte, ob sie wisse, wo Sayeh sei.

"Mein Sohn hat gefragt. Ich weiß, dass Sayeh ihre Verbindung zu Isfahan nicht erwischt hat."

Omid drehte sich um und sah John und Hannah in der Tür stehen. Ihrem Gesichtsausdruck nach zu urteilen, hatten sie bereits geahnt, dass es sich um schlechte Nachrichten handelte.

Kapitel Achtundzwanzig

Teheran

TATSACHE WAR, dass der Staat die Medien kontrollierte. Das Bild des iranischen Volkes, das die westlichen Länder erreichte, bestand immer aus in schwarze Schleier gehüllten Frauen und schmuddelig aussehenden Männern, die ihre Fäuste schüttelten und Slogans wie "Tod für Amerika" riefen. Sayeh hat dieser einseitigen Darstellung nie viel Bedeutung beigemessen. Aber sie hätte auch nie geglaubt, was sie jetzt erlebt, wenn sie nicht selbst an der Szene beteiligt gewesen wäre.

"Folgen Sie mir."

Sie waren nur zu dritt, aber es schien, als ob hundert oder mehr Menschen aus den Autos, von den Bürgersteigen und von einem nahe gelegenen Marktplatz auf die Straße gekommen waren. Die Menge war eindeutig auf ihrer Seite. Es gab Protestrufe gegen den Fahrer des Lieferwagens, wütende Worte gegen das System, das seine Bürger so behandelte, wie Mina offensichtlich behandelt worden war.

Sayeh sah, wie sich die Menge teilte, und sie und Mina eilten dem jungen Mann mit dem Brecheisen hinterher, der sie aus dem Van geholt hatte. Als sie vorbeikamen, bildeten die Leute hinter ihnen schnell eine Barriere. Als sie kein Dutzend Schritte von dem Wagen entfernt waren, hörte sie, wie die Rufe lauter und wütender wurden, aber die drei rannten weiter.

Sayeh hielt ihren Blick auf Minas Rücken gerichtet. Sie rannte so nah heran, dass sie der jungen Frau praktisch auf den Fersen war. Mit den auf dem Rücken gefesselten Händen war es schwierig zu rennen, aber Sayeh lief weiter. Ihr Kopftuch war weg. Mina war blutig im Gesicht und ein Schuh fehlte, aber niemand, an dem sie vorbeikamen, hielt sie auf. Es war, als ob zwei misshandelte Frauen, die auf der Straße um ihr Leben rannten, etwas Alltägliches wären.

Sie bahnten sich ihren Weg zum Bürgersteig. Dort standen noch mehr Leute und beobachteten das Fiasko auf der Straße. Sayeh spürte ein paar aufmunternde Klopfzeichen auf ihrem Rücken, als sie vorbeigingen. Nachdem eine alte Frau mit gebeugten Schultern Minas Gesicht gesehen hatte, schlug sie sich selbst mit der Faust auf die Brust und schaute zum Himmel, während sie die ganze Zeit etwas unter ihrem Atem sagte.

Es schien keinen Zweifel daran zu geben, dass sie alle wussten, wer das getan hatte.

Der junge Mann, der sie führte, bog in eine schmale Gasse ein und sie folgten ihm. Sayeh stolperte fast in einen trockenen Graben, der in der Mitte der Gasse verlief. Ein paar Schritte vor der Ecke blieb er stehen. Zehn Fuß hohe Ziegelmauern und zweistöckige Gebäude auf beiden Seiten hielten die Gasse im Schatten. Nur ein paar Türen führten zu Geschäften und weiter oben ließen noch weniger Tore Licht aus den Gärten und Hinterhöfen hinter den Gebäuden herein.

Drei Leute, die an einem der Tore herumlungerten, sahen erschrocken auf und Sayeh drehte sich um, als eine alte Frau, die zwei Tüten mit Lebensmitteln trug, ihnen in die Gasse folgte und sich näherte. Ein halbes Dutzend Leute oder so folgten der Frau. Mina sagte etwas zu ihrem Retter, und er schüttelte den Kopf. Die kleine Gruppe umringte sie, und Sayeh konnte sofort erkennen, dass diese Leute daran interessiert waren, ihnen zu helfen. Ihr Ton war scharf und abschätzig, als sie die Worte 'Evin' und 'Pasdaran' benutzten, aber sie schauten alle vorsichtig über ihre Schultern, während sie sprachen. Die Angst vor einer Regierung, die zu ihrem eigenen Vorteil die friedlichen Prinzipien des Islams verdrehte, gehörte schon lange zu ihrem Alltag. Diese Menschen wussten nur zu gut, dass die Religion ihrer Vorfahren

- ein Glaube, der Verständnis, Wertschätzung und friedliche Koexistenz fördert - von den Mullahs gekapert worden war. Daran konnten sie sich jedoch nie gewöhnen.

Die alte Frau stellte ihre Taschen ab und sagte etwas zu Mina. Die Frau nahm ihr den Tschador vom Kopf, wickelte das Kopftuch um Minas Haar und band es unter ihrem Kinn zusammen. Man konnte immer noch das geprellte Gesicht sehen, aber es war viel weniger auffällig. Dann griff sie nach Sayehs Schal, der über ihren Rücken baumelte, und band ihn wieder an seinen Platz.

"Dieser Laden", sagte sie, nickte in Richtung einer Hintertür und dachte offenbar, Sayeh sei Iranerin. "Mein Mann hat ein Auto. Er wird Sie hinbringen, wo immer Sie hin wollen", sagte sie auf Farsi.

Sie gab ihnen ein Zeichen, ihr zu folgen, hob ihre Taschen auf und ging die Gasse hinauf.

"Danke", sagte Mina zu dem jungen Mann, der sie nur anlächelte und Sayeh lässig grüßte, als sie der alten Frau hinterher eilten.

Sie hielten an der Hintertür eines Geschäfts am oberen Ende der Gasse.

"Warten Sie hier." Sie rief an der Tür und wartete, bis ein älterer, schwergewichtiger Mann herauskam und die beiden beobachtete, während seine Frau mit leiser Stimme zu ihm sprach. Einen Moment später verschwand er im Gebäude und die alte Frau führte sie zurück zu einem Doppeltor in der Mauer. Der Mann entriegelte das Tor und schwang die Türen auf. Die Frau geleitete sie in den Hof, während ihr Mann in ein Auto stieg, das unter einem Wellplastikdach stand, das aus dem Gebäude ragte. Der Motor heulte auf.

"Geh...geh. Gott passt auf Sie auf", sagte sie und öffnete die Hintertür des Autos, in das sie beide stiegen.

Der Fahrer lenkte den Wagen gekonnt in die enge Gasse, und sie rasten auf die nächste Straße hinaus.

"Wohin gehen Sie?"

Sayeh beobachtete Mina ein paar Sekunden lang, bevor sie eine Ansprache hielt.

Als der Wagen sich der nächsten Kreuzung näherte, sanken beide Frauen in ihre Sitze. Der Verkehr war dicht, aber fließend, und von dem Aufruhr, den sie im nächsten Block verursacht hatten, war nichts zu sehen.

"Wohin gehen wir?" fragte Sayeh Mina. Sie sah, wie der Fahrer sie überrascht ansah, als sie Englisch sprach.

"Wir gehen zu einem Freund, den ich in der Nähe der Universität kenne. Es ist nicht weit. Er wird uns helfen, sie abzunehmen", antwortete sie und deutete auf die Handschellen. "Wir werden überlegen, was wir danach tun..."

Die Erkenntnis, dass sie ohne Geld, ohne Ausweis, ohne Reisepass und ohne Flugticket in Teheran war, traf Sayeh in diesem Moment wie ein Schlag. Sie konnte sich nicht einmal an die Telefonnummer ihrer Cousine Zari in Isfahan erinnern. Sie war völlig abhängig von Mina.

"Vertrauen Sie ihm?" flüsterte Sayeh und nickte dem Fahrer zu.

"Wir müssen." Mina zuckte mit den Schultern. "Er und seine Frau brauchten nicht zu helfen. Die Menschen auf der Straße brauchten keine Hilfe. Aber die Menschen tun es. Wir helfen uns gegenseitig. Wir alle sind gegen sie."

"Ich muss die Telefonnummer der Familie meiner Mutter in Isfahan herausfinden und sie wissen lassen, wo ich bin. Sie haben mich heute Nachmittag auf dem Flughafen erwartet."

"Wussten *sie*, wen Sie in Isfahan besuchen werden?"

Sayeh wusste, was sie mit 'sie' meinte. Die Behörden. Polizei, Basij, Pasdaran. In Sayehs Augen waren sie alle dasselbe. Es gab keinen Beamten im Iran, dem sie im Moment vertrauen konnte.

"Sie können es herausfinden, indem sie mein Gepäck und meine Papiere durchsuchen. Sie haben alles."

"Sie können sie nicht anrufen. Noch nicht", sagte Mina. "Am besten ist es, wenn Ihre Familie wenig weiß... wenig über Sie sagt. Sie werden von den Pasdaran verhaftet werden. Vielleicht tun sie das bereits. Sie werden das Telefon überprüfen. Wenn sie glauben, dass Sie anrufen, werden sie sie im Gefängnis behalten, bis Sie aufgeben... sich ergeben... ergeben. Die Pasdaran werden sie benutzen, um Sie zu fassen."

Der Fahrer drückte mit der Hand auf die Hupe, als sie über eine Kreuzung fuhren. Sayeh hielt den Kopf gesenkt und fragte sich, was wohl aus ihr werden würde. Sie musste einen Weg finden, ihre Eltern anzurufen.

Das war sicherlich nicht die Geburtstagsüberraschung, die sie ihrer Mutter bereiten wollte.

Kapitel Neunundzwanzig

Litchfield

Omid und John waren nie gleichberechtigt, wenn es darum ging, die elterliche Verantwortung zu übernehmen. Ihre Töchter wurden nicht mit einer Gebrauchsanweisung geboren, und so hatte John schon früh beschlossen, sich auf den Rücksitz zu setzen.

Omid war der Versorger. Sie war die Ernährerin. Sie war diejenige, die Zeit mit ihnen verbrachte, als die beiden Kinder waren und später, als sie erwachsen wurden. Sie teilte die Disziplin aus und traf die Entscheidungen. *Sie traf die Entscheidungen.*

Omid war wütend auf ihren Mann, weil er Sayeh Geld für die Reise in den Iran gegeben hatte. Sie war frustriert darüber, dass John diese spezielle Situation genutzt hatte, um sich in die Rolle des entscheidungsfreudigen Elternteils zu versetzen und ihrer Tochter die Erlaubnis zu geben, etwas zu tun, wozu sie bereits 'nein' gesagt hatte. Aber noch mehr als das war sie wütend darüber, dass er die ganze Sache weiterhin so gelassen nahm. Er tat so, als wäre alles in Ordnung und als würde Sayeh sie heute Abend anrufen, wie sie es versprochen hatte. Wiederholt hatte er Omid vorgeworfen, überreagiert zu haben, und er war nicht bereit, jetzt irgendwelche Schritte zu unternehmen.

Frustriert ging Omid ins Internet und las alles, was sie über Reisen in den Iran finden konnte. Soweit sie wusste, war das beste Szenario, dass die Zollbeamten einen Fehler in Sayehs Visum gefunden hatten und ihr die Einreise in den Iran verweigert worden war. In diesem Fall würde sie den nächsten Flug nach Ägypten nehmen.

Sie rief die Telefonnummer ihres Cousins in Isfahan an. Es ging niemand ans Telefon. Aufgrund des Zeitunterschieds vermutete sie, dass Zari noch am Flughafen war und auf Sayeh wartete.

Nachdem sie aufgelegt hatte, ging Omid wieder ins Internet und suchte und las alles, was sie auf der Website des Außenministeriums finden konnte. Sie war tief in ihre Recherchen vertieft, als Hannah ins Arbeitszimmer kam.

"Weißt du, Mama, das war das Letzte, was Sayeh wollte. Besonders an deinem Geburtstag." Sie zog einen Stuhl neben Omid heran und setzte sich.

Omid hat einen Abschnitt über strafrechtliche Sanktionen gelesen.

"Das klingt so, als wäre sie noch nicht einmal eingereist. Das kann auf keinen Fall auf sie zutreffen", sagte Hannah und zeigte auf den Bildschirm.

"Sie führen eine Liste mit Namen", sagte Omid unter ihrem Atem.

Hannah lehnte sich näher heran und las laut vor. "... alle Personen, die vor dem Iran-US-Claims-Tribunal in Den Haag Klage gegen den Iran eingereicht haben." Sie schüttelte den Kopf. "Das war, bevor Sayeh und ich geboren wurden. Mama, bitte. Ich habe noch nie erlebt, dass du so zusammenbrichst. Das ist mehr als nur schlecht geschlafen zu haben... oder der Geburtstagsblues. Ich habe noch nie erlebt, dass du dein Horoskop gelesen hast, geschweige denn, dass du deinem Bauchgefühl vertraut hast. Was ist wirklich los?"

Sie könnte es ihnen sagen. Sie konnte alles enthüllen. Die ganze Schuld lag bei Omid selbst. Sie war diejenige, die Schuld hatte, nicht John oder Sayeh oder sonst jemand. Sie war seit vierundzwanzig Jahren verheiratet. Sie hatte zwei kluge, sensible Töchter großgezogen, aber nicht ein einziges Mal hatte sie ernsthaft in Erwägung gezogen, ihnen etwas von ihrer Vergangenheit mitzuteilen. In all den Jahren hatte sie sich mehr Sorgen um sich selbst gemacht, aus Angst vor dem Wiederaufleben dieser schrecklichen, betäubenden Trauer. Sie hätte mit ihnen eine Geschichte teilen sollen, die nicht nur ihre eigene war, sondern auch die ihre.

Heute war jede Stunde schmerzhafter gewesen als die Stunde zuvor. Omid war sich nicht sicher, ob dies der richtige Moment war, um darüber zu sprechen. Was war, wenn John Recht hatte? Was, wenn sie zu viel aus all dem machte? Vielleicht *würde* Sayeh bis Mitternacht mit ihr telefonieren.

Sie vergrub ihren Kopf in ihren Händen. Sie rieb sich die Augen und versuchte zu entscheiden, ob sie sich durch ihr Schweigen noch mehr Ärger einhandelte. Sollte sie das Außenministerium anrufen und ihnen mitteilen, was sie über die Situation ihrer Tochter wusste? Konnte sie an einem Sonntag überhaupt jemanden ans Telefon bekommen?

"Ganz so schlimm war es nicht, aber weißt du noch, als du diese Phase hattest, in der du Angst hattest, dass ich nicht genug esse? Dass ich magersüchtig sei?" Hannahs Hand streichelte sanft ihren Rücken. "Weißt du noch, was du uns immer gesagt hast, dass wir unsere Sorgen teilen sollen?"

Sie sah ihre Tochter an. Es gab so viele Dinge, die sie sich im Laufe der Jahre ausgedacht hatte, als die Mädchen aufwuchsen. Sie hatte viel gelesen, aber sie hatte sich auch oft einfach auf ihren Instinkt verlassen. Kinder zu erziehen war keine Wissenschaft, sondern eine Kunst mit so vielen täglichen Variablen.

"Du vergisst nie etwas, was ich dir jemals gesagt habe."

"Das ist richtig." Hannah lächelte. "Sie sagten, jeder habe Probleme und es sei in Ordnung, Geheimnisse zu haben. Sie sagten, es sei völlig in Ordnung, Dinge für sich zu behalten, solange man damit weder sich selbst noch jemand anderem schadet.

"Ich erinnere mich."

Hannah lehnte ihre Stirn gegen die von Omid. "Du tust mir weh, Mama. Meinst du nicht, dass es an der Zeit ist, dass du uns sagst, worum es hier eigentlich geht?"

Kapitel Dreißig

Teheran

Aus verschiedenen Quellen erfuhr Sayeh, dass die Straßen von Teheran ein Kriegsgebiet für Frauen waren, die die strengen islamischen Regeln für Kleidung, Verhalten und Auftreten missachteten. Es war in ihrem besten Interesse, nicht gesehen, gehört oder überhaupt bemerkt zu werden. Angeblich war die Sittenpolizei überall und suchte nach jedem Vorwand, um jede Frau zu verhaften oder zu beleidigen und zu demütigen, die es wagte, ihre Unabhängigkeit zu erklären - sich als freier Mensch, als Individuum zu behaupten.

Sayeh schaute aus dem Fenster des rasenden Autos. Sie sah die verblassten Bilder einer amerikanischen Flagge, die einst den schwarzen Asphalt des Highways geziert hatte. Sie sah das antiamerikanische Graffiti, das auf die Seite eines vierstöckigen Gebäudes gemalt war. Sie sah auch, wie die Leute ihren Geschäften nachgingen, ohne sich um den Slogan oder das Bild zu kümmern.

Es waren deutlich mehr Frauen als Männer auf den Straßen, ein klarer Beweis dafür, dass die Bevölkerung des Landes nach fast einem Jahrzehnt Krieg mit dem Irak und dem Tod von einer Million iranischer Männer zu fast siebzig Prozent aus Frauen besteht.

Es war auch unmöglich, den unverhohlenen Trotz vieler Frauen, an denen sie vorbeikamen, nicht zu sehen. *Monteaus*, die langen, unförmigen Kleider, die die Frauen tragen mussten, waren kürzer geworden und wurden offensichtlich über hautengen Jeans getragen. Viele junge Frauen trugen übermäßiges Make-up. Die Schuhe und Handtaschen und die bunten Schals, die kaum ihr Haar bedeckten, waren ein deutliches Zeichen ihres Widerstands.

Wie der Mann neben ihr erkannte Sayeh, dass diese Menschen auf jede erdenkliche Weise für ihre Unabhängigkeit kämpfen. Das Auto wurde langsamer und bog in eine schmale Straße ein.

Mina wusste genau, wohin sie gehen musste, aber Sayeh erkannte, dass ihre Begleiterin kein Risiko eingehen wollte.

Der alte Mann, der das Auto fuhr, setzte sie einen Block von ihrem endgültigen Ziel entfernt ab und Mina führte Sayeh dann durch ein Labyrinth von Seitenstraßen, bis sie eine verlassene, baufällige Garage hinter einem rostigen Maschendrahtzaun erreichten. Durch ein zerrissenes Stück Zaun gelangten sie in einen überwucherten Hof, der mit nicht identifizierbaren Maschinenteilen übersät war. Die verrosteten Wracks mehrerer Autos waren in die Ecken des Grundstücks geschoben worden und dienten nun als Pflanzgefäße für Unkraut und verworrene Ranken.

"Er wird hierher kommen", sagte Mina ihr.

Sayeh wusste nicht genau, wer 'er' war. Aber nach dem, was sie heute durchgemacht hatte, war keine Vorsicht zu viel.

Sie setzten sich auf einen Stapel Schlackensteine im Hof hinter dem Gebäude, der von der Straße aus durch weitere Ranken und Sträucher verdeckt war. Ein paar hohe Wohnhäuser blickten einen Block entfernt auf das Grundstück, aber Sayeh fühlte sich durch die dunklen Fenster nicht bedroht. Als sie saßen, wehte eine warme Brise und brachte den Duft von Jasmin und Geißblatt mit sich. Sayeh hatte diese Blumen nur im Garten ihrer Mutter zu Hause gerochen, wo sie sich immer sicher und versteckt vor allem Gefährlichen in der Welt fühlte.

Sie schüttelte das falsche Gefühl der Sicherheit ab. Dies war anders. Dieser Moment war anders als alles, was sie je erlebt hatte. Sie atmete tief ein und hielt den Atem an, um ihn in ihrem Gehirn zu verankern.

"Danke", sagte Sayeh zu Mina, als sie sich endlich auf die Gegenwart konzentrierte, auf den Ort, und nicht auf den Traum. "Danke, dass Sie mich gebeten haben, Sie zu begleiten."

Mina zuckte mit den Schultern. "Sie würden dasselbe tun."

"Das würde ich." Ein paar Straßen weiter konnte sie den Verkehr hören. "Wissen Sie, wie viel Uhr es ist?"

Die andere Frau schüttelte den Kopf. "Guten Tag...ich weiß nicht."

"Sie haben alle meine Sachen. Reisepass, Brieftasche, alle meine Habseligkeiten. Irgendwie muss ich meine Familie kontaktieren. Ich weiß, Sie haben gesagt, ich solle nicht versuchen, Leute zu erreichen, die ich in Isfahan kenne, aber vielleicht kann ich meine Eltern in Amerika anrufen. Vielleicht finden sie einen Weg, mich zu befreien."

"Sie können bei mir bleiben, bis wir einen Weg gefunden haben."

"Danke", wiederholte Sayeh. Sie wollte sich gar nicht ausmalen, wo sie jetzt wäre, wenn sie nicht hinten im selben Van gelandet wären.

Sie brauchten nicht lange zu warten. Ein junger Mann, der etwa in Sayehs Alter zu sein schien, kam von der nächsten Straße um das Gebäude herum. Mina kannte ihn und sie unterhielten sich in schnellem Farsi, das Sayeh nur bruchstückhaft verstand. Sie schienen auf eine andere Person zu warten, die ihnen das Garagentor öffnen sollte, und der Neuankömmling schaute angewidert auf Minas zerschlagenes Gesicht.

Mina stellte Sayeh ihm vor. "Ali studiert an der Azad Universität in Karaj...wie ich."

Sayeh nickte und stellte fest, dass Alis Englisch nicht so gut war wie das von Mina, als er ihre Begrüßung auf Farsi beantwortete. Nach dem, was sie von ihnen erfahren konnte, warteten sie auf Alis Onkel, dem die Werkstatt gehörte.

"Wie viele Menschen haben sie verhaftet?", fragte er.

"Nur ich."

Sayeh war froh, dass sie dem Gespräch teilweise folgen konnte. Wenn sie sich konzentrierte, konnte sie eine ganze Menge verstehen.

Sie drehten sich alle um, als jemand begann, eine Hintertür des Gebäudes aufzustoßen. Die verrosteten Scharniere und das ungeschnittene Unkraut vor der Tür machten es schwierig, und Ali ging hinüber und half, die Tür aufzureißen. Ein grauer, bärtiger Mann, der eine Brille mit dicken Gläsern trug, schaute vorsichtig in den Hof hinaus, bevor er ihnen ein Zeichen gab, hereinzukommen. Er wurde Sayeh als Amoo vorgestellt, was Onkel bedeutet.

Mina ging zuerst hinein und Sayeh folgte dicht dahinter. Mina sprach respektvoll mit dem alten Mann, und Sayeh nahm ihre Worte der Dankbarkeit auf. Ali schloss die Tür hinter ihnen. Sayehs Augen brauchten ein oder zwei Minuten, um sich an die Dunkelheit zu gewöhnen. Der alte Mann zog an einer Schnur über einer Werkbank und eine einzelne Glühbirne, die an einem dünnen Draht hing, flackerte auf und erwachte dann zum Leben.

In dem offenen Raum waren Dutzende von Gegenständen in verschiedenen Stadien der Reparatur verteilt. Eine Gefriertruhe, deren Innereien entfernt wurden, stand in der Mitte des Bodens. Eine Waschmaschine stand neben einer der beiden Kipptüren; daneben befand sich ein Karton mit einem Ersatzmotor. Ventilatoren und kleine Klimageräte standen an einer Wand. Überall sah sie Kisten - leere und mit Teilen gefüllte. Die meisten sahen aus, als wären sie ausrangiert worden.

"Mein Onkel repariert alles", flüsterte Ali Sayeh zu.

Sayeh hatte Mühe, auf Farsi zu sagen, dass er ein guter Mann ist, der ihnen hilft. Es gelang ihr jedoch, die Bedeutung zu vermitteln, denn Ali nickte verständnisvoll.

Der alte Mann befahl Mina, sich zu setzen, zog einen dreibeinigen Hocker an die Bank und winkte ihr zu.

Mina bat Ali zunächst, ihr beim Ausziehen des Tschadors zu helfen, und setzte sich dann hin. Sayeh sah, wie Alis Onkel innehielt und ein paar Dinge sagte, als er die blauen Flecken auf Minas Gesicht sah. Er schüttelte den Kopf, und obwohl Sayeh die Worte nicht ganz verstand, konnte man die Gefühle des Mannes an seinem Gesichtsausdruck ablesen. Er war verärgert.

Alis Onkel untersuchte einen Moment lang die Handschellen, mit denen Mina gefesselt war, und ging dann durch einige Schubladen voller Werkzeuge. Als er sie durchsuchte, fand er, was er suchte. Er zog etwas heraus, das wie ein kleiner Eispickel aussah, hielt ihn hoch und blinzelte durch seine dicke Brille auf die Spitze. Zufrieden machte er sich an die Arbeit mit den Handschellen.

Im Handumdrehen waren die Hände ihrer Begleiterin frei und Mina stand auf und rieb sich die Handgelenke.

Der alte Mann sagte Mina, wo sie sich das Gesicht waschen konnte und gab Sayeh ein Zeichen, sich auf den Hocker zu setzen.

Als sie im Van vom Flughafen fuhren, hatte Sayeh das Gefühl in ihren Händen verloren. Die Handschellen schnitten in ihre Handgelenke, aber sie hatte bewusst versucht, sie zu ignorieren. Jetzt, als der alte Mann ihre Hände bewegte, schoss der Schmerz in ihre Arme und sie zuckte zusammen.

"Sind Sie Amerikaner?" fragte Alis Onkel.

Sayeh korrigierte ihn sofort. "Meine Mutter ist Iranerin." Es wurde zu einer automatischen Antwort, einer Verteidigung. Sie sah die Notwendigkeit, ihn zu korrigieren und ihn wissen zu lassen, dass sie nicht nur eine neugierige Touristin war, dass sie das Recht hatte, hier zu sein.

Der Onkel stellte eine weitere Frage.

Sayeh schüttelte den Kopf. Sie hat die Worte nicht verstanden.

"Warum...verhaften?" Ali versuchte, *Amoos* Frage zu übersetzen.

Sie nickte. "Ich weiß es nicht. Sie haben meinen Reisepass, mein Ticket. Ich... wollte nach Isfahan." Sie hatte nicht vor, das Tagebuch ihrer Mutter zu erwähnen. Sie wusste nicht, was darin stand, und sie sah keinen Sinn darin, darüber zu spekulieren, dass es etwas Belastendes enthielt. Die Behörden am Flughafen schienen keine legitimen Gründe zu brauchen, um jemanden zu verhaften. Mina schien ein perfekter Fall dafür zu sein.

Der alte Mann stellte eine weitere Frage.

"Für eine... Zeitung arbeiten?" Ali wiederholte. "Wie Saberi?"

Sayeh sah Ali an. Amoo stand hinter ihr und fummelte an den Handschellen herum. "Nein. Ich bin Studentin. Aber mein Hauptfach ist Journalismus." Sie fragte sich, ob die Zollbeamten das aus allem, was sie ihr am Flughafen abgenommen hatten, hätten herausfinden können. Einen Journalistenausweis oder ein Visum hatte sie jedenfalls nicht.

Ali übersetzte die Informationen.

Der Onkel begann etwas zu sagen, das Sayeh völlig aus den Augen verlor, denn sie hörte das Klicken des Schlosses und ihre Arme waren frei. Es tat weh, die Schultern zu bewegen und die Hände in den Schoß zu legen, aber sie tat es und wartete darauf, dass der alte Mann die zweite Handschelle öffnete. Der Onkel redete noch immer, als er die Handschellen auf die Werkbank fallen ließ. Sayeh war erleichtert, als Mina vom Waschbecken zurückkam. Sie hatte offensichtlich zugehört, was Amoo sagte, und sie antwortete ihm.

Sayeh rieb sich die roten Flecken auf ihren Handgelenken. Sie beugte ihre Finger. Es ging ihr gut. Es war ernüchternd zu erkennen, dass es ihr trotz allem, was sie in den letzten Stunden durchgemacht hatte, gut ging. Sie war nicht mehr verängstigt. Sie fühlte sich bei diesen Menschen sicher. Sie war zwanzig Jahre alt, in der Lage, selbständig zu denken, und zumindest im Moment war sie nicht in unmittelbarer Gefahr.

Ihre Welt in Connecticut schien aus einem anderen Leben, einem anderen Jahrhundert zu stammen. Es war ernüchternd... und doch auch aufregend... zu erkennen, dass es Parallelwelten wie diese gab und sie diese hier erlebte.

Mina wandte sich ihr zu. "Amoo sagt, wir sollten zuerst zur Schweizer Botschaft gehen, um einen neuen Pass zu bekommen. Sie kümmern sich um amerikanische Bürger, die in den Iran reisen."

Sayeh fragte sich, ob man ihr einfach einen neuen Pass ausstellen würde, oder ob man sie - wie in den Filmen - verstecken und versuchen würde, sie aus dem Land zu schmuggeln.

"Amoo sagt auch, dass Menschen wie Sie... ein Amerikaner... ein iranisches Elternteil... manchmal nimmt die Polizei am Flughafen den amerikanischen Pass, weil sie glaubt, Sie seien Iraner. Aber sie nehmen nicht jedes Mal Touristen deswegen fest."

Sayeh verlor das Interesse an den Gründen der Behörden für ihre Inhaftierung; sie wusste einfach, dass sie sich auf keinen Fall wieder in deren Hände begeben würde, wenn sie es vermeiden konnte. Sie war fertig damit, ihnen zu vertrauen .

"Ich habe Amoo gesagt, dass ich ein Telefon finden werde, damit Sie Ihre Eltern anrufen können", sagte Mina. "Er denkt genauso wie ich. Es ist nicht sicher, Ihre Familie in Isfahan anzurufen. Sie würden sie und sich selbst in Gefahr bringen."

Sie hatten ihren Auftrag erfüllt. In ihrem gebrochenen Farsi bedankte sich Sayeh ausgiebig bei dem alten Mann. Er winkte mit der Hand, als wäre das nichts, als würde er so etwas jeden Tag tun. Mina richtete den Tschador wieder um ihr Gesicht. Ihr fehlte immer noch einer ihrer Turnschuhe, und so nahm sie ein altes Paar Flip-Flops, das vor der Garagentür abgelegt worden war.

Ali hat Mina etwas Geld für ein Taxi geliehen. Er wollte bei seinem Onkel in der Werkstatt bleiben und ihm beim Abschließen helfen.

"Wir sehen uns heute Abend", sagte Ali, als sie durch die Hintertür hinausgingen.

Zurück auf der Straße, wandte sich Sayeh an ihre neue Freundin. "Werden wir ihn heute Abend sehen?"

"Es ist zu spät, um heute zur Schweizer Botschaft zu gehen. Heute Abend findet eine Vorlesung an der Universität von Teheran statt. Sie können zu Hause bleiben oder mit mir kommen. Sie können sich entscheiden."

"Es ist nur eine Vorlesung?"

Mina zuckte mit den Schultern. "März auch... und *Shohar und Sarseda*... Demonstration. Für die kommende Wahl. Wir müssen mehr davon planen und tun. Wir müssen gewinnen... wie Ihre Obama-Wahl. Wir müssen unsere Redefreiheit zurückgewinnen. Frauen hatten einst Rechte. Wir wollen sie zurück. Zu lange haben sie uns ... bedrängt ... wie die Pest ... die Fliegen. Damit ist jetzt Schluss. Die jungen Leute werden es tun. Wir werden auf die Straße gehen und alle anderen aufrütteln."

Sayeh war klar, dass sie damit vom Regen in die Traufe kommen könnte. Aber sie war alt genug, um sich an die Zeit nach dem 11. September 2001 und den Patriot Act zu erinnern und daran, dass es oft als unamerikanisch galt, sich gegen die eigene Regierung auszusprechen.

Die derzeitige Regierung des Iran hatte ihre eigene Agenda. Sie war eindeutig gegen die freie Meinungsäußerung, und Minas Verhaftung heute Nachmittag war der Beweis dafür. Sayeh erinnerte sich daran, wie aufgeregt sie im letzten Herbst gewesen war, weil sie bei den Präsidentschaftswahlen wählen wollte. Sie hatte darauf geachtet, dass sie ihre Briefwahlunterlagen aus Ägypten einschickte, damit sie an den Ergebnissen der US-Wahlen mitwirken konnte. Die Amerikaner wollten einen Wandel. Sie erinnerte sich daran, wie sie und ihre amerikanischen Freunde vor dem Satellitenfernsehen in Kairo saßen, als die Ergebnisse bekannt wurden. Das war das einzige Mal, dass sie es bereute, ein Jahr im Ausland verbracht zu haben. Sayeh hatte das

Gefühl, einen wichtigen Moment der amerikanischen Geschichte verpasst zu haben.

beschloss Sayeh. Sie musste das tun, nicht nur für sich selbst, sondern auch für ihre Mutter. Sie wollte für die iranischen Frauen ein Teil davon sein.

"Ja, ich komme mit Ihnen", sagte Sayeh schließlich.

Kapitel Einunddreißig

Litchfield

Heute war nicht der Tag für Beichten.

Omid beschloss, das Vergangene für sich zu behalten. Jedenfalls für den Rest des Tages. Sie betete weiter, dass Hannah und John Recht hatten und dass Sayeh sie wie versprochen bis Mitternacht anrufen würde.

Um acht Uhr wollte Carol unbedingt wieder nach Hause und ging. Um neun Uhr saß John fröhlich vor seinem Ballspiel im Familienzimmer, als ob sie sich um nichts in der Welt kümmern müssten, und Hannah hatte sich in ihrem Schlafzimmer eingeschlossen.

Omids Stimmung und ihre Angst hatten sich den ganzen Tag über nicht verbessert. Sie schickte E-Mail-Nachrichten an die wenigen Verwandten, mit denen sie in Isfahan in Kontakt war. Sie rief die beiden Telefonnummern an, die sie hatte - eine von Zari und eine von einer Großtante - aber sie konnte niemanden erreichen. Sie hinterließ Facebook-Nachrichten für Sayeh und alle anderen Verwandten, von denen sie wusste, dass ihre Tochter im Iran Kontakt zu ihnen hatte.

Mehr als je zuvor ärgerte sich Omid darüber, dass sie über die Jahre hinweg keinen engeren Kontakt zu ihrer Familie gehalten hatte. Es gab keine einzige Person, die sie anrufen und bitten konnte, sich der Sache anzunehmen. Auch ein Anruf bei der Fluggesellschaft erwies sich als sinnlos. Da Sayeh über achtzehn Jahre alt war, würden sie am Telefon keine Informationen preisgeben.

Omid versuchte, sich mit anderen Dingen zu beschäftigen und vergrub sich in der Arbeit, die sie mit nach Hause gebracht hatte. Irgendwie, so dachte sie, musste sie die Stunden bis Mitternacht beschleunigen.

Sie brauchte nicht so lange zu warten. Um zehn Minuten vor zehn klingelte das Telefon. Omid nahm den Hörer ab, ihre Hand zitterte.

Eine Erleichterung, wie sie sie noch nie erlebt hatte, durchströmte sie, als sie Sayeh singen hörte.

"Alles Gute zum Geburtstag, liebe Mama", sang Sayeh. "Alles Gute zum Geburtstag für dich."

Omid fehlten die Worte. Sie ging auf die Tür zu, als John mit dem Telefon in der Hand aus dem Familienzimmer hereinkam.

"Alles Gute zum Geburtstag, Mama."

"Schatz, ich bin gestorben und heute wieder auferstanden", sagte Omid. Sie setzte sich hin und traute ihren Knien nicht mehr, sie zu halten. Die Tränen kullerten ihr ungehindert über die Wangen. Sie konnte ihre Gefühle nicht unter Kontrolle halten.

"Ich bin froh, dass Sie wieder am Leben sind", zwitscherte Hannah und sprach in einen anderen Telefonhörer im Obergeschoss. "Heißt das, ich kann jetzt aus meinem Zimmer kommen?"

"Sie hat es aus uns herausgezerrt", sagte John. "Eigentlich hat sie *vermutet, dass* Sie in den Iran fliegen würden. Sie weiß es also."

"Wie spät ist es dort eigentlich?" fragte Hannah.

"Wo sind Sie jetzt?" fragte Omid, ohne zu warten.

"Es ist ein paar Minuten vor fünf Uhr morgens. Und ich hatte eine kleine Planänderung, also bin ich in Teheran."

"Was meinen Sie, eine Planänderung?" fragte John.

"Okay, Sie alle. Keine weiteren Fragen. Ich kann nicht allzu lange reden. Hören Sie einfach zu, was ich Ihnen zu sagen habe. Ich benutze die Telefonkarte eines anderen, und sie ist nur noch für weniger als fünf Minuten gültig."

Irgendetwas stimmte nicht. Omid hörte es an der Stimme ihrer Tochter. Sie schnappte sich ein Stück Papier und einen Bleistift.

"Geben Sie mir Ihre Nummer. Wir werden Sie zurückrufen", drängte Omid.

"Ich kann nicht. Wir bleiben nicht hier...und außerdem haben sie mich gebeten, die Nummer nicht herauszugeben."

"Wer sind 'die'? Zu wem gehören Sie?"

"Mama", sagte Sayeh streng. "Hör zu."

Stille herrschte in der Leitung. Omid hatte zu viel Angst, um überhaupt zu atmen.

"Ich bin in Teheran. Ich bin in Sicherheit und wohne bei einer Studentin an der Azad-Universität. Ihr Name ist Mina. Das ist alles, was Sie wissen müssen. Ich rufe Sie wieder an, sobald ich die Gelegenheit dazu habe. Es gab ein Problem mit meinen Papieren, als ich am Flughafen durch den Zoll kam. Sie haben meinen Pass, meine Brieftasche und alle meine Habseligkeiten beschlagnahmt."

"Aber sie haben Sie gehen lassen?" fragte Omid.

"Ich sagte doch, dass es mir gut geht. In ein paar Stunden... oder sobald sie öffnen... werde ich zur Schweizer Botschaft gehen, um zu sehen, wie ich einen Ersatzpass bekommen kann. Dafür brauchen sie vielleicht Geld. Rufen Sie also bitte die Schweizer Botschaft in Teheran an und fragen Sie nach, ob Sie mir über sie Geld schicken können. Außerdem brauchen sie wahrscheinlich eine Bestätigung, dass ich der bin, für den ich mich ausgebe."

"Hier werden die Pässe über Nacht ausgestellt", sagte Omid ihr. "Wahrscheinlich können sie dort dasselbe tun. Ich werde meine Cousins in Isfahan anrufen, damit sie Sie abholen."

"Das können Sie nicht. Es geht um ihre Sicherheit. Sie dürfen nicht wissen, wo ich bin oder was meine Pläne sind. Bitte nehmen Sie keinen Kontakt zu ihnen auf. Und wenn sie Sie anrufen, sagen Sie nichts am Telefon. Sie werden ihre Gespräche mithören. Wenn Sie mit ihnen sprechen, sagen Sie einfach, dass Sie nichts von mir gehört haben. Bitte, Mama. Vertrau mir."

"Sayeh, was ist hier los?"

"Mama, bitte tu, worum ich dich bitte. Es ist wirklich wichtig." Der leichte Anflug von Panik war in Sayehs Stimme nicht zu überhören.

"Wir werden die Anrufe tätigen und Ihnen den Pass besorgen. Ich möchte, dass Sie den nächsten Flug aus diesem Land nehmen."

"Das wird ein weiteres Problem sein", sagte Sayeh. "Ich kann nicht über einen Flughafen ausreisen. Für die iranischen Behörden bin ich ein Flüchtling."

Omid konnte einen Moment lang nichts sagen, und auch John und Hannah schwiegen.

"Was ist passiert?" fragte Omid schließlich. Ihre Worte waren kaum mehr als ein Flüstern. "Was haben Sie getan?"

"Sie haben mich für nichts verhaftet. Ich habe nichts getan. Sie haben sich meinen Pass und meine Habseligkeiten angesehen und mir Handschellen angelegt."

"Oh, mein Gott..."

"Ich habe nichts getan, ich schwöre. Sie wollten mich ins Gefängnis bringen, und ich bin mit einem anderen iranischen Studenten geflohen, der zur gleichen Zeit verlegt wurde."

Omid glaubte, sie könne nicht mehr atmen.

"Die Hauptsache ist, dass ich in Sicherheit bin. Sicher. Erinnern Sie sich immer wieder daran", betont Sayeh. "Meine Freundin Mina meint, wenn ich es bis zur türkischen Grenze in Aserbaidschan schaffe, kann ich einen Fahrer finden, der mich mit genug Geld über die Grenze schmuggelt..."

Die Leitung war tot. Sayeh ist die Zeit ausgegangen.

Omid starrte auf das Telefon in ihrer Hand und spürte, wie ihr der Boden unter den Füßen wegbrach. Das Leben ihrer Tochter war in Gefahr.

Die Geschichte wiederholte sich.

Kapitel Zweiunddreißig

Teheran

SAYEH MACHTE SICH VORWÜRFE, dass sie das Tagebuch und den Inhalt nicht mit ihrer Mutter besprochen hatte. Sie wählte erneut die Nummern auf der Telefonkarte. Sie war sich sicher, dass sie viel weniger als fünf Minuten miteinander gesprochen hatten. Eine Computerstimme meldete sich und sagte ihr, dass auf der Karte keine Zeit mehr sei.

Sie blieben nur eine Nacht - oder eigentlich nur das, was davon übrig war - in der Wohnung eines von Minas Freunden. Sayeh hatte die Person, die tatsächlich hier wohnte, noch nicht kennengelernt. Mina hatte bei der Vorlesung den Schlüssel besorgt und gesagt, dass sie hier bis zum Morgen bleiben könnten. Mina hatte ihr auch die internationale Telefonkarte zur Verfügung gestellt, die sie benutzen konnte.

Die Aufregung über die Ereignisse der letzten Nacht durchströmte sie noch immer wie ein Adrenalinstoß. Sayeh war bis zu diesem Moment noch nie von der Stimmung einer Menschenmenge oder der Kraft der kollektiven Stimme einer Gruppe mitgerissen worden. Im Gegensatz zu dem, was die Medien in den USA den Amerikanern berichtet hatten, waren sehr große und freimütige Gruppen - junge und alte Menschen, Männer und Frauen, Studenten und Arbeiter -

extrem unzufrieden mit dem islamischen Regime, das das Land derzeit kontrollierte. Soweit sie es beurteilen konnte, waren diese Gruppen nicht pro-westlich, sondern pro-demokratisch. Sie wollten Meinungsfreiheit und Religionsfreiheit. Sie wollten das Recht haben, ihre Führer zu wählen, ohne dass die Mullahs die Kandidaten wegen ihrer politischen Ansichten disqualifizierten. Wie Mina ihr gestern Abend gesagt hatte, ließen sich die Iraner nicht in eine einfache Schublade stecken. Trotz dreißig Jahren Unterdrückung durch islamische Fundamentalisten und jahrzehntelanger Despotie durch die Marionettenregierung des Westens unter dem letzten Pahlavi-König hatten die Iraner viele Standpunkte, die sie auch klar zum Ausdruck brachten. Kulturell gesehen war der Iran ein Land ohne Grenzen. Da das persische Reich im Laufe der Jahrhunderte immer kleiner geworden war und verschiedene Marodeure, Händler und Kreuzfahrer über seinen Boden marschiert waren, hatte sich jede Veränderung in das Blut und die Seele des Landes gemischt.

Sayeh wünschte sich so sehr, dass sie mehr Farsi verstehen und sprechen würde. Mina hatte gestern Abend einen großen Teil der Rede an der Universität von Teheran für sie übersetzt. Sie schätzte, dass etwa fünfhundert Menschen an der Vorlesung teilgenommen hatten. Von dort aus hatten sich die Teilnehmer auf den Weg zum Daneshjoo Park gemacht, und andere hatten sich ihnen angeschlossen. Als sie ihr Ziel erreichten, waren es etwa fünftausend Menschen, die den Park füllten und sich bis in das benachbarte Einkaufsviertel des Vali-e-asr-Platzes ausbreiteten.

Die Vorplanung der Demonstranten war zu diesem Zeitpunkt bereits deutlich geworden. Es gab Transparente und Redner mit vorbereiteten Manifesten und Resolutionen, die Gleichberechtigung forderten und die Geschlechter-Apartheid verurteilten. Es gab viele Plakate mit Bildern von politischen Gefangenen.

Mina wies sie auf die Gruppen von Paramilitärs und Geheimpolizisten hin, die sich ihren Weg durch die Menge bahnten. Damals waren die beiden gegangen. Es war sicher, dass Gewalt und Verhaftungen folgen würden, und das konnte sich keiner von ihnen leisten. Sie hatten sich vor einer Stunde auf den Weg zu ihrer Wohnung gemacht.

Sayeh kam aus dem Schlafzimmer und sah Mina noch immer am

Computer im Wohnzimmer sitzen. Sie hatte die Internetverbindung überprüft, bevor Sayeh verschwand, um zu telefonieren.

"Ich habe gehört, wie Sie mit Ihrer Familie gesprochen haben", sagte Mina und sah auf.

"Die Telefonkarte ist abgelaufen. Aber ich habe ihnen genug Informationen gegeben, um loszulegen."

Die Wohnung bestand aus einem verbundenen Wohn- und Esszimmer, einem Schlafzimmer und einem Badezimmer sowie einer kleinen, abgeschlossenen Küche. Nach dem, was Sayeh sehen konnte, musste es sich um den Teilzeitwohnsitz von jemandem handeln, denn es gab nicht viele Kleidungsstücke oder persönliche Gegenstände zu sehen. Sie setzte sich auf einen übergroßen Bohnensessel, direkt gegenüber ihrer Freundin.

"Wir können heute eine neue Karte bekommen."

"Ich habe meine Eltern gebeten, mir über die Schweizer Botschaft etwas Geld zu schicken. Mina, ich bin Ihnen sehr dankbar für alles, was Sie bisher getan haben."

Mina zuckte mit den Schultern, als ob es nichts wäre. Ihre Aufmerksamkeit war immer noch auf den Computerbildschirm gerichtet.

"Ich habe schlechte Nachrichten."

Sayeh starrte vor sich hin und wollte nicht erraten, was das sein könnte.

"Sie ... posten ... senden ... Bilder und Namen der ... Gesuchten."

"Sie und ich sind da?" fragte Sayeh und stand auf.

Mina nickte. "Sie, ich... viele andere. Männer und Frauen. Mein Bild ist mein Studentenausweis. Ihr Foto muss ein Passfoto sein. Sie tragen keinen *Hidschab*."

Sayeh schaute über ihre Schulter, während Mina durch die Dutzenden von Bildern auf der Seite scrollte. Unter den Bildern stand etwas in Farsi geschrieben. Ihre Freundin schien auf der Website einer iranischen Regierungsbehörde zu sein.

"Die Öffentlichkeit kann das sehen?"

"Nein. Geheim. Nur für Regierungsbehörden. Ein anderer Freund hat mir den... Link... und das Passwort geschickt."

Sayeh sah genauer hin. Sie war die einzige Frau auf der Seite, die keine Kopfbedeckung trug. Das Bild war vor mehr als zwei Jahren aufgenommen worden, als sie ihren Pass erneuert hatte. Damals hatte sie kurze Haare.

"Sie haben schon vorher nach uns gesucht", sagte sie. "Macht es das schlimmer?"

"Wenn hier Bilder gepostet werden, haben die Pasdaran überall das Gleiche. Wir können nirgendwo hingehen, wo sie unseren Ausweis kontrollieren."

"Ich habe sowieso keine." Sie dachte kurz nach. "Solange ich in die Schweizer Botschaft reinkomme."

"Das ist eine weitere schlechte Nachricht", sagte Mina. "Um in die Botschaft in der Shahid Mousavi-Straße zu gelangen, müssen wir durch die iranische Polizei gehen. Sie werden den Ausweis kontrollieren."

Sayeh ließ sich auf die Sofalehne sinken. Das *war eine* schlechte Nachricht. Alles wurde von Minute zu Minute komplizierter.

Kapitel Dreiunddreißig

Litchfield

Sofern es sich nicht um einen extremen Notfall oder eine Angelegenheit von nationaler Bedeutung handelte, musste der Anrufer während der regulären Geschäftszeiten zurückrufen.

Eine vermisste Tochter zählte eindeutig nicht dazu.

Das Außenministerium, die Schweizer Botschaft, die beiden Senatoren von Connecticut, die Vertreter der Bundesstaaten, die Website des Konsulats der Islamischen Republik Iran in Pakistan in Washington. Sie versuchte es bei all diesen Stellen und noch mehr. Omid war es nicht gelungen, in der späten Sonntagnacht und am frühen Montagmorgen einen Menschen ans Telefon zu bekommen, der ihre Fragen beantworten konnte. Es hatte auch noch niemand auf ihre Anrufe reagiert.

Irgendwann nach Mitternacht war John nach oben ins Bett gegangen und sagte, ihm falle nichts ein, womit er helfen könne, was seine Frau nicht schon tue.

Omid war es leid, für sie beide zu denken. Sie war es leid, ihm zu sagen, was er tun sollte. Seine Untätigkeit, seine distanzierte Haltung frustrierten sie und sie beschloss, dass es für sie beide besser war, wenn er auch ins Bett ging.

Die beiden waren die Verkörperung einer der Maximen von Sa'di: "Wenn Du mit jemandem kämpfst, überlege, ob Du vielleicht vor ihm fliehen musst... oder er vor Dir." Omid war im Moment weder bereit zu kämpfen noch zu fliehen. Es war besser, es sein zu lassen. Sie wollte ihre Zeit und Energie nicht mit Argumenten verschwenden, die zu größeren Problemen führen könnten.

Hannah hatte ihrer Mutter so lange wie möglich Gesellschaft geleistet, aber vor etwa einer Stunde war sie auf dem Sofa im Familienzimmer eingeschlafen.

Aber Omid würde nicht schlafen können. Sayehs Situation war ihrer Meinung nach ein extremer Notfall, also hinterließ sie bei einem Dutzend Stellen Sprachnachrichten. Keiner von ihnen hatte sie zurückgerufen. Ihr einziger Hinweis kam von der Website der iranisch-amerikanischen Anwaltskammer, wo sie einen Anwalt in New York gefunden hatte, der eine Notrufnummer angegeben hatte.

Sie hatte auch dort eine Nachricht hinterlassen müssen, aber etwa fünfundvierzig Minuten später rief der Anwalt sie zurück. Er stellte sich als Sohrab Iman vor und hörte sich nicht an, als hätte er geschlafen. Noch ein Schlafloser, dachte sie. Doch noch bevor sie mit dem Gespräch beginnen konnte, teilte er ihr mit, dass sie einen Vorschuss mit einer Kreditkarte bezahlen müsse. Danach würde ihr ein Stundenhonorar in Rechnung gestellt werden. Zu diesem Zeitpunkt wäre es Omid egal gewesen, ob die Kosten in menschlicher Form anfallen würden - solange es ihre wären und nicht die ihrer Tochter. Sie würde alles tun, um ihre Sayeh zurückzubekommen. Sie las die Nummer ihrer Kreditkarte ab.

Omid erklärte dann schnell alles, was Sayeh ihnen erzählt hatte. Sie versuchte wortwörtlich wiederzugeben, was ihre Tochter ihr gesagt hatte, was sie vorhatte, und sie konnte das Geräusch der Finger des Anwalts auf einer Tastatur hören. Er machte sich Notizen auf einem Computer.

Omid beschloss, dass sie an diesem Punkt alle Karten auf den Tisch legen musste. Sie erzählte dem Anwalt von der Geschichte ihrer Mutter mit dieser Regierung. Sie teilte Sohrab Details mit, über die sie jahrelang mit niemandem gesprochen hatte.

"Ich nehme an, dass Ihre Mutter ihren eigenen Nachnamen behalten hat und ihrer ein anderer war als Ihrer?

"Das ist richtig. Und meine Tochter ist zwanzig Jahre alt", antwortet Omid. "In ihrem Pass steht kein Hinweis auf mich. Sie heißt Sayeh Olsen."

"Ich wünschte, ich hätte eine Kopie ihrer Visumsunterlagen. Ich würde gerne sicherstellen, dass auch in diesen Papieren nichts erwähnt wurde."

"Ich habe meine Cousine in Isfahan heute Abend nicht erreichen können. Aber sie war diejenige, die die Vorbereitungen getroffen und sich um das Visum gekümmert hat. Natürlich kennt meine Familie die politischen Verhältnisse der Vergangenheit; sie würden auch kein Wort über Azar verlieren. Meine Cousins haben seit dreißig Jahren keine Probleme mehr, im Iran zu leben."

Der Anwalt ging zurück und stellte weitere grundlegende Fragen zu Sayehs Geburtsort, ihrer Schule und ihrem Studienfach und wo sie im vergangenen Jahr in Ägypten studiert und gelebt hatte. Er fragte, ob sie möglicherweise Israel besucht habe und ob sie einen Presseausweis bei sich habe. Omid verneinte die letzten beiden Fragen.

"Könnte da ein Freund im Spiel sein? Könnte sie mit einem männlichen Begleiter in den Iran gereist sein?"

"Das glaube ich nicht. Nein", fügte sie noch unnachgiebiger hinzu. Es gab keinen Grund für ihre Tochter, eine Beziehung vor ihnen zu verbergen. Das hatte sie in der Vergangenheit nie getan.

"Das ist gut. Wir wollen uns nicht mit Fragen des Anstands und des islamischen Rechts befassen, die zu einer Anklage gegen sie hätten führen können. Wie sieht es mit der Religion aus? Was praktiziert sie?"

"Ich glaube nicht, dass Sayeh ein Dokument bei sich trägt, das sie als Katholikin ausweist. Sie wurde getauft und gefirmt, aber ich glaube nicht, dass sie es praktiziert."

"Keiner in der Familie ist ein praktizierender Bahá'í?"

"Nein." Im Iran gab es etwa 300.000 Menschen, die den Glauben der Baha'is praktizierten, und schätzungsweise fünf Millionen Menschen weltweit. Seit der iranischen Revolution 1979 hatte die islamische Regierung versucht, die Baha'is als inneren Feind darzustellen und sie zur Zielscheibe offizieller, legalisierter Diskriminierung gemacht. Es hatte viele Hunderte von Schauprozessen gegeben, und viele hatten mit Hinrichtungen geendet.

Es gab eine lange Pause in der Leitung, und Omid versuchte, ihre Ungeduld zu zügeln. Diese Fragen brachten sie nicht weiter. Wenigstens, sagte sie sich, sprach sie mit jemandem. Vielleicht würde diese Person ihr bei ihrem nächsten Schritt helfen können. Sie wollte nur wissen, was sie tun konnte, um ihre Tochter schnell und sicher nach Hause zu bringen.

"Okay, Mrs. Olsen. Ich glaube, ich habe es kapiert."

Omid wollte erleichtert sein, aber sie war es nicht. Sie hatte noch keine Lösung gehört.

"Ihre Tochter reist mit einem US-Pass und dem Nachnamen Olsen. Aber ihr Vorname ist Sayeh, offensichtlich ein persischer Name. Für die Zollbeamten am Mehrabad-Flughafen in Teheran bedeutet dies sofort, dass sie eine iranisch-amerikanische Staatsbürgerin sein könnte. In der Vergangenheit hat die iranische Regierung Doppelbürger ins Visier genommen. Sie erkennen ihre amerikanische Staatsbürgerschaft nicht an. Wenn ein solcher Reisender mit seinem amerikanischen Pass in Teheran ankommt, wird er in jedem Fall konfisziert." Sohrab hielt inne. "Mehr als ein paar Mal wurden diese Reisenden fälschlicherweise der Spionage oder der Bedrohung der nationalen Sicherheit des Irans beschuldigt. Einige von ihnen wurden inhaftiert, andere wurden festgenommen und durften das Land monatelang nicht verlassen. Andere wurden einfach schikaniert und wieder freigelassen."

"Aber sie ist keine iranische Amerikanerin", protestierte Omid. "Ich habe nie etwas getan, um meine Ehe oder die Geburten meiner Kinder bei der iranischen Regierung zu registrieren. Es ist unmöglich, dass sie diese Annahme machen können. Es sollte keinerlei Aufzeichnungen in ihren Akten geben."

"Stimmt, und wenn Ihre Tochter geduldig genug gewesen wäre, in Gewahrsam zu bleiben, hätten sie das von selbst herausgefunden", sagte der Anwalt ruhig. "Vielleicht nicht sofort, aber irgendwann. Aber Sie gehen auch davon aus, dass hier eine Art rationale Entscheidungsfindung im Gange ist. Wir sprechen hier von einfachen, bürokratisch geschulten Zollbeamten. Selbst eine einfache Aussage von ihr über einen Familienbesuch im Iran hätte ausgereicht, um die Fahne zu heben. Sie hätten sie mit allen möglichen Fragen konfrontiert, die nur darauf basieren.

Omid vergrub ihr Gesicht in ihrer Hand. Das Telefon fühlte sich langsam an, als wäre es permanent an ihrem Kopf befestigt... und das ohne positive Ergebnisse.

"Was machen wir jetzt?"

"Nun, eine Möglichkeit wäre, dass sie sich stellt und die Konsequenzen trägt, aber angesichts der Tatsache, dass sie aus dem Gewahrsam entkommen ist, wissen wir, dass es weitere Anklagen geben wird. Daher würde ich das zum jetzigen Zeitpunkt nicht empfehlen."

"Gut. Denn das ist *keine* Option", behauptete Omid steif.

In der Leitung gab es eine längere Pause. Omid war froh, dass sie diesen Anwalt gefunden hatte. Sie hatte Informationen erfahren, die sie vorher nicht vermutet hatte. Zum ersten Mal wurde ihr klar, dass die Vergangenheit ihrer Mutter vielleicht nicht der Grund für das war, was Sayeh durchmachte. Die Töchter von Omid waren stolz auf ihr iranisches Erbe. Sie sprachen viel öfter und ausführlicher darüber, als Omid es je getan hatte. Es wäre nur natürlich, wenn Sayeh das offen zugeben würde, ohne zu wissen, dass das Konsequenzen haben könnte.

"Okay. Was nun die Schweizer Botschaft betrifft..." Sohrab fing wieder an. "Sie sollen sich um die Interessen der USA kümmern, aber in einem Fall wie diesem - wenn Sie sofort handeln wollen - kann ich Ihnen garantieren, dass sie nutzlos sind."

"Warum? Meine Tochter ist US-Bürgerin und..."

"Frau Olsen, erschießen Sie nicht den Boten. Ich sage Ihnen nur meine Meinung, weil ich in der Vergangenheit mit ihnen zu tun hatte. Sie treffen dort keine Entscheidungen. Alles wird nach draußen geschickt. Alle Anfragen und Papiere werden über Bern an das Außenministerium in Washington weitergeleitet. Wenn Sie möchten, können wir immer noch über diese Kanäle gehen und sehen, ob es eine Möglichkeit gibt, Ihrer Tochter zu helfen. Aber ich kann Ihnen garantieren, dass wir in einem Monat wieder am Telefon sitzen und versuchen werden, andere Alternativen zu finden.

Omid stand auf. Sie schritt in ihrem Büro auf und ab. Sie war eine Entscheidungsträgerin. Das war sie schon immer gewesen. Es fiel ihr schwer, sich zurückzulehnen und darauf zu warten, dass jemand anderes eine Entscheidung traf. Sie wollte, dass jemand alles Menschenmögliche tat... und zwar jetzt. Sayeh war ihre Tochter.

"Ich möchte alle Möglichkeiten ausschöpfen, die uns offen stehen", sagte sie dem Anwalt. "Ich möchte mit unserem Außenministerium und der Schweizer Botschaft zusammenarbeiten. Aber das ist nur eine Möglichkeit, die wir verfolgen sollten. Ich bin bereit, alles zu versuchen, was Sie sich vorstellen können. Können wir das tun? Gleichzeitig?"

"Ich könnte einige meiner anderen Fälle zurückstellen und mehr Zeit für diesen Fall aufwenden, aber Sie müssen die Kosten gegen die Unmittelbarkeit möglicher Ergebnisse abwägen, Mrs. Olson. Wenn man sich mit der Bürokratie der Zoll- und Einwanderungsbehörden herumschlagen muss, dauert es manchmal einfach seine Zeit, bis diese Dinge..."

"Die Kosten sind mir egal", schnauzte Omid. "Und ich will nichts von Bürokratie hören. Haben Sie Kinder, Sohrab?"

Es gab eine Pause. "Nein. Ich bin nicht verheiratet."

"Okay, dann denken Sie an Ihre Eltern. Was würden sie tun, wenn sie erfahren würden, dass Sie in Gefahr sind? Sie sind ein Geschäftsmann und ein Anwalt. Ich bin eine Mutter, aber ich bin auch Ingenieurin. Ich arbeite seit über zwei Jahrzehnten, um die Rechnungen meiner Familie zu bezahlen. Ich habe eine gute Vorstellung von Dollars und Cents. Ich weiß, dass es dumm ist, sich auf ein Geschäft einzulassen und die Kosten nicht zu berücksichtigen. Aber für mich ist dies kein Geschäft. Es geht um das Leben meiner Tochter. Ich muss glauben, dass Ihre Eltern genauso denken würden."

"Sie haben wahrscheinlich recht, Frau Olsen."

"Und ich habe beschlossen, Ihnen zu vertrauen. Stellen Sie sich das vor, in der heutigen Zeit. Jemand vertraut Ihnen das Wertvollste in seinem Leben an, und das nur aufgrund eines Telefonats. Das war's. Sayeh und ihre Schwester sind mein Leben. Und das vertraue ich Ihnen an. Was sagen Sie also dazu? Werden Sie mir helfen? Werden Sie ehrlich versuchen, alles für meine Familie zu tun, was Sie können? Werden Sie das tun und mich nicht übers Ohr hauen, Sohrab? Kann ich Ihnen vertrauen?"

Es gab einen langen Moment der Stille.

"Das war nicht das, was Sie erwartet haben, als Sie mich zu dieser verrückten Uhrzeit angerufen haben, oder?"

"Nein, das war es nicht. Aber Sie können mir vertrauen, Mrs.

Olson. Wir sitzen im selben Boot und wir werden alles tun, was wir können. Wie hört sich das an?"

"Das klingt... richtig. Und wie geht es jetzt weiter?"

Kapitel Vierunddreißig

Teheran

DIE ABTEILUNG für ausländische Interessen der Schweizer Botschaft - das Büro, das sich um die Interessen der USA kümmerte - befand sich in der Shahid Mousavi Street 39. Wie Mina gewarnt hatte, gab es für Sayeh keine Möglichkeit, sich dem Haupteingang des Gebäudes zu nähern, ohne die iranischen Sicherheitskontrollen zu passieren.

In der Wohnung hatte Sayeh einen Brief verfasst, in dem sie ihre missliche Lage erklärte. Sie fügte alle wichtigen Informationen hinzu - ihre Sozialversicherungsnummer, ihren Geburtsort, ihre Heimatadresse in Amerika sowie die Daten und Telefonnummern ihrer Eltern - und verschloss den Brief in einem Umschlag. Sie bat um eine Möglichkeit, jemanden in ihrem Büro zu kontaktieren, ohne die iranischen Sicherheitskontrollen passieren zu müssen. Ein anderer Freund von Mina hatte sie an der Kreuzung der Pasdaran Avenue und der Mousavi Street getroffen und den Brief entgegengenommen. Das war um 8:00 Uhr morgens.

Es war jetzt nach zehn.

Sayeh und Mina hatten die ganze Zeit über die Stadtviertel in der Umgebung umrundet. Mina hatte ihr die beiden verschiedenen Campus der Azad Islamic University gezeigt, da sie zu Fuß erreichbar waren. Eine positive Veränderung in den letzten dreißig Jahren war der dramatische Anstieg der Alphabetisierungsrate, insbesondere bei den Frauen. Mina sagte, die Zahlen lägen landesweit bei etwa 88%, was im Vergleich zum Weltstandard immer noch niedrig sei, aber viel besser als die 50% während des Schah-Regimes.

"Die Bildung von Frauen wird sich direkt und positiv auf den wachsenden Kampf um die Rechte der Frauen auswirken", sagte Sayeh. "Ich bin überrascht, dass die Regierung die Bildung der weiblichen Bevölkerung nicht einschränkt."

"Oh, sie versuchen, uns aufzuhalten. Bis zum letzten Jahr wurde es der Öffentlichkeit nie gesagt, aber jetzt sind alle Universitäten gezwungen, bei der Zulassung ein Quotensystem für Männer und Frauen anzuwenden", sagte Mina. "Anders als in den Vereinigten Staaten müssen die Studenten im Iran eine schwierige Aufnahmeprüfung ablegen, und nur diejenigen, die am besten abschneiden, werden angenommen. Vor dem Quotensystem lag die Aufnahmequote von Frauen an Universitäten bei etwa fünfundsechzig Prozent."

"Und wie funktioniert das jetzt?" fragte Sayeh. "Wie hoch sind die Quoten?"

"Das ist von Universität zu Universität und von Studienfach zu Studienfach unterschiedlich... aber 30 bis 40 % der zugelassenen Studenten werden nach Geschlecht ausgewählt und der Rest nach Testergebnissen. Und wir schaffen es immer noch, besser abzuschneiden als die Männer."

Sayeh brauchte sich nur ihre eigene Familie und einige persische Freunde ihrer Mutter in den USA anzuschauen, um zu wissen, dass sie alle wirklich kluge Frauen waren, die sich auf sehr anspruchsvolle Studiengebiete spezialisiert hatten.

Müde vom Laufen, ließen sie sich auf einer Betonbank vor der turkmenischen Botschaft nieder. Sie befand sich in derselben Straße wie die Schweizer Botschaft und war der Ort, an dem Mina ihrer Freundin gesagt hatte, dass sie sie treffen würden.

"Man kheli dardsaram", sagte Sayeh zu Mina und schaute die Straße hinunter zur Schweizer Botschaft. Ich bin eine Menge Ärger.

Mina lächelte. "Guter Akzent."

Sayeh hatte den ganzen Morgen lang ihr Farsi geübt. Jeder, den sie bisher durch Minas Verbindungen kennengelernt hatte, war äußerst freundlich und großzügig gewesen. Sie alle sprachen ein gewisses Maß an Englisch. Einige von ihnen sprachen fließend, andere waren schüchtern und sprachen nur hier und da englische Wörter. Aber Sayeh wollte sich mit ihnen auf Farsi unterhalten können. Sich mit ihnen in ihrer eigenen Sprache unterhalten. Sie wusste nicht, wie sie das alles jemals wiedergutmachen konnte, vor allem nicht den ganzen Ärger, den Mina durchmachte.

"*Bebashhkheed*", sagte Sayeh. Es tut mir leid.

"*Bebakhsheed*", korrigierte Mina.

"Das habe ich auch gesagt."

"Nein, das haben Sie nicht." Sie wiederholte beide Worte und verhedderte sich in einem Zungenbrecher.

Sie lachten. Sayeh merkte, dass sie zum ersten Mal seit ihrer Ankunft in Teheran gelacht hatte. Sie sah sich die Leute an, die vorbeigingen. So hatte sie es sich vorgestellt. Freundliche Gesichter, die gerne ein Nicken oder ein Lächeln erwidern. Jungs, die versuchen, Sie anzustarren und in ein paar Sekunden Augenkontakt zu flirten.

Sie wandte sich an Mina. "Ich habe viel von Ihnen verlangt. Sie haben sich um uns beide gekümmert. Ich habe so viel Ärger gemacht."

"Stoppen Sie Ihren *Tarouf*."

"Das Wort kenne ich", lächelte Sayeh.

"Das sollten Sie. Ihre Mutter ist Iranerin. Es liegt Ihnen im Blut."

"Aber das ist kein *Tarouf*. Ich bin nicht schüchtern, wenn Sie mir mehr Essen oder Getränke anbieten, oder ich sage nein, wenn ich ja sagen möchte, damit ich höflich und rücksichtsvoll wirke. Ich warte nicht darauf, dreimal gefragt zu werden, bevor ich ja sage."

Mina klopfte ihr auf die Schulter. "Sie wissen also über *Tarouf* Bescheid. Das ist lustig."

Sayeh machte ein ernstes Gesicht zu ihrer Freundin. "Ich scherze nicht. Ihre Familie muss krank vor Sorge um Sie sein. Sie haben Dinge getan, um mir zu helfen, aber das müssen Sie nicht. Sie haben mich auf den Weg gebracht. Ich bin sicher, dass es mir gut gehen wird, sobald ich hier in der Botschaft Kontakt aufgenommen habe."

"Nein. Ich werde Sie verlassen, wenn jemand aus der Botschaft kommt und Ihre Sicherheit übernimmt. Vorher nicht."

Sie kannten sich erst seit einem Tag, aber Sayeh wusste bereits, wann Mina mit einer Diskussion fertig war.

"*Lajbaz*", flüsterte Sayeh unter ihrem Atem. Hartnäckig.

"Wenn Sie so weiterreden, werde ich Ihnen kein Farsi mehr beibringen."

Sayeh lächelte und schaute wieder auf die vorbeilaufenden Leute. Nach ein paar Minuten des Schweigens wandte sie sich wieder ihrer Freundin zu. Mina hatte heute Morgen gute Arbeit geleistet, um die meisten blauen Flecken in ihrem Gesicht mit Make-up zu verbergen. Eine große Sonnenbrille verdeckte den Rest des Schadens um die Augen herum. "Sie sprechen besser Englisch als jeder andere, den ich seit meiner Ankunft hier getroffen habe. Wo haben Sie das gelernt?"

"In Amerika. In Pittsburgh."

Sayeh drehte sich überrascht zu ihr um. "Wann waren Sie in Amerika?"

"Neunte Klasse in der High School. Mein Bruder und seine Frau lebten in Pittsburgh. Er arbeitete in einem Krankenhaus. Ich lebte acht Monate lang bei ihnen, lernte Englisch und ging zur Schule."

"Warum sind Sie gegangen?"

"Sie sind zurück nach Kanada gezogen. Nach Toronto. Dort leben sie jetzt. Ich kam zurück in den Iran."

"Hatten Sie die Wahl, in Toronto zur Schule zu gehen?"

Mina zuckte mit den Schultern. "Wahlmöglichkeit? Ja. Wollen Sie? Nein. Ich mag die Frau meines Bruders nicht. Ich war krank wegen meiner Mutter."

Sayeh erinnerte sich daran, wie ihre eigene Mutter ihr einmal von ihrem Heimweh erzählt hatte, als sie zum ersten Mal in die USA kam. "Wo ist Ihre Mutter jetzt?"

"Kanada. Mit meinem Bruder, seiner Frau und seinen Kindern." Mina sah zu ihr hinüber. "Es ist gut. Ich mag es. Sie ist dort glücklich und macht sich keine Sorgen um mich, wenn sie bei ihnen wohnt."

"Haben Sie noch andere Verwandte hier?"

Mina lächelte. "Iraner haben immer Familie. Zu viele von ihnen. Die meisten meiner Verwandten sind aus Mashhad. Ich sehe sie nur zu Norooz, wenn ich dort zu Besuch bin. Sie glauben, dass ich eine gute Schülerin bin und die ganze Zeit lerne. Sie glauben, dass ich eines Tages Arzt werden werde. Mein Bruder ist Arzt. Und mein Vater war auch einer. Aber er starb, als wir noch jung waren."

"Ich bin mir sicher, dass Sie ein großartiger Arzt sein werden, wenn es das ist, was Sie tun wollen."

Mina starrte eine Weile geradeaus. "Ich weiß es nicht. Im Moment kann ich nicht an Schule oder Studium denken. Das ganze letzte Jahr war gleich. Es ist zu viel Kampf in mir... hier." Sie schlug sich mit der Faust gegen die Brust. "Vielleicht kann ich nach der Wahl, wenn wir einen neuen Präsidenten haben, wieder lernen."

Sayeh konnte das nachempfinden. Während der Bush-Regierung gab es frustrierende Momente, in denen sie gerne die Bücher in die Ecke gestellt hätte, um zu einer Antikriegskundgebung oder -demonstration zu gehen.

"Als junge Menschen", sagte sie, "fühlen wir uns dafür verantwortlich, Veränderungen zu initiieren."

"Ja. Es ist unsere Zukunft. Dies ist unser Land. Sie haben uns unsere Stimme gestohlen, unsere Kultur, unsere Freiheit", sagte Mina laut. "Wir sind keine Iraner mehr. Wir sind Araber geworden. Und ich hasse Araber."

Sayeh lachte heftig über diese Bemerkung. "Wissen Sie, das ist das einzige Mal, dass sich meine Mutter aufregt. Wenn jemand Iraner mit Arabern verwechselt? Aber sie hasst Araber wirklich nicht."

"Das tue ich auch nicht. Aber wir sind anders. Und ich mag Ihre Mutter", sagte Mina.

Ihre Aufmerksamkeit wurde auf Farzaneh gelenkt, die junge Frau, die auf sie zukam. Sie war die Person, die Sayehs Brief zur Schweizer Botschaft gebracht hatte. Mina berührte Sayehs Arm und gab ihr ein Zeichen, aufzustehen. Sie gingen vor Farzaneh los. Um die nächste Straßenecke holte sie sie ein.

Sie reichte Sayeh einen Stapel gefalteter Papiere. *"Kholi betarbeyatan."*

"Sie waren unhöflich?" Sayeh wiederholte, nicht sicher, ob sie das von Farzaneh verwendete Wort verstanden hatte.

Die junge Frau nickte. "Ich warte ... warte ... warte, bis ich zu einem Fenster gehen kann. Ich gebe ihnen Ihren Brief. Sie öffnen ihn und geben mir das alles zurück. Das hier lag auf dem Tisch. Darauf brauchte ich nicht zu warten. Ich sage, ich brauche mehr Informationen für meinen Freund. Sie sagen, dass Ihre Freundin hierher kommen muss. Ich sage, das kann sie nicht. Lesen Sie den Brief. Die

Frau zeigt auf die Formulare und sagt, dass sie diese brauchen. Ich sage, meine Freundin ist in Gefahr. Die Frau sagt, sie solle zur Polizei gehen. Sie ruft nach der nächsten Person in der Schlange."

Farzaneh tippte sich mit der Handfläche an die Stirn. "Dumm. Sie sind dumm. Dumm. Dumm."

Sayeh öffnete die Formulare. Antragsformulare und eine Liste aller Dokumente, die sie brauchten, um ihren Reisepass zu ersetzen. Sie hatte keines davon.

"Es tut mir leid", sagte sie zu beiden Frauen.

"Macht nichts", sagte Mina und klopfte ihr auf die Schulter. "Sie sitzen mit mir fest. Wir werden uns gegenseitig helfen."

Kapitel Fünfunddreißig

Litchfield

"Ich verlange nicht zu viel, John. Es ist alles ganz einfach. Alles, was Sie tun müssen, ist zur Bank zu gehen, sobald sie heute Morgen öffnet, und tausend Dollar auf das Konto dieses Mannes in New York City zu überweisen.

Sie hatte alles aufgeschrieben. Name, Kontonummer, Adresse, Telefonnummer. Wer der Mann war und warum er in den Iran reisen wollte. Sie hatte Schritt für Schritt erklärt, was getan werden musste. Sie hatte das Wesentliche ihres Gesprächs mit dem Anwalt auf dem Papier festgehalten. Sie hatte auch die Dinge aufgelistet, die sie heute selbst zu tun gedachte. Ihre Flugnummer und -zeiten.

"Ich glaube, wir müssen hier einen Moment zurückgehen", sagte John hartnäckig.

"Ich muss einen Flug nach Washington erwischen. Ich muss in den nächsten zwanzig Minuten aufbrechen, wenn ich es rechtzeitig nach Hartford schaffen will."

Er schüttelte den Kopf, lief auf dem Küchenboden auf und ab und weigerte sich, die Informationen, die Omid zu Papier gebracht hatte, auch nur anzusehen. Sie hasste es, wenn er sich so verhielt. Hartnäckigkeit siegte über den gesunden Menschenverstand. Er hörte nicht zu, hörte nicht zu. Er verstand die Dinge nur in seinem eigenen Tempo. So oft, als ihre Töchter noch klein waren, waren die Fäden und Verbände bereits gezogen, bevor er eine Golfverabredung oder ein Pokerspiel sausen ließ und auftauchte. Er hatte nur eine Geschwindigkeit. Langsam. Die Dringlichkeit setzte ein, wenn die Krise vorbei war. Und dann wollte er immer Antworten darauf, warum etwas auf eine bestimmte Weise getan wurde. Dafür hatte Omid heute Morgen keine Zeit.

Sie war erleichtert, als Hannah schläfrig in die Küche stapfte.

Ihre Tochter warf einen Blick auf die Uhr. "Es ist erst zwanzig vor sieben und Sie beide sind schon dabei?"

Hannah öffnete den Kühlschrank, schloss ihn dann aber wieder und sah Omid in einem Geschäftsanzug. Sie warf einen Blick auf die Reisetasche, die neben der Tür stand.

"Wo gehst du hin, Mama? Was ist passiert, nachdem ich eingeschlafen bin? Hast du jemanden erreicht?"

Omid zeigte auf ihre Liste. "Schatz, sorge dafür, dass dein Vater um 9:00 Uhr zur Bank geht und sich um die Überweisung kümmert. Ich habe einen Anwalt aufgetrieben, der uns helfen wird. Er kennt einen Mann - Dr. Siman - der morgen in den Iran fliegt. Dr. Siman wird sich darum kümmern, Sayeh das Geld zukommen zu lassen, aber Ihr Vater muss das Geld heute Morgen überweisen. Und wenn Sayeh anruft, geben Sie ihr die Telefonnummer von Dr. Siman in Teheran und..."

John hielt seine Liste mit Anweisungen hoch. "Woher wissen Sie, dass es diesen Anwalt wirklich gibt? Was für ein Anwalt ruft seine Klienten an einem Sonntag mitten in der Nacht zurück? Woher wissen wir, dass er das Geld nicht einfach einsteckt?" Er schüttelte den Kopf. "Was ist passiert, als wir ihr das Geld über die Schweizer Botschaft geschickt haben?"

Omid biss sich auf die Zunge. Ein Teil von ihr wollte ihren Mann anschreien und ihn daran erinnern, dass er diese Antworten bereits kennen würde, wenn er letzte Nacht bei ihr geblieben oder sogar früher nach unten gekommen wäre.

"Dies ist ein seriöser Anwalt. Das sind sein Name und seine Nummer, die ich von der Website der New Yorker Anwaltskammer habe. Er gehört zu dieser Anwaltskanzlei." Sie deutete auf eine bestimmte Zeile auf dem Papier. "Er wird sich heute mit der Schweizer

Botschaft in Verbindung setzen und sehen, ob sie etwas für uns tun werden. Aber er bezweifelt das... zumindest, dass sie etwas mit der nötigen Dringlichkeit tun. Er schlägt vor, Sayeh über diesen Reisenden, der morgen in den Iran fährt, Geld zu schicken. In der Zwischenzeit werden wir hier einen Ersatzpass für sie bestellen und dann versuchen, ihn ihr über einen anderen Reisenden zukommen zu lassen. Habe ich jetzt alles erklärt?"

"Nein. Ich weiß immer noch nicht, wer dieser 'Dr. Siman' ist. Und was soll *ihn* davon abhalten, das Geld in die Tasche zu stecken?"

In diesem Moment wäre Omid fast völlig ausgerastet. "Er ist jemand, den unser Anwalt kennt", sagte sie mit zusammengebissenen Zähnen. "Er fährt dorthin zu einer akademischen Konferenz. Ich vertraue dem Anwalt, der Anwalt vertraut diesem Mann, und das ist gut genug für mich."

Eine Hand in die Hüfte gestemmt, blieb Johns Gesichtsausdruck angriffslustig. "Nun, ich fühle mich nicht ganz so wohl. Ich weiß nicht, wie Sie glauben, dass Sie diesem Mann vertrauen können. Die beiden könnten uns in den Ruin treiben."

"John, wenn Sie uns tausend Dollar schicken, können Sie uns nicht in die Reinigung bringen."

"Und wie viel hat dieser... dieser Anwalt bereits von unserem Geld eingesackt?"

"Ich habe ihm zweitausend Dollar gezahlt und wir haben ihn in der Hinterhand."

"Perfekt", sagte John kurz. "Jetzt bin ich überzeugt. Die beiden stecken unter einer Decke, Sie überreagieren, wie immer, und-"

"Überreagieren?" sagte Omid und hörte, wie sich ihre Stimme erhob. "John, es geht um das Leben unserer Tochter. Sie ist in Gefahr. Haben Sie mich verstanden? Wir reden hier nicht über unseren gemütlichen Hinterhof in Connecticut. Sie ist im Iran, wo die Gesetze nicht für jeden gelten, vor allem nicht, wenn man eine Frau und Amerikanerin ist. Und ja, ich bin gerne bereit, dieses Geld wegzuwerfen, wenn auch nur die geringste Chance besteht, dass ich Sayeh damit helfen kann. Betrachten Sie es als Geld, das ich für *mich selbst* ausgebe. Ich tue dies für mich. Betrachten Sie es als mein Geburtstagsgeschenk für das nächste Jahr. Wir können uns das leisten. Das ist nur ein Bruchteil dessen, was Sie für Ihr Golfspiel, Ihre Casinoabende und Ihre Ausflüge mit Ihren Kumpels ausgeben."

"Mama. Bitte, Mama", stoppte Hannahs Flehen sie. "Ich werde es tun. Sag mir einfach, was ich tun soll. Ich gehe zur Bank und... wohin auch immer wir für den Pass gehen. Ich schaffe das schon."

Omid zitterte. Sie brauchte eine Minute, um zu begreifen, dass Hannah das Stück Papier in der Hand hielt und die Informationen darauf eingescannt hatte. Das beunruhigte sie. Omid nickte und versuchte, sich zu beruhigen. Sie brachte es nicht über sich, ihn auch nur anzuschauen. Sie wusste nicht, warum sie es in ihrer Beziehung so weit hatte kommen lassen. Warum hatte sie ihren Groll über seine Einstellung und sein egozentrisches Verhalten so lange schwären lassen? Jetzt, wo sie ihn gerade brauchte, konnten sie nicht miteinander reden. Es war alles ihre Schuld.

"Vergessen Sie es. Ich werde es tun." John drehte sich um und schlenderte in Richtung Familienzimmer. "Legen Sie die Zeitung einfach auf den Tresen."

Omid starrte ihm nach.

"Ich sorge dafür, dass es erledigt wird, Mama", sagte Hannah und legte eine Hand auf Omids Arm. "Aber wo gehst du hin?"

"Ich fahre nach Washington. Ich werde versuchen, mit jemandem im Außenministerium zu sprechen. Wenn nötig, werde ich an die Türen klopfen. Ich werde auch zum pakistanischen Konsulat gehen. Dort gibt es ein Büro, das sich um die iranischen Interessen in diesem Land kümmert. Ich werde sehen, wie schnell ich meinen iranischen Pass bekommen kann... damit ich in den Iran fliegen kann."

Kapitel Sechsunddreißig

Teheran

DIE MUSIK WAR HYPNOTISCH, eine Mischung aus Streichern und Schlagzeug, die mit dem Gefühl der Sehnsucht, das jeden Takt unterstrich, direkt die Seele ansprach.

Sayeh starrte an die dunkle Decke. Man hatte sie zu einem Nickerchen geschickt und sie wollte den Zauber nicht brechen. Der wunderbare Klang der Musik, der Duft der persischen Küche, der aus der Küche hereinwehte, das weiche, saubere Gefühl der Laken, das Zwitschern der Vögel im Garten vor dem offenen Fenster - all das gab ihr das Gefühl von Geborgenheit und Zuhause.

Sie hatte eine Dusche genommen und war eingeschlafen. Sie hatte keine Ahnung, wie lange sie geschlafen hatte, aber draußen war es jetzt dunkel.

Nach der erfolglosen Reise zur Schweizer Botschaft hatte Farzaneh Mina und Sayeh zum Haus ihrer Großmutter am Rande von Teheran gebracht. Sie hatte ihnen erzählt, dass sie für ein paar Wochen bei ihrer Großmutter wohnen würde, während ihre Eltern im Norden, am Kaspischen Meer, Urlaub machen würden.

Die Großmutter, Shahr Banoo, war in ihren Achtzigern. Sie lebte allein in einer Wohnung im zweiten Stock in einem Vorort namens

Karaj. Farzaneh sagte, dass zwischen all den Kindern und Enkeln von Shahr Banoo immer jemand bei der alten Frau wohnte. Die Großmutter liebte es, junge Leute um sich zu haben. Sie fütterte sie gerne, kümmerte sich um sie und erzählte ihnen Geschichten aus ihrer Jugend. Es machte ihr großen Spaß, die alten Platten mit klassischer persischer Musik abzuspielen und Gedichte aus dem *Divan von Hafiz* zu rezitieren.

Farzaneh versicherte ihnen, dass die beiden anderen bei ihrer Großmutter in Sicherheit seien. Shahr Banoo verließ die Wohnung nur, um einen Arzttermin wahrzunehmen oder einzukaufen. Sie war nicht daran interessiert, mit den Nachbarn darüber zu plaudern, wer kam oder ging. Sie war eine gläubige Muslimin, aber sie verachtete diese Regierung zutiefst. Sie wollte nicht wissen, in was für Schwierigkeiten Mina und Sayeh steckten, aber sie würde sie beschützen.

Sayeh sah, dass die Tür zum Schlafzimmer ein paar Zentimeter offen stand. Farzaneh spähte hinein.

"Ich bin wach." sagte Sayeh.

"Sind Sie hungrig?" fragte Farzaneh.

"Verhungert."

"Gut, das Abendessen ist fertig."

Sayeh erinnerte ihre neue Freundin daran, mit ihr Farsi zu sprechen. Farzanehs Großmutter sprach kein Englisch und Sayeh war entschlossen, ihren Teil zur Verständigung mit der freundlichen alten Frau beizutragen.

"*Sham hazereh*." Das Abendessen ist fertig.

Sayeh schwang ihre Füße auf den Boden und schaltete die Nachttischlampe ein. Der Raum wurde sofort von einem sanften Licht erfüllt. Sie betrachtete anerkennend die übergroßen Kissen aus handgefertigten Teppichen und die Wandteppiche mit Paisleymuster, die an den Wänden hingen. In einer Ecke waren bestickte Steppdecken und Kissen sowie weitere Laken gestapelt. Die drei Mädchen teilten sich dieses Zimmer, aber Sayeh war die einzige gewesen, die praktisch nicht auf den Beinen war. Farzaneh hatte darauf bestanden, in dem Bett zu schlafen, und Sayeh konnte sich an nichts mehr erinnern, nachdem sie zwischen die Laken gekrochen war.

Sie warf einen Blick auf die Uhr auf dem Nachttisch. Es war neun Uhr dreißig. Sie musste mindestens fünf Stunden lang geschlafen haben. Farzaneh hatte ihr vorhin Kleidung zum Wechseln gegeben, die sie jetzt anzog.

Seit ihrer Ankunft in Teheran hatte Sayeh keine Zeit mehr gehabt, sich mit irgendetwas zu beschäftigen, aber jetzt dachte sie an die Cousine ihrer Mutter in Isfahan und hoffte, dass ihre Eltern es geschafft hatten, mit Zari Kontakt aufzunehmen und ihr wenigstens zu sagen, dass es Sayeh gut ging.

In dem kleinen Handgepäckkoffer, den sie aus Ägypten mitgebracht hatte, hatte Sayeh Souvenirs und kleine Geschenke für ihre Familie eingepackt. Als sie sich anzog, wurde sie wieder wütend bei dem Gedanken, dass die Reise, die aus Liebe zur Familie geplant worden war, nun wegen ein paar Idioten am Flughafen zu einem riesigen Chaos verkommen war.

Sie verließ das Schlafzimmer und ging in das Wohnzimmer, das zu einem Essbereich hin offen war. Der Tisch und die Stühle im Esszimmer wurden jedoch nur für Gäste benutzt und nicht für Familientreffen. Sayeh war erfreut, dass man sie wie eine Familie behandelte. Shahr Banoo saß bereits am *sofreh*, einem speziellen, mit traditioneller Poesie bestickten Tischtuch, das in der Mitte des persischen Teppichs im Wohnzimmer ausgebreitet war. Das Abendessen, das Sayeh gerochen hatte, war bereits auf dem Tuch ausgebreitet. Farzanehs Großmutter wollte aufstehen, sobald sie Sayeh sah, aber die junge Frau eilte ihr zur Seite, um sie am Aufstehen zu hindern. Mina und Farzaneh kamen mit einem Krug und Gläsern aus der Küche.

"Bitte stehen Sie nicht auf", sagte sie auf Farsi.

"*Mashallah.*" Shahr Banoo hob ihre Hände und gab Sayeh einen Kuss auf jede Wange. "*Maschallah.*"

Sayeh verstand die Bedeutung des Wortes, nämlich Gott zu loben. Es war in Ägypten so geläufig wie 'Hallo'.

Vor Jahren, als Baba Habib noch lebte, gab es persische Höflichkeitsformen und Traditionen, auf die Omid die Mädchen in Gegenwart ihres Großvaters angewiesen hatte. So setzten sie sich zum Beispiel niemals mit dem Rücken zu einem älteren Menschen in ein Zimmer. Und nicht zu oft in die Küche zu schauen, egal wie hungrig sie waren. Und nie als erste nach dem Essen zu greifen. Sie versuchte, sich jetzt an all diese Höflichkeiten zu erinnern.

Sayeh setzte sich neben die freundliche Großmutter und bewunderte die *Sofreh*. Die großen Hauptgerichte befanden sich in der Mitte des bestickten Tuchs und waren von kleineren Schalen mit Vorspeisen und Gewürzen und natürlich dem Brot umgeben. Wenn es etwas gab, von dem Sayeh wusste, dass ihre Mutter es in ihrer Kindheit vermisst hatte, dann war es das frische persische Brot.

Shahr Banoo hielt sich nicht mit Zeremonien auf, servierte schnell die Teller mit den Speisen und reichte sie an die drei jungen Frauen weiter. Sie redete ununterbrochen und bevorzugte weder die eine noch die andere. Alle drei wurden gleich behandelt.

Mina saß im Schneidersitz neben Sayeh, und Farzaneh saß neben ihrer Großmutter. Sayeh wurde klar, dass dies die erste hausgemachte Mahlzeit war, die sie in diesem Land zu sich nahm. Am Abend zuvor hatten sie an der Straße angehalten und Kabobs gekauft, die auf einem Stück Fladenbrot serviert wurden. Kabobs, so erfuhr sie, galten im Iran als Fast Food. Man konnte sie von Verkäufern auf der Straße oder in kleinen, begehbaren Restaurants kaufen. Und natürlich gab es auch Restaurants, in denen sie serviert wurden. Ein Bissen und sie wusste, dass ein Burger nie wieder den gleichen Reiz haben würde.

Sayeh fühlte sich gesegnet, dass sie Mina und Farzaneh und ihre Großmutter getroffen hatte. Sie schätzte sich sehr glücklich, die freundlichen Gesichter der echten Menschen, die in der Stadt Teheran lebten, gesehen zu haben. Die Kultur der Gastfreundschaft war in das Wesen des iranischen Volkes eingewoben. Was sie um sich herum sah, waren nicht die wütenden Gesichter, die westliche Zuschauer auf den Fernsehbildschirmen sahen. Es waren nicht die iranischen Führer, die sagten, sie glaubten nicht an den Holocaust. Sie hatte die Worte 'Der Iran wurde gekapert' immer wieder aus dem Mund der Menschen gehört, die sie getroffen hatte. Die Fundamentalisten hatten das Land gekapert. Die Mullahs hatten die Revolution des Volkes gestohlen. Die unsinnige Rhetorik, die der Welt von ein paar Idioten präsentiert wurde, war eindeutig das Gegenteil der lebenslustigen Natur des persischen Volkes.

"Wie vertraut sind Sie mit persischen Gerichten?"

Sayehs Aufmerksamkeit wurde durch Minas Frage zurück in den Raum gelenkt.

Farzaneh übersetzte die Frage für ihre Großmutter. Shahr Banoo hatte erfahren, dass Sayeh aus Amerika stammte, aber sie hatten sie als eine Freundin von der Universität bezeichnet, die Mina für einen Teil des Sommers besuchte. Und was Minas blaue Flecken betraf, so hatten sie gelogen und Shahr Banoo erzählt, sie seien bei einem Sturz von der Treppe entstanden. Wenn die Großmutter etwas vermutete, ließ sie es einfach durchgehen.

"Vertraut genug, um zu wissen, dass ich die Küche liebe", flüsterte Sayeh, bevor sie sich an ihren Gastgeber wandte und versuchte, denselben Satz auf Farsi zu wiederholen. Es war ein Desaster. Sie beschloss, den Großteil der Übersetzung ihren Freunden zu überlassen.

Die Großmutter fuhr fort, die Gerichte zu erklären, die es an diesem Abend gab.

"Tah cheen", sagte sie.

"Das ist eine Mischung aus Safran und Joghurt mit Huhn, das mit Reis gekocht wird", erklärt Farzaneh.

"Khoresht-e-fesenjan".

"Das ist Hühnchen in einer Granatapfel- und Walnusssauce, die auf Reis serviert wird."

"Khoresht-e-bademjan", sagte Shahr Banoo, dem das offensichtlich am besten gefiel.

"Aubergine", zwitscherte Mina. "Auberginen sind so etwas wie die Kartoffel des Iran. Es gibt eine Million Gerichte, für die wir Auberginen verwenden."

"Kommen noch viele Leute zum Abendessen?" flüsterte Sayeh ihren Freunden zu.

Sie schüttelten beide den Kopf.

"Das ist die iranische Art zu kochen. Sie können immer eine ganze Armee ernähren. Zum Glück macht sie das nur ein- oder zweimal in der Woche und wir essen es an den anderen Tagen wieder", erklärt Farzaneh. "Aber ich weiß nicht... wenn Sie hier sind, wird sie vielleicht beschließen, jeden Tag zu kochen."

Shahr Banoo zeigte auf zwei weitere Gerichte. *"Koofteh va kotlet."*

"Wissen Sie, was da drin ist?" fragte Farzaneh Mina und deutete auf das *Koofteh*.

"Bohnen und Fleisch..."

Das eine sah aus wie ein riesiges Fleischbällchen und das andere wie eine Hühnerfrikadelle. Sayeh hatte beide bereits probiert und fand sie köstlich.

"Und natürlich gibt es all die Vorspeisen und anderen Speisen", erklärt Farzaneh und beginnt zu zeigen. *"Salat Shirazi*, *Torshi*...eine Art Relish aus Auberginen...*Naan*...und *Panir. Panir* ist eine persische Art von Feta-Käse."

"Und *Sabzi*", fügte Sayeh hinzu und deutete auf einen Teller mit frischen Kräutern. "Basilikum, Brunnenkresse, Minze..."

"Sehr gut", ermutigte Mina.

Shahr Banoo schien begeistert zu sein, dass die Mädchen so viel Interesse an den Erklärungen zum Essen hatten.

"Ich liebe das alles hier", sagte Sayeh. "Meine Mutter ist keine gute Köchin, wenn es um persisches Essen geht. Sie hat den Iran viel zu jung verlassen, als sie erst siebzehn war. Aber ich habe viel Zeit in persischen Restaurants in Washington, New York und Boston verbracht, und im letzten Jahr auch in Kairo. Ich habe noch nie etwas probiert, das ich nicht mochte. Aber das hier ist köstlicher als alles, was ich je zuvor probiert habe."

Diesmal warteten sie, bis Mina die Übersetzung gemacht hatte.

"Gut, vielleicht können wir es dabei belassen", zwitscherte Farzaneh. "Ich werde versuchen, ihr auszureden, Ihnen morgen beim Frühstück *kalleh pacheh* zu geben."

Die Großmutter brauchte keine Übersetzung. *"Kalleh pacheh* gut", behauptete sie. *"Kheli khosmazeh ast."* Wirklich köstlich.

"Ich werde es versuchen", sagte Sayeh.

"Nein", protestierte Farzaneh und schüttelte den Kopf, als Mina lachte. "Sie wissen nicht, was Sie da verlangen."

Es war nicht nur ein Wort des Protests. Beide waren sehr lebhaft in ihrer Missbilligung. Die eine fasste sich an die Kehle, als wäre sie vergiftet, und die andere gab Würgegeräusche von sich.

Shahr Banoo ließ sich davon nicht entmutigen und winkte die beiden ab, während sie weiter auf Farsi für das Frühstücksgericht warb. Sayeh ließ das Spektakel um sie herum einfach über sich ergehen und aß weiter das Essen auf ihrem Teller, während sie den beiden anderen dabei zusah, wie sie ungestüm und gutmütig gegen das stritten, was die Großmutter unbedingt zum Frühstück servieren wollte.

Die Diskussion endete, als die Musik zu Ende war und Shahr

Banoo Farzaneh Anweisungen gab, welche Platte als nächstes gespielt werden sollte.

"Sie hat noch zwei CD-Player und eine Stereoanlage in Kartons in ihrem Schrank", sagte die Enkelin, als sie aufstand. "Geschenke von ihren Kindern, weil sie Musik liebt, aber ihre alten Schallplatten will sie nicht hergeben."

Sayeh hatte das Essen auf ihrem Teller praktisch inhaliert, und Shahr Banoo servierte ihr noch mehr und wollte keine höflichen Kommentare darüber hören, dass sie satt war.

"Sie ist ein großer Fan von Faramarz Payvar", erzählte Farzaneh, während sie eine Platte sorgfältig in die Hülle steckte und eine andere herausnahm.

Sayeh hatte ein paar CDs mit Aufnahmen von Payvar. Er war einer der bekanntesten klassischen persischen Musiker in der westlichen Hemisphäre.

"Ich glaube sogar, dass sie schon seit fünfzig Jahren in ihn verknallt ist. Sie war wahrscheinlich eines seiner Groupies, als er in Teheran *Santur* spielte und Konzerte gab." Sie lächelte Sayeh und Mina schelmisch an. "Eigentlich habe ich mich immer gefragt, warum mein jüngster Onkel nicht wie der Rest der Familie aussieht."

"*Chee gofteeh?*" Was haben Sie gesagt? fragte die Großmutter, als die beiden lachten.

Sie wandte sich an Mina, aber die junge Frau schüttelte den Kopf und zeigte auf Farzaneh. Sie hatte eindeutig keine Lust zu erklären, was Farzaneh gerade ihrer eigenen Großmutter vorgeworfen hatte. Farzaneh wandte sich wieder dem *Sofreh* zu und drückte sich erfolgreich davor, zu erklären, was sie gesagt hatte.

Während die Enkelin und die alte Frau gut gelaunt Widerhaken austauschten, ergriff Sayeh die Gelegenheit, Mina leise zu fragen, was das Frühstücksgericht war, über das sie sich beschwert hatten.

"*Kalleh pacheh*? Schafskopf und Schienbein in einer Suppe. Mit Augen und Zähnen, die Sie beim Essen anstarren." Sie verzog das Gesicht und streckte ihre Zähne heraus, als wären es Schafszähne. "Das ist absolut ekelhaft. Wollen Sie es trotzdem probieren?"

Sayeh sah, wie Shahr Banoo sie hoffnungsvoll ansah, als ob sie alles verstanden hätte, was Mina ihr gerade gesagt hatte.

Sayeh hatte im vergangenen Jahr in Ägypten viele Tauben gegessen.

Mehr als ihr lieb war, war der Kopf des Vogels in der Füllung mitgekocht worden. Ihre Mutter war zwar keine große Köchin, aber Abwechslung gehörte zu ihrer Küche, seit sie und Hannah ganz klein waren. Sie waren definitiv keine Familie, in der es nur Fleisch und Kartoffeln gab, auch wenn ihr Vater das "Sichere und Gleiche" bevorzugte. Sie warf einen Blick auf die köstlichen Speisen, die die ältere Frau heute Abend zubereitet hatte. Sayeh hatte alles gegessen und liebte es.

Sayeh nickte der älteren Frau zu und hätte genauso gut Farzanehs Großmutter eine Million Dollar geben können. Shahr Banoo strahlte.

"*Yad begheer*", sagte sie zu Farzaneh und lächelte. Lernen Sie von ihr.

"Ich erinnere mich, dass es dafür einen amerikanischen Ausdruck gibt, oder?" fragte Mina. "Braun...irgendwas."

"Brown-Noser?" bot Sayeh an.

"Das war's."

Nach dem Abendessen, obwohl Shahr Banoo darauf bestand, dass Sayeh nicht beim Abwasch half, kümmerten sich die drei Mädchen um das Aufräumen, während die Großmutter ihre Wasserpfeife rauchte.

Zwei große Kissen mit schönen gewebten Bezügen auf beiden Seiten der Wasserpfeife zierten den Balkon. Jenseits des geschlitzten Geländers war ein Garten zu sehen. In der Mitte des Gartens befand sich ein kleiner Springbrunnen, in dessen Wasser sich die Lichter der Stadt spiegelten. Der Geruch der Nacht vermischte sich mit dem wohlriechenden Duft von Rosen und Jasmin. Die Großmutter schien in einer meditativen Trance zu sein, während sie rauchte und in die Dunkelheit des Gartens und den Nachthimmel starrte.

Sayeh stand an der offenen Balkontür und spürte, wie all ihre Sinne durch die Anblicke und Gerüche belebt wurden. Sie beobachtete Shahr Banoo und dachte daran, wie sehr sie ihre eigene Mutter vermisste. Sie wollte, dass Omid hier war und die gleichen Dinge erlebte, dass er genoss, was sie so viele Jahre ihres Lebens verpasst hatte.

Eine sanfte Berührung auf ihrer Schulter. Sie drehte sich um. Mina gab ihr eine Telefonkarte, die sie am Nachmittag für sie gekauft hatte. Sayeh ging wieder hinein.

"Da dies die erste Nacht ist, die Sie hier verbringen, wird meine

Großmutter sicher die Familientradition aufgreifen", sagte Farzaneh. "Nachdem sie mit dem Rauchen fertig ist, spielen wir Backgammon mit ihr und dann trinken wir Tee und sie rezitiert Gedichte aus dem Gedächtnis...und ich werde für Sie ins Englische übersetzen." Sie sah Sayeh an. "Danach ist sie im Bett. Aber wenn Sie Ihre Familie jetzt anrufen wollen, bevor sie das Backgammon herausholt, ist das ein guter Zeitpunkt."

Sayeh prüfte die Zeitverschiebung. Es war etwa 3:30 Uhr nachmittags in Connecticut. Sie brauchte sich nichts sagen zu lassen und verstand, dass sie Shahr Banoos Telefonnummer auch nicht an ihre Eltern weitergeben konnte. Sie konnte nicht riskieren, die ahnungslose Großmutter in diesen Schlamassel hineinzuziehen.

In dem Schlafzimmer, in dem Sayeh vorhin ein Nickerchen gemacht hatte, gab es ein Telefon. Sie schloss die Tür, bevor sie die Nummer wählte, und war erleichtert, als Hannah sofort antwortete.

Ihre Schwester schien sich riesig zu freuen, ihre Stimme zu hören. "Das nächste Mal, wenn Sie sich zu einer solchen Tour entschließen, müssen Sie mich unbedingt mitnehmen."

Dies war sicherlich keine große Tour. Sayeh brachte es nicht übers Herz, ihr zu sagen, dass sie noch nie so viel Angst gehabt hatte wie damals, als die Polizei sie auf dem Flughafen festhielt oder in Handschellen zu diesem Van brachte.

"Mama hat mir befohlen, mit Ihnen über nichts zu sprechen, bevor ich Ihnen diese Informationen gebe. Haben Sie Stift und Papier?"

Sayeh hatte bereits eine Liste mit Dingen gemacht, die sie ihnen sagen musste. "Fahren Sie fort."

"Mama hat einen Anwalt in New York engagiert. Er glaubt, dass die Schweizer Botschaft in Teheran nicht viel für Sie tun wird. Anscheinend sind sie langsam wie eine Schnecke, wenn es darum geht, etwas zu tun."

"Er hat Recht. Ich habe heute Morgen eine Freundin mit einem Brief von mir hingeschickt, in dem ich alles erklärt habe. Sie haben ihr einen Haufen Formulare ausgehändigt. Wie lautet der Name des Anwalts?"

Sayeh schrieb den Namen und die Telefonnummer auf, die ihre Schwester ihr gegeben hatte.

"Meine Mutter hat Ihren Pass als verloren oder gestohlen oder so etwas gemeldet. Sie ist heute nach Washington geflogen. Sie geht zum Außenministerium, um zu sehen, ob sie besondere Hilfe bei der Beschaffung eines Ersatzpasses bekommen kann. Die Regeln besagen, dass Sie persönlich erscheinen müssen, aber da Sie sich im Iran befinden und offensichtlich nicht alles haben, was Sie brauchen, versucht sie, die Behörden um Hilfe zu bitten."

Sayeh war darüber sehr erleichtert.

"Außerdem bekommen Sie Geld. Sie hat tausend Dollar an einen Reisenden gegeben, der diese Woche nach Teheran kommt. Er ist Akademiker und reist zu einer Mathematikkonferenz an einem Ort namens IPM, dem Institut für Grundlagenforschung."

Sayeh notierte den Namen des Mannes, das Hotel, in dem er wohnte, und wie lange er in Teheran bleiben würde.

"Er erwartet, dass Sie ihn anrufen und einen Ort vereinbaren, an dem Sie sich treffen können, damit er Ihnen das Geld geben kann. Er wurde von dem Anwalt empfohlen, von dem ich Ihnen erzählt habe. Mama sagt, wir müssen ihm vertrauen."

Sayeh war sehr glücklich über das Geld. Es war eine Sache, von Mina und Farzaneh abhängig zu sein, wenn es um eine Bleibe ging. Es war eine andere, von ihnen zu erwarten, dass sie für alle ihre Ausgaben aufkommen. Hannah dachte, dass Dr. Siman am Mittwoch in Teheran eintreffen würde.

"Sind Sie also der Einzige, der zu Hause ist?"

"Ja. Und wissen Sie was? Papa nervt schon wieder."

Sayeh liebte ihren Vater, aber jetzt, wo sie älter war und selbst ein paar Beziehungen hinter sich hatte, verstand sie, dass es sehr schwierig war, mit ihm zu leben. Ihre Mutter war eine Heilige. "Was macht er da?"

"Das Gleiche wie immer. Mama versucht, alles für Sie zu tun... was auch immer getan werden muss, und statt zu helfen, legt sich Papa mit ihr an und sagt, sie würde überreagieren. Er stellt ihr Urteilsvermögen bei Entscheidungen in Frage. Ich glaube, Papa fühlt sich schuldig, weil er von der Reise wusste und nichts gesagt hat. Das ist seine Art, damit umzugehen. Er übt noch mehr Druck auf sie aus. Das ist nicht schön."

Ein Wutausbruch durchzuckte Sayeh. "Ich hoffe, sie nimmt es nicht."

"Nein. Jedenfalls nicht heute Morgen. Sie hat es ihm gleich zurückgegeben. Ich war stolz auf sie. Aber das bedeutet eine Menge Stress für sie."

"Es tut mir leid", sagte Sayeh und meinte es ernst. "Du hast gesagt, Mama ist jetzt in Washington?"

"Ja... um zu versuchen, die Sache mit den Pässen zu beschleunigen. Aber das ist nur ein Teil der Sache. Sie hat sich in den Kopf gesetzt, dass sie sich einen iranischen Pass besorgen und dorthin fliegen muss."

"Das kann sie nicht tun", schnauzte Sayeh. Das Notizbuch, das Tagebuch ihrer Mutter, hatte damit zu tun, dessen war sie sich immer sicherer. Sie hatte ihrer Mutter immer noch nichts davon erklärt. "Hör mir zu, Hannah. Das ist so wichtig. Sie darf nicht in den Iran kommen. Was mir passiert ist, ist nichts im Vergleich zu dem, was sie ihr antun werden. Ihr Leben wird hier nicht sicher sein. Bitte, Hannah. Sorgen Sie dafür, dass sie nicht kommt."

"Sie wissen ja, wie sie ist, wenn sie auf einer Mission ist."

"Das spielt keine Rolle. Sie müssen sie aufhalten."

"Hey, ich werde mein Bestes tun."

"Nein", sagte Sayeh. "Sie müssen mehr tun als das. Es gibt etwas über ihre Vergangenheit... als sie hier auf der High School war... Dinge, von denen sie uns nie erzählt hat. Der wahre Grund, warum sie nie zurückgegangen ist. Bitte sagen Sie ihr, dass die Pasdaran ihr Tagebuch haben."

"Wer?"

"Die Pasdaran. Die Revolutionsgarde."

"Oh, ja. Ich habe von ihnen gehört. Sie..."

"Hören Sie mir zu. Sagen Sie ihr, dass sie ihr Tagebuch von 1978 haben. Ich glaube, damit hat dieser Schlamassel angefangen. Sie werden sie verhaften, wenn sie versucht, das Land zu betreten. Versprechen Sie mir, Hannah, dass Sie sie nicht einreisen lassen werden."

"Okay", sagte Hannah, ihre Stimme war düster. "Ich verspreche es."

Kapitel Siebenunddreißig

Washington, D.C.

SCHWERE GEWITTER, die über die Gegend von D.C. hinwegfegten, führten dazu, dass alle abgehenden Flüge eingestellt wurden. Omid war froh über den leeren Stuhl, den sie in der Nähe eines Delta-Gates fand.

Flughäfen waren noch nie die glücklichsten Orte für sie gewesen. Selbst wenn sie mit den Mädchen in den Familienurlaub reiste, als sie noch klein waren, machte das keinen Unterschied. Omid hätte es vorgezogen, die Zeit, die sie hier verbrachte, zu minimieren.

Ein entscheidender Moment in ihrem Leben hatte auf einem Flughafen wie diesem stattgefunden. Es war unmöglich, sich jetzt nicht daran zu erinnern. Es war nicht einfacher, über eine Entscheidung nachzudenken, die sie getroffen hatte, und sich zu fragen, ob der Ausgang anders gewesen wäre, wenn sie einen anderen Weg gewählt hätte.

Ihr Mobiltelefon vibrierte in ihrer Tasche. Das hatte es heute schon öfter getan. Die meisten Anrufe, die sie abhörte, waren von Leuten von der Arbeit gekommen. Sie war technische Leiterin in einem Robotikunternehmen, in dem ihr zwei Dutzend andere technische Mitarbeiter unterstellt waren. Sie waren gerade dabei, ein neues Produkt für eine Pick-and-Place-Maschine auf den Markt zu bringen, und in zwei Wochen sollte das neue Gerät auf einer Messe vorgestellt werden. Zu diesem späten Zeitpunkt einen Tag frei zu nehmen, stellte den Rest des Teams vor große Schwierigkeiten, aber Omid hatte sie gebeten, das zu erledigen. Die einzigen anderen Anrufe, die sie heute entgegengenommen hatte, waren die von Sohrab Iman, dem Anwalt. Er hatte sie durch eine Menge Verfahrensschritte sowohl für das Außenministerium als auch für das Büro für iranische Interessen im pakistanischen Konsulat geführt.

Der Anruf kam von zu Hause. Hannah war am Telefon.

"Um wie viel Uhr kommen Sie an?"

Omid schaute auf den Monitor mit den Verspätungsanzeigen für die einzelnen Flüge. Draußen regnete es in Strömen und die Lichter entlang der Start- und Landebahnen spiegelten sich im Wasser. "Diese Gewitter werden voraussichtlich in der nächsten Stunde vorbeiziehen. Hat Sayeh angerufen?"

"Ja, ich habe ihr alle Informationen gegeben. Sie hat bereits jemanden zur Schweizer Botschaft in Teheran geschickt, aber die haben ihr nicht weiterhelfen können. Ich habe ihr gesagt, dass Sie hier versuchen, einen Ersatzpass für sie zu bekommen."

Nach einem Dutzend Formularen und unterschriebenen eidesstattlichen Erklärungen sowie Anrufen ihres Anwalts, der erklärte, warum Sayeh weder hier noch im Ausland persönlich erscheinen konnte, dachte Omid, dass der Papierkram für Sayehs Reisepass erledigt sei. Sie hatte keine Ahnung, wie schnell sie ihnen das Dokument tatsächlich schicken würden. Sie erklärte dies alles Hannah.

"Wie geht es ihr? Ist sie in Sicherheit?"

"Sie hörte sich gut an", sagte Hannah. "Sie wohnt mit zwei anderen Studenten im Haus der Großmutter von einem von ihnen. Sie sagte, sie könnten nicht netter zu ihr sein."

"Hat sie Ihnen eine Nummer gegeben, unter der wir sie anrufen können?"

"Nein. Sie sagte, sie kann nicht. Aber sie hat versprochen, Sie morgen wieder anzurufen, ganz früh am Morgen, bevor Sie zur Arbeit gehen.

Omid sagte sich, dass sie sich damit abfinden musste. Wenigstens war Sayeh in Sicherheit.

"Was ist mit Ihrem iranischen Pass passiert?"

"Es ist nicht so einfach, wie ich dachte", sagte Omid. "Meine Geburtsurkunde wurde nie aktualisiert, um den Stempel der islamischen Regierung wiederzugeben. Das muss also geändert werden. Außerdem haben sie etwas, das sie *Cart Meli* nennen, eine Art Sozialversicherungsausweis. Ohne sie können Sie nichts tun. Also musste ich auch das beantragen."

"Sie haben also noch keinen iranischen Reisepass?"

"Nein. Ich zahle extra dafür, dass alles beschleunigt wird, aber das wird einige Zeit dauern. Ich kann nicht einmal meinen iranischen Pass beantragen, bevor ich nicht diese beiden Dokumente in der Hand habe."

"Wie Tage?" fragte Hannah. "Wochen?"

"Ich weiß es nicht", antwortete sie und spürte, wie Frustration in ihr aufstieg.

"Und Sie können mit Ihrem amerikanischen Pass nicht in den Iran fliegen, oder?"

"Nein. Der Anwalt meint, das wäre ein großer Fehler. Die iranische Regierung akzeptiert keine doppelte Staatsbürgerschaft."

"Dann haben Sie keine Flugtickets in den Iran gekauft?"

"Nein. Noch nicht."

"Gut."

Omid hätte schwören können, dass ihre Tochter vor Erleichterung aufseufzte. Sie brauchte nicht zu fragen, warum. "Ist dein Vater da?"

"Nein. Ich habe ihn seit heute Morgen nicht mehr gesehen."

Omid sah auf ihre Uhr. Es war nach neun Uhr dreißig. "Er ist nicht zum Abendessen nach Hause gekommen?"

"Nein, aber er hat vor ein paar Stunden angerufen. Er wollte wissen, ob Sayeh angerufen hat und ob es Neuigkeiten von Ihnen gibt. Er sagte, er würde heute lange arbeiten. Er wusste nicht, wann er nach Hause kommen würde."

"Hatte er noch andere Vorschläge zu dieser Situation? Irgendetwas, das wir tun können?"

Es gab eine lange Pause am anderen Endc. "Ich glaube, er hat es so ziemlich Ihnen überlassen, sich darum zu kümmern, Mama. Und Sie machen Ihre Sache übrigens sehr gut."

Von allen Anrufen, die heute auf ihrem Telefon eingingen, war keiner von ihrem Mann gekommen. Als sie das Gespräch mit Hannah beendet hatte, tippte Omid sofort eine Textnachricht an John.

> Tut mir leid, dass ich heute so hartnäckig war. Wir werden das gemeinsam durchstehen. Ich liebe Sie.

Omids Finger schwebten über der Sendetaste. War sie zu hart vorgegangen? fragte sie sich. Und was bedeutete 'gemeinsam'? Sie war den ganzen Tag in Washington gewesen, war von Tür zu Tür gegangen, hatte telefoniert, alles erklärt und sich Sorgen um ihre Tochter gemacht. John hatte nicht einmal angerufen, um zu sehen, wie es ihr ging.

"Wie lange wollen Sie noch in Ihrer kleinen Traumwelt leben?", murmelte Omid zu sich selbst.

Sie löschte die Nachricht und ließ das Mobiltelefon in ihre Tasche fallen.

Kapitel Achtunddreißig

Litchfield

JOHNS HANDY, das auf dem Nachttisch lag, vibrierte zuerst, bevor es zu klingeln begann, und Omid schaute stirnrunzelnd darauf. Sie stellte den Wäschekorb ab, den sie aus dem Keller geholt hatte, und starrte in Richtung Badezimmer, wo sie ihren Mann in der Dusche hören konnte.

Sayeh hatte heute Morgen nicht angerufen, obwohl sie ihrer Schwester gesagt hatte, sie würde gleich heute Morgen anrufen. Es war bereits 8:30 Uhr, und Omid hatte bei der Arbeit angerufen und gesagt, dass sie mittags kommen würde. Sie sah das klingelnde Telefon noch eine Sekunde länger an, bevor sie abnahm. Es bestand immer die Möglichkeit, dass Sayeh eines der Mobiltelefone ausprobieren würde.

"Hallo, hier ist die Bushnell-Kasse", sagte eine Frauenstimme. "Mr. Olsen?"

"Hier ist Frau Olsen", antwortete Omid. "Kann ich Ihnen helfen?"

"Ich rufe an, um Ihnen mitzuteilen, dass die beiden Karten, die Herr Olsen für die Show von *Greater Tuna* heute Abend reserviert hat, an der Abendkasse auf ihn warten. Er kann sie am Schalter 'Will Call' abholen."

"Vielen Dank. Ich werde ihm Bescheid sagen. Warten Sie", sagte

Omid. "Wenn es Ihnen nichts ausmacht, rufen Sie bitte zurück und hinterlassen Sie eine Nachricht für ihn. Und sagen Sie nicht, dass Sie mit mir gesprochen haben. Das würde ihm die Überraschung verderben."

"Sicherlich. Kein Problem", sagte die Frau fröhlich. "Genießen Sie die Show."

Omid legte auf und stellte das Telefon zurück auf den Nachttisch. Sie war definitiv überrascht. Sie konnte sich nicht daran erinnern, wann John das letzte Mal versucht hatte, sie mit so etwas zu überraschen. Sie liebte es, ins Theater zu gehen, aber er war nie sonderlich begeistert davon gewesen, also kaufte sie ein paar Mal im Jahr Karten und nahm Carol und die Mädchen mit.

Sie schaute auf die Badezimmertür und schüttelte den Kopf. Es war eine nette Geste, wenn auch sicherlich im Einklang mit dem seltsamen Sinn für Timing ihres Mannes.

Sie wusste, dass sie im Moment ein Wrack war, mit allem, was mit Sayeh passierte. Gestern Abend, als ihr Flug ankam und sie im Haus war, hatte er schon geschlafen. Und heute Morgen war sie schon aus dem Bett aufgestanden und machte unten Hausarbeit, bevor er aufwachte.

Omid zuckte mit den Schultern und sagte sich, dass sie das brauchten. Sie brauchten ein paar Stunden Abstand von all den Sorgen. Ein paar Zeilen von Hafiz fielen ihr ein: "Gib danke für Nächte verbracht in guter Gesellschaft , und nimm die Gaben einen ruhigen Geist möge bringen ." Sie könnte ein wenig Ruhe gebrauchen. Das könnten sie alle.

Sie zog die Vorhänge im Schlafzimmer zurück und öffnete die Fenster. Sie fühlte sich bereits leichter, besser, nicht mehr so allein, wie sie sich gestern Nacht um 2:00 Uhr auf der Heimfahrt vom Flughafen gefühlt hatte. Sie nahm ihre gefalteten Kleider aus dem Korb und legte sie auf die jeweiligen Kommoden. Den Rest des Korbes brachte sie in Hannahs Zimmer.

Es gab eine spürbare Veränderung. Das Bett war gemacht. Die Kleidung war vom Boden aufgesammelt worden. Auf den Möbeln befanden sich keine abgelegten Gegenstände. Die Schranktüren waren geschlossen. Die Oberfläche des Schreibtischs war sichtbar, und die Bücher waren ordentlich im Regal gestapelt.

Hannah muss die ganze Nacht wach gewesen sein. Die 'Typ A'-Seite ihrer Persönlichkeit kam oft zum Vorschein, wenn Hannah unter Stress stand. Die Siebzehnjährige spürte eindeutig den Druck, der von der Situation ihrer Schwester ausging, aber Omid vermutete, dass ihre Tochter wahrscheinlich durch die Art und Weise, wie sie und John sich gestern Morgen zueinander verhalten hatten, aufgebracht war. Hannahs Reaktion auf all das hatte sich gestern Abend darin gezeigt, dass sie ihr Zimmer aufgeräumt und das Bücherregal alphabetisch geordnet hatte.

Omid hoffte so sehr, dass sie Sayeh vor Hannahs Abschlussfeier wieder nach Hause bringen konnten. Sie fand es so süß, wie sich die beiden Schwestern so sehr angenähert hatten, seit Sayeh zum ersten Mal aufs College ging.

Omid verstaute die Kleidung in den Schubladen. Sie wollte ihrer Tochter keinen weiteren Grund geben, heute Nacht nicht mehr zu schlafen.

John war in der Küche und hatte seine Müslischale schon halb aufgegessen, als Omid Hannahs Badezimmer aufräumte und sich auf den Weg nach unten machte.

"Sie gehen heute nicht zur Arbeit?", fragte er und sah überrascht auf, als sie die Küche betrat.

"Ich hatte gehofft, Sayeh würde heute Morgen anrufen. Ich komme erst spät nach Hause." Sie füllte Johns Kaffee nach und goss den Rest in ihre eigene Tasse.

"Und, hat es sich gelohnt, nach Washington zu gehen?"

Sie beschloss, die Art und Weise, wie er die Frage formuliert hatte, zu ignorieren und setzte sich ihm gegenüber. In ein paar Sätzen fasste sie zusammen, wohin sie gegangen war und welche bürokratischen Hürden sie überwinden musste.

"Aber wenn alles so läuft, wie sie es versprochen haben, sollten wir Sayehs Ersatzpass bis Ende der Woche haben. Ich kann nicht einmal schätzen, wann mein iranischer Pass fertig sein wird."

Er stellte keine Fragen, bot keine Lösungen an. Er aß sein Müsli zu Ende und spülte die Schüssel ab, bevor er sie in den Geschirrspüler stellte. Es war seltsam, dass er heute Morgen damit zufrieden zu sein schien, alles in ihren Händen zu lassen. Es schien, als wäre er mit seinen Gedanken ganz woanders und sie fragte sich, wie viel er überhaupt von den Dingen mitbekommen hatte, die sie ihm erzählt hatte.

"Ich gehe jetzt zur Arbeit", sagte er und nahm seine Autoschlüssel vom Haken neben der Tür. "Rufen Sie mich an, wenn Sie etwas von Sayeh hören."

Omid nickte. Sie bemerkte den Seesack, den er aufhob. Soweit Omid wusste, gehörte John keinem Fitness-Studio an, das er vor oder nach der Arbeit aufsuchte. Allerdings verließ sie das Haus immer lange vor ihm. Vielleicht war das etwas, was sie wusste, und sie wusste es einfach nicht.

Der Telefonanruf ging ihr durch den Kopf. Er war auf dem Weg zu einem Theaterstück in Hartford und wollte sich umziehen. Sie fragte sich, wann er sie nach dem heutigen Abend fragen würde, und dann durchfuhr sie ein Gedanke wie eine Kettensäge, der sie ausweidete und sie leer und kalt zurückließ.

Er war mit jemand anderem unterwegs.

An der Tür zur Garage drehte er sich zu ihr um. "Übrigens, ich werde zum Abendessen nicht zu Hause sein."

"Lange arbeiten?", fragte sie und spürte, wie ihr die Worte im Halse stecken blieben.

"Ja. Und nach der Arbeit treffe ich mich mit den Jungs zum Pokern."

"Meinen Sie das ernst... bei allem, was mit Sayeh los ist?"

"Daran lässt sich im Moment nichts ändern." John starrte sie an. "Ihr Anwalt tut alles, was möglich ist."

"Warum können Sie heute Abend nicht nach Hause kommen?" Sie konnte das nicht glauben. Warum hat sie ihn nicht einfach zur Rede gestellt? "Ausgerechnet heute."

"Nein, ich werde meine Pläne nicht ändern, nur um mir Sorgen zu machen. Sayeh ist in Sicherheit. Wir müssen ihr nur den Pass besorgen, und darum haben Sie sich gekümmert. Er schüttelte den Kopf. "Nein, ich werde gehen."

"In wessen Haus ist es heute Abend?", fragte sie ohne Interesse und fühlte sich plötzlich innerlich tot.

Er tätschelte seine Taschen und holte seine Schlüssel heraus. "Sie kennen ihn nicht. Ein neuer Typ in der Gruppe. Wohnt in West Hartford. Ich rufe Sie gegen Abend von der Arbeit aus an."

"Du gehst also wirklich?", fragte sie.

"Warten Sie nicht auf mich", antwortete er und ging zur Tür hinaus.

Omid starrte eine Weile auf die geschlossene Tür... und fragte sich, wer *dieses Mal* das Interesse ihres Mannes geweckt hatte.

Kapitel Neununddreißig

Teheran

GRÜNE BANNER UND FAHNEN, große und kleine, schmückten die Außenseite des Gebäudes, und weitere grüne Fahnen wurden verteilt, als die Menschenmassen eintraten. Sayeh, Mina und Farzaneh trugen grüne Stirnbänder und Armbänder. Die Kundgebung für Mir-Hossein Mousavi fand im Bahman-Kulturzentrum im südlichen Teil Teherans statt und es hatte sich herumgesprochen, dass der Präsidentschaftskandidat und seine Frau teilnehmen würden.

Die Menschen um Sayeh herum trugen Schilder und Bilder von Mousavi, und als sie das überdachte Stadion betraten, war die Energie der Menge elektrisierend. Als die drei Frauen einen der Gänge hinuntergingen, fühlte sich Sayeh wie auf einem lebendigen Meer aus Grün mitgerissen. Unter ihnen sah sie einen Platz voller Menschen, die sich um eine erhöhte Plattform drängten, auf der nur ein einfacher Holztisch und zwei Stühle standen.

Die Menge drängte sie nach vorne. Jemand hinter ihr begann eine Parole zu skandieren. Andere um sie herum schrien und wiederholten die Worte. Sayeh blickte in die aufgeregten Gesichter der Männer und Frauen. Sie wiederholte die Worte und spürte, wie sich ihr Geist mit den anderen erhob. Sie war jetzt ein Teil davon. Selbst als sie mit den anderen schrie, merkte sie, dass sie überhaupt keine Angst verspürte. Sie fühlte sich beschwingt und ritt auf der Welle der Begeisterung, die von der Menge selbst erzeugt wurde.

Es gab keine Möglichkeit, sich in irgendeine Richtung zu bewegen, außer mit der Masse der Menschen um sie herum. Sie ging bereitwillig mit und wünschte, sie hätte ein Handy, mit dem sie ihre Mutter jetzt anrufen könnte. Sie wollte das Telefon hochhalten, damit sie die Gesänge und die Aufregung hören konnte. Sie hatte heute Nachmittag schon mehrmals versucht, zu Hause anzurufen, war aber nicht durchgekommen. Aber das hier war etwas ganz Besonderes. Sie wusste, dass ihre Mutter das zu schätzen wüsste. Diese Stimme der Einigkeit. Bei einer seltenen Gelegenheit hatte Omid über den Geist des iranischen Volkes gesprochen. Die Freundlichkeit, das Vertrauen... und der Geist. Sayeh wusste jetzt, wovon ihre Mutter gesprochen hatte. Das alles war heute Abend hier unter diesem einen Dach.

Als sie sich dem Platz am Ende des Ganges näherten, unterhielten sich die Menschen miteinander. Ob Freunde oder Fremde, sie hatten ein gemeinsames Ziel, eine gemeinsame Vision für den Iran. Sayeh verstand ziemlich viel von dem, was um sie herum gesagt wurde.

Flugblätter wurden herumgereicht, und eines, das Sayehs Aufmerksamkeit erregte, war von einer Gruppe von Frauenrechtsaktivisten. Sie erkannte den berühmten feministischen Slogan an der Spitze. "Persönlich ist politisch". Die Seite enthielt eine detaillierte Auflistung der Kämpfe der Frauen im Iran und der Regeln der Regierung, die in Frage gestellt werden müssen.

Sayeh spürte, wie jemand ihren Arm ergriff. Es war Mina. Sie versuchte, Sayeh durch die Gruppe von Menschen zu ziehen, die sich zwischen sie geschoben hatte. Sayeh stopfte die Flugblätter in ihre Tasche.

"Ich möchte Sie nicht verlieren", sagte sie, nachdem Sayeh sich zu ihr durchgeschlagen hatte.

Farzaneh zerrte sie in eine Reihe am Rande des Platzes. Sie waren keine dreißig Meter von der Bühne entfernt.

"Ein guter Ort", rief sie über den Lärm der Menge hinweg, und Mina nickte.

Sayeh schaute sich im Stadion um. In nur wenigen Minuten hatte es sich mit den Menschenmassen, die vor dem Eingang auf die

Öffnung der Türen gewartet hatten, fast gefüllt. Eine Gruppe von Männern versuchte, den Weg vom Podium zu einem Seiteneingang freizuhalten, aber die Menschen auf dem Platz lehnten sich stark zurück.

Als sie einen Blick auf ihre Freunde warf, schrieb Mina gerade etwas auf Farsi mit einem magischen Marker auf Farzanehs Handflächen.

Sie las sie Sayeh laut vor. "*Zan=Mard.*" Frau=Mann.

Farzaneh nahm den Marker als nächstes und schrieb dasselbe auf Minas Hände. Sayeh streckte ihnen sofort ihre Handflächen entgegen.

"In Amerika sind Männer und Frauen gleichberechtigt", erinnerte Mina sie.

Sayeh nickte. "Aber ich bin im Iran und ich will das für Sie und mich und meine Mutter und ihre Familie und jede Frau, egal wo wir leben." Ihre eigenen Worte ließen sie erstarren. Sie war überwältigt von den rohen Emotionen, die sie durchströmten. Sie meinte diese Worte ernst. Sie glaubte sie.

"Unser Freund, unser Rebell", sagte Mina, nahm den Marker von Farzaneh und schrieb die Worte auf Sayehs Handfläche.

Die Hände der Frauen um sie herum erschienen. Während Mina den Slogan schrieb, lächelte Sayeh in die Menge um sie herum. Viele trugen die Worte bereits auf Transparenten und Schildern, die sie über ihren Köpfen schwenkten. Als sie sich umdrehte, war Farzaneh verschwunden.

"Wo ist sie hin?" fragte Sayeh und suchte nach ihrer Freundin.

Mina nickte ihr über die Schulter zu. "Sie hat einen ihrer Cousins gesehen. Ich glaube, halb Teheran ist mit ihr verwandt. Überall, wo wir hingehen, sieht sie Verwandte."

Sayeh entdeckte Farzaneh, die sich durch die Menge auf sie zubewegte. Ein junger Mann, der ein grünes Stirnband trug, folgte ihr. Er war groß und sah so gut aus, dass sich einige der Frauen zu ihm umdrehten, als er vorbeiging. Längeres schwarzes Haar lugte unter den Rändern des Stirnbandes hervor.

"Mein Cousin Reza", rief Farzaneh und stellte ihn vor, bevor sie sich Sayeh zuwandte. "Er nimmt diese Woche an der IPM-Mathematikkonferenz teil. Vielleicht kann er Ihnen helfen, die Person zu treffen, die Sie treffen müssen."

Dr. Siman, der Mann, dem ihre Eltern Geld schicken wollten, sollte morgen in Teheran eintreffen. Sayeh lehnte sich dicht an Farzanehs Ohr und flüsterte ihr zu. "Wie viel weiß er über meine Situation?"

"Er weiß genug. Ich habe ihm gesagt, dass Sie und Mina Kriminelle und... auf der Flucht sind." Sie lächelte. "Ich glaube, diese Worte treffen auf die Hälfte der Menschen zu, die heute Abend hier versammelt sind."

Reza war groß und schlaksig. Seine Handfläche war warm und seine Finger kräftig, als er ihr die Hand schüttelte. Seine Augen waren groß und dunkel, und einen Moment lang fiel es ihr schwer, den Blick abzuwenden.

"Reza, Sie sind jetzt dafür verantwortlich, sie zu beschützen", sagte Farzaneh zu ihm.

"Es wird mir ein Vergnügen sein", sagte er und arbeitete sich zu ihr vor, um neben ihr zu stehen. Er drängte sich höflich an sie heran und tat sein Bestes, um ihr Raum zu geben, aber der Körperkontakt war unvermeidlich. Sayeh machte das nichts aus. Sie bemerkte auch, dass er grüne Armbänder trug.

"Mein Cousin hat mir erzählt, dass Sie Amerikaner sind."

Sein Englisch war perfekt und in seiner Stimme lag ein Hauch eines Akzents, der nicht iranisch war. Sie konnte ihn nicht zuordnen. "Ich bin iranisch-amerikanisch", korrigierte sie ihn.

"Ist dies Ihre erste Reise in den Iran?"

Sie nickte.

"Ich hoffe, Sie verurteilen uns nicht aufgrund des schlechten Empfangs, den Sie am Flughafen hatten. Wir sind ein sehr gastfreundliches Volk und wir lieben die Amerikaner."

"Ich weiß alles über Ihre großzügige Gastfreundschaft. Ich wohne seit gestern im Haus von Farzanehs Großmutter. Ich hätte nicht besser behandelt werden können, wenn ich bei meiner eigenen Familie geblieben wäre."

Er nickte. "Shahr Banoo. Sie ist auch meine Großmutter. Meine Mutter ist die Schwester von Farzanehs Vater, und ihre Mutter ist Shahr Banoo.

"Es ist so viel einfacher, das auf Farsi zu erklären. Anstatt Sie als Cousin vorzustellen, hätte Farzaneh sagen können, dass Sie ihr *pesar ameh* sind. Der Sohn ihrer Tante. Das hätte die familiären Verbindungen vollständig erklärt."

Er lächelte und sie musste zugeben, dass er wie ein Filmstar aussah.

"Sprechen Sie Farsi?"

"*Yekam*." Ein wenig, antwortete sie. "Ihr Englisch ist erstaunlich."

"Das sollte es auch. Englisch war praktisch die erste Sprache, die ich gelernt habe."

"Wie kommt das?", fragte sie.

"Mein Vater war Australier. Ich wurde in Sydney geboren und habe dort bis vor acht Jahren gelebt." Er streckte ihr seine Hand entgegen und schüttelte ihre erneut. "Reza Raad Crawford. Ich nenne mich Reza Raad, um nicht zu viel Aufmerksamkeit auf mich zu lenken."

Das erklärte den Akzent. "Und dann ist Ihre Familie in den Iran gezogen?"

"Nur meine Mutter und ich kamen hierher. Das war nach dem Tod meines Vaters."

"Es tut mir leid", sagte sie.

Er sah weg, offensichtlich wollte er nicht mehr darüber reden. Die Leute drängten sich weiter vor und das Gedränge wurde immer heftiger. Auch der Geräuschpegel stieg an. Als Sayeh neben Reza stand, fühlte sie sich noch wohler, als sie hier war. Sie war nicht anders als er. Sie gehörte hierher.

Er hat eine Frage gestellt, die sie nicht gehört hat. Die Menschenmenge war so laut. Er brachte seinen Mund nahe an ihr Ohr und fragte erneut. "Was wissen Sie über Mousavi?"

Ein sanftes Kribbeln lief ihr den Rücken hinunter. Sie wurden näher zusammengeschoben.

"Nur das, was Farzaneh und Mina mir erzählt haben. Dass er dem linken Flügel der islamischen Partei angehört. Und dass er an die Gleichberechtigung der Frauen glaubt."

Er nickte.

"Was halten Sie von ihm?", fragte sie.

"Ich mag, was er tut. Aber er war früher viel hitzköpfiger als heute. Ich möchte, dass er diesen Extremisten wie Khamenei sagt, dass die Zeit der machthungrigen Fanatiker vorbei ist."

"Wie war er vorher?"

"Ich habe ein altes Interview mit ihm gelesen, in dem er sagte, sein frühester politischer Held sei Che Guevara gewesen. Jetzt, so sagte er, predigt er eher wie Gandhi." Seinem Ton nach zu urteilen, gefiel Reza der alte Mousavi eindeutig besser.

"Es gibt nichts Falsches an Gandhi, seiner Philosophie oder seinen Methoden", sagte Sayeh, als sie merkte, dass sie den Präsidentschaftskandidaten verteidigte.

Rezas Blick fixierte den ihren mit einer Intensität, die Sayeh den Atem im Hals stecken bleiben ließ.

"Um diese Schlacht zu gewinnen", sagte er entschlossen, "um die Revolution zu beenden, die dieses Land vor dreißig Jahren begonnen hat, kann man nicht gleichzeitig Che und Gandhi sein. Wir haben es hier mit skrupellosen Gegnern zu tun. Sie werden die Macht und den Reichtum, den sie erworben haben, nicht ohne einen erbitterten Kampf aufgeben. Wir müssen ihnen auf den Straßen genauso begegnen wie auf dem Schlachtfeld."

Gandhi sagte: "Auge um Auge macht die Welt blind", erinnerte Sayeh ihn.

"Gandhi hat nie im Iran gelebt. Wir sprechen hier nicht über die Welt. Dieses Land... nein, ich sollte sagen, diese Regierung hat keinen Respekt vor den Rechten des Einzelnen. Sie hat keinen Wert für das menschliche Leben. Wir können uns an Orten wie diesem versammeln und so lange schreien, bis jeder Atemzug aus unseren Lungen entweicht. Jeder von uns kann in eine Wahlkabine gehen und bekannt geben, wen wir als nächsten Präsidenten haben wollen. Es wird keinen Unterschied machen. Ich sage es Ihnen jetzt. Sie werden unsere Stimmen wegwerfen. Das Endergebnis wird sein, dass Ahmadinejad mit einem Erdrutschsieg gewinnen wird. Die einzige Sprache, die die Revolutionsgarden und die Pasdaran und die Basij und die Patrouillen der so genannten Sittenpolizei verstehen, ist die Sprache der Angst. Wir müssen sie die gleiche Angst spüren lassen, die sie jedem anderen Iraner einflößen."

"Und Sie glauben, dass Mousavi derjenige ist, der das tut?"

Er sah sie einen Moment lang an, bevor er sprach. "Ich weiß es nicht. Vielleicht ist er nur ein Schwindler, ein Strohmann für Rafsandschani und die alte Garde, die einen Teil ihrer Macht an Chamenei und den Narren Ahmadinijad verloren hat. Er war in der Vergangenheit an der Unterdrückung beteiligt und ist es vielleicht auch jetzt. Einige Leute denken das. Aber sehen Sie sich um. Er bringt die Menschen zu den Kundgebungen und auf die Straßen. Die Menschen stellen sich den Mullahs, den Pasdaran und den Basij entgegen und fordern ihre Rechte. Wenn noch mehr auf die Straße gehen, könnte eine weitere Revolution beginnen. Wenn eine Revolution einmal begonnen hat, kann man nicht wissen, wie sie enden wird. Vor dreißig Jahren ist sie nicht gut ausgegangen, aber dieses Mal könnte sie gut ausgehen... und ich bin bereit, dafür zu kämpfen."

Seine Rede raubte ihr den Atem. Sie blickte zu ihm auf und sah ihm ins Gesicht. "Wow!"

"Wow, was?", fragte er.

"Ich glaube, Sie sind der erste echte Revolutionär, dem ich in meinem Leben begegnet bin."

Er lächelte und schüttelte den Kopf. "Nein. Sie sind eher hier, als dass Sie zu Hause bei meiner Großmutter bleiben. Sie haben es auch im Blut. Wir alle haben es. Nur haben einige von uns ein größeres Maul als andere."

Plötzlich begann die Menge zu schreien. Rufe wie "Mousavi... Mousavi... Mousavi" erfüllten die Luft. Als Sayeh sich auf die Zehenspitzen stellte, konnte sie sehen, dass eine Gruppe durch die Seitentür hereinkam. Die Masse der Menschen auf dem Platz bewegte sich wie eine Meereswelle, als immer mehr von ihnen versuchten, näher an die Bühne zu kommen. Dann sah Sayeh, wie sich das Wasser leicht teilte und sich das kleine Gefolge um den Kandidaten und seine Frau unwiderruflich in Richtung Podium bewegte.

Beim Anblick der beiden - des kleinen, weißbärtigen Mannes in einem einfachen weißen Hemd und der noch kleineren, verschleierten Frau neben ihm - spürte Sayeh, wie sich etwas in ihr regte. Als sie die Sprechchöre der Menge hörte, erinnerte Sayeh sich selbst daran, zu atmen, als ein erstickendes Gefühl in ihrer Brust wieder aufstieg. Ein Gefühl der Freude, dazuzugehören. Ein Gefühl von Stolz.

Sie schaute sich um und konnte keine Spur von Mina oder Farzaneh entdecken.

Eine große Hand kam auf ihrer linken Schulter zum Liegen. Sie schaute hin und sah das grüne Armband und dann Rezas Gesicht.

"Ich bin hier", sagte er ihr.

Sie lehnte sich an ihn und richtete ihre Aufmerksamkeit auf die Bühne.

Kapitel Vierzig

Litchfield

Erleichterung durchströmte Omid, als sie die E-Mail von ihrem Cousin in Isfahan öffnete.

> *Ich habe auf Facebook eine Nachricht für mich hinterlassen. Die Behörden haben mich am Sonntagabend am Flughafen angehalten. Einige Stunden lang Fragen, aber das ist vorbei. Jetzt bin ich zu Hause. Besser, dass ich eine andere Vereinbarung getroffen habe.*
>
> *Das Wetter hier ist bereits zu heiß. Keine gute Jahreszeit für Touristen.*
>
> *Liebe-Zari*

Die Worte waren kaum verschlüsselt, und die Bedeutung war klar. Sayeh würde in Isfahan definitiv nicht sicher sein.

Omid schrieb eine kurze Antwort, bedankte sich bei ihrem Cousin und schickte die E-Mail ab. Sie lehnte sich in ihrem Stuhl zurück und blickte automatisch auf die Uhr an der Wand. Es war zwanzig Minuten nach sechs. Sie war die Einzige, die noch im Büro war.

Sie traute sich, John anzurufen und ihn direkt zu fragen, was er heute Abend vorhatte. Sie hatte den ganzen Tag über den Anruf von Bushnell und die Lüge, die er ihr erzählt hatte, nachgedacht und schwankte zwischen gelegentlichen Zweifeln und einer überwiegenden Gewissheit. Es war möglich, dass er die Karten als Geschenk für ein Ehepaar in seinem Büro gekauft hatte, versuchte sie sich einzureden. Nein, diese Erklärung war nicht stichhaltig. Sie versuchte es mit anderen möglichen Erklärungen, aber ebenso erfolglos.

Sie wusste es.

Omid wusste, dass es im Laufe der Jahre noch andere Anzeichen für Johns anhaltende Untreue gegeben hatte, aber sie hatte immer beschlossen, sie zu ignorieren. Sie wollte sich nicht eingestehen, dass ihre Ehe zu einer einfachen Vertrautheit, Bequemlichkeit und Routine verkommen war. Was immer er nicht von ihr bekam, bekam er von anderen Frauen.

Es machte sie krank, aber sie war im Moment nicht bereit, sich dem zu stellen. Aber was für ein Mann könnte so etwas tun... in Sayehs Situation und bei all dem Stress, unter dem sie alle standen. Sie starrte auf das Telefon und stellte fest, dass sie ihn gar nicht mehr kannte.

Die Bilder der Konfrontation waren ihr den ganzen Tag über durch den Kopf gegangen. Die Worte, die sie sagen wollte, liefen wie eine Endlosschleife in ihrem Kopf ab und wieder an. Der ganze Schmerz, den sie empfand, stieg in unregelmäßigen Wellen in ihr auf, und bei jedem Höhepunkt musste sie wütende Tränen zurückschlagen. Zugleich hatte sie Angst. John könnte sie verlassen. Und sie wusste, dass das das Ende sein würde.

Das konnte sie nicht verkraften. Sie war nicht darauf vorbereitet, jetzt noch mehr Stress und Veränderungen in ihrem Leben zu bewältigen. So lange war es so viel einfacher gewesen, sich dem nicht zu stellen, so zu tun, als ob nichts wäre. Die Tränen liefen ihr über das Gesicht und sie kämpfte jetzt nicht dagegen an. Omid fühlte sich ungeliebt, allein, besiegt.

Ihr Telefon klingelte. Es war ein interner Anruf. Sie wischte sich hastig die Tränen weg und nahm den Anruf entgegen.

"Vorsicht, Omid", warnte die Rezeptionistin an der Rezeption. "Ich habe gerade jemand Besonderen hochgeschickt."

Omid brauchte nicht zu fragen, wer. Sie hörte das Geräusch der Aufzugstür, und einen Moment später kam Hannah den Gang zwischen den Kabinenreihen herunter. Ihre Tochter zu sehen war wie der erste Krokus, der nach einem harten Winter durch den Schnee auftauchte. Omid verließ ihre Kabine und grüßte sie auf halbem Weg.

"Was machen Sie hier?", fragte sie.

Hannah zuckte mit den Schultern. "Ich habe Dad angerufen. Er kommt wieder nicht zum Abendessen nach Hause, also dachte ich, wir könnten einen Frauenabend machen. Was hältst du davon?"

Omid umarmte ihre Tochter und wollte sie nicht mehr loslassen.

Sie war nicht allein. Sie wurde geliebt.

"Ich würde sagen, es klingt großartig."

Kapitel Einundvierzig

Teheran

SAYEH WAR DIE ERSTE, die am Mittwochmorgen aufstand. Sie schaute auf die Uhr und es war bereits 10:45 Uhr. Mina und Farzaneh lagen immer noch zusammengerollt und schliefen zufrieden, ihre grünen Bänder und Stirnbänder lagen verstreut auf dem Boden.

Auf Zehenspitzen schlich sie ins Badezimmer, duschte und zog das Hemd und die Jeans an, die sie sich von Farzaneh geliehen hatte. Sie schaute in den Spiegel und war erstaunt, wie sehr sich ihr Leben in den letzten Tagen verändert hatte. Wohin ihr Weg sie auch führen würde, Sayeh wusste, dass sie nie mehr dieselbe sein würde.

Sie ging leise ins Wohnzimmer und in die Küche und suchte nach Shahr Banoo. In der Wohnung gab es keine Spur von ihr. Nachdem sie auf dem Balkon nachgesehen hatte, entdeckte sie einen Zettel auf dem Esstisch, neben einem Frühstücksbrot mit *Naan-e-Barbari* und Käse sowie ein paar Flaschen Marmelade und Honig, die Farzanehs Großmutter für sie hinterlassen hatte.

Sayeh versuchte, den Zettel zu lesen. Die Handschrift war eine Schreibschrift und die einzigen Teile, die sie lesen konnte, waren das Wort 'Arzt' und die Uhrzeit. Sie entschied, dass Shahr Banoo zu einem Arzttermin gegangen war.

Sayeh überlegte, ob sie ihre Eltern jetzt anrufen sollte, aber angesichts der Zeitverschiebung von acht Stunden - und weil sie nichts Neues zu berichten hatte - hielt sie es nicht für richtig, sie um vier Uhr morgens zu wecken. Sie wollte heute Abend Dr. Siman anrufen. Sie hoffte, dass sie ihn morgen sehen und das Geld abholen konnte.

Sie goss sich eine Tasse Tee ein und suchte einige der Flugblätter, die sie gestern Abend von der Kundgebung mitgenommen hatte. Dasjenige, das sie am meisten interessierte, war von der Frauengruppe. Die Vorderseite war in Farsi geschrieben, die Rückseite in Englisch.

Eine Reihe ausländischer Reporter hatte gestern Abend über die Veranstaltung berichtet. Die Frauen des Iran wollten irgendwie internationale Aufmerksamkeit erregen. Sie saß auf einem Stuhl im Wohnzimmer und las das Flugblatt. Die Worte waren stark und kompromisslos in ihrer Offenheit. Hinter den Worten las sie die Herausforderung an das gegenwärtige System.

Wenn eine Frau den obligatorischen Schleier ablehnt, ist sie gegen das Regime.

Wenn eine Frau sich ihren Partner aussuchen möchte, verstößt sie sofort gegen das Regime. Wenn eine Frau es wagt, eine außereheliche Beziehung einzugehen, wird sie zu Tode gesteinigt.

Sayeh erschauderte. Ernüchternd. Wie weit die iranischen Frauen unter dieser Regierung gefallen waren. Sie las weiter über die Schwierigkeiten, die jede Frau hat, wenn sie nach einer Scheidung ihre Kinder behalten will. Über Polygamie und sexuelle Apartheid. Sie las mehr über den Schleier, der für die Frauen im Iran eindeutig zum Symbol und zum Sammelpunkt geworden war.

...Frauen können nicht schweigen und werden diese bösartigen Gesetze nicht gehorsam hinnehmen. In den vergangenen dreißig Jahren haben die iranischen Frauen trotz der grausamen Unterdrückung durch das Regime immer wieder 'Nein!' zum Schleier gesagt... 'Nein' zur Erniedrigung. Nur einen Monat nach der Machtübernahme durch das islamische Regime erließ Khomeini sein berühmtes Dekret über die Schleierpflicht. Am 10. März 1979 organisierten die iranischen Frauen in Teheran einen epischen Marsch gegen Khomeinis Dekret. Unsere Schwestern, Mütter und Großmütter gingen zu Tausenden auf die Straße, um die erste politische Herausforderung des Regimes zu registrieren.

Die Tasse Tee vergessen, starrte Sayeh ausdruckslos an die Wand. Ihre Mutter war damals schon in Amerika gewesen. Aber was war mit ihrer Großmutter? Hatte sie bei diesem Marsch protestiert? Omid hatte ihren Töchtern nur wenig über ihre eigene Mutter erzählt, außer dass sie Universitätsprofessorin war und dass sie bei einem Unfall ums Leben gekommen war, nachdem Omid in die USA gekommen war.

Sayehs Gedanken kehrten zum Tagebuch ihrer Mutter zurück. Wenn es auf diesen Seiten Hinweise auf politische Aktivitäten gab, wäre das Grund genug, das Tagebuch zu konfiszieren. Wenn Omid ein Revolutionär gewesen war, so beschloss Sayeh, dann könnte es auch ihre Großmutter Azar gewesen sein. Die Vorstellung ließ sie vor Aufregung und Stolz erzittern. Das könnte das Blut sein, das in ihren Adern fließt, das Blut der Kriegerinnen.

Draußen klingelte es an der Tür.

Bei dem Geräusch wurde sie von der Realität eingeholt und ein Moment der Panik durchzuckte sie. Sie stopfte die Flugblätter unter das Kissen des Stuhls. Was, wenn es die Polizei oder die Pasdaran waren? Was, wenn sie sie hierher verfolgt hatten? Absurde Gedanken an Flucht drangen in ihr Bewusstsein. Sie dachte daran, sich zu verstecken. Sayeh rannte ins Schlafzimmer. Ihre beiden Freunde waren noch immer für die Welt verloren. Mut wurde im Bruchteil einer Sekunde zu Feigheit. Sie nahm einen tiefen Atemzug.

"Beruhigen Sie sich", murmelte sie vor sich hin und ging zurück ins Wohnzimmer. "Keiner darf wissen, dass Sie hier sind. Gehen Sie einfach nicht an die Tür."

Noch während sie das sagte, läutete die Person draußen erneut.

Beim dritten Mal beschloss Sayeh, dass die Person draußen wusste, dass jemand zu Hause war und nirgendwo hingehen würde. Es könnte sogar sein, dass Farzanehs Großmutter versehentlich ihre Schlüssel hier in der Wohnung vergessen hatte und draußen eingesperrt war.

Sayeh atmete tief durch und drückte auf den Knopf der Gegensprechanlage, wobei sie ihre beste Imitation eines persischen Akzents gab. "*Baleh?*", sagte sie. Ja?

"Guten Tag, Sayeh." Eine Männerstimme meldete sich. Der australische Akzent war nicht mehr zu überhören. "Ich heiße Reza. Meine Großmutter hat mich zum Mittagessen eingeladen. Ich weiß, dass sie noch nicht zu Hause ist, aber sie sollte in einer halben Stunde oder so zurück sein. Meinen Sie, Sie könnten mich vielleicht hereinlassen?"

Sayeh riss die Tür auf und hatte sofort einen ganz anderen Moment der Panik. Sie hatte ihr nasses Haar zu einem Pferdeschwanz gebunden und nicht einmal daran gedacht, sich das Make-up ihrer Freundin auszuleihen. Es war zu spät, um sich Sorgen zu machen, entschied sie mit einem Seufzer, denn fast sofort klopfte Reza an die Tür.

Sayeh öffnete sie und trat zurück. Der Mann, der auf dem Treppenabsatz stand, sah viel ernster aus als der Anarchist, mit dem sie gestern Abend Zeit verbracht hatte. Reza trug ein blaues Oxford-Hemd und eine dunkle Hose. Sein Haar war zurückgekämmt, sein Gesicht glatt rasiert.

"Ich weiß, dass ich zu früh bin, aber stört es Sie, wenn ich reinkomme?", fragte er.

Sie öffnete sofort die Tür weit. "Auf jeden Fall. Ich gehe und wecke Farzaneh und Mina. Sie schlafen noch."

"Dann lassen Sie sie in Ruhe", sagte er und sein Gesicht verzog sich zu einem Grinsen. "Das Letzte, was ich gebrauchen kann, ist der Zorn meiner Cousine, der auf mich niederprasselt. Ich weiß sehr gut, danke, wie sehr die kleine Prinzessin ihren Schönheitsschlaf liebt."

Sayeh schloss die Wohnungstür und folgte ihm in die Küche. Gestern Abend, nach der Kundgebung, hatte Reza sie alle drei zu einem späten Abendessen in ein Lokal namens Monsoon in der Gandhi Avenue eingeladen. Sie war überrascht von dem großartigen Essen und der Atmosphäre, die jedem Restaurant in Georgetown, in dem sie je gewesen war, in nichts nachstand. Das Lokal war voll mit jungen Leuten, und sie hatten Glück, einen Platz zu bekommen. Während des Essens stellte Sayeh fest, dass Farzaneh und Reza als Einzelkinder in ihren jeweiligen Familien wie Geschwister waren. Sie mussten sich über alles streiten.

Reza fühlte sich im Haus seiner Großmutter wie zu Hause. Sie sah ihm zu, wie er den rechten Schrank öffnete, um sich ein Glas zu holen, bevor er zum Kühlschrank ging und sich Eistee aus einer Kanne einschenkte.

"Sie haben uns gestern Abend, als Sie uns abgesetzt haben, nicht gesagt, dass Sie heute zum Mittagessen kommen würden", fragte Sayeh.

"Ich musste mich erst einladen lassen", sagte er. "Nicht, dass meine Großmutter auf solche Zeremonien steht, aber ich wollte sichergehen, dass ihr Termin heute Morgen nichts Ernstes ist. Und das ist es übrigens auch nicht. Ich habe sie heute Morgen gefragt, als ich sie abgeholt und zum Arzt gebracht habe. Nur eine normale Untersuchung."

"Wie kommt sie nach Hause?"

"Sie ist mit meiner Mutter beim Einkaufen. Das ist eine Mutter-Tochter-Sache, die sie einmal in der Woche gemeinsam machen."

Sayeh ging vor ihm zurück ins Wohnzimmer. Sie war nun noch entschlossener, ihre Freunde zu wecken. Sie wollte nicht im Mittelpunkt der Aufmerksamkeit der Familie stehen, wenn Rezas Mutter und Großmutter eintrafen.

"Wissen Sie denn, wie lange Sie im Iran bleiben werden?"

"Das kommt ganz darauf an." Gestern Abend war das Restaurant nicht der richtige Ort gewesen, um Mina und Sayeh den Ärger zu erklären, den sie hatten.

"Hängt wovon ab?"

Sie schaute auf die Tür des Schlafzimmers, in dem ihre Freunde schliefen. "Vielleicht sollte ich sie zuerst wecken?"

"Ich bin früher gekommen, in der Hoffnung, ein paar Minuten mit Ihnen allein zu sein."

Sein offenes Eingeständnis überraschte sie. Sayeh war in Ägypten zur Schule gegangen und hatte sich fast ein Jahr lang von flirtenden Männern ferngehalten, aber Reza hatte sie vom ersten Moment an in seinen Bann gezogen. Zwischen ihnen braute sich definitiv etwas zusammen, und Sayeh konnte es nicht ignorieren.

Sie sah wieder zur Tür und dann zurück zu ihm. "Warum?"

"Damit wir die Möglichkeit haben, miteinander zu reden."

Sayeh wusste, dass sie in Schwierigkeiten steckte, als ihr Körper sich selbst auf das Sofa setzte, obwohl ihr Verstand ihr sagte, sie solle sich auf einen Stuhl am anderen Ende des Raumes setzen. Reza setzte sich an das andere Ende des Sofas.

"Reden?", wiederholte sie.

Seine Augen zeigten seine Belustigung. "Sie sagten, dass Ihr Aufenthalt von etwas abhängt."

"Das hängt davon ab, wann ich einen Ersatzpass bekommen kann."

"Haben Sie bereits einen Antrag gestellt?"

"Meine Eltern schon."

"Macht es Ihnen etwas aus, wenn ich vorbeikomme... oder Sie sogar einmal ausführe, während Sie darauf warten, dass es ankommt?"

"Sie meinen, Sie nehmen Farzaneh, Mina und mich mit?"

"Nein." Das war eine klare Antwort. "Nur Sie. Wie ein Date."

"Kann man sich im Iran verabreden?", fragte sie halb ernst.

"Sicher. Es gibt sogar ein paar Lektionen über Dating, die wir Iraner unseren westlichen Kollegen beibringen können."

"Ernsthaft?", sagte sie und versuchte erfolglos, die Skepsis aus ihrer Stimme herauszuhalten. "Was für eine Art von Unterricht?"

Er lachte. "Sie werden abwarten müssen."

Sie hörten, wie sich der Schlüssel in der Eingangstür drehte. Sayeh sprang auf die Füße. Reza nahm ihre Hand.

"Was sagen Sie dazu?"

"Ja, sehr gerne", sagte sie über die Schulter, während sie ins Schlafzimmer lief, um ihre schlafenden Freunde zu wecken.

Kapitel Zweiundvierzig

Litchfield

Das Timing des Anrufs war perfekt. Omid war bereits angezogen, die Treppe hinunter und starrte auf den brühenden Kaffee, als Sayeh anrief.

"Ich wohne immer noch bei der Großmutter meines Freundes", erklärt Sayeh. "Und ich werde hier bleiben können, bis die Zeit kommt, in der ich das Land verlassen kann."

"Konnten Sie das Geld besorgen, das wir Ihnen geschickt haben?" fragte Omid.

"Ich habe mit dem Mann telefoniert. Er ist gerade heute Nachmittag in seinem Hotel angekommen. Ich habe für morgen früh ein Treffen mit ihm auf dem IPM-Campus vereinbart. Einer meiner Freunde wird mich dorthin bringen. Dr. Siman sagte, dass er das Geld in Dollar haben wird. Es ist kein Problem, es in *Toman* umzutauschen", sagte Sayeh zu ihrer Mutter. "Übrigens war er sehr nett am Telefon. Er sagte, er würde sich freuen, wenn er noch etwas für mich tun könnte."

Omid war erleichtert. "Ich habe noch nichts vom Außenministerium wegen Ihres Passes gehört. Ich habe gestern Abend mit Rechtsanwalt Iman telefoniert. Er sagte, das Außenministerium werde sich mit der Schweizer Botschaft in Verbindung setzen, aber wie schnell etwas unternommen werden kann... nun, es ist sehr unwahrscheinlich, dass sie etwas unternehmen werden. Aber er hatte noch einen anderen Vorschlag, wie Sie aus dem Iran herauskommen können. Ich denke, das könnte perfekt funktionieren."

"Okay, Mama. Aber bevor du anfängst, ich bin hier erst einmal sicher. Es gibt keine..."

"In Ordnung, Schatz, aber hör mir zu", flehte Omid.

"Okay. Fahren Sie fort. Ich bin ganz Ohr."

"Der Anwalt schlug vor, dass er, sobald Sie das Geld haben, denselben Mann anrufen und ihn bitten kann, einen Fahrer und ein Auto für Sie zu mieten. Das Auto wird Sie nach Süden zu einer der kleineren Städte am Persischen Golf bringen. Es gibt eine Reihe von Booten, die täglich zwischen dem Festland und der Insel Kish verkehren, die ein Urlaubsgebiet ist. Viele Iraner - und auch Araber und Europäer - machen dort Urlaub, sagt er. Auf Kish ist es viel entspannter, weil so viele Ausländer da sind, und er kann einen mehrwöchigen Aufenthalt für Sie arrangieren. Von dort aus, so sagt er, kann er Sie nach Dubai schicken, wo Sie auf Ihren Reisepass warten können. Wie hört sich das an? Dann wären Sie raus aus Teheran."

Sayeh schwieg einen Moment lang.

"Nein, Mama", antwortete sie schließlich. "Ich möchte nicht in diese Richtung gehen. Mir geht es hier gut. Ich glaube nicht einmal, dass irgendjemand im Moment nach mir sucht. Ich habe Freunde gefunden. Ich bin sicher und glücklich. Ich bleibe hier, bis ich meinen Pass habe."

Omid kämpfte gegen den Drang an, zu argumentieren. Dennoch wollte sie ihrer Tochter zu verstehen geben, dass sie Sayeh aus diesem Land heraus haben wollte.

"Hey, weiß Zari, dass es mir gut geht?" Sayeh wechselte das Thema.

"Wir konnten einige E-Mails austauschen. Sie weiß, dass es Ihnen gut geht. Sie wurde von den Behörden in Isfahan festgenommen und befragt, aber sie ließen sie gehen, als sie merkten, dass sie nicht wusste, wo Sie sind. Es war richtig, dass Sie sie nicht kontaktiert haben. Es ist das Beste, sich im Moment von der Familie fernzuhalten."

Omid schenkte sich eine Tasse Kaffee ein. Zum ersten Mal seit Tagen beruhigten sich ihre Nerven. Sie konnte klarer denken und handeln. Sie wusste jedoch, dass es ihr viel besser gehen würde, wenn Sayeh zu Hause war.

"Übrigens, Mama, erinnerst du dich an die Tagebücher, die du geführt hast, als du noch ein Teenager warst und hier gewohnt hast?" fragte Sayeh.

Omid setzte sich an den Küchentisch. Sie konnte sich nicht erinnern, ihren Töchtern jemals davon erzählt zu haben. "Ja. Ich habe früher gerne geschrieben. Ich habe eine Art Tagebuch geführt. Ich hatte eine Kiste voller Notizbücher, in denen ich schrieb. Gedichte, Geschichten, Dinge, die passiert sind, wie ich mich gefühlt habe. Ich habe versucht, es fortzusetzen, als ich hierher kam, aber irgendwann habe ich das Interesse verloren." Sie sagte es nicht, aber sie hörte damit auf, weil es zu schmerzhaft war, all das festzuhalten, was sie verloren hatte. "Warum?"

"Wissen Sie, was mit diesen Notizbüchern passiert ist?"

"Sie gehörten zu den Sachen meiner Mutter", sagte Omid. Sie hatte sich nie gefragt, was mit den Habseligkeiten ihrer Mutter passiert war, mit den Dingen, die ihr gehört hatten. Sie hatte es nie wissen wollen.

"Die Habseligkeiten Ihrer Mutter müssen dann bei Ihrer Großtante gelandet sein. Die Mutter von Zari. Als ich in Kairo war, schickte mir Zari eines der letzten Notizbücher, die Sie vor Ihrer Abreise nach Amerika führten. Ich glaube, es war das allerletzte."

Omid erinnerte sich an das Tagebuch, an die Stunden, die sie jede Nacht damit verbracht hatte, über alles, was sie an diesen Tagen tat, zu schreiben. Bilder von Freunden, Tiraden über ihre politischen Überzeugungen, Ausschnitte aus Gedichten und Artikeln, Fotos von Orten, die sie liebte. Es war ein Mischmasch aus allem, was sie als ihr Leben betrachtete. Sie erinnerte sich auch daran, wie verärgert sie gewesen wäre, wenn jemand, einschließlich ihrer eigenen Mutter, ihre privaten Gedanken gelesen hätte. Aber jetzt, so viele Jahre später, schien es keine Rolle mehr zu spielen.

"Das war ziemlich verrücktes Zeug", sagte Omid schließlich. "Ich kann mich nicht einmal mehr an alles erinnern, was ich darin geschrieben habe. Haben Sie es gelesen?"

"Ich habe damit angefangen. Zumindest die ersten Seiten", erzählte Sayeh ihr. "Damals hatten Sie eine ausgefallene Handschrift. Viel zu fortgeschritten für mich."

"Das waren noch Zeiten, als Schreibkunst einer der Kurse war, die man belegen musste. Wenn Sie es nicht mit Ihrem Gepäck mitnehmen wollen, wenn Sie nach Kairo zurückkommen, können Sie es per Post schicken."

"Tatsächlich hatte ich es bei mir, als ich am Flughafen in Teheran ankam. Die Zollbeamtin, die mich befragte und mein Gepäck durchsuchte, begann es durchzulesen. Was auch immer Sie dort geschrieben haben, hat ihre Aufmerksamkeit erregt. Ich hoffe, es war nichts allzu Privates. Meine Übersetzung war nicht besonders gut, aber offensichtlich war einiges davon für diese Leute ziemlich radikal."

Omid schloss die Augen und spürte, wie sich ein Knoten von der Größe eines Fußballs in ihrer Brust bildete.

Sie wusste es. Was mit Sayeh geschah, *war* schließlich ihre Schuld.

Das Notizbuch enthielt Hinweise auf ihre Mutter und deren politische Überzeugungen. Und es gab Dinge, die nicht nur für Azar, sondern auch für Omid belastend sein könnten. Daten, Zeiten und Orte, an denen Omid sich mit ihren Freunden traf. Seiten über ihre politische Agenda und was sie zu tun gedachten. Kopien der Flugblätter, die sie zusammengestellt hatten. Ihr Feind war damals die Regierung des Schahs, aber die Rebellion hatte auch einen eindeutig marxistischen Beigeschmack. Damals ahnten sie noch nicht, dass sich ein noch gefährlicherer und tödlicherer Gegner erheben und diejenigen vernichten würde, die dafür kämpften, die Pahlavi-Monarchie zu stürzen.

So *wenig* wussten sie.

"Oh, Schatz. Es tut mir so leid."

"Nein. Nein. Ich bin wirklich sehr stolz auf Sie." Sayeh lachte. "Waren Sie damals eine Art Revolutionär?"

"Ich war siebzehn und voller großer Ideen." Omid hatte keine Lust zu prahlen.

"Was ist mit Ihrer Mutter?"

"Ja, sie war sehr freimütig", sagte Omid leise.

"Hat sie gegen den Schah demonstriert?"

Omid erinnerte sich an Azar, wie er in ihrer Küche saß und über Veränderungen sprach, über die Möglichkeiten für ein besseres Leben für alle Iraner. Omid hat Sayeh nie von Azars Aktivismus erzählt. Sie hat keiner ihrer Töchter etwas von dem erzählt, wofür ihre Großmutter stand... und gestorben ist.

"Ja, Schatz. Das hat sie."

"Wie wäre es mit gegen Khomeini?"

"Azar glaubte an wahre Demokratie. Gleiche Rechte für alle. Männer und Frauen. Unabhängig von ihrem religiösen Hintergrund. Ja, sie hat auch gegen das islamische Regime gekämpft."

"Ich wünschte, ich hätte sie kennengelernt."

Tränen trübten Omids Sicht. Sie konnte einige Augenblicke lang nichts sagen. Sie nahm einen großen Schluck Kaffee. Die heiße Flüssigkeit brannte in ihrer Kehle und drückte den schmerzhaften Knoten dorthin, wo er schon so lange war... in ihr Herz.

"Ich wünschte, du hättest sie auch kennengelernt", konnte Omid schließlich sagen. "Es tut mir leid, Schatz."

Bedauern durchflutete sie und erfüllte sie mit einer fast unerträglichen Last. Sie hätte jede Erinnerung an das kurze Leben ihrer Mutter mit ihren Töchtern feiern sollen. Aber sie war zu viele Jahre lang von der Trauer überwältigt gewesen. Sie wollte die schmerzhaften Momente nie wieder erleben.

Sayeh war nur einen Moment lang still. "Mama, bitte schiebe die Schuld für das, was passiert ist, nicht auf dich. Ich wollte in den Iran kommen. Und tatsächlich entpuppt sich diese Reise als viel lehrreicher, als ich es mir je vorgestellt habe. Ich habe wunderbare Menschen getroffen und tolle Freunde gefunden."

Es war noch nicht zu spät, sagte sich Omid. Das Leben hatte die Angewohnheit, einen dazu zu bringen, das Richtige zu tun. Sie wusste, ihre Mutter würde wollen, dass ihre Enkelinnen von ihr erfahren.

"Gestern Abend war ich mit meinen neuen Freunden auf einer großartigen Kundgebung für einen der Präsidentschaftskandidaten, einen Mann namens Mir Hossein Mousavi. Seine Frau hat auch gesprochen. Sie ist eine Akademikerin. Es war so aufregend. Es waren bestimmt tausend Menschen in dieser Sportarena, hauptsächlich Frauen."

Omid hörte genauer hin. Sie hatte die Politik im Iran seit Jahren nicht mehr verfolgt. Sie hatte kaum bemerkt, dass dort eine Wahl anstand, geschweige denn, wer dort kandidierte. In dem letzten Zeitungsartikel, den sie in diesem Jahr gelesen hatte, stand, dass sich

475 Kandidaten um die Präsidentschaft beworben hatten, dass aber der ultrakonservative Wächterrat, der angeblich für den Schutz der Prinzipien der islamischen Revolution zuständig ist, nur vier von ihnen zur Wahl zugelassen hatte.

"Ich wünschte, du hättest dabei sein können, Mama, und die Energie spüren können. Dieser Mousavi ist das einzig Wahre. Er verspricht, die Gesetze zu ändern, die Frauen diskriminieren. Ich war noch nie in einer so aufgeladenen Menge. Und ich hatte wirklich das Gefühl, einer von ihnen zu sein. Ich gehörte dort hin. Ich glaube, ich war dazu bestimmt, jetzt hier zu sein, zu diesem Zeitpunkt der Geschichte. Ich wünschte mir so sehr, dass Sie hier wären, damit Sie eine weitere Revolution miterleben könnten.

Was Sayeh in diesem Moment fühlte, war wahrhaftig in das Gewebe ihres Körpers eingewoben. Die Frauen in ihrer Familie standen für den Wandel. Sie glaubten an ihre Rechte. Sie kämpften für ihre Überzeugungen. Sayeh und Azar trugen den Geist eines Kriegers in sich.

Es war derselbe Geist, den Omid in den letzten dreißig Jahren in sich selbst zu unterdrücken versucht hatte.

"Ich weiß, dass ich dich mit meinen Sorgen verrückt mache, Mama", gab Sayeh zu und zügelte offensichtlich ihren Enthusiasmus. "Aber ich musste dir einfach mitteilen, was ich fühle... und dich wissen lassen, was ich hier erlebe. All dies verändert mein Leben. Ich habe keinen Zweifel, dass es meine Zukunft verändern wird - was ich tun möchte, wo ich leben möchte, einfach alles."

"Ich freue mich für dich, meine Liebe", sagte Omid zu ihr. "Aber ich bin deine Mutter, also bin ich natürlich besorgt. Nein, ich habe *Angst*, dass die Polizei dort nach dir sucht. Aber ich kann auch die Aufregung in Ihrer Stimme hören. Ich meine es also ernst, wenn ich sage, dass ich mich für dich freue."

Sayeh war noch nicht bereit, aufzulegen. Sie hatte Fragen zu Omids Jahren im Iran. Auf welche High School sie ging. Wo sie wohnte. Was sie in Teheran am liebsten unternahm. Ob sie glaubte, dass einer ihrer Freunde noch da war? Omid antwortete, woran sie sich erinnerte. Alle Straßennamen hatten sich geändert. Die Stadt war über ihre Vororte hinausgewachsen und wurde nun von vier Millionen Menschen mehr bevölkert.

Sayeh wollte auch mehr über die Zeit vor der Revolution wissen. Ob es etwas Ähnliches war wie die Unruhen, die das Land gerade überfluten?

Omid redete sich ein, dass ihre Tochter in Sicherheit sei. Sie könnte genauso gut in DC an ihrem College sein und sie unterhielten sich von Herz zu Herz über die Vergangenheit. Sie erzählte ihr von der Politik in den Tagen, bevor sie den Iran verließ. Sie erzählte ihr von den geheimen Treffen und den Flugblättern, die sie verteilten und den Demonstrationen, die sie planten. Sie erzählte Sayeh, dass viele dieser Informationen in dem Tagebuch niedergeschrieben waren, das sie am Flughafen beschlagnahmt hatten. Zum ersten Mal offenbarte sie ihrer Tochter auch die Wahrheit darüber, wie ernst Azars Beteiligung an der Politik gewesen war. Und wie sie gestorben war.

"Das ist so traurig, Mama." Das war alles, was Sayeh sagte, als eine Stille über die Leitung fiel.

So viele Jahre waren vergangen. Wenn sie jetzt über ihre Mutter sprach, spürte Omid, wie sich tief in ihrem Inneren eine Rosenknospe zu öffnen begann. Es war, als wäre etwas von ihrer Mutter plötzlich wiedergeboren worden... und sie konnte spüren, wie sich die Blütenblätter dieser Blume in ihr ausbreiteten.

"Aber deshalb will ich auch, dass Sie da rauskommen", sagte sie zu Sayeh. "Diese Männer sind bösartig, und wenn sie Sie erwischen, ist es egal, ob Sie amerikanische Staatsbürgerin sind."

Sie hörte einen Piepton in der Leitung, eine Erinnerung daran, dass die Zeit auf der Telefonkarte fast abgelaufen war.

"Das ist kein Spiel. Haben Sie mich verstanden?", sagte sie und erinnerte sich plötzlich an einen Nachmittag, an dem ihr Direktor dasselbe zu ihr gesagt hatte.

"Ich weiß. Ich höre Sie."

"Ich möchte, dass Sie in Sicherheit sind, Sayeh, so wie Ihre Großmutter mich in Sicherheit wissen wollte."

"Es gibt so viel mehr, was ich über sie wissen möchte. Es gibt so viele Fragen, die ich habe", sagte Sayeh. "Ich liebe dich, Mama. Und danke, dass du das mit mir geteilt hast. Ich fühle mich... ich glaube, ich verstehe dich jetzt viel besser."

"Ich liebe dich auch, Schatz. Wann rufst du mich wieder an?"

"In ein paar Tagen oder so, aber machen Sie sich keine Sorgen. Ich könnte bis zum Wochenende warten, wenn es nichts zu erzählen gibt. Grüßen Sie Hannah. Und übrigens, wie geht es Papa?"

"Er ist..."

Dic Lcitung war tot, als die Zeit auf der Telefonkarte ablief. Omid starrte lange Zeit auf den Hörer. Wie ging es John?

Sie wickelte ihre Hände um ihre Kaffeetasse und starrte aus dem Fenster. Sie war gestern Abend nicht aufgeblieben, um darauf zu warten, dass er nach Hause kam. So wütend und verletzt sie auch war, sie konnte sich nicht dazu durchringen, eine Szene zu machen. Nicht jetzt. Sie wollte Hannah nicht noch mehr aufbürden, als sie ohnehin schon zu tun hatte. Omid musste dafür sorgen, dass ihr Familienleben in ruhigen Bahnen verlief. Zumindest im Moment. Zumindest, bis Sayeh nach Hause kam.

Ihre Mutter war eine Revolutionärin. Sie hatte dabei geholfen, eine Bewegung ins Leben zu rufen, die die Geschichte ihres Landes verändert hatte. Azar wurde von der unkontrollierbaren Flut der Revolution, die sie mit angezettelt hatte, mitgerissen und starb für ihre Überzeugungen und ihr Handeln. Jetzt, drei Jahrzehnte später, watet Sayeh in denselben Fluten des Wandels. Zwei Frauen mit Mut und Überzeugung.

Und Omid - die lebende Verbindung zwischen diesen beiden Frauen - war ein Feigling. Sie wusste es. Sie hatte sich diese Eigenschaft angeeignet. Sie war eine Überlebenskünstlerin. Das war es, was sie war und was sie war. *Besser roten Wein als Tränen zu trinken*, sagt der Dichter.

So soll es sein.

Aber dieser Wein hat seinen Preis, dachte sie, und sie war sich nicht sicher, ob der Wein, den sie gekauft hatte, noch haltbar war.

Kapitel Dreiundvierzig

Teheran

JAHRZEHNTELANG STAND jede Universität im Iran in dem Ruf, ein Pulverfass zu sein, das auf einen Funken wartet. Während des Pahlavi-Regimes waren die Studenten die erste Gruppe, die sich lautstark und energisch gegen die Regierung aussprach. Und nachdem das islamische Regime 1979 die Kontrolle über die iranische Revolution übernommen hatte, schloss es die Universitäten im ganzen Land für drei Jahre, um sie von regierungsfeindlichen Kräften, einschließlich Kommunisten und Monarchisten, zu "säubern".

Heute, mit bis zu 3,8 Millionen Studenten, sind die Universitäten wieder einmal die größte Bedrohung für den Obersten Führer des Iran, Ayatollah Ali Khamenei, und seinen amtierenden Marionettenpräsidenten Ahmadinejad.

Trotz der nächtlichen Wellen von Reden und Kundgebungen liefen jedoch bestimmte international finanzierte Veranstaltungen wie geplant weiter.

An der Konferenz an der IPM Universität nahmen über zweihundertfünfzig registrierte Männer und Frauen teil. Neunzig Prozent waren Iraner. Die anderen zehn Prozent kamen aus verschiedenen

Ländern der Welt, wobei zwei der Redner aus den Vereinigten Staaten kamen.

Reza war für die Konferenz angemeldet, aber er behauptete, dass sein Zeitplan flexibel sei und er nur ein paar der Workshops besuchen wolle. Er holte Sayeh am frühen Donnerstagmorgen vom Haus ihrer Großmutter ab. Sie hatte am Vortag ein paar Mal mit Dr. Siman gesprochen und wollte sich in der Universitätsbibliothek treffen.

"Sie müssen mit niemandem sprechen. Sie müssen keine Fragen beantworten", sagte Reza ihr, als er in der Nähe der Bibliothek an den Straßenrand fuhr. Er hatte vor, das Auto zu parken und sie danach draußen zu treffen. Er lächelte sie an. "Es ist ganz normal, dass weibliche Doktoranden einen Groll gegen junge Männer hegen und diese ignorieren."

Auch wenn sie allen anderen sehr ähnlich sah, wusste Sayeh, dass ihr amerikanischer Akzent sie verraten würde. Sie schätzte es sehr, dass Reza sich die Zeit nahm, sie hierher zu fahren, und sie sagte ihm das.

"Sie brauchen mir nicht mehr zu danken", sagte er. "Aber seien Sie bitte vorsichtig. Neben Mina und Farzaneh muss ich mich jetzt auch noch vor meiner Mutter und meiner Großmutter verantworten, falls Ihnen etwas zustößt."

"Und deshalb sind Sie so nett zu mir? Aus Pflichtgefühl?", neckte sie ihn.

"Zwang? Nein. Angst vor den Frauen in meiner Familie? Ja."

Sayeh lachte. "Das dachte ich mir schon."

Er zuckte mit den Schultern. "Eigentlich glaube ich, dass Sie den wahren Grund kennen."

Jede kleine Eigenart Rezas zog sie näher an ihn heran. Sayeh liebte es, wie sein halbes Lächeln seine Augen verdunkelte. Sie konnte es nicht leugnen. Sie war bereits schwer in ihn verknallt. Und die Art und Weise, wie er die Höflichkeitsprotokolle der iranischen Kultur sorgfältig beachtete, das Gefühl der Diskretion vor älteren Familienmitgliedern, verstärkte die Anziehungskraft noch. Gestern war Rezas Mutter mit Shahr Banoo gekommen und fast den ganzen Nachmittag geblieben. Sayeh liebte auch Rezas Mutter. Als Familie waren sie äußerst großzügig und integrativ und schienen sich überhaupt keine Sorgen über die Risiken zu machen, die sie eingingen.

Reza war gestern Abend lange geblieben und die vier jungen Leute hingen in der Wohnung herum, saßen auf dem Sofa und auf Kissen auf dem Boden und schauten einen Film.

Nichts Romantisches. Keine geheime Affäre. Sayeh betrachtete ihre Beziehung als völlig unschuldig... bis jetzt. Dennoch war sie sich des Kribbelns sehr bewusst, das sie verspürte, wenn sich ihre Ellbogen berührten oder wenn der Handrücken versehentlich ein Knie streifte.

"Seien Sie vorsichtig", sagte er und berührte ihren Arm.

Sayeh nickte und stieg aus dem Auto aus. Sie spürte die Wärme seiner Hand auf ihrem Arm, als sie auf dem Bürgersteig stand.

"Sei vorsichtig, Sayeh", murmelte sie vor sich hin.

Auf dem Campus herrschte ein reges Treiben. Jeder schien sich mit einem klaren Ziel vor Augen zu bewegen, mit einem bestimmten Zweck. Es hatte letzte Nacht und in den frühen Morgenstunden geregnet. Sie atmete den Geruch von Dampf ein, der von den warmen Ziegeln und dem Beton aufstieg. Sie hatte keine Mühe, die Bibliothek zu finden.

Ein älterer, glatzköpfiger Mann, der eine lederne Aktentasche trug, wartete direkt vor der Tür. Er kam auf sie zu, sobald sie durch die Tür kam.

"Sayeh?", fragte er.

Sie nickte und lächelte.

"Ahmad Siman", sagte er. Er sah sich um und wies auf eine Reihe von Tischen hinter einer Reihe von Bücherregalen. Niemand sonst saß dort, und die Regale schirmten sie von der Rezeption ab.

Als sie sich zu den Tischen bewegten, sprach Dr. Siman in leisem Ton. "Falls jemand fragt: Sie sind eine Studentin und wir treffen uns, um die beiden Workshops zu besprechen, die ich heute Nachmittag und morgen leiten werde."

Sayeh nickte, nicht überrascht von der Vorsicht des älteren Mannes. Sie hatte gesehen, wie heftig Regierungsbeamte reagieren konnten, wie verletzlich sie alle waren.

Sie setzten sich an das andere Ende des Tisches, und Dr. Siman stellte seine Aktentasche auf den Tisch, nahm ein dünnes Taschenbuch über islamische Kunst heraus und schob es zu ihr hinüber.

"Das Geld, das Ihre Eltern geschickt haben, ist drinnen. 1.000

Dollar. Ich habe es nicht in *Toman* umgetauscht, aber ich weiß, dass das auf der Straße in Teheran nicht allzu schwierig ist."

"Das schaffe ich schon."

Sie öffnete die Vorderseite des Buches und sah den Umschlag darin. Sie legte ihn lässig auf ihren Schoß und steckte den Umschlag in die Handtasche, die sie sich von Farzaneh geliehen hatte.

"Danke", sagte sie und blätterte nur zum Schein in dem Buch.

"Ich weiß nicht, wie viel Ihnen Ihre Eltern erzählt haben, aber Sohrab ist ein Neffe von mir. Wegen dieser familiären Verbindung habe ich zugestimmt, dies zu tun."

"Das wusste ich nicht", sagte sie ihm. "Ich kann Ihnen wirklich nicht genug danken."

Er sah sich um. "Wissen Sie, ich war seit fünfzehn Jahren nicht mehr im Iran, und es kursieren so viele Geschichten darüber, wie schnell Regierungsbeamte jemanden der Spionage beschuldigen. Die Leute verschwinden in den Katakomben ihrer Gefängnisse und man hört nie wieder etwas von ihnen."

"Ich glaube, das war es, was ich vorhatte. Deshalb musste ich weglaufen."

Er nickte. "Sind Sie jetzt in Sicherheit? Haben Sie einen Platz zum Bleiben?"

"Ja, ich habe ein paar Freunde gefunden, bei denen ich bleiben kann, bis ich einen neuen Pass habe."

"Ich werde bis Sonntag in Teheran sein. Bitte rufen Sie mich an, wenn Sie etwas brauchen. Mehr Geld. Jemanden, der Sie irgendwohin bringen kann. Mein Neffe sagte, Sie bräuchten vielleicht Hilfe, um ein Auto nach Kish zu bekommen."

"Ich glaube nicht, dass ich das brauchen werde, aber ich weiß das Angebot zu schätzen."

"Sohrab hat mir erzählt, dass Ihre Eltern sich große Sorgen um Sie machen. Ich habe selbst Kinder, also verstehe ich, was sie durchmachen."

"Ich habe das alles nicht erwartet", sagte sie und schob ihm das Buch wieder zu. "Aber es wird alles gut werden."

"Warum geben Sie mir nicht eine Minute Zeit, um vor Ihnen zu gehen", schlug er vor und stand auf. Er zögerte und fügte hinzu: "Rufen

Sie mich am Samstag an. Ich würde Ihrer Familie gerne die gute Nachricht überbringen, dass es Ihnen hier gut geht und Sie sich gut arrangieren können."

Sayeh sagte ihm, dass sie das tun würde, und sah ihm beim Verlassen der Bibliothek zu.

Sie ging ins Badezimmer, warf den Umschlag weg und verstaute das Geld in einer Tasche der Tasche. Als sie wieder herauskam, sah sie keine Spur von Dr. Siman. Sie verließ die Bibliothek und sah sich auf dem von Bäumen gesäumten Weg nach Reza um.

Der Campus war jetzt mit noch mehr Studenten gefüllt. In der Universität herrschte reges Treiben. Sayeh schaute sich um und sah kein Zeichen von Reza. Er hatte erwähnt, dass das Parken auf diesem Campus ein Problem sei, also nahm sie an, dass er auf dem Weg sein musste. Ihr Gespräch mit Dr. Siman hatte weniger Zeit in Anspruch genommen, als sie erwartet hatte.

Sayeh ging zu einem Brunnen in der Mitte eines kleinen kreisförmigen Platzes, an dem ein halbes Dutzend Gehwege zusammenliefen. Sie stand da und wartete. Von hier aus konnte sie den Eingang zur Bibliothek sehen. Große, mit Blumen gefüllte Betonkübel waren um den Platz herum aufgestellt worden und der Duft der Blumen erfüllte die Luft. Die Sonne schien warm auf ihr Gesicht, und Sayeh fühlte sich plötzlich gestärkt. Ein Kribbeln durchströmte sie mit dem Gefühl, dass für sie ein neues Leben begann.

Am Eingang eines Gebäudes neben der Bibliothek bemerkte Sayeh, dass sich eine kleine Menschenmenge versammelt hatte. Im Mittelpunkt der Aufmerksamkeit standen ein Kameramann und ein ausländischer Reporter, begleitet von einem Übersetzer und einem Produzenten mit einem Klemmbrett. Sie alle waren gerade aus dem Gebäude herausgekommen. Der Reporter, ein junger Mann in einem Rollkragenhemd und einer Sportjacke, sprach Englisch und sein Übersetzer wiederholte die Frage auf Farsi. Sie gingen in Begleitung einer Frau mittleren Alters, die ein Kopftuch trug. Als sie sich so weit genähert hatten, dass Sayeh sie hören konnte - die interessierten Zuschauer folgten ihr -, stellte sie fest, dass die Frau eine der Organisatorinnen der Konferenz war. Sie blieben nur wenige Meter von Sayeh entfernt stehen, als die Kamera lief.

Mehr als alles andere war es die Neugier, die Sayeh dazu brachte, stehen zu bleiben und dem Gespräch zuzuhören. Etwa ein Dutzend Menschen hatten sich versammelt und standen neben ihr. Der Organisator erzählte der Reporterin von der Geschichte der Einrichtung und ihrer Rolle als Tor zum Internet für ihr Land. Sayeh schnappte viel von dem Farsi auf, und die Übersetzung bestärkte sie nur darin, wie schnell sie sich in der Sprache verbesserte.

Sie war völlig unvorbereitet, als der Kameramann die Kamera in ihre Richtung schwenkte und die Reporterin sich mit ihr bewegte.

"Wie heißen Sie?", fragte der Reporter einen jungen Mann, der direkt neben Sayeh stand. Sie atmete erleichtert auf, als der Übersetzer die Frage auf Farsi wiederholte.

"Masoud Darvishvand. Ich spreche gut Englisch."

"Woher kommen Sie?", fragte der Reporter.

"Ich bin Studentin an der Sharif Universität."

"Die junge Frau neben ihm", sagte der Produzent über seine Schulter. "Gehen Sie mit der Studentin."

Sayeh erstarrte, als sich das Mikrofon vor ihr bewegte und der Reporter neben ihr stand.

"Und Ihr Name?"

Zum ersten Mal sah sie die beiden uniformierten Pasdaran, die die Gruppe begleiteten. Sie standen am Springbrunnen und beobachteten sie.

"*Esmetoon?*", fragte der Übersetzer, der davon ausging, dass sie kein Englisch sprach.

Sie konnte nicht zurücktreten, aus Angst, eine Szene zu machen. Sie spürte, wie ihr ein Rinnsal Schweiß den Rücken hinunterlief.

"Mina", sagte sie mit leiser Stimme. Sie hoffte, dass der Vorname für sie ausreichend war.

"Sind Sie wegen der Konferenz hier?", fragte der Reporter, und der Übersetzer gab die Frage wieder.

"*Nein.*"

"Derek, fragen Sie sie nach den Wahlen."

"Also, Mina", fragte der Reporter. "Was halten Sie von den bevorstehenden Wahlen?"

Scheisse. Scheisse. Scheisse.

Der Übersetzer wiederholte die Frage.

Ihr Farsi war grauenhaft. Angeblich konnte sie kein Englisch sprechen. Sie hatte Angst, dass ihr amerikanischer Akzent sie verraten würde, wenn sie es auch nur versuchte. Die beiden Mitglieder der Pasdaran waren näher herangekommen, als sie die Frage hörten. Sie starrten sie aufmerksam an.

"Gut. Gut", sagte sie auf Englisch und ahmte einen persischen Akzent nach. Sie fing an zu nicken und hoffte, dass sie sie für einen Idioten halten und weitergehen würden.

"Für wen stimmen Sie?", fragte der Mann.

Sie versuchte, zurückzutreten, aber andere hatten sich hinter sie geschoben. Ein Kamerateam war wie ein Magnet. Sie war von allen Seiten eingeklemmt. Es gab kein Entkommen.

"Mousavi", sagte sie mit leiser Stimme.

"Und warum ist das so?"

Sie wartete nicht auf den Übersetzer und wies auf die Person neben ihr. "Fragen Sie ihn."

"Das könnten wir tun. Aber wir sind neugierig auf die Reaktion der iranischen Frauen, insbesondere der jungen und gebildeten Frauen."

Während der Übersetzer ausführlich erklärte, worum es ging, suchte sie in Gedanken nach einem Ausweg aus dieser Situation. Sie schaute sich um. Abgesehen von der Organisatorin der Konferenz, die sie interessiert beobachtete, war Sayeh die einzige Frau in der versammelten Schar von Studenten.

Der Übersetzer beendete das Gespräch, und das Mikrofon war auf sie gerichtet. Sie warteten auf eine Antwort. Sie ballte zwei Fäuste und führte sie zusammen. "Männer, Frauen, gleich."

Das schien die Reporterin nur zu ermutigen. "Glauben Sie, dass die meisten jungen Frauen im Iran so leben?"

Jemand zerrte von hinten an ihrem Ellbogen.

"Claset deer shodeh", sagte die Männerstimme barsch. Sie kommen zu spät zum Unterricht.

Ein Weg öffnete sich hinter ihr und sie drehte der Kamera den Rücken zu. Sie war erleichtert, Reza zu sehen. Als sie sich aus dem Kreis der Studenten entfernte, schlossen Umstehende den Raum, den sie verlassen hatte.

"Es tut mir leid, dass ich zu spät bin", sagte er mit leiser Stimme.

"Das war knapp", flüsterte sie, als die beiden eilig den Gang entlanggingen.

"Sie haben ihnen nicht Ihren Namen genannt, oder?"

"Nein, ich habe den von Mina benutzt. Kein Nachname."

Sie blieben beide abrupt stehen. Eine der beiden Wachen, die den Reporter begleiteten, kam an ihnen vorbei, drehte sich um und hielt direkt in Sayehs Weg an.

"Esmet chee bood?", fragte er barsch. Wie war Ihr Name?

Kapitel Vierundvierzig

Woodbury, Connecticut

Der Werbespot für ein Discount-Möbelgeschäft füllte den Bildschirm. Carol richtete die Fernbedienung auf den Fernseher und stellte die Lautstärke stumm.

"Das gefällt mir nicht."

"Was gefällt Ihnen nicht?" fragte Omid.

"Sie, wie Sie hier sitzen und mit mir drei Episoden von *House Hunters* und *House Hunters International* anschauen."

"Ich dachte, das wäre Ihre Lieblingssendung", sagte Omid. "Wir könnten uns auch etwas anderes ansehen."

Carol blickte sie zweifelnd an. Sie saßen beide auf dem Sofa in der Wohnung der älteren Frau, die Füße auf dem Couchtisch ausgestreckt. Hannah hatte heute Abend gearbeitet, also war Omid gegen sieben Uhr gekommen und hatte das Abendessen mitgebracht. Jetzt, drei Stunden später, nach ein paar Gläsern Wein zum Abendessen und einem Eis zum Nachtisch, war sie zu bequem, um sich zu bewegen.

"Sie haben mir nie gesagt, wo Ihr Mann heute Abend ist."

Omid zuckte mit den Schultern und blickte auf den stummen Fernsehbildschirm. "Ich arbeite."

"Woran arbeiten Sie?"

"Ich weiß es nicht."

"Und woran hat er letzte Nacht gearbeitet?"

Omid sah sie an.

"Und war es dasselbe, was er am Montagabend und in vier der fünf Arbeitsnächte der letzten Woche und in den meisten Nächten jeder Woche zumindest in den letzten sechs Monaten getan hat?" drängte Carol.

"Sie passen viel besser auf ihn auf als ich", sagte Omid und stieß ein Lachen aus, das selbst für sie hohl klang.

"Ich bin es nicht. Aber Ihre Tochter schon", sagte Carol sachlich. "Wir hatten heute Nachmittag ein langes Gespräch am Telefon darüber. Hannah macht sich Sorgen um Sie."

"Über mich?" Omid verschränkte ihre Arme vor der Brust. Die abwehrende Geste erfolgte automatisch, aber sie merkte, dass sie es tat und ließ ihre Hände auf das Kissen fallen. "Ja, um Sie. Und ich mache mir auch Sorgen um Sie."

"Sayeh ist diejenige, an die wir denken sollten. Nicht an mich", sagte Omid, setzte sich nach vorne und begann, das Geschirr auf dem Kaffeetisch zu sammeln.

"Wir denken an Sayeh. Und dank Ihnen wird alles, was für sie getan werden sollte und kann, getan. Jetzt lassen Sie uns zu Ihnen zurückkehren."

"John ist nicht anders, als er immer war." Abwesend, fügte sie leise hinzu. Nie Teil ihres Lebens. Je mehr sie darüber nachdachte, desto mehr akzeptierte sie, dass sie schon sehr lange keine richtige Ehe mehr geführt hatten. Allerdings hatte früher niemand etwas in Frage gestellt, auch nicht Carol, weil Omid versuchte, alles zusammenzuhalten. Zumindest den Schein. Und John war klug genug, sein Gesicht zu den richtigen Zeiten zu zeigen.

Aber jetzt brach sie zusammen und jeder hat es bemerkt.

Omid begann aufzustehen. Carol griff nach ihr und zerrte an ihrem Arm, damit sie sich wieder setzte. "Sie haben abgenommen."

"Ich musste abnehmen, aber die Schüssel Eiscreme heute Abend wird nicht helfen."

"Ich scherze nicht. Sie sollten nicht so ausrasten. Nicht so schnell."

Sie versuchte, wieder aufzustehen, aber Carol hielt sie fest.

"Omid, setz dich", befahl die ältere Frau scharf. "Es ist mir egal, für wie alt Sie sich halten, ich bin immer noch hier, um als Ihre Mutter aufzutreten. Also, hören Sie mir zu."

Omid wandte sich ihr zu. Sie liebte Carol, und der Respekt vor einer älteren Person war in ihr Wesen eingewoben. Dieser Wandteppich franste nicht aus, egal wie alt Omid war. Ganz gleich, was geschah.

"Schatz, ich habe das schon einmal mit dir durchgemacht. Ich verstehe, wie Sie sich fühlen. Ich *weiß, dass* die Sorgen an Ihnen nagen."

"Dann wissen Sie auch, dass ich nichts dagegen tun kann. Ich werde so sein, bis Sayeh nach Hause kommt."

"Das ist verständlich." Carol nickte. "Worüber ich mir Sorgen mache, ist der Fluch, der Ihrer Meinung nach über Ihrem Kopf hängt. Es ist sinnlos, sich mit der Vergangenheit zu beschäftigen. Was passiert ist, ist vorbei, aber was Sie jetzt ignorieren, ist..."

"Bitte hören Sie auf." Omid brauchte nicht mehr zu hören, um zu wissen, wovon ihre Stiefmutter sprach. Sie richtete sich auf, hob das Geschirr auf und trug es in die Küche.

"Wir beide wissen, dass er herumvögelt. Das tut er sogar schon länger, als Sie zugeben wollen", sagte Carol entschlossen, bevor Omid die Tür erreichte.

Sie hörte nicht auf. Sie stellte das Geschirr in die Spüle und drehte das Wasser auf. Sie war nicht bereit für dieses Gespräch. Sie konnte nicht noch mehr Veränderungen in ihrem Leben verkraften. Nicht jetzt.

"Er ist nicht einmal mehr diskret, was das angeht. Jeder weiß es." Carol stand in der Küchentür. "Ich weiß es. Sie wissen es auch. Sogar Hannah weiß es."

Omid sah sie an. Carols schlanke Statur stand im Widerspruch zu der Wut, die von ihr ausging. "Hat Hannah Ihnen das gesagt, oder raten Sie nur?"

"Sie hat es mir heute Nachmittag am Telefon gesagt", gab Carol zu. "Aber ich wusste es bereits. Vergessen Sie nicht, dass ich hier in einem Hühnerstall lebe. Jeder hier ist mit jemandem verwandt, der jemanden kennt, der mit jemandem arbeitet, der einmal in der Woche auf eine Tasse Tee vorbeikommt oder uns die Haare schneidet. Glauben Sie mir, Connecticut ist nicht wirklich ein Staat... es ist nur eine kleine Stadt."

Omid wandte sich wieder der Spüle zu und begann das Geschirr abzuspülen.

"Das stört Hannah im Moment mehr als alles andere. Sie weiß, wie verletzlich Sie sind und wie viele Hüte Sie in der Familie tragen. Und ausgerechnet der Widerstand ihres Vaters, Ihnen zu helfen... keine Rolle in dieser Krise zu spielen... nicht zu Ihnen zu stehen... macht sie verrückt. Sie *macht sich Sorgen* um Sie. Sie möchte Sie nicht verlieren, Omid. Sie *liebt* Sie."

"Ich kann im Moment nichts gegen das tun, was John tut. Ich werde tun, was ich zur richtigen Zeit und am richtigen Ort tun muss."

Sayeh war ein Neuling in der High School, als Omid zum ersten Mal ihre Ehe in Frage stellte und sich fragte, warum sie sich mit ihm abgab. Aber sie hatte es nie zur Sprache gebracht. Er hatte nie gesagt, dass er sie nicht liebte oder nicht mehr mit ihr verheiratet sein wollte. Und es gab immer einen guten Grund, das Offensichtliche zu ignorieren. Ihre Kinder standen an erster Stelle. Sie wollte nicht, dass sie durch eine Scheidung gezeichnet wurden.

"Der 'richtige Zeitpunkt' bedeutet nicht, dass Sie warten müssen, bis er den Rest von Ihnen zerstört hat", fuhr Carol fort. "Die Art und Weise, wie er Sie behandelt - wie er Sie immer behandelt hat - ist wie Krebs. Er ist eine Krankheit und er frisst Sie auf... und Ihre Töchter. Sayeh weniger, weil sie auf dem College war, aber auf jeden Fall Hannah. Ob es Ihnen gefällt oder nicht, Sie sind davon betroffen und Sie können nicht zulassen, dass es so weitergeht."

Omid stellte das Wasser ab. Sie lehnte ihre Hüfte gegen das Waschbecken und sah die ältere Frau stirnrunzelnd an. "Was meinen Sie, was ich tun sollte?", schnauzte sie.

Carol wendet ihren Blick nicht ab. "Ich habe die Antwort nicht, Schatz, aber du hast sie. Ich will damit nur sagen, dass Sie nicht warten sollten. Packen Sie den Stier bei den Hörnern. Konfrontieren Sie ihn. Danach können Sie tun, was Sie tun müssen."

Kapitel Fünfundvierzig

Teheran

"Wie ist Ihr Name?" Der Wachmann wiederholte.

Sayeh nahm all ihren Mut zusammen und zwang sich, zu antworten. "Mina."

"Ihr Nachname?"

So weit hatte sie nicht gedacht.

Reza unterbricht. "Sie kommt zu spät zum Unterricht."

Der Pasdaran richtete seinen scharfen Blick auf den jüngeren Mann. "In welcher Beziehung stehen Sie zu ihr?"

Sie sprachen auf Farsi, aber sie hatte keine Schwierigkeiten, sie zu verstehen. Sayeh sah sich um und fragte sich, ob es ihnen gelingen würde, diesem Mann zu entkommen. Sie sah andere uniformierte Wachen weiter oben auf dem Gang. Wegen der nächtlichen Kundgebungen und Vorträge und weil es sich um eine internationale Konferenz handelte, schienen die Pasdaran in großer Zahl anwesend zu scin.

Reza erzählte ihm die genaue Verwandtschaft, dass sie Cousinen seien. Sayeh erkannte, dass er versuchte, sie als Farzaneh zu identifizieren.

Reza fuhr fort zu erklären. Alles, was Sayeh verstand, war, dass er darauf hinwies, dass sie zu spät zum Unterricht gekommen waren. Sie erkannte auch, dass er den Beamten durch sein Reden daran hinderte, ihr direkte Fragen zu stellen.

Der Mann griff in seine Hemdtasche und holte einen kleinen Block Papier und einen Stift heraus. "Adresse?", fragte er Sayeh.

"*Ch...chera*", brachte sie hervor. Und warum?

Sie erkannte, dass er damit sagen wollte, dass die Reporter später mit ihr sprechen wollten.

Sayeh war erleichtert zu wissen, dass es einen logischen Grund gab, warum der Mann hinter ihnen her war.

Sie winkte mit der Hand abweisend in Richtung des Reporters.

Der Pasdaran wiederholte die Frage, offensichtlich gelangweilt von der ganzen Situation.

Sie sah Reza an und schüttelte den Kopf.

Er sah resigniert aus. Er nannte dem Mann einen Nachnamen und eine Adresse, die Sayeh noch nie gehört hatte. Der Mann schrieb sie auf, aber er schaute trotzdem alle paar Sekunden misstrauisch zu ihr auf.

"Warum spricht sie nicht für sich selbst?", fragte er.

"*M...mann...*" I...

Reza sagte sofort etwas. Sie kannte das Wort nicht, vermutete aber, dass es 'stottern' bedeutete, denn der Mann sah zu ihr auf und runzelte fast mitleidig die Stirn. Sie wandte ihr Gesicht ab.

Er fragte nach der Telefonnummer, und Reza gab ihm eine Nummer.

"Können wir gehen?" fragte Reza.

Der Mann griff in eine Tasche, nahm eine Karte heraus und reichte sie Sayeh. Sie blickte nach unten. Es war die Karte des Reporters. Der Interviewer hatte einen deutschen Namen, aber einer der darauf aufgeführten Nachrichtendienste war CNN. Sie zuckte mit den Schultern und steckte die Karte in ihre Tasche, als sie an dem Mann vorbeigingen.

Sie gingen einen Gang hinunter zu einem der Gebäude, aber sobald Reza die Pasdaran nicht mehr über seine Schulter sehen konnte, änderten sie die Richtung und gingen zum Parkplatz.

"Wessen Namen, Adresse und Telefonnummer haben Sie ihm gegeben?"

"Alles gefälscht", sagte Reza. "Ich bin froh, dass er nicht nach einem Ausweis gefragt hat."

Sicherheit und Gefahr lagen nur einen Atemzug voneinander entfernt, so schien es. Sayeh konnte nicht glauben, wie nervös sie sich fühlte, verglichen mit der Zuversicht, die sie noch vor ein paar Minuten gehabt hatte.

"In der Öffentlichkeit bin ich gefährlich", sagte sie. "Ich kann mich verraten, indem ich einfach den Mund aufmache."

"Ihnen geht es gut", versicherte er ihr. "Ich hätte Sie allerdings warnen sollen, dass alle Universitätsgelände im Iran in diesen Tagen voll mit Reportern sind. Es ist das erste Mal seit langer Zeit, dass die Regierung ihnen Visa ausstellt, um über die Aktivitäten vor der Wahl zu berichten."

"Was versuchen sie zu tun? Zeigen, wie Demokratie und Wahlen wirklich aussehen?"

"So etwas in der Art", sagte er ihr. "Es gibt viele islamische Länder da draußen. Ich denke, unser Herr Ahmadinedschad möchte, dass der Iran als Modell für Demokratie im Nahen Osten angesehen wird."

Sie kamen zu einer Straße und hielten am Bordstein an.

"Sie glauben also, dass die kommende Wahl legitim sein wird? Dass die Stimmen und Wünsche der Menschen tatsächlich berücksichtigt werden?"

"Warten Sie."

Sayeh sah, dass zwei Studenten hinter ihnen auftauchten. Sie überquerten alle die Straße, als der Verkehr unterbrochen wurde. Die Studenten liefen in eine andere Richtung über den Parkplatz. Als sie außer Hörweite waren, fuhr Reza fort.

"Legitim? Auf keinen Fall. Ich bin ein zu großer Realist, um das zu glauben. Nach dem, was ich in den letzten acht Jahren, die ich hier bin, erlebt habe, und nach all den Verhaftungen in den letzten Wochen wegen der Teilnahme an einfachen Wahlkundgebungen, fällt es mir schwer zu glauben, dass die Hardliner bereit sind, ihre Herrschaft freiwillig aufzugeben."

"Was passiert, wenn das Volk sie abwählt? In den USA wollten die Republikaner das Weiße Haus auch nicht aufgeben, aber das Votum des Volkes hat sie von der Macht verdrängt.

"Sie sprechen von den USA und nicht vom Iran. Der Wächterrat hat das letzte Wort, und er ist eindeutig ein Anhänger Ahmadinedschads. Sie werden niemals zulassen, dass jemand Präsident wird, den sie nicht als ihre Marionette benutzen können."

Kapitel Sechsundvierzig

Litchfield

Omid musste nicht erst ein halbes Dutzend Jahre zurückgehen, um Beweise zu finden. Die Ereignisse dieser Woche gaben ihr reichlich Munition. Ein Telefonanruf rief den Bauunternehmer auf den Plan. Mit ein paar Tastenanschlägen im Internet wurde das Guthaben auf dem Bankkonto überwiesen.

Omid erhielt von ihren Töchtern nichts als Unterstützung und Verständnis. Mehr brauchte sie nicht.

"Sind Sie sicher, dass Sie das alleine machen wollen?" fragte Hannah, bevor sie zur Arbeit ging. Sie wollte eine Doppelschicht im Restaurant einlegen.

Omid nickte. "Ich komme schon klar."

Die beiden hatten zuvor mit Sayeh am Telefon gesprochen. Für Omid war es wichtig, dass ihre Töchter es verstanden.

Sayehs Antwort war das, was sie erwartet hatte. "Mama, ich möchte, dass du glücklich bist. Da, wo du jetzt bist, wirst du nie glücklich sein. Ich liebe Papa und es tut mir leid für ihn, aber er hat dich immer für selbstverständlich gehalten. Diese letzte Sache ist zu viel. Du verdienst etwas Besseres."

Für viele ihrer Freunde - sogar für ihren Bruder Darius, der es selbst durchgemacht hatte - bedeutete eine Scheidung Versagen, Verlust, Fehler, Groll, Schmerz und Bedauern. Doch jetzt, da sie sich endlich entschieden hatte, es durchzuziehen, fühlte sich Omid völlig im Reinen. Sie dachte an ihre Mutter. Azar hatte immer den Eindruck gemacht, dass sie mit ihrer Entscheidung, sich von Omids Vater Habib scheiden zu lassen, im Reinen war. Wer wusste schon, was die Zukunft bringen würde? Wie immer lag der Dichter Hafiz nicht weit unter ihrem Bewusstsein: *"Die Nacht ist schwanger, hast du die Weisen sagen hören. Die Nacht ist schwanger! Welchen Nachwuchs wird sie gebären?"*

Zwei Menschen haben eine Ehe geschlossen. Es brauchte zwei, um sie zu zerstören. Es gab eine Zeit in ihrer Ehe, in der die Beziehung es wert gewesen war, gerettet zu werden. Jetzt nicht mehr.

Im Grunde genommen waren Omid und Azar beide unabhängige Frauen. Das war vielleicht der Hauptgrund dafür, dass sie mit solch drastischen Maßnahmen umgehen konnten. Sie brauchten keinen Mann in ihrem Leben, der sich um sie kümmerte oder dafür sorgte, dass sie sich vollständig fühlten. Omid wusste nicht, ob dies ein Segen oder ein Fluch war, aber sie wusste, dass sie es bereits an ihre Töchter weitergegeben hatte. Sie waren wild und unabhängig. Sie fühlten sich in ihrer eigenen Haut wohl.

Hannah ging zur Arbeit und Omid sah sich im Haus um, um sicherzustellen, dass nichts Wichtiges übersehen worden war. John war heute Morgen weggegangen, bevor Omid und Hannah aufgestanden waren. Auf seinem Zettel auf dem Küchentisch stand, dass er Golf spielen war. Auf dem Zettel stand weiter, dass er zum Duschen und Umziehen nach Hause kommen würde, aber sie sollten ihn nicht zum Abendessen einplanen. Er würde zu seiner Mutter fahren und dann zu einem Pokerspiel im Haus eines anderen Freundes.

All das war für Omid in Ordnung. Ihr Entschluss stand fest.

Sie wusch eine Ladung Wäsche, beantwortete E-Mails und besuchte die Seiten von Freunden auf Facebook, die sie schon lange nicht mehr besucht hatte. Sie wechselte die Glühbirnen über der Spüle und dem Herd aus und aß ein leichtes Mittagessen. Es war mitten am Nachmittag, als sie zum Telefon griff, die Türen abschloss und ihre Gartenhandschuhe anzog, um in den Garten zu gehen.

Die Luft war trocken. Der Himmel wolkenlos und hell. Das war eine große Abwechslung zu den kalten, trostlosen Tagen, die sie in diesem Frühjahr erlebt hatten. Sie hielt das bessere Wetter für ein gutes Omen. Als sie einen Kardinal sah, der sie beobachtete, leuchtend rot auf dem Zweig des Hartriegels, war sie sich dessen sicher.

Omid wusste nicht, wie lange sie schon an den Blumenbeeten gearbeitet hatte, als sie hörte, wie John sie von der Seite des Hauses rief.

"Was ist mit dem Garagentor los?"

Sie machte sich nicht einmal die Mühe, sich umzudrehen. Sie hatten sich gestern nur im Vorbeigehen gesehen, und er hatte sie überhaupt nicht begrüßt. Nichts war wichtig, außer dem, was er im Moment wollte. So typisch.

"Omid", rief er, seine Stimme kam näher. "Was ist das alles?"

Sie wusste, dass er die Kisten, die sie auf der Terrasse gestapelt hatte, gesehen haben musste. Sie legte die Gartengeräte in den Korb, zog ihre Handschuhe aus und warf sie auf den Boden. Sie stemmte sich auf die Beine und drehte sich um.

"Auf der Terrasse liegt eine Plane. Ich war mir nicht sicher, ob Sie die Kisten heute Abend mitnehmen oder ob Sie sie für ein paar Tage hier lassen. Wenn Sie sich dafür entscheiden, sollten Sie die Plane benutzen, um den Regen abzuhalten."

"Was? Warum sind diese...? Was ist hier los?"

Zum ersten Mal sah sie ihn an und er blieb stehen. Zehn Fuß trennten sie. Das Wetter war in diesem Frühjahr miserabel gewesen, aber John hatte es trotzdem geschafft, sich zu bräunen.

"Das sind Ihre Sachen. Ihr persönlicher Besitz."

"Was machen die denn hier draußen?"

"Ich schmeiße dich raus, John. Ich lasse mich von dir scheiden."

Das Temperament brachte mehr Farbe in sein Gesicht. "Wovon zum Teufel reden Sie da?"

"Du betrügst mich."

"Schummeln? Wie kommen Sie denn auf diese Idee?" Er hielt inne. "Das ist lächerlich."

"Es hat keinen Sinn, es zu leugnen. Und wir beide wissen, dass das nichts Neues ist", sagte Omid, die jede Spur von Emotion aus ihrem Tonfall heraushielt. "Es ist vorbei. Ich habe einen Scheidungsanwalt in der Stadt beauftragt und lasse mich wegen 'unüberbrückbarer

Differenzen' von Ihnen scheiden. Du kannst deiner Mutter sagen, dass wir uns auseinandergelebt haben, wenn du willst, aber es ist vorbei."

Ein Nachbar auf der einen Seite hatte zuvor seinen Rasen gemäht. Jetzt kam er mit einer Harke in der Hand in seinen Garten und winkte den beiden zu. Keiner von beiden erwiderte den Gruß.

"Haben Sie den Verstand verloren?" fragte John mit zusammengebissenen Zähnen und hielt seine Stimme tief.

"Nein, habe ich nicht." Omid ging auf die Terrasse zu und stellte den Korb mit den Werkzeugen auf die erste Stufe. "Um die Wahrheit zu sagen, ich kann mich nicht erinnern, wann ich mich das letzte Mal so gut gefühlt habe. Wenn Sayeh nicht in der Situation wäre, in der sie sich gerade befindet, würde ich mich sogar großartig fühlen."

Er folgte ihr auf das Deck. "Lassen Sie uns reingehen und darüber reden."

"Nein. Wir werden alle unsere Gespräche genau hier führen. Sie sind im Haus nicht willkommen. Und ich denke, Sie haben bereits bemerkt, dass die Codes für die Garage und die Schlösser an den Türen alle geändert wurden."

"Das können Sie nicht tun. Das ist auch mein Haus", sagte er wütend.

"Nun, es gehört mir und unseren Töchtern, fürs Erste. Wenn Sie einbrechen und eine Szene machen wollen, nur zu, aber ich denke, es wäre besser, unsere Anwälte und das Gericht entscheiden zu lassen, wie wir unser Vermögen gerecht aufteilen können."

Sie wollte weggehen, aber er stellte sich schnell vor sie und hob beide Hände. "Omid. Ich weiß, Sie standen unter großem Stress..."

"Stress?" Sie starrte ihn an. "Unsere Tochter ist eine Flüchtige in einem fremden Land."

"Ganz genau. Sie denken nicht klar."

Omid schüttelte den Kopf. "Ich denke geradeaus", sagte sie mit fester Stimme. "Aber wenn Sie einen Beweis dafür brauchen, was ist das für ein Beweis für klares Denken? Ihre derzeitige Freundin ist Penny Cox, eine attraktive Blondine, mit der Sie zusammenarbeiten."

Johns Gesicht sah plötzlich etwas weniger gebräunt aus. Es hatte nur ein paar Anrufe in seinem Büro und eine flüchtige Überprüfung der Telefonaufzeichnungen gebraucht, um herauszufinden, wer der neueste Liebhaber war. Die Tatsache, dass er nicht mehr diskret war, ließ Omid sich fragen, ob er vielleicht wirklich erwischt werden wollte.

"Sie machen einen Fehler. Penny und ich..." Er zögerte und hielt dann inne und sah ihr hilflos ins Gesicht.

Sie hob beide Hände. "Ich hoffe, Sie werden mir nicht erzählen, dass Ihre Beziehung zu ihr platonisch ist. Beleidigen Sie mich nicht noch mehr, als Sie es bereits getan haben. Lassen Sie uns doch einmal ehrlich sein. Du liebst mich nicht. Und ich liebe Sie nicht. Das ist genug. Lassen Sie uns nicht im Dreck wühlen und die Sache hässlicher machen, als sie ist. Ich habe mich entschieden, John. Wir lassen uns scheiden."

Sie versuchte, ihn zu umgehen, aber er hielt ihren Arm fest.

"Hören Sie, es tut mir leid. Okay, ich gebe es zu. Ich bin Ihnen untreu gewesen. Aber nichts davon bedeutet mir etwas. Ich liebe dich, Omid."

Er fuhr fort und fort, und Omid merkte, dass sie den Worten nicht mehr zuhörte. Es war ihr egal, was er sagte. Es spielte keine Rolle, wie verärgert er aussah.

Was für sie wirklich zählte, war, dass das Leben ihrer Tochter in Gefahr war und er nicht reagiert hatte. Die Entscheidung, sich scheiden zu lassen, betraf jedoch auch ihn. Also war er auf einmal emotional. Er tat so, als ob es ihn interessierte.

Sie wusste, dass es ihm nichts ausmachen würde, sobald er die Chance hatte, eine gute Geschichte für seine Familie und die Öffentlichkeit zusammenzustellen. Die Umstellung der Routine würde für ihn lästig sein. Aber am Ende würden sie alle besser dran sein. Vor allem John.

Aber ehrlich gesagt war ihr das völlig egal.

Vor Jahren hatte ihre Mutter gesagt, dass es für Omid keine halben Sachen gäbe. Sie hatte das mit einem Ton des Respekts in ihrer Stimme gesagt. Aber irgendwann hatte Omid das Gefühl dafür verloren, wer sie war, und jetzt wollte sie diese Person zurück. Die Person, die wusste, was sie wollte und es auch durchsetzte. Bis zum Ende.

"Nein", sagte sie und unterbrach, was auch immer er sagen wollte. "In meinem Leben ist kein Platz mehr für Sie. Das ist das Ende. Ich habe Ihnen gesagt, dass ich bereits einen Scheidungsanwalt habe. Ich schlage vor, Sie tun dasselbe. Grüßen Sie Ihre Mutter von mir."

Omid ging die Stufen hinauf auf die Terrasse. Sie zog den Schlüssel aus ihrer Tasche, schloss die Hintertür auf und ging hinein. Als sie sich umdrehte, sah sie John dort stehen, wo sie ihn zurückgelassen hatte, und er starrte ihr geschockt nach. Sie schloss die Tür, verriegelte sie und zog die Jalousie zu.

Sie wusste, dass es mit ihm noch nicht vorbei war, aber sie war bereit für ein neues Kapitel in ihrem Leben.

Kapitel Siebenundvierzig

Teheran

DIE VALIASR-STRASSE - vor der Revolution als Pahlavi-Boulevard bekannt - verläuft vom südlichen Ende Teherans bis zum nördlichsten Punkt der Stadt. Valiasr ist nicht nur die längste Straße in Teheran, sondern laut einem Bericht der BBC auch die längste städtische Straße der Welt.

Nach dem heutigen Tag würde die Stadt als der Ort der längsten Menschenkette bekannt sein, die jemals gebildet wurde. Zwischen vier Uhr nachmittags und sieben Uhr abends würde die Stadt durch eine zwanzig Kilometer lange Kette von Unterstützern in zwei Hälften geteilt werden. Die mit grünen Bändern, Schals und Gesichtsbemalung geschmückten Teilnehmer würden sich an einem grünen Seil an den Händen fassen und eine durchgehende Linie bilden, die sich über die gesamte Länge der Straße erstreckt, um ihre Unterstützung für den reformistischen Präsidentschaftskandidaten Mir Hossein Mousavi zu zeigen.

Über eine Million Nachrichten wurden von den Unterstützern über Handys, E-Mail, Twitter und Facebook weitergeleitet. Es hat funktioniert. Es sprach sich herum. Die Menschen standen schon in den frühen Morgenstunden Schlange, um sich einen Platz in der

Schlange und in der Geschichte zu sichern. Als Reaktion auf die Mousavi-Kampagne planten Ahmadinejad-Anhänger ihre eigene Demonstration in einer Gebetshalle im Zentrum Teherans. Infolgedessen kam der Verkehr in der Hauptstadt vollständig zum Erliegen.

Sayeh und ihre Freunde machten sich am frühen Nachmittag zu Fuß auf den Weg. Reza hatte bereits einen Platz für sie alle im Stadtteil Yusefabad reserviert. Als sie in der Valiasr-Straße ankamen, waren die grünen Seile, die die zwanzig Kilometer lange Strecke bilden sollten, bereits verknotet worden und in beide Richtungen für Sayeh gut sichtbar.

Als sie weitergingen, war die Atmosphäre festlich und lebendig. Überall, wo sie hinsah, trugen die Menschen grüne Schärpen und Bänder an ihren Armen oder auf dem Kopf oder sie trugen sie als Maske im Gesicht. Radfahrer mit Fahnen, die wie Umhänge um ihren Hals gebunden waren, fuhren im Kreis um die festgefahrenen Autos und die Scharen von Feiernden, und die Stadtlandschaft schien mit dem Versprechen dieser grünen Revolution zu tanzen. Die Aufregung war greifbar.

Sayehs Handy klingelte und sie ging ran.

"Mama, ich kann dir gar nicht sagen, wie froh ich bin, dass du anrufst!" Sie hatte die Handynummer am Tag zuvor auf dem Anrufbeantworter hinterlassen.

"Woher haben Sie ein Handy?" fragte Omid.

"Sie können in Teheran *alles* auf der Straße kaufen, solange Sie bereit sind, dafür zu bezahlen", sagte Sayeh ihr. "Ich dachte, das wäre die beste Verwendung für das Geld, das Sie mir geschickt haben."

"Das ist es. Ich bin so erleichtert, dass ich Sie jederzeit anrufen kann."

Sie brauchte es nicht zu sagen; Sayeh konnte es an der Aufregung in der Stimme ihrer Mutter erkennen.

"Ich habe gute Neuigkeiten", sagte Omid ihr. "Ihr Ersatzpass ist heute bei uns eingetroffen. Unser Anwalt in New York sagt, dass er die Vorbereitungen mit einem anderen Reisenden treffen und Ihnen den Pass in ein paar Tagen zukommen lassen kann. Ich möchte ihn bitten, sofort einen Weg zu planen, wie Sie nach Dubai kommen können."

"Nein, Mama. Nicht jetzt."

"Sayeh-"

"Bitte, Mama. Zumindest nicht vor der Wahl. Das ist nur noch fünf Tage entfernt", flehte sie. "Hören Sie sich das an."

Sie hielt das Telefon hoch, als eine große Gruppe junger Frauen, die in die gleiche Richtung liefen, anfing zu skandieren. *"Zendani seyasee azad bayad kardand."* Befreit die politischen Gefangenen.

"Hören Sie es?" fragte Sayeh. "In der letzten Woche war ich jeden Tag mitten in der einen oder anderen Demonstration. Die Menschen schlafen nicht. Sie essen nicht. Sie stehen nachts auf den Dächern und schreien im Dunkeln 'Gott ist groß'. Tagsüber sind sie auf den Straßen. Die Stadt ist buchstäblich lebendig, Mama. Die Menschen wollen, dass ihre Stimme gehört wird. Sie wollen Veränderung. Ich habe mich noch nie so sehr als Teil von etwas gefühlt, wie ich es jetzt tue. Ich wünschte, du wärst hier und könntest auch daran teilhaben. Du und Hannah."

Omid sagte einige Augenblicke lang nichts. Als sie wieder sprach, zitterte ihre Stimme, und Sayeh fragte sich, ob sie weinte. "Erzähl mir mehr, meine Liebe."

Sayeh spürte, wie ihre Schritte leichter wurden. "Wir haben versucht, eine Million Unterschriften von iranischen Frauen zu sammeln. Ich bin mit Mina und Farzaneh überall hingegangen. Unser Ziel ist es, die Unterschriften dem Wächterrat zu übergeben, um dagegen zu protestieren, dass die iranischen Frauen unter dem islamischen Regime ihre Gleichberechtigung verloren haben. Wir wollen Gleichberechtigung."

"Ist das sicher? Was ist, wenn die Polizei Sie anhält?"

"Es ist sicher. Mina muss auch vorsichtig sein. Wir gehen kein Risiko ein, glauben Sie mir."

"Wie weit sind Sie von Ihrem Ziel entfernt?"

Sayeh lachte. "Die genaue Zahl kennt noch niemand, aber die Resonanz ist überwältigend. Ich habe gehört, dass die Zahl der Unterschriften bereits auf eineinhalb Millionen geschätzt wird. Es kommen so viele Petitionen aus anderen Städten wie Mashhad und Shiraz und Esfahan und Abadan und Tabriz. Jeder Winkel des Landes reagiert darauf. Menschen, die sich vorher nie gegen die Politiker ausgesprochen haben, stehen jetzt in den vordersten Reihen der Demonstrationen."

Sie hob das Telefon erneut in die Luft, als ihr Weg eine weitere Reihe skandierender junger Menschen kreuzte.

"Aghar tagalob nasheh, Mousavi aval meshee..."

"Können Sie sie hören?"

"Wenn nicht gemogelt wird, wird Mousavi als Erster durchs Ziel gehen", übersetzte Omid am Telefon. "Wenn man bedenkt, wie streng der Wächterrat die Wahlen kontrolliert und wie wenige Menschen ihren Namen auf die Stimmzettel setzen konnten, rechnen die Menschen dann immer noch mit Wahlbetrug?"

"Ja, definitiv", antwortete Sayeh. "Heute hat eine Gruppe von Mitarbeitern des Innenministeriums einen Brief veröffentlicht, in dem ein hochrangiger Geistlicher, ein Mullah, der Ahmadinedschad nahe steht, tatsächlich autorisiert hat, die Abstimmung zu Gunsten des Präsidenten zu beeinflussen."

"Wo haben Sie den Brief gesehen? Sie können ihn doch nicht in den Zeitungen veröffentlicht haben, oder?"

Sayeh lachte. "Die Medien, die von der derzeitigen Regierung kontrolliert werden, berichten nicht einmal über die Proteste", sagte sie zu ihrer Mutter. "Ein Scan des Schreibens des Mullahs wurde auf allen reformorientierten Websites veröffentlicht. Niemand traut den lokalen Nachrichten. Wir müssen uns alle auf andere Quellen verlassen, um zu wissen, was vor sich geht."

Sayeh und ihre Freunde näherten sich dem Abschnitt der Valiasr-Straße, wo Reza auf sie warten sollte. Der einzige Verkehr auf der Straße bestand aus Männern und Frauen, Jungen und Alten, und es waren Tausende und Abertausende. Sayeh blickte auf die Menschenmenge, während sie ihrer Mutter von der Menschenkette erzählte, die sich heute bilden würde.

"Ich erinnere mich an den Pahlavi Boulevard", sagte Omid. "Das war einmal eine wunderschöne, von Bäumen gesäumte Straße mit schicken Restaurants und Geschäften in der Nachbarschaft."

"Ich glaube, es hat sich viel getan, seit Sie das letzte Mal hier waren, aber es ist immer noch sehr schön."

Sayeh sah sich um und stellte fest, dass sie nicht mehr mit Mina und Farzaneh unterwegs war. Ein Handy zu haben, gab ihr jedoch die Gewissheit, dass sie ihre Freunde finden konnte.

"Sayeh, werden Sie zu Hannahs Abschlussfeier zu Hause sein?"

"Wann ist es so weit?", fragte sie und richtete ihre Aufmerksamkeit auf die Straße. Sie kletterte auf eine Bank und versuchte zu sehen, ob sie Reza oder ihre Freunde entdecken konnte.

"Ende nächster Woche, Schatz."

Das war eine Woche nach den Wahlen im Iran. Sayeh wusste, dass sie gehen musste. Aber sie wusste auch, dass sie, wenn sie erst einmal weg war, wahrscheinlich nie wieder zurückkommen konnte. Das war ein furchtbarer Gedanke. Wo sie war und was sie tat, war ein wahr gewordener Traum. Sie war nicht bereit, sich so schnell davon zu trennen. Gleichzeitig konnte sie sich nicht dazu durchringen, ihrer Mutter zu sagen, dass sie hier bleiben wollte, anstatt zum Highschool-Abschluss ihrer Schwester zurückzukehren. Trotzdem wollte sie länger als fünf oder zehn Tage bleiben.

Sie sah die winkende Hand von Reza über den Köpfen der Menge. Sein Handgelenk und sein Arm waren in grüne Bänder eingewickelt. Als er sah, dass sie ihn gesehen hatte, bewegte er sich auf sie zu.

"Okay, ich muss gehen, Mama."

"Sie haben mir nicht geantwortet."

"Können Sie Hannah bitten, mich anzurufen? Ich werde mit ihr darüber sprechen."

"Sayeh, Hannah wird nicht dafür sorgen, dass Sie den Iran verlassen können. Sondern ich."

"Ich weiß, Mama. Ich liebe dich. Hör zu, ich mache ein paar Fotos mit diesem Telefon und schicke sie dir per E-Mail, okay?"

Reza erreichte sie. Sayeh sah zu ihm hinunter und merkte, dass es ihr schwer fiel, nicht einfach die Arme um seinen Hals zu werfen und ihn zu küssen. Gestern Abend, auf dem dunklen Balkon von Shahr Banoos Wohnung, hatten sie sich zum ersten Mal geküsst. Sie hatte den Moment heute schon hundertmal erlebt, und jedes Mal durchlief sie ein Schauer.

Er griff nach ihrer Hand und half ihr, von der Bank aufzustehen. Sein Blick, die Berührung ihrer Finger, versetzten ihr einen elektrischen Schlag. Gestern Abend hatte keiner von beiden geleugnet, was sie fühlten.

"Ich muss gehen, Mama", sagte sie und nahm widerwillig ihre Hand aus seiner.

"Sayeh, ich mache mir Sorgen um Sie. Ich muss Sie da rausholen. Ich brauche ein Date, eine Antwort. Bitte, Schatz."

"Ich weiß, Mama. Ich werde es versuchen."

"Kann ich mit ihr sprechen?" sagte Reza und streckte seine Hand aus.

Sayeh war überrascht. Sie hatte mit ihm viel über ihre Mutter gesprochen. Sie hatte ihm auch erzählt, was sie kürzlich über ihre Großmutter erfahren hatte. Sie hatte ihm sogar von der Trennung ihrer Eltern erzählt. Er wusste, dass Omid der Elternteil war, dem Sayeh sich am nächsten fühlte und dass diese Reise sie noch näher zusammengebracht hatte.

"Mama, da will dich jemand begrüßen." Sie reichte das Telefon an Reza weiter und sah ihm zu, wie er sich höflich über den Lärm der jubelnden Menschenmenge hinweg vorstellte.

"Ja, Ma'am. Ich bin die Cousine von Farzaneh, der Freundin von Sayeh."

Sayeh war sich sicher, dass ihre Mutter verwirrt sein musste. Sie hatte Omid gegenüber nichts von ihm erwähnt.

"Ja, Shahr Banoo ist meine Großmutter", erklärte Reza. Er hörte zu. "Australier. Mein Vater."

Er lächelte Sayeh an, als Omid etwas sagte.

"Ja, wir sind uns sehr ähnlich."

Seine Augen konzentrierten sich auf ihr Gesicht, und Sayeh spürte, wie sie errötete. Es war so seltsam, nur eine Seite des Gesprächs zu hören.

"Ich bin Doktorand. Bauingenieurwesen. Ja. Dreiundzwanzig."

Jetzt wurde Omid persönlich.

"Ich begleite sie. Fahrer, Beschützer, Cousin, Reiseleiter. Wie auch immer sie mich an diesem Tag nennen wollen. Ich tue mein Bestes, um alle drei in Sicherheit zu bringen."

Nichts hatte sie auf seine nächste Aussage vorbereitet.

"Der Unterschied zu Sayeh ist, dass ich verrückt nach ihr bin."

Sayehs Kinnlade fiel herunter und blieb so.

"Ich denke, Sie sollten sie selbst fragen", sagte Reza ins Telefon. "Es war mir ein Vergnügen, mit Ihnen zu sprechen. Ja. Auf Wiedersehen."

Sayeh nahm das Telefon. "Mama."

"Ich schätze, es gibt kaum mehr als die Aufregung um die Wahlen, die Sie im Iran hält."

"Das ist wahr... teilweise", sagte sie und trat ihm leicht gegen das Schienbein. Er hat nur gelacht.

"Ich habe das Gefühl, dass Sie so ziemlich das Gleiche für ihn empfinden wie er für Sie."

"Ich denke, das ist richtig", gab Sayeh zu. "Aber bitte verstehen Sie mich nicht falsch. Ich möchte bei Hannahs Abschlussfeier dabei sein, aber es gibt keine Garantie, dass ich jemals hierher zurückkommen kann und-"

"Ich werde Hannah bitten, Sie anzurufen, meine Liebe", sagte Omid sanft. "Und übrigens denke ich, dass Sie es verdienen, jemanden zu haben, der sich nicht scheut, der Welt zu sagen, wie besonders Sie sind und was er für Sie empfindet. Das finde ich großartig."

Sayeh dachte über die Ehe ihrer Eltern nach. Solange sie sich erinnern konnte, hatte ihr Vater es nie für nötig gehalten, Omid das Gefühl zu geben, etwas Besonderes zu sein. Es war so traurig.

"Danke, Mama. Ich liebe dich."

"Ich liebe dich auch. Sei vorsichtig."

"Immer."

Kapitel Achtundvierzig

Teheran
Juni 12, 2009

SAYEH ERWACHTE KURZ NACH SONNENAUFGANG.

Wahltag. Fünfundvierzigtausend Wahllokale im ganzen Land würden bald für die sechsundvierzig Millionen Wahlberechtigten geöffnet sein.

Viele hofften, dass sie diesen Tag noch jahrelang feiern würden, weil sie glaubten, dass zum ersten Mal in der langen Geschichte dieses Landes die wahre Demokratie über die Unterdrückung siegen würde. Ihre neu gewonnene politische Stimme - die laut zu hören war, als Männer und Frauen, junge und alte, auf die Straße gingen und sich in großer Zahl in Stadien und Hörsalen versammelten - wurde nun auf die Probe gestellt. Sie hatten ihre Unzufriedenheit mit dem Status quo zum Ausdruck gebracht. Sie hatten zu lange nach der Freiheit gelechzt, sich auszudrücken. Und sie würden ihren Glauben an dieses geschätzte Recht zeigen, indem sie in noch nie dagewesener Zahl in den Wahllokalen des Landes auftauchten.

Die streng kontrollierten staatlichen Medien zeigten Live-Übertragungen aus bestimmten Wahllokalen. Diese wurden natürlich sorgfältig ausgewählt. Es waren die einzigen Gebiete, in denen ausländische Korrespondenten senden durften.

Zum ersten Mal seit Wochen war es in der Hauptstadt Teheran ruhig. Da der Wahltag ein Freitag war, blieben die Geschäfte geschlossen, was die Verkehrsprobleme in der Stadt erheblich erleichterte. Mousavi-Anhänger wurden aufgefordert, in Schulen und nicht in Moscheen zu wählen, um die Bemühungen der Regierung zu vereiteln, die Wahl zu manipulieren. Der SMS-Versand - das wichtigste Kommunikationsmittel der reformistischen Gruppen - wurde unterbunden. Die Websites reformorientierter Gruppen wurden zensiert und elektronisch gefiltert. Die meisten iranischen Computernutzer nutzten jedoch eine Anti-Filter-Software, so dass die meisten weiterhin kommunizieren konnten.

Um 10:45 Uhr morgens sickerte die Nachricht durch, dass reformorientierte Wahlhelfer daran gehindert wurden, eine Reihe von Wahllokalen im ganzen Land zu überprüfen. Unabhängige internationale Beobachter waren nicht ins Land gelassen worden, um die Wahl zu überwachen, und im Iran machte sich ein Gefühl wachsender Unruhe breit.

Etwa zur gleichen Zeit gaben Mousavi und seine Frau Zahra ihre Stimme in der zentralen Moschee des Stadtteils Ray im Süden von Teheran ab. Danach sollten die beiden mit Reportern sprechen, aber als sie zum Podium traten, stellten sie fest, dass der Strom zu den Mikrofonen abgeschaltet worden war. Mousavi setzte das Interview ohne Strom fort.

Aus Ardebil, nordwestlich der Stadt, wurde berichtet, dass Lastwagen mit Revolutionsgarden Kisten mit *ausgefüllten* Stimmzetteln in zahlreichen Wahllokalen abgestellt hatten. Es wurden Rufe nach Wahlbetrug laut.

Als der Tag in den Nachmittag überging, wurden die Schlangen der Wähler immer länger. In einem Viertel im Norden Teherans reichte die Schlange der Wähler um den ganzen Block herum. Nach Angaben des iranischen Innenministers waren bis 14 Uhr vier Millionen Stimmen abgegeben worden, und es wurde vorgeschlagen, die Wahllokale bis Mitternacht geöffnet zu lassen.

Die Temperatur in Teheran erreichte 90 Grad, aber die Menschen blieben in der Schlange stehen und warteten bis zu zweieinhalb Stunden, bevor sie ihre Stimme abgaben.

Um sechs Uhr abends wurde beschlossen, die Abstimmung um eine vierte Stunde zu verlängern, um die hohe Wahlbeteiligung zu berücksichtigen. Als die Nacht hereinbrach, öffnete sich der Himmel über Teheran mit Regengüssen, eine willkommene Erleichterung am bisher heißesten Tag des Jahres.

Freunde im Lager von Mousavi konnten ihre Begeisterung kaum zügeln. Angesichts der hohen Wahlbeteiligung stand ein Sieg der Reformer unmittelbar bevor, auch wenn in vielen Wahllokalen im ganzen Land bereits die Stimmzettel ausgingen.

Vor Moscheen, Schulen und Regierungsbüros hingen Flyer und Plakate in den Straßen. Jung und Alt zeigten ihre mit Tinte befleckten Finger als Ehrenabzeichen. Mousavi-Anhänger versammelten sich zu Zehntausenden. Sie warteten auf den Straßen. Sie warten darauf, dass die Feierlichkeiten beginnen.

Und Sayeh, der unter ihnen stand, wartete darauf, Teil der Geschichte zu werden.

Kapitel Neunundvierzig

Litchfield

NBC, CNN, ABC, CBS. Egal, auf welchen Sender Omid umschaltete, der Fernsehbildschirm war voll mit Berichten über die Massenproteste in Teheran.

"Iraner, die auf etwas mehr Freiheit, eine besser geführte Wirtschaft und ein weniger geschmähtes Image in der Welt gehofft haben", sagte eine Nachrichtensprecherin feierlich, "schwanken heute zwischen Protesten und Verzweiflung."

Sie wählte Sayehs Handy erneut an. Besetzt. Das Kommunikationssystem zwischen dem Iran und dem Rest der Welt schien komplett abgeschaltet zu sein.

"Auf den Straßen rund um den Fatemi-Platz, in der Nähe des Hauptquartiers des führenden Oppositionskandidaten Mir Hussein Mousavi, fuhren Bereitschaftspolizisten in Robocop-Kleidung auf Motorrädern über die Bürgersteige, um die vielen Fußgänger, die sich versammelt hatten, um ihre Bestürzung zu teilen, zu vertreiben und einzuschüchtern."

Omid hatte aufgehört zu zählen, wie oft sie Sayehs Nummer heute angerufen hatte. Es war immer das Gleiche. Das ständige Besetztzeichen. Hannah war die letzte, die mit Sayeh gesprochen hatte, am späten Donnerstagabend.

Das Telefon auf ihrem Schoß klingelte. Omid schaute auf das Display und ging ran.

"Sie hat nicht angerufen, Hannah. Ich kann sie auch nicht erreichen. Ich glaube nicht, dass es eine offene Leitung ins Land gibt."

Hannah und eine Gruppe anderer Senioren waren für ein Wochenende an der Küste, an dem auch ein "Schwänzeltag" für Montag geplant war. Da es nur noch eine Woche bis zum Schulabschluss war, war Omid froh, dass ihre Tochter die Chance bekam, sich wie ein normaler Teenager zu verhalten.

"Mama, mach dir keine Sorgen um sie. Sie will nicht, dass du dir Sorgen machst. In Teheran leben Millionen von Menschen, und das bedeutet nicht, dass sie bei jedem Protest und jeder Demonstration, die im Fernsehen gezeigt wird, dabei ist."

"Woher wissen Sie, was sie im Fernsehen zeigen? Ich dachte, Sie sollten am Strand faulenzen."

"Das tue ich. Ich arbeite an meiner Bräune. Ich habe gerade den Fernseher eingeschaltet, um nach dem Wetter zu sehen."

"Lügner", stichelte Omid.

Hannah hatte überlegt, nicht an den Strand zu gehen, aber Omid hatte sie praktisch gezwungen. Dies sollte eines der aufregendsten und bedeutsamsten Ereignisse im Leben einer Siebzehnjährigen sein, aber ihre Schwester war weit weg. Ihre Mutter war ein Nervenbündel. Ihr Vater hatte sich wieder bei seiner Mutter eingelebt. Omid wusste nicht, wie ihre Tochter es schaffte, sich zusammenzureißen.

"Papa hat mich heute Morgen angerufen."

Omid war froh. Um Hannahs willen.

"Er hat die gleichen Berichte im Fernsehen gesehen wie wir alle. Ich glaube, zum ersten Mal ist er auch besorgt. Er hat nach Sayehs Handynummer gefragt, und ich habe sie ihm gegeben."

"Ich hoffe, er kommt durch", sagte Omid und meinte es wirklich ernst.

"Schicken Sie mir eine SMS, wenn Sie von ihr hören?" fragte Hannah.

"Ich rufe Sie an." Und sie würde auch John anrufen, beschloss Omid in diesem Moment. Er war immer noch Sayehs Vater.

"Nein, schicken Sie mir eine SMS."

Omid wusste, wie es läuft. Sie lasen die Textnachrichten, hörten aber nie die Mailbox ab.

"Okay. Und jetzt versuchen Sie, sich zu amüsieren."

"Immer."

Das Wort zauberte ein zartes Lächeln auf Omids Gesicht. 'Immer.' Beide Mädchen benutzten dieses Wort gerne.

Omids Blick wurde wieder auf den Fernsehbildschirm gelenkt. Es wurden Ausschnitte von Interviews auf den Straßen von Teheran gezeigt.

"Weitere vier Jahre Diktator", murmelte ein junger Mann. "Das ist ein *Staatsstreich*."

Andere in der Menge um ihn herum stimmten zu... lautstark.

"Es war nur ein Film", sagte eine Frau durch den Übersetzer. Sie weinte ganz offen. "Wir waren alle nur Akteure in einem Film."

Die Menge begann lautstark zu protestieren, als sich ein Mann in Uniform vor die Kamera drängte und seine Hand auf das Objektiv legte.

"Boro. Boro. Nemetonee mosahebe konee." Gehen Sie. Gehen Sie. Sie können keine Menschen interviewen.

Der Sender kehrte ins Studio zurück, wo der Moderator von mehreren Experten begleitet wurde.

"Es ist absolut nicht glaubwürdig, dass der Herausforderer Mir Hossein Mousavi die Wahl in seiner Heimatstadt verloren haben könnte", sagte einer der Analysten aufgebracht.

"Der Iran hatte eine Rekordwahlbeteiligung von 85 Prozent... mit Papierwahlen", so ein anderer Experte. "Und trotzdem waren die Ergebnisse innerhalb weniger Stunden bekannt. Wie kann das sein?"

"Die Opposition sagt ganz offen, dass die Wahl manipuliert wurde..."

Das Telefon klingelte erneut, und Omid nahm ab, bevor das Display anzeigen konnte, von wem der Anruf kam. Es war Sohrab Iman, ihr Anwalt.

Omid schaltete den Fernseher aus. Sie erzählte ihm das Wenige, das sie von Sayeh wusste. Es überraschte ihn nicht, dass sie in den letzten zwei Tagen keinen Kontakt zu ihrer Tochter hatte herstellen können.

"Meine Empfehlung ist, sie so schnell wie möglich aus dem Land zu bringen", sagte der Anwalt. "Der allgemeine Konsens ist, dass sich die Situation im Iran eher verschlechtern wird, als dass sie besser wird.

"Konnten Sie ihr den Pass schicken?"

"Ja. Die Person, die es bei sich hat, ist am Donnerstag in Teheran eingetroffen. Ich habe auch nicht mit ihm sprechen können, also weiß ich nicht, ob die beiden Kontakt aufgenommen haben. Ich hatte gehofft, Sie könnten mir sagen, ob Sayeh den Pass erhalten hat."

Auf dem Fernsehschirm waren Bilder von zwei schwarz gekleideten Männern auf Motorrädern zu sehen, die mit Knüppeln auf eine Reihe von Demonstranten einschlugen. Omid wurde schlecht, als er sah, wie die Demonstranten von diesen Schlägern verprügelt wurden, nur weil sie sich auf der Straße versammelt hatten.

"Ich kann dafür sorgen, dass sie das Land schon morgen verlassen kann."

"In welche Richtung würde sie gehen?"

"Wir haben nur ein paar Möglichkeiten. Sie könnte durch den südlichen Teil des Irans in eines der arabischen Länder ausreisen. Wenn sie in den Nordwesten reist, weiß ich von einer Reihe von Menschen, die in der Vergangenheit die Grenze zur Türkei überquert haben. Ich persönlich empfehle ihr nicht, in den Irak, nach Afghanistan oder gar Pakistan zu reisen. Selbst wenn sie an den iranischen Grenzbeamten vorbeikommt, traue ich dem Empfang nicht, den sie nach dem Überqueren der Grenze bekommen könnte. Warten Sie einen Moment."

Omid hörte, wie er mit jemandem in seinem Büro sprach. Warum hatte sie nicht schon vor Tagen versucht, Sayeh zur Ausreise über Kish zu bewegen?

"Mrs. Olsen? Das tut mir leid." fuhr Sohrab fort. "Wir müssen sicher sein, dass sie, sobald die Entscheidung gefallen ist, bereit und willens ist zu gehen. Die illegale Ausreise aus dem Iran wird nicht über Reisebüros abgewickelt. Sie wird nicht den Luxus haben, sich den Tag oder die Uhrzeit auszusuchen. Wenn sie bereit sind, muss sie gehen. Und das könnte am selben Tag geschehen, an dem ich meine Leute kontaktiere."

"Ich muss mit ihr sprechen. Ich muss sicherstellen, dass sie weiß, was Sie mir gerade gesagt haben. Ich möchte mich nicht auf etwas festlegen, bevor ich mit ihr gesprochen habe."

"Ich verstehe, und ich weiß es zu schätzen..."

Am Haustelefon ertönte ein Piepton. Omid prüfte das Display. Es war ein Auslandsgespräch. Schnell beendete sie das Gespräch mit Sohrab.

Der Anrufer war Sayeh.

"Ich bin so froh, dass du mich angerufen hast", sagte Omid zu ihrer Tochter. "Wir haben uns alle solche Sorgen um dich gemacht."

"Mir geht es gut, Mama."

So kurz die Antwort auch war, Omid konnte die Traurigkeit in der Stimme ihrer Tochter hören.

"Haben Sie Ihren Reisepass schon?" .

"Ich habe mit der Person telefoniert, die es hat. Aber ich habe noch keine Vorkehrungen getroffen, um es abzuholen."

"Schatz, wir müssen dich aus dem Land schaffen. Der Anwalt ist bereit, die Vorbereitungen zu treffen. Er sagt, du musst sofort ausreisen."

"Noch nicht, Mama."

Ihr drehte sich der Magen um. "Wann dann, Sayeh?"

"Ich habe bereits mit Hannah gesprochen. Sie hat kein Problem damit, dass ich bei ihrer Abschlussfeier nicht dabei bin."

So viel wusste Omid bereits von ihrer jüngeren Tochter. "Hannahs Abschluss ist nicht der einzige Grund, warum ich Sie hier haben möchte. Und ich bin keine Helikoptermutter und ich dränge Sie nicht ohne Grund. Sie halten sich illegal im Iran auf, und das Land kann jederzeit zusammenbrechen..."

"Mama, hör auf. Ich weiß das alles", unterbrach Sayeh. "Und es tut mir leid, dass ich mir so viele Sorgen mache. Aber ich bin noch nicht bereit zu gehen."

Omid schloss ihre Augen und versuchte, die Emotionen zu beruhigen, die außer Kontrolle zu geraten drohten. Es gab so viel, was sie sagen musste, um ihre Tochter an die Gefahren ihrer Anwesenheit zu erinnern. Sie könnte ihr Schuldgefühle darüber einreden, was mit ihrer Familie passierte, während sie weg war. Und die Kosten. Aber nichts von alledem würde Sayeh umstimmen. Omid wusste das. Sie sprach das einzige Thema an, von dem sie hoffte, dass es eine Reaktion auslösen würde.

"Was halten Sie also von diesem Wahlergebnis?"

"Eklatanter Wahlbetrug", antwortete Sayeh und explodierte. "Aber wir sind noch nicht fertig damit. Das iranische Volk wehrt sich dagegen. Du musst die Menschen sehen, die auf die Straße strömen, Mama. Alle haben die Nase voll von diesem Betrug und der Unterdrückung. Ahmadinedschad hat die Wahlen manipuliert, und die Menschen wissen das. Die Menschen hier haben es satt, von der Welt isoliert zu werden und wie Narren dazustehen. Und sie wollen nicht als Unterstützer des Terrorismus bekannt sein."

"Sie haben auf verschiedenen Fernsehsendern hier Ausschnitte der Demonstrationen gezeigt. Es scheint weit verbreitet zu sein", sagte Omid.

"Mehr als weit verbreitet. Es ist eine Flutwelle." Sayeh lachte. "Ich weiß, ich klinge wie ein kleines Kind, aber Sie hätten hier sein müssen, um zu verstehen, was ich sage. Heute Morgen waren wir auf dem Azadi-Platz..."

Sayeh erzählte von den Demonstrationen. Von den Menschen, die sie auf der Straße traf. Von den Schildern, die sie gemacht hatten, den Flugblättern, die sie verteilten, den nächsten Versammlungen, zu denen sie gehen würden. Und Omid ertappte sich dabei, wie sie sich an die Begeisterung einer anderen jungen Frau erinnerte, die einen Wandel herbeiführen wollte... und an eine andere Mutter, die verzweifelt versuchte, ihre Tochter aus dem Land zu vertreiben. Sie erinnerte sich daran, wie Azar alles getan hatte, um ihre Tochter am Leben zu erhalten.

Omid berührte den kleinen Rahmen, den sie auf dem Kaminsims aufbewahrte. Es war ein Bild von ihr und Azar. Sie erinnerte sich, dass ihre Mutter es ihr geschenkt hatte, als sie sie das letzte Mal gesehen hatte. Auf dem Flughafen von Mehrabad.

Sie musste mehr tun, um Sayeh zu befreien. Ihre Mutter hatte sie am Leben erhalten, indem sie Omid aus dem Land schickte. Jetzt war sie an der Reihe. Was sie taten, war nicht genug.

"Mama, ich muss gehen."

"Wir müssen darüber reden, wie wir Sie da rausholen können."

"Mama..."

"Bitte rufen Sie mich morgen an, wenn ich Sie nicht erreichen kann", sagte sie in einem flehenden Ton. "Bitte."

"Das werde ich."

"Und rufen Sie bitte Ihren Vater an. Er macht sich Sorgen um Sie."

In der Leitung gab es eine längere Pause. "Sie beide reden miteinander?"

"Nein. Aber Hannah ist es, und er macht sich Sorgen um Sie, Sayeh. Das sind wir alle."

"Ich werde ihn anrufen, Mama. Ich werde es sofort tun."

"Gut", sagte Omid. Sie konnte das nicht allein tun. Sie brauchte Johns Hilfe. "Und seien Sie vorsichtig."

"Immer."

Sayeh beendete den Anruf, und Omid starrte lange auf das Telefon in ihrer Hand. Sie wusste, was sie zu tun hatte. Irgendwie musste sie selbst in den Iran reisen. Das war die einzige Möglichkeit, ihre Tochter zurückzubekommen.

Omid wählte die Nummer des Anwalts in New York.

Kapitel Fünfzig

Teheran

SAYEH KONZENTRIERTE sich auf die E-Mail, die Reza ausgedruckt hatte, und las die Passage laut vor.

"Diejenigen, die sich für die Freiheit aussprechen und dennoch die Bewegung abwerten, sind Menschen, die Ernten wollen, ohne den Boden zu pflügen; sie wollen Regen ohne Donner und Blitz; sie wollen den Ozean ohne das Tosen seiner vielen Wasser. Der Kampf kann ein moralischer oder ein physischer sein, oder beides. Aber es muss ein Kampf sein. Die Macht gibt nichts zu, ohne etwas zu fordern; das hat sie nie getan und wird sie nie tun."

Sayeh beendete die Lektüre und sah zu Reza auf. "Wer hat das gesagt?"

"Ihr Frederick Douglass".

Sie lächelte und blickte wieder auf den Text hinunter. In den letzten Tagen hatte sie zusammen mit Reza einen englischsprachigen Blog und einen Newsletter zusammengestellt, die aus Informationen bestanden, die von iranischen Studenten über Twitter, E-Mail und Facebook eingingen. Die Wutausbrüche prallten weiterhin in den Straßen der iranischen Städte und Gemeinden ab. Auch außerhalb des Landes protestierten Millionen von Iranern gegen die Ergebnisse dieser Wahl. Und die ganze Welt, so schien es, wollte wissen, was hier vor sich ging.

Ihr Newsletter war eine Möglichkeit, genaue, unzensierte Informationen aus dem Land zu bekommen. Etwa sechshundert ausländische Nachrichtenmedien waren ins Land geholt worden, um über den überwältigenden "Erdrutschsieg" des Amtsinhabers zu berichten, aber nachdem die westlichen Medien über die Vorwürfe des Wahlbetrugs berichtet hatten, wurden sie alle zusammengetrieben und sofort aus dem Land geschickt.

Heute Morgen, als sie durch Teheran fuhren, ging Sayeh einen Stapel von E-Mail-Nachrichten durch, die Reza ausgedruckt hatte. Die Nachrichten waren aus Teheran, Mashhad, Qom, Tabriz, Shiraz, Amol... von fast jeder Universität im Iran eingegangen. Sie enthielten Erfahrungsberichte von Studenten auf der Straße. Die meisten waren Antworten auf einen Massenaufruf, den er verschickt hatte. Das Zitat war anstelle einer Unterschrift am Ende seiner Anfrage angebracht.

"Frederick Douglass war ein großer Mann", sagte sie. "Er wusste, wie man kämpft, das ist sicher."

Reza nickte. "Ich glaube jedes Wort, das er sagt. Die Mullahs, die hinter dieser Regierung stehen, werden ihre Macht nicht kampflos aufgeben. Eine friedliche Bewegung und ein offener Dialog werden sie nicht beeindrucken. Sie zögern nicht, Schlägertrupps wie die Bassidsch einzusetzen, ihnen Gewehre oder Schlagstöcke in die Hand zu geben und zu sagen: 'Geht hinaus und verprügelt jeden, der gegen uns spricht. Tötet sie, wenn es nötig ist.'" Er schüttelte den Kopf. "Nichts, was sie daran hindert. Kein Gesetz, das sie aufhält. Keine Angst vor der Justiz, die sie aufhalten könnte. Macht ist das, was zählt. Und warum sollte man sie aufgeben, wenn man sie mit einer angeheuerten Bande behalten kann?"

Da Sayeh die Basij und die Pasdaran in Aktion erlebt hatte, konnte er ihm nicht widersprechen. Die so genannte Grüne Bewegung von Mousavi setzte ihre friedlichen Demonstrationen fort, und Zehntausende von Menschen waren in den letzten Tagen auf die Straße gegangen. Aber wie Reza konnte auch Sayeh bereits sehen, wie die Regierung die Gewalt gegen die Demonstranten ausweitete.

Sayeh hatte nicht darauf geachtet, wohin sie fuhren oder welche

Straßen sie passierten, aber sie war überrascht, als er auf dem Parkplatz des Homa Hotels hielt. Sie wusste, wer hier wohnte.

"Ich dachte, wir würden essen gehen."

"Ja, aber erst, nachdem Sie Ihren Pass an der Rezeption abgeholt haben."

Sie sah ihn misstrauisch an. "Hat meine Mutter Sie angerufen? Hat sie Ihre Handynummer?"

"Nein." Er lächelte und schüttelte den Kopf.

"Was machen wir dann hier?"

Sein Gesichtsausdruck wurde düster. "Denken Sie daran, wie viel Geld Ihre Eltern ausgegeben haben, um Ihnen diesen Pass zu besorgen."

Er hat die Schuld auf sich genommen.

"Und dieser Typ hat Ihnen vor drei Tagen gesagt, dass er Ihren Pass an der Rezeption hinterlegt. Sie müssen ihn nur noch abholen."

Sayeh wollte sich entschuldigen, aber es hatte keinen Sinn. In den letzten zwei Tagen hatte Reza ihr mehrmals angeboten, sie hierher zu fahren, aber sie hatte jedes Mal eine lahme Ausrede parat. Das Problem war, dass sie ihm jedes Mal alles erzählte, wenn sie und ihre Mutter miteinander sprachen. Der Kontaktmann des Anwalts wohnte eine Woche lang in diesem Hotel. Sayeh dachte sich, dass sie noch viel Zeit hatte.

Reza zog den Wagen unter den Überhang am Vordereingang des weißen Hochhaushotels. "Ich warte hier."

Shahr Banoo erzählte ihr, dass dies vor der Revolution 1979 ein Sheraton Hotel gewesen war. Damals war es eine der schönsten Unterkünfte in Teheran. Sayeh schaute auf die Glasfront, aber sie konnte nicht in die Lobby sehen.

Sayeh stieg zögernd aus dem Auto aus. Ein Portier nickte ihr höflich zu, als sie an ihm vorbeiging. Die Lobby war wie bei jeder anderen Hotelkette, und vier asiatische Geschäftsleute saßen in Sesseln. Einer der Männer sprach mit Autorität, während die anderen aufmerksam zuhörten. Sie ging direkt zur Rezeption.

Ein älterer Herr checkte gerade ein. Obwohl er Englisch sprach, dachte sie aufgrund seines Akzents, er müsse Deutscher oder Österreicher sein. Zwei Männer und eine Frau arbeiteten hinter dem Tresen.

Sie bemerkte, dass der junge Mann, der dem Gast half, fließend Englisch sprach. Sayeh hatte geübt, was sie sagen wollte.

Die Frau gab ihr ein Zeichen, sich zu nähern. "Kann ich Ihnen helfen?", fragte sie auf Farsi.

Sayeh nickte und versuchte, lässig zu wirken. "Ein Gast, Herr Darvish, hat einen Umschlag für mich hinterlassen", sagte sie.

"Ihr Name?"

"Azar Mottahedeh", sagte Sayeh. Sie hatten beschlossen, eine Kombination der Namen ihrer Großeltern zu verwenden.

"Bitte warten Sie." Die Frau verschwand in einem Büro hinter dem Anmeldeschalter. Wenn sie Sayehs Farsi misstraut hat, hat sie nichts davon angedeutet.

Während sie wartete, spürte Sayeh, wie ihr der Schweiß den Rücken hinunterlief. Dieser Plan hatte viele Schwachstellen. Sie hatte keinen Ausweis, den sie vorzeigen konnte, wenn sie gefragt wurde. Der deutsche Hotelgast beendete das Einchecken und ging in Richtung der Aufzugsreihe. Sayeh schaute sich in der Lobby um. Zwei andere Geschäftsleute, die Europäer zu sein schienen, durchquerten die Lobby in Richtung eines Restaurants auf der anderen Seite.

Kommen Sie, dachte sie und blickte auf die Tür, durch die der Empfangschef verschwunden war. Wenn sie weglaufen musste...

Sayeh hatte keine Zeit, sich weiter mit dieser Möglichkeit zu befassen. Der Empfangschef erschien wieder und reichte ihr lächelnd den Umschlag über den Tresen.

Sie nahm ihn etwas verblüfft entgegen, nickte dem Angestellten zu und wandte sich in Richtung der Eingangstür. Sie hatte nicht vor, den Umschlag in der Hotellobby zu öffnen. Ein Page öffnete ihr die Tür und sie war erleichtert, dass Reza immer noch vorne wartete. Sie kletterte in den Wagen.

"Zufrieden?", fragte sie etwas zu fröhlich und winkte ihm den Umschlag zu.

Er fuhr von der Haustür weg und fuhr auf den Parkplatz, wo er rückwärts in eine Parklücke fuhr. "Jetzt öffnen Sie sie."

Sie öffnete den Umschlag vorsichtig. Darin fand sie ihren amerikanischen Reisepass in einer dicken Mappe. Sie blätterte durch die Seiten.

"Ich finde, das sieht gut aus. Können wir jetzt gehen?"

Er holte nicht sofort aus, sondern sah sie an. "Ich möchte, dass Du ihn benutzt, Sayeh", sagte er leise.

Sie starrte ihn an. Sein dunkler Blick war auf ihre Augen gerichtet und sagte ihr genau das, was sie befürchtet hatte. Sie spürte, wie ihr das Herz in die Hose rutschte. Er streckte seine Hand aus und nahm ihre Hand.

"Und ich meine nicht nächsten Monat oder nächste Woche. Ich meine morgen. Ich möchte, dass Sie den Iran verlassen, und zwar sofort."

"Sie wissen wirklich, wie man ein Mädchen bei einem Date beeindruckt." Ihre Stimme zitterte. Sie versuchte, ein falsches Lächeln aufzusetzen und ihre Hand loszureißen. Er ließ sie nicht los. Sie schaute aus dem Fenster. Er streckte seine andere Hand aus, berührte ihr Kinn und drehte ihr Gesicht, bis sie ihn wieder ansah.

"Sayeh, keiner von uns beiden hat einen Hehl daraus gemacht, was wir füreinander empfinden."

Sie spürte, wie sie errötete. Rezas Mutter war für ein paar Tage nach *Shomal, der* nördlichen Region des Landes am Kaspischen Meer, gefahren. Das Haus seiner Familie für sich allein zu haben, hatte neue und aufregende Möglichkeiten für ihre Beziehung eröffnet, und das hatten sie auch ausgenutzt.

"Ich liebe Sie. Das habe ich Ihnen schon oft gesagt. Aber das ist das erste Mal, dass ich so empfinde. Und ich sage Ihnen, dass ich Sie nicht verlieren möchte."

"Aber Sie wollen, dass ich weggehe. Ausgerechnet jetzt. Ausgerechnet... jetzt."

"Ja... weil die Dinge sehr schnell hässlich werden. Gestern, heute. Die Demonstrationen sollten eigentlich friedlich verlaufen. Aber jetzt, während wir hier sprechen, halten Lieferwagen vor den Häusern der Menschen und ganze Familien, die nichts Illegales getan haben, werden von den Pasdaran verhaftet. Es handelt sich um Männer, Frauen, Teenager. Es spielt keine Rolle."

"Das ist Grund genug, nicht aufzugeben. Wir sprechen hier von Millionen von Menschen, die von dieser Ungerechtigkeit betroffen sind", argumentierte sie. "Denken Sie nur, wenn alle weglaufen würden, wer würde dann den Kampf führen?"

"Sie nicht", sagte er leise. "Sie fallen auf. Es ist nur eine Frage der

Zeit, bis jemand auf Sie aufmerksam wird. Und dann sind Sie erledigt. Man wird sagen, Sie seien ein Spion, ein ausländischer Agent, der hier ist, um eine Revolution gegen die..."

"Ich werde nicht in Angst leben, Reza. Diese Situation könnte jedem passieren, ob Ausländer oder nicht. Sie könnten sagen, dass Mina oder Farzaneh für eine westliche Macht arbeiten. Sie werden ihnen nicht sagen, dass sie gehen sollen."

"Wenn sie einen amerikanischen Pass in der Hand hätten und eine Familie, die bereit wäre, die Vorbereitungen für ihre Flucht aus diesem Land zu treffen, würde ich ihnen dasselbe sagen", sagte er eindringlich. "Sayeh, sehen Sie nicht, dass Sie diesen Kampf auch von außen führen können? Sie können die Informationen an die Medien weitergeben. Sie können unseren Kampf vor den Vereinten Nationen und dem Weißen Haus und vor den Botschaften in Washington und New York und überall dort, wo die Menschen es bemerken, organisieren und für uns kämpfen."

"Ich gehe noch nicht", sagte sie hartnäckig. "Ich gehe nicht weg."

"Ich mache mir Sorgen um Sie."

"Ich mache mir auch Sorgen um Sie. Aber ich verlange nicht, dass *Sie* gehen."

"Das ist mein Zuhause."

"Ich bin zwanzig Jahre alt. Ich habe beschlossen, dass dies auch mein Zuhause ist."

"Mein Gott. Wissen Sie, in Australien würden wir Sie eine dicke *Sheila* nennen", schnauzte er, ließ ihre Hand los und blickte geradeaus. "Wir wollen keine Preise für Tapferkeit vergeben, aber wenn es einen Preis für Sturheit gäbe, würden Sie ihn sicher gewinnen."

Sayeh verschränkte die Arme und sah ihm zu, während sie darauf wartete, dass Reza fortfuhr. Doch der saß nur da und starrte schweigend auf den vorbeifahrenden Verkehr.

"Versuchen Sie, eine neue Taktik zu entwickeln?", fragte sie. "Machen Sie sich keine Mühe."

Er sagte kein Wort und sah sie nicht an.

"Lassen Sie mich raten. Ihr nächster Trick wird sein, dass Sie mich nicht mehr sehen wollen. Und Sie werden erwarten, dass Sie mich weinend bei Ihrer Großmutter absetzen, weil Sie denken, dass ich so aufgebracht sein werde, dass ich morgen den Iran verlasse."

"Werden Sie gehen, wenn ich das tue?", fragte er und drehte sich zu ihr um.

"Nein."

Er schüttelte den Kopf und gab auf.

"Gut", sagte er, beugte sich vor und küsste ihre Lippen.

Sayehs Augen weiteten sich. Sie zu küssen war ein gefährlicher Akt, der, wie sie beide wussten, Peitschenhiebe und Gefängnis nach sich ziehen konnte. Er wich zurück und legte den Gang ein.

"Gut, warum?"

"Gut, denn ich werde meine Beziehung zu Ihnen nicht abbrechen."

Sie lächelte, als er aus der Parklücke fuhr.

"Ich würde mich mit jedem vereinen, der das Richtige tut, und mit niemandem, der das Falsche tut", sagte sie leise.

"Wer hat das gesagt?", fragte er.

"*Unser* Frederick Douglas".

Kapitel Einundfünfzig

Litchfield

"Konnte jemand ihre Leiche abholen?" fragte Hannah unter Tränen.

Omid starrte auf den Stapel vergilbter Zeitungsausschnitte, die auf Briefen und einer Handvoll Fotos lagen. Einige davon waren an ihren Vater geschickt worden, andere hatte Roya gemacht. Aus einer Zeitung, ein paar Zeilen. Aus einem Vortrags-Handout, eine Zusammenfassung ihres Vortrags. Aus einer Untergrundpublikation ein Artikel, den sie geschrieben hatte, um die Korruption der Regierung aufzudecken. Roya hatte alles gefunden, was sie in die Finger bekam, und es Omid zugeschickt.

"Sie wollten eine Bezahlung für die Kugeln, mit denen sie sie hingerichtet haben."

"Das ist nicht Ihr Ernst", flüsterte Hannah.

"Es ist wahr. Die iranische Regierung wollte die Leiche meiner Mutter erst freigeben, als die Familie Geld für die Kosten zahlte, die die Sicherheitskräfte für ihre Ermordung veranschlagt hatten. Das steht in einem der Zeitungsausschnitte." Omid zog den Artikel aus dem Stapel. "Hier ist er."

Omid spürte, wie sie sich erneut verschluckte, als sie ihrer Tochter den Ausschnitt überreichte. Drei Jahrzehnte lang hatte sie ihre Vergangenheit in einem Schuhkarton auf dem Regal ihres Kleiderschranks unter Verschluss gehalten. Jetzt ging sie alles mit ihrer Tochter durch.

Hannah hatte den Ausflug mit ihren Klassenkameraden abgebrochen und war einen Tag früher nach Hause gekommen, um bei ihrer Mutter zu sein. Omid bezweifelte, dass die Siebzehnjährige geahnt hatte, dass sie das heute Abend tun würden... auf dem Sofa sitzen, das Leben der Großmutter, die Hannah nie gekannt hatte, auf dem Couchtisch mit Glasplatte ausgebreitet.

"Was steht da?"

Die Worte tanzten vor Omids Augen. Wenn man den Artikel als die ganze Wahrheit ansah, dann waren die einzelnen Zeilen über das Wer, das Wo und das Wieviel die Summe des Lebens einer bemerkenswerten Frau.

"Sie wollten... umgerechnet fünftausend Dollar für die Freigabe der Leiche. Er hat das nie gesagt... aber ich glaube, Ihr Baba Habib hat das Geld bezahlt. Azars Schwestern haben ihre Leiche abgeholt."

"Wie furchtbar."

"Die Regierung erlaubte der Familie keine Beerdigung. Ich nehme an, sie machten sich Sorgen um die Studenten und die anderen, die zu ihr aufschauten. Das Letzte, was sie wollten, war ein Märtyrer für die Opposition. Also wurde sie in aller Stille auf einem kleinen Friedhof in Isfahan begraben."

Hannah schlang ihre Arme um Omid und drückte ihr Gesicht an die Schulter ihrer Mutter. Sie weinten beide ganz offen.

"Oh, Mama... wie konntest du das alles nur so lange für dich behalten? Wie traurig... wie furchtbar muss das alles gewesen sein."

Omid akzeptierte nun die Möglichkeit, dass es falsch war, dass sie nicht versuchte, die tragischen Erinnerungen zu überwinden. Vielleicht hätte sie sie mit ihrem Mann und ihren Töchtern teilen sollen. Vielleicht hatte sie selbst ihre Ehe vergiftet, indem sie sich zurückgehalten und sich der Vergangenheit nicht gestellt hatte. In vierundzwanzig Jahren hatte sie John nie diese verletzliche Seite gezeigt, diese rohe, nicht verheilende Wunde. In Wahrheit hatte John nie die Chance gehabt, die wahre Person hinter der gepanzerten Fassade, die sie aufgebaut hatte, kennen zu lernen.

"Ich war siebzehn... so alt wie Sie... als ich erfuhr, dass meine

Mutter getötet worden war", erzählte sie Hannah. "Ich hatte so große Schmerzen, dass ich mich selbst Stück für Stück, Gedanke für Gedanke zerfetzt habe. Meine Schuldgefühle brachten mich um. Ich machte mir ständig Vorwürfe und ging in meinem Kopf immer wieder durch, was ich hätte tun können, um den Lauf der Geschichte zu ändern. Ich brachte mich um, nicht indem ich mir eine Rasierklinge ins Handgelenk stach oder eine Flasche Pillen schluckte, aber ich brachte mich trotzdem mit jeder Sekunde um."

"Baba Habib und Carol müssen verrückt vor Sorge gewesen sein."

Omid nickte. "Ich war 1,70 m groß und wog 120 Pfund, als ich in ihrem Haus ankam. In dem Monat nach dem Tod meiner Mutter habe ich 30 Pfund abgenommen. Ich war zweimal im Krankenhaus, aber körperlich war alles in Ordnung mit mir. Die Ärzte und alle anderen wussten, dass es Trauer und Schuldgefühle waren, die mir das Leben aus den Knochen zogen. Also verabreichten sie mir Medikamente."

"Sie hatten Schmerzen. Wie sollten da Medikamente helfen?" sagte Hannah kritisch und schüttelte den Kopf.

Omid zuckte mit den Schultern. "Sie mussten etwas tun, und ich wollte mit niemandem sprechen. Ich wollte nicht essen. Was sollten sie tun? Sie waren verzweifelt. Carol würde sich mit dieser Lösung sowieso nicht lange abfinden. Sie nahm jede Minute meines Lebens in die Hand. Innerhalb einer Woche setzte sie die Tabletten ab und fuhr mich zum Musikunterricht, zu Wissenschaftsmessen, zum Sprachunterricht, zu Aufführungen und zu allem, von dem sie dachte, dass es mich von meinem Elend ablenken würde. Sie plante für jede Minute meiner Zeit eine Aktivität. Und sie war auch diejenige, die all diese Dinge über Azar in den Schuhkarton und auf das Regal gestellt hat. Sie sagte mir, ich könne sie in sechs Monaten oder in einem Jahr wieder hervorholen, aber nicht vorher. Sie sagte, ich brauche Zeit und Raum, um zu heilen. Danach könnte ich damit umgehen."

"Aber das haben Sie nicht."

Omid schüttelte den Kopf. "Nein, das habe ich nicht. Es tat zu sehr weh, auch nur daran zu denken, diese Dinge noch einmal anzuschauen. Ich habe diese Schachtel mit ins College genommen, in meine erste Wohnung, in unser erstes Haus. Aber ich habe sie nie geöffnet. Ich hatte Angst. All diese Jahre lang hatte ich Angst."

Sie legte den Zeitungsausschnitt beiseite und hob den Stapel Briefe auf, den Azar ihr bei ihrer Ankunft in den USA geschickt hatte. Ein Brief pro Woche, jede Woche. Omid hatte sie alle aufgehoben.

"Ich wünschte, ich könnte Farsi lesen. Würden Sie sie mir vorlesen?"

"Das werde ich. Aber ich muss mich zurückhalten. Wenn man bedenkt, wie besorgt ich um Sayeh bin, müssen Sie mir helfen, alles zusammenzuhalten."

"Du wirst dich zusammenreißen, Mama. Für mich und für Sayeh und für dich. Und ich werde dir helfen, wenn ich kann." Hannah streichelte Omids Rücken. "Aber du solltest wissen, dass Sayeh immer noch in den Iran gegangen wäre, selbst wenn sie alles über Azar gewusst hätte. Es ist nicht Ihre Schuld, dass sie in diesem Schlamassel steckt. Sie trifft Entscheidungen für ihr Leben. Erwachsene Entscheidungen."

Omid sah ihre Tochter an und lächelte durch die Tränen hindurch. "Ich weiß, Schatz. Ich kann das Blut, das in ihren Adern fließt, nicht ändern... oder in Ihren."

"Gut." Hannah lächelte ebenfalls. "Aber ich denke, es ist an der Zeit, dass wir drei das Leben meiner Großmutter gebührend feiern. Finden Sie nicht auch?"

Kapitel Zweiundfünfzig

Teheran
Montag, 15. Juni 2009

SAYEH TIPPTE die Passage am Ende des Newsletters ab. Die Zeilen des Sufi-Dichters Rumi waren ein wenig literarisch, ein wenig nüchtern, aber sie waren auch trotzig. Befreit.

Als Stein starb ich und stand als Pflanze wieder auf;
als Pflanze starb ich und stand als Tier auf;
als Tier starb ich und wurde als Mensch geboren.
Warum sollte ich mich fürchten? Was habe ich durch den Tod verloren?

Sie drückte auf 'Speichern', um sicherzugehen, dass ihre Ergänzungen übernommen wurden. Die Nachrichten, die sie weitergab, waren düster. Die Gewalt der Revolutionsgarde und ihrer bezahlten Marionetten, der Basij, richtete sich nicht nur gegen die Demonstranten auf der Straße, sondern auch gegen die Menschen in ihren Häusern, in den Wohnheimen der Universitäten und sogar in den Notaufnahmen der Krankenhäuser. Kein Ort war sicher.

Millionen von Menschen waren in den letzten drei Tagen in fast allen Städten und Gemeinden des Landes auf die Straße gegangen.

Allah Akbar, Gott ist groß, schallte nachts von den Dächern wie ein Schlachtruf - ironischerweise zum *Trotz* der Mullahs. Und jeden Tag strömte eine Welle von Männern, Frauen und Kindern auf die öffentlichen Plätze, um der Welt stolz ihr Gesicht zu zeigen und sich der Lüge zu widersetzen, die man ihnen aufzwang. Die Slogans klangen wie Musik, die über die ganze Nation schallte.

"*Natarseed...natarseed, Ma ba ham hasteem.*" Haben Sie keine Angst. Haben Sie keine Angst. Wir sind alle zusammen. "*Raee man kojast?*" Wo ist meine Stimme? "*Chera baradarayeh ma ra mekosheed?*" Warum tötest du unsere Brüder? "*Chera khabarayeh ma ra mekosheed?*" Warum tötest du unsere Schwestern? "*Margh bar Diktator!*" Tod dem Diktator!

Und dann kam es zu den Opfern. Gruppen von Demonstranten, die Schilder mit der Aufschrift "Wo ist meine Stimme?" trugen, wurden in der Nähe der Universität von Teheran von der Miliz angegriffen. Auf dem Azadi-Platz wurden Demonstranten und Schaulustige von den Basij erschossen. Bei Demonstrationen in Esfahan, Mashhad und Qom wurden Dutzende unschuldiger Menschen erschossen oder mit Knüppeln erschlagen. Die tatsächliche Zahl der bereits durch die Gewalt gestorbenen Menschen war viel höher, als die Regierung über die staatlichen Medien zugab. Und die Zahl der Verhafteten stieg mit jedem Tag exponentiell an.

Mina steckte ihren Kopf in den Raum. "Sie müssen für heute fertig werden. Wir sollten von hier verschwinden."

Sayeh drückte erneut auf die Schaltfläche Speichern und schloss die Datei. Sie überprüfte den Internetzugang. Es war ein Wunder, aber sie hatte heute Morgen ein Signal. Sie schickte die Datei per E-Mail an sich selbst und beschloss, eine Kopie der Datei an ihre Mutter und auch an Hannah zu schicken, während ihre Finger über die Tastatur glitten.

Seit der vergangenen Woche sind Sayeh, Mina, Farzaneh und zwei Studenten der Universität Teheran ein Team geworden, das in einer konzertierten Aktion Flugblätter und Newsletter verfasst und veröffentlicht. Als Gruppe aktualisierten sie ihre Facebook-Seiten und erstellten Videoclips mit Musik, Fotos und Demonstrationsmaterial für YouTube. Sie waren ein Team in einer wachsenden Armee von Freiwilligen, die unermüdlich daran arbeiteten, Informationen über die Geschehnisse im Iran in der Welt zu verbreiten.

Wegen des gewaltsamen Vorgehens der Regierung mussten die Orte, an denen sie arbeiteten, jeden Tag anders sein. Die Wohnung von jemandem, das Haus eines Professors, eine leere Wohnung in einem Hochhaus, ein Büro in der Innenstadt bei Nacht. Jeden Tag wurde Reza mit einer Textnachricht benachrichtigt, in der lediglich die Uhrzeit und die Adresse des Treffpunkts angegeben waren. Bis jetzt hatte das System reibungslos funktioniert.

Computer, Hochleistungsdrucker, Internetzugang, alles wurde von den Organisatoren bereitgestellt. Alles, was Sayeh und die Gruppe tun mussten, war aufzutauchen und die Arbeit zu erledigen.

"Beeil dich, Sayeh", sagte Farzaneh und kam herein. Sie begann, die beiden anderen Computer herunterzufahren.

"Ich bin fertig." Sie beendete die Sicherung ihrer Arbeit auf einem Stick-Laufwerk und warf einen Blick auf die Uhr des Computers, bevor sie ihn ausschaltete. Es war zwei Minuten vor fünf. Reza sollte die drei Freunde um fünf Uhr am Ende dieser Straße abholen.

Die Wohnung, in der sie heute untergebracht waren, befand sich im zweiten Stock im Stadtteil Vanak in Teheran. Das zweistöckige Gebäude hatte einen separaten Eingang für jede Etage und befand sich am Ende einer engen Sackgasse.

"Ein wirklich guter Tag", sagte Mina. Sie kam herein und richtete einen Schal in ihrem Haar.

Farzaneh nickte. "Ich hoffe, Reza ist nicht im Verkehr stecken geblieben."

"Wer sind diese Leute?"

Als sie den leisen Alarmschrei einer Studentin aus dem anderen Zimmer hörten, erstarrten die drei Frauen. Sayeh kam als erste wieder zu sich und ging schnell zur Tür, die die beiden Räume trennt. Die beiden Studenten im vorderen Zimmer blickten durch die geschlossenen Jalousien auf die Straße hinunter.

Sie lief zum Fenster und sah sich um. Ein Mann in Zivil führte fünf bewaffnete Polizisten mit schwarzen Westen an. Zwei andere, die schwarze Kleidung und schwarze Masken mit Ausschnitten für Mund und Augen trugen, folgten ihnen auf den Fersen.

Sie sah, wie der Anführer sich umdrehte und jemandem auf der Straße zuwinkte. Es mussten mehr von ihnen sein, als sie sehen konnten.

"Wir müssen über das Dach raus", sagte Mina eilig in ihr Ohr.

Sayeh hatte vergessen, wie man atmet. Alle anderen fingen gleichzeitig an zu reden.

"Sind Sie sicher, dass die Dächer verbunden sind?", fragte einer von ihnen auf Farsi.

"Vielleicht sind sie nicht hinter uns her. Wir sollten hier bleiben", schlug jemand anderes vor.

"Wir können hier nicht warten und das Risiko eingehen", sagte Mina eilig.

"Wir können nicht zulassen, dass sie uns hier mit all dieser Elektronik finden", erinnerte Farzaneh sie. "Das ist automatisch ein Beweis für unsere Schuld. Morgen früh stehen wir vor einem Erschießungskommando."

Das war die ganze Motivation, die sie brauchten. Eine Tür neben der Küche führte zu einer Terrasse über dem ersten Stock. Zwei der Studenten schleppten schnell einen Tisch auf die Terrasse und stellten einen Stuhl darauf. Mina kletterte ohne Schwierigkeiten auf das Dach des Gebäudes und sah sich um.

Sie hockte sich hin und flüsterte, als einer der beiden Studenten der Teheraner Universität auf den Tisch kletterte. "Wir können auf das nächste Dach springen. Dort gibt es einen Balkon, von dem aus man einen großen Garten überblicken kann. Wir können bis zur nächsten Straße laufen. Beeilen Sie sich."

Der andere Student folgte ihm. Farzaneh und Sayeh waren die letzten beiden, die noch auf dem Boden lagen.

"Sie sind die Nächste", sagte Farzaneh.

"Nein, Sie."

"*Tarouf nakon*", warnte sie. Keine Höflichkeit. "Reza wird mich *umbringen*, wenn Ihnen etwas zustößt."

Sayeh wollte gerade auf den Tisch klettern, als sie sich an den Stick Drive erinnerte. "Gehen Sie. Ich bin gleich hinter Ihnen."

Bevor die andere Frau etwas sagen konnte, rannte Sayeh zu dem Computer, an dem sie gearbeitet hatte. Der Stick gehörte einem anderen der Protestorganisatoren. Sie wusste nicht, welche anderen Informationen sich auf dem Gerät befinden könnten.

Es gab kein Klopfen. Keine Vorwarnung, bevor die Wohnungstür mit voller Wucht ins Schloss fiel.

Sayeh rannte zur Tür, die die Eingangshalle vom Rest der Wohnung abtrennte, und beeilte sich, sie zu schließen.

"Sayeh", schrie Farzaneh.

"Gehen Sie, bitte gehen Sie", schrie Sayeh.

Sie schloss die Tür und stieß mit der Schulter dagegen, als sie versuchte, sie zu schließen. Die Tür hätte aber auch aus Stroh sein können, denn eine Sekunde später flog sie über den Boden und die Tür fiel auf sie drauf.

Sayeh lag unter der Tür, betäubt und unfähig, einen Atemzug zu tun. Sie blieb nicht lange dort liegen.

Die brutale Gewalt, der sie von dem Moment an ausgesetzt war, als sie sie erreichten, übertraf jeden noch so schrecklichen Albtraum. Die Tür wurde zurückgeworfen, und jemand packte ihren Kopf und schlug ihn hart auf den Boden. Noch während in ihrem Kopf Lichter aufblitzten, spürte sie, wie ihr jemand in den Bauch trat und sie umdrehte. Ihre Hände wurden ihr hinter dem Rücken entrissen und Männer schrien um sie herum.

"Sie sind in diese Richtung gegangen", rief jemand.

Sayeh versuchte aufzustehen und drehte eine Hand frei. Als sie auf die Knie ging, wurde sie sofort wieder von einem harten Tritt in den Rücken zu Boden geworfen. Ein weiterer folgte in den Magen. Sie krümmte sich vor Schmerzen zusammen und konnte erneut nicht atmen. Jemand packte sie an den Haaren und zerrte sie auf die Beine, als sich eine Plastikschnur um ihr Handgelenk legte, die sie festhielt und ihre Hand hinter den Rücken riss. Im Handumdrehen hatten sie ihre Handgelenke zusammengebunden.

"Nehmen Sie sie", befahl jemand.

Ihre Sicht war neblig. Wegen der Schmerzen in ihrer Seite konnte sie weder aufrecht stehen noch tief Luft holen. Zwei der Polizisten packten sie am Arm und zerrten und stießen sie aus der Tür. Sie trugen sie halb die Treppe hinunter, dann warfen sie sie buchstäblich auf die Straße.

Sayeh spürte, wie ihre Lippe aufplatzte, als ihr Kopf auf dem Pflaster aufschlug, und der Geschmack von Blut vermischte sich mit Asphalt in ihrem Mund, als ihr jemand einen Stiefel in den Nacken drückte. Sie lag flach auf dem Gesicht und konnte sich nicht bewegen. Dann ein weiterer scharfer Tritt gegen ihre Seite. Wieder wurde sie mit einem Ruck auf die Beine gebracht und man begann, sie die Straße hinunter zu schleifen.

Sie versuchte, sich zu konzentrieren. An der Ecke, die die Kreuzung teilweise blockierte, wartete ein Lieferwagen mit offener Hecktür. Ein anderer Polizist in Zivil hielt die Tür auf.

Das ist es, dachte sie. *Das ist wirklich passiert*.

Bilder von Gesichtern tauchten vor ihrem geistigen Auge auf. Ihre Mutter, ihre Schwester, ihr Vater. Ein Aufflackern von Traurigkeit. Dieser flüchtige Gedanke wich jedoch einem anderen, überraschenden Gedanken. *Ich habe mein Leben nicht vergeudet*.

Sofort wurden die unausgesprochenen Worte durch das Geräusch von quietschenden Reifen in der Ferne aus Sayehs Gehirn gerissen. An der Ecke drehte der Polizist in Zivil den Kopf, und einen Augenblick später sah sie, wie Rezas Auto mit voller Wucht in das Heck des Wagens krachte und den Polizisten in den Metallklumpen einklemmte.

Zerbrochenes Glas explodierte wie Regentropfen und überschüttete die Straßen. Die Männer, die Sayeh schleppten, ließen sie los und stürzten auf die Katastrophe zu.

Sayeh stand auf zitternden Beinen da und sah entsetzt zu, wie Reza, sein Gesicht weiß vor Wut, sich aus dem zerstörten Auto stieß und sich auf die beiden Männer stürzte, die sie geschleift hatten.

Sie hörte zuerst die Schüsse und sah dann, wie Reza langsam auf die Knie sank.

"*Nein!*" Sayehs Schrei kam von irgendwo tief aus ihrer Seele.

Plötzlich kämpfte sie gegen sie, trat und stieß einen mit dem Kopf und schlug mit der Schulter auf den anderen ein. Einer von ihnen fluchte und stieß sie brutal zur Seite. Als sie fiel, sah sie, wie Reza versuchte, aufzustehen.

Der Polizist hob erneut seine Pistole und schoss Reza aus nächster Nähe in die Stirn.

Sie sah entsetzt zu, wie Reza fiel und auf sein Gesicht fiel. Das Blut begann sich um seinen Kopf herum auszubreiten, füllte die Risse auf der Straße und sammelte sich zu einer tiefroten Lache.

"*Mörder. Mörder*!" Sie war fast an Rezas Seite, als jemand die Hand ausstreckte, um sie aufzuhalten. Sie biss in die Hand, bis sie Blut schmeckte und der Mörder seine Hand losreißen konnte. Sie drehte sich um und schlug wild um sich.

Ein Polizeiknüppel flog durch die Luft und traf sie schmerzhaft unter dem Ohr. Sie taumelte, aber sie kämpfte weiter. Mehr als zwei umringten sie jetzt und schlugen auf ihren Kopf ein. Ein Schlag nach dem anderen traf sie, bis sie gar nichts mehr spürte.

Sayehs lebloser Körper sank neben Reza zu Boden und ihr Gesicht kam auf seinem Ellbogen zur Ruhe. Das Blut, das aus ihrem Mund und ihren Ohren floss, lief über seinen Unterarm, bevor es sich mit seinem Blut auf dem Asphalt vermischte.

Die purpurne Lache war bereits mit dem Staub der Straße bedeckt. Doch selbst als sich ihre Seelen über ihren verstümmelten Körpern erhoben, sickerte das Blut von Sayeh und Reza durch die Ritzen des Straßenpflasters nach unten... und tief in die Erde des Iran.

Kapitel Dreiundfünfzig

Litchfield, Connecticut
Juni 16, 2009

"SAYEH!"

Erschrocken setzte sich Omid im Bett auf, geweckt durch ihren eigenen Schrei.

"Sayeh", wiederholte sie leise. Sie schaute auf die Uhr. Es war 2:14 Uhr am Morgen.

"Mama?" Die Schlafzimmertür wurde aufgestoßen und Hannah kam herein. "Geht es dir gut?" Sie schaltete die Nachttischlampe ein.

"Ich bin... okay", sagte Omid schläfrig.

Aber es ging ihr nicht gut. Plötzlich fühlte sie sich krank. Die erste Welle der Übelkeit überrollte sie und ließ ihr kalte Schweißperlen auf der Haut ausbrechen. Die zweite Welle folgte nur Sekunden später und ließ sie ins Badezimmer rennen.

Sie kniete in der Dunkelheit neben der Toilettenschüssel. Der Inhalt ihres Magens entleerte sich mit dem ersten Husten. Aber das war noch nicht das Ende. Ihr Körper zitterte unkontrolliert, ihr Herz pochte. In ihrem Kopf bohrte sich ein scharfer Schmerz tief in ihr Gehirn, der sich wie eine Kreissäge durch die Weichteile fraß. Und inmitten all dessen konnte sie nicht mehr zu Atem kommen.

"Mama? Was ist los?" Hannah legte ihr ein Handtuch um die Schultern. Sie spülte die Toilette herunter und hockte sich neben sie.

Das Licht aus dem Schlafzimmer drang in das dunkle Badezimmer und warf tiefe Schatten um sie herum. Omid blickte in das besorgte Gesicht ihrer Tochter. Sie wollte Hannah versichern, dass alles in Ordnung war, aber sie konnte es nicht. In einem Bruchteil einer Sekunde war etwas physisch zerbrochen. Ihr Körper versagte... und zwar schnell. Sie öffnete den Mund, um etwas zu sagen, aber ein würgendes Gefühl schnürte ihr die Kehle zu. Bevor sie etwas sagen konnte, schoss ein Schmerz wie ein heißer Schürhaken in ihre Brust und riss ihr das Herz auf.

"Mama, was ist los? Du machst mir Angst. Soll ich den Arzt anrufen?"

Plötzlich war der Schmerz in ihrem Kopf und in ihrer Brust verschwunden. Ein losgelöstes Gefühl bewegte sich durch ihren Körper, durch ihren Geist, glitt durch ihre Poren und umhüllte sie. Omid spürte, wie sie zu schweben begann.

Sie lag im Sterben.

"Bringen Sie mich... bringen Sie mich in die Notaufnahme", schaffte sie es zu sagen.

Elektrokardiogramm, Bluttests auf Marker für Herzschäden, Anamnese, körperliche Untersuchung. Sie haben alles gemacht.

Es war nichts zu finden. Bei Tagesanbruch waren sogar die Symptome verschwunden.

"Ich habe mit Ihrem Hausarzt telefoniert, und er möchte Sie heute Morgen sehen. Er möchte eine weitere Reihe von Tests durchführen", erklärt der Arzt der Notaufnahme des St. Mary's Hospital. "Er hat uns gebeten, Sie hier zu behalten, bis er heute Morgen zur Visite kommt.

"Nein", sagte Omid ohne Umschweife. "Ich muss jetzt nach Hause gehen. Ich werde anrufen und einen Termin vereinbaren, um ihn später in seinem Büro zu treffen.

"Mrs. Olson", begann der junge Arzt.

"Nein", sagte Omid entschlossener. "Ich muss nach Hause. Bitte machen Sie kein Problem daraus."

Es gab keine Möglichkeit, sie aufzuhalten. Sie hörte sich die Standardanweisungen ohne Interesse an. Sie unterschrieb Formulare, mit denen sie auf ihr Recht verzichtete, den Arzt und das Krankenhaus zu verklagen, da sie gegen deren Empfehlungen ging. Die aufmunternden Vorträge des jungen Arztes und später einer Krankenschwester gingen weiter, aber Omid hörte nicht einmal mehr zu. Sie wusste, was gestern Abend schief gelaufen war. Sie hatte eine Panikattacke gehabt. Wenn sie dreißig Jahre zurückdachte, erinnerte sie sich an eine ähnliche Erfahrung, nachdem sie erfahren hatte, dass ihre Mutter gestorben war.

Das Heilmittel für das, was sie plagte, konnte nicht in einem Krankenhaus gefunden werden.

Schließlich gingen alle, aber bevor Omid sich vom Bett erheben und anziehen konnte, kam Hannah herein.

"Sie sagen mir, dass Sie nach Hause gehen", sagte sie. "Aber sie wollen mir nichts anderes sagen."

"Es war nicht mein Herz letzte Nacht und es war kein Schlaganfall. Es war eine Panikattacke, das ist alles. Jetzt ist es weg."

Hannah half ihr aus dem Krankenhauskittel und in ihre eigene Jogginghose und ihr Sweatshirt. "Ich hoffe, es macht Ihnen nichts aus, aber ich musste Carol anrufen. Sie wollte ins Krankenhaus kommen, aber ich habe sie gebeten, stattdessen zu mir nach Hause zu kommen."

Omid war damit einverstanden. Um die Pläne zu verwirklichen, die sie beschlossen hatte, als sie im Krankenhausbett lag, brauchte sie ohnehin Carols Hilfe. Aber zuerst musste sie mit ihrer Tochter sprechen... bevor sie nach Hause kamen.

Ein Verwalter brachte ihr weitere Formulare, die sie unterschreiben musste, bevor man sie aus der Tür ließ, und Omid wartete, bis sie im Auto saßen, bevor sie das Thema mit Hannah ansprach.

"Ihr Abschluss ist am Ende dieser Woche", sagte Omid.

"Ich weiß", sagte Hannah und startete das Auto. Ihre Augen waren vom Schlafmangel und den Tränen, die sie in der Nacht geweint haben muss, gerötet.

"Sie werden mich für das hassen, was ich Ihnen jetzt sagen werde."

Hannah stellte den Motor ab und sah sie an.

"Ich muss Ihre Abschlussfeier verpassen", sagte Omid leise.

"Was meinen Sie?"

"Ich werde nicht hier sein, um es mit Ihnen zu feiern. Aber wir werden es feiern, wenn ich zurück bin. Ich verspreche es."

"Von wo zurückkommen?"

"Aus dem Iran. Ich werde gehen. Ich muss es tun. Ich muss gehen und Sayeh zurückbringen."

"Mama, du hast keinen iranischen Reisepass. Du warst diejenige, die mir gesagt hat, dass sie dich ohne einen solchen nicht ins Land lassen werden."

"Ich bitte unseren Anwalt, einen Weg zu finden, mich ins Land zu bringen. Er hat seine Verbindungen. Er hatte vor, Sayeh ausreisen zu lassen. Nun, er kann mich auf die gleiche Weise holen und dafür sorgen, dass wir beide gleichzeitig ausreisen."

"Das ist verrückt." Hannah begann den Kopf zu schütteln. Tränen hinterließen Spuren auf ihren makellosen Wangen. "Das kannst du nicht. Bitte, Mama. Sayeh hat mir klipp und klar gesagt, dass ich dich nicht dorthin gehen lassen kann. Nach allem, was du mir neulich über deine Mutter gezeigt und erzählt hast... Bitte, ich will dich nicht verlieren."

"Sie werden mich nicht verlieren."

"Nein, Mama", Hannahs Stimme erhob sich. Ihre Tränen flossen unaufhörlich. "Ich bin auch deine Tochter. Ich sollte bei einer so gefährlichen Entscheidung ein Mitspracherecht haben. Ich brauche dich, Mama. Du kannst das nicht tun. Du darfst nicht gehen."

Omid streckte die Hand aus und nahm Hannahs Hand. "Wenn ich dort hingehe... vor ihrer Tür auftauche, ist das das Einzige, was Sayeh überzeugen wird, zu gehen. Ich muss hingehen. Das ist der einzige Weg, den ich mir vorstellen kann, um sie nach Hause zu bringen. Wir beide haben die Kopien der regierungsfeindlichen Rundbriefe bekommen, die sie schreibt und verteilt. Sie lesen die Berichte über Wahlbetrug und die Zahlen der Menschen, die verhaftet und getötet werden. Im Iran gibt es keine Meinungsfreiheit. Wenn man sie erwischt, könnte sie vor ein Erschießungskommando gestellt werden... nur für die Worte, die sie zu Papier bringt."

Sie drückte sanft Hannahs Hand.

"Vor Jahren traf meine Mutter die schwierigste Entscheidung ihres Lebens und schickte mich aus dem Iran. Ich wollte nicht gehen. Aber sie hat mich gezwungen, zu gehen. Und so nachtragend ich damals auch war, weiß ich heute, dass sie mir das Leben gerettet hat. Sie hat mich gerettet, um meinen eigenen Töchtern das Leben zu schenken. Jetzt muss ich dasselbe für Sayeh tun. Ich muss dorthin gehen und sie herausholen."

Hannah starrte sie schweigend an.

"Sie und Sayeh sind meine Töchter, mein eigen Fleisch und Blut. Ich kann nicht hier sitzen, am anderen Ende der Welt, und einfach hoffen, dass sich Sayehs Probleme von selbst lösen werden. Ich tue dasselbe für sie, was ich für Sie tun würde, wenn Sie in der gleichen Situation wären. Aber ich möchte, dass Sie verstehen, *warum* ich das tun muss."

Hannah lehnte ihren Kopf zurück gegen die Kopfstütze und schloss die Augen. Die Tränen hörten nicht auf. Die beiden saßen eine lange Zeit schweigend da.

Die Panikattacke mitten in der Nacht besiegelte für Omid die Entscheidung, was sie zu tun hatte. Sie konnte den Alltag nicht mehr bewältigen, ohne zu wissen, was Sayeh tat oder wie sehr ihr Leben in diesem Moment in Gefahr war. Sie konnte nicht länger damit leben, sich zu fragen, wann ihre Tochter endlich erkennen würde, in welch misslicher Lage sie sich befand. Letzte Nacht hatte Omid das Gefühl, fast gestorben zu sein, nur um dann wieder ins Leben zurückzukehren. Diese Erfahrung hat ihr den Weg klar gemacht. Jetzt musste sie den Schritt wagen.

Irgendwann später startete Hannah das Auto und fuhr schweigend nach Hause. Omid wünschte sich, dass es nicht so sein müsste. Aber dies war die erste von vielen Schlachten, die sie zu schlagen hatte. Carol würde auch gegen diese Entscheidung sein. Und Omid wusste bereits, dass Sayeh verärgert sein würde, denn dies hatte direkte Auswirkungen auf die Beziehung, die sie gerade mit Reza begann, sowie auf die politischen Aktivitäten, an denen sie jetzt beteiligt war.

Es gab auch noch andere Komplikationen mit der Arbeit und damit, den Anwalt zu überzeugen, die Vorkehrungen zu treffen. Aber es musste in den nächsten Tagen geschehen. Omid wollte keine weitere Zeit verlieren.

Carols Auto stand bereits in der Auffahrt, als Hannah einfuhr. Ein grauer, regenverhangener Himmel beherrschte die frühen Morgenstunden.

"In der Schule ist diese Woche nichts los, stimmt's?"

"Nein."

Es waren noch zwei offizielle Schultage übrig, gefolgt von der Abschlussfeier am Ende der Woche. "Wie wäre es, wenn ich anrufe und Sie im Haus bleiben und mir heute und morgen helfen?"

"Sicher. Klingt gut", sagte Hannah müde und schleppte sich aus dem Auto.

Omid war erleichtert, dass ihre Tochter anscheinend eingesehen hatte, was getan werden musste. Sie erinnerte sich daran, dass sie selbst vor Jahren dasselbe getan hatte, als Azar entschlossen gewesen war, sie wegzuschicken.

Sie gingen durch die Garagentür hinein und Carol traf sie in der Küche.

Keine Schelte. Kein *"Ich habe es Ihnen ja gesagt"*. Kein Witze reißen. Carol ging direkt auf Omid zu und schlang ihre Arme um sie.

Die beiden Frauen hielten sich fest, und die Fassade der Ruhe, die Omid auf dem Heimweg aufgebaut hatte, zerfiel jetzt. Zu viele gemeinsame Erinnerungen verbanden sie. Die Vergangenheit war jetzt die Gegenwart. Die schreckliche Angst vor allem, was im Leben schief gehen könnte, war in ihren Gesichtern und in der verzweifelten Umklammerung ihrer Hände zu sehen.

"Du wirst das durchstehen, meine Liebe", sagte Carol und drückte Omid einen Kuss auf die Stirn. "Sie müssen Ihren Anwalt anrufen. Er hat in der letzten Stunde zweimal zu Hause angerufen. Er konnte Sie auf Ihrem Handy nicht erreichen."

Omid hatte ihr Handy im Krankenhaus ausgeschaltet, und sie hatte vergessen, es einzuschalten, als sie das Krankenhaus verließen. Sie schaute auf die Uhr. Es war erst ein paar Minuten nach sieben. Sie wollte nicht raten, warum der Anwalt sie so früh anrufen würde. Das brauchte sie auch nicht. Die iranische Zeit war acht Stunden voraus. Der Anruf hatte etwas mit Sayeh zu tun.

Omid ging ins Arbeitszimmer, um den Anruf zu tätigen. Sie musste dem Anwalt von ihrem Plan, in den Iran zu gehen, erzählen, aber sie hatte Carol noch nichts davon erzählt.

Sohrab Iman ging sofort an sein Handy.

"Frau Olsen, ich habe gerade mit Ihrem Mann auf seinem Handy gesprochen."

Die Merkwürdigkeit dieser Information hat sie mehr als alles andere erschüttert. Sic fragte sich, wer wen angerufen hatte. Diese Frage erschien ihr jedoch belanglos, als sie plötzlich die Schärfe in der Stimme des jungen Mannes bemerkte. Sie hatte Sohrab noch nicht persönlich getroffen, aber sie hatten oft genug miteinander telefoniert, so dass Omid bemerkte, dass etwas anders war.

"Mein Mann ist im Moment nicht zu Hause", sagte sie.

"Ja. Er hat es gesagt." Der Anwalt hielt inne. "Ich hatte in der Nacht einen Anruf aus dem Iran, von demselben Reisenden, der Sayehs Pass zu ihr gebracht hatte."

In einer E-Mail vor ein paar Tagen hatte Sayeh erwähnt, dass sie ihren Reisepass abgeholt hatte.

"Gab es ein Problem?"

"Doch, aber nicht mit dem Pass." Sohrab hielt erneut inne. "Er hat mir eine beunruhigende Nachricht überbracht."

Omid setzte sich auf die Kante ihres Stuhls.

"Sie sollten wissen, dass ich das alles noch nicht bestätigen kann. Aber wenn ich mich an das Gespräch erinnere, das wir in der ersten Nacht darüber geführt haben, wie sich ein Elternteil in einer solchen Situation fühlen muss, erscheint mir das Warten nicht... nun ja, ich musste anrufen."

Er hat geplappert. Die Unterströmung in der Stimme des jungen Mannes reichte jedoch durch die Leitung hindurch und nahm ihre Kehle in einen tödlichen Griff.

Omids Stimme war kalt und starr wie Schiefer auf einem Grabmal. "Was ist los, Sohrab?"

"Meine Kontaktperson erhielt einen Anruf ... von einer jungen Frau, die sich Mina nannte. Sie sagte, Sayeh habe bei ihr gewohnt."

Warum *war das so*? dachte sie.

"Mina erzählte ihm, dass gestern gegen fünf Uhr... Teheraner Zeit... Miliz und Sicherheitskräfte in eine Wohnung einbrachen, in der eine Reihe von Studenten Newsletter zusammenstellten. Drei konnten entkommen... eine von ihnen war die junge Frau Mina. Eine Person wurde entführt...und...und zwei wurden getötet."

Getötet. Das Wort hallte wieder und wieder in ihrem Kopf. *Getötet.*

Nein. Das konnte nicht wahr sein. Sie hatte ihn nicht richtig verstanden.

"Mina sagte ihm, dass Sayeh einer der Todesopfer war."

Kapitel Vierundfünfzig

New York City
Juli 1, 2009

"AM FLUGHAFEN in Teheran werden ein Auto und ein Fahrer auf mich warten. Mein Visum ist nur für vierundzwanzig Stunden gültig. Ich muss weder in ein Hotel einchecken noch über Nacht bleiben. Jemand von der Schweizer Botschaft wird im Auto warten und mir bei... den Details helfen."

John sah nicht zu ihr auf. Er saß mit den Ellbogen auf den Knien. Seine Augen bewegten sich nicht von den verschränkten Fingern, die zwischen seinen Knien baumelten. Omid saß leise neben ihm und hörte zu.

"Ich bezahle das Geld...ich bezahle...ich..." Er brauchte einen Moment, bevor er fortfuhr. "Wenn ich Sayehs Leiche bekomme, soll sie für mich bereit sein, damit ich sie direkt zum Flughafen bringen kann."

Die Tränen hörten nicht auf. Sowohl seine als auch ihre. Die beiden saßen auf einer Bank an der Reling mit Blick auf die Check-in-Bereiche für internationale Flüge, die den JFK Airport verlassen. Der Lufthansa-Flug sollte erst in einer Stunde an Bord gehen.

Sohrabs Nachricht war richtig gewesen. Sayeh und Reza waren

tot... und Farzaneh war entführt worden. Die iranischen Beamten stritten jede Beteiligung an den Todesfällen ab; sie sagten, die Todesfälle seien die Folge eines Autounfalls gewesen. Sie haben nie zugegeben, Farzaneh in Gewahrsam genommen zu haben.

Dann, vor weniger als einer Woche, wurde Farzanehs Leiche gefunden, die am Rande einer Autobahn in Teheran abgelegt worden war. Die Leiche war stark verbrannt, aber es gab Hinweise auf wiederholte Vergewaltigung und Folter. Aber die Familie durfte keine öffentlichen Beschwerden einreichen. Es wurden keine strafrechtlichen Ermittlungen eingeleitet. Keine Abteilung der Sicherheitskräfte der Regierung würde die Verantwortung für die grausame Behandlung und den Mord an einer unschuldigen Frau übernehmen. Für die iranische Polizei war der Tod ein unglückliches Verbrechen in einer gefährlichen Stadt.

Als sie von Farzanehs Schicksal erfuhren, kamen Omid und John zu der Erkenntnis, dass es in einer Welt, in der die Justiz das menschliche Leben verachtet - vor allem, wenn es sich bei dem Leben eines Gefangenen um eine Frau handelt - besser gewesen wäre, wenn Sayeh bei dem Angriff auf die Wohnung gestorben wäre.

Aber den Körper ihres Kindes zurückzubekommen, war eine weitere mühsame und langwierige Tortur.

Die Iraner bestritten tagelang, die Leiche zu besitzen. Schließlich gelang es den Iranern auf Drängen der Schweizer Botschaft und des Außenministeriums in Washington, Sayehs Leiche "ausfindig zu machen", und es wurden Vorkehrungen für die Rückführung des amerikanischen Studenten getroffen.

Natürlich gab es einen Haken. Die iranische Regierung gewährte dieses 'Entgegenkommen' *nur*, wenn ein Elternteil das Kind abholte.

Vom ersten Moment an, als die Bedingungen für sie festgelegt wurden, hatte John darauf bestanden, derjenige zu sein, der geht. Omid vermutete, dass er durch Hannah von ihrer Kindheit und Azars Tod erfahren hatte. Er und Hannah glaubten beide, dass Omids Leben in Gefahr sei, wenn sie einen Fuß in den Iran setzen würde.

Omid verstand, dass Johns Kummer dem ihren entsprach. Sie hatten beide Fehler gemacht, und es gab genug Trauer und Schuldgefühle. Ihre zukünftigen Wege gingen in unterschiedliche Richtungen, aber sie liebten beide ihre Kinder und sie verstanden beide, dass dies die Zeit war, um zusammenzuarbeiten... für Hannah.

"Gibt es sonst noch etwas, was ich während meines Aufenthalts in Teheran tun soll?" fragte John.

"Meine Cousine Zari könnte für einen Tag nach Teheran kommen, um Sie zu sehen. Ich weiß es nicht, ganz sicher. Sie hat eine junge Familie und möchte die Aufmerksamkeit der Regierung nicht auf sich ziehen. Sie sagte, sie werde eine Nachricht in der Schweizer Botschaft hinterlassen, wenn sie kommen kann."

John nickte. "Was ist mit der alten Frau, bei der Sayeh in Teheran wohnte? Shahr Banoo? Meinen Sie, ich sollte sie besuchen?"

In Omids Augen sammelten sich wieder einmal Tränen. Sie schüttelte den Kopf. "Sie hat zwei ihrer Enkelkinder durch diese Tragödie verloren. Ich weiß es nicht. Wie erklärt man jemandem, dessen Leben auf Liebe und Freundlichkeit aufgebaut ist, solche Gewaltverbrechen? Ich weiß nicht, wo sie jetzt ist oder wie ihre Familie mit dem Verlust zurechtkommt."

Eines Tages, noch in diesem Leben, würde Omid in den Iran zurückkehren. Es gab Menschen wie Shahr Banoo und Mina, die sie kennenlernen wollte... und denen sie danken wollte.

Und es gab Orte, die sie besuchen wollte. Wo ihre Mutter in Isfahan begraben war. Wo das Blut ihrer Tochter das Pflaster in Teheran gezeichnet hatte. Sie wollte an diesen Orten niederknien und ihren Lieben sagen, dass ihr Kampf nicht vergeblich war. Sie wollte ihnen sagen, dass ihr Kampf gewonnen worden war. Dass die Menschen im Iran endlich *frei* waren.

Aber darauf würde sie warten müssen. Und arbeiten.

Kapitel Fünfundfünfzig

New York City
Juli 25, 2009

Bei strahlendem Sonnenschein hatten sich mehr als dreitausend Demonstranten in einem kleinen Park in der Nähe des Gebäudes der Vereinten Nationen versammelt.

Diese Kundgebung zum Globalen Aktionstag war Teil einer einwöchigen Veranstaltungsreihe, zu der auch ein dreitägiger Hungerstreik und Reden von Nobelpreisträgern, Direktoren von Menschenrechtsorganisationen sowie namhaften Wissenschaftlern und Politikern gehörten. Zwischen den Reden sorgten Auftritte von Haale und dem Saxophonisten Sohrab Saadat für die emotionale Tiefe, die nur die Musik bieten kann. Auf der ganzen Welt fanden ähnliche Kundgebungen in über hundert Städten und auf allen Kontinenten statt.

Die Menschen, die sich in New York versammelt hatten, waren vom Times Square aus losmarschiert. Sie waren unruhig, um zwei bestimmte Redner zu hören, die im vergangenen Monat durch die Vereinigten Staaten gereist waren, Dutzende von Interviews für internationale Medien gegeben und unermüdlich für diese Veranstaltung geworben hatten.

Die Menge jubelte wild, als die beiden Frauen vorgestellt wurden.

Hand in Hand erklommen sie die Bühne unter den Klängen von "Azadi...Azadi...Freedom".

"Ich würde gerne... ich würde gerne..."

Der ohrenbetäubende Jubel der Menge hielt den jüngeren der beiden vom Sprechen ab. Sie waren beide schwarz gekleidet, denn sie trauerten um den Tod ihres Liebsten. Sie trugen beide Armbänder in leuchtendem Grün. Die Organisatoren an der Seite der Bühne hoben die Hände, um zu schweigen.

Hannah sprach erneut in das Mikrofon. "Meine Mutter Omid und ich möchten Ihnen danken, dass Sie heute gekommen sind."

Sie wich zurück und erlaubte Omid, zum Mikrofon zu gehen. Omid wusste, dass ihre Augen den Schmerz zeigten, den sie empfand, einen Schmerz, von dem sie sich nicht befreien konnte.

"Ich bin heute hier", begann sie, "um Ihnen eine Geschichte zu erzählen. Um Ihnen von zwei großen Frauen zu erzählen - zwei *revolutionären* Frauen - die Hannah und ich durch diesen Kampf verloren haben. Ich spreche von meiner Mutter, Dr. Azar Parham, und meiner älteren Tochter, Sayeh Olson."

Mit weit weniger Worten, als sie verdient hätten, erzählte Omid die Geschichte jeder Frau - wofür sie stand und wofür sie starb. Aber während sie von ihnen sprach, spürte sie, wie ihr Geist in ihr aufstieg und ihr Kraft gab.

"Diese beiden Frauen, Frauen mit Stärke, Intelligenz und Mut, sind für unsere Sache gestorben. Für die Sache der Gerechtigkeit und Freiheit und die unveräußerlichen Rechte der unterdrückten Menschen überall. Und sie starben beide für einen freien Iran. Für eine freie Welt."

Hannah trat als nächstes ans Mikrofon. "Meine Mutter ist das Glied in einer Kette, die die Generation ihrer Mutter und die Generation, die heute auf den Straßen marschiert, verbindet - die Generation, zu der meine Schwester und ich gehören. Sie ist das Bindeglied zwischen den zerstörten Hoffnungen von Revolutionären wie Azar Parham... und der Hoffnung auf eine freie Zukunft, an die wir immer noch glauben. Wir sind hier, um auf unsere Weise den Kampf zu unterstützen, an dem iranische Frauen seit Jahrzehnten beteiligt sind. Und wir sind an diesem globalen Aktionstag hier, um die folgenden Kernforderungen zu stellen."

Die Menge hob die Fäuste in die Luft.

"Wir sind hier, um die Welt aufzufordern, die Menschenrechte des iranischen Volkes als eine Angelegenheit von internationalem Interesse zu wahren."

"*Azadi*...Freiheit", skandierte die Menge.

"Wir fordern, dass die UNO und die Weltmächte unverzüglich eine Delegation ernennen, die in den Iran reist, um das Schicksal der Gefangenen und 'verschwundenen' Personen zu untersuchen."

"*Azadi*...Freiheit."

"Wir fordern die sofortige und bedingungslose Freilassung aller politischen Gefangenen, einschließlich Journalisten, Studenten und Aktivisten der Zivilgesellschaft. Ein Ende der staatlich geförderten Gewalt und die Rechenschaftspflicht für begangene Verbrechen."

"*Azadi*...Freiheit."

"Wir fordern Versammlungsfreiheit, Meinungsfreiheit und Pressefreiheit, wie sie in der iranischen Verfassung garantiert sind... die gleichen *unveräußerlichen* Rechte, die uns allen zustehen."

"*Azadi*...Freiheit."

"Und wir fordern dies nicht nur für den Iran, sondern für alle Nationen der Welt."

Die Sprechchöre hörten auf, als Omid wieder ans Mikrofon trat.

"In unserer Kultur legen wir großen Wert auf die Worte unserer Dichter", sagte sie. "Der Dichter Sa'di schrieb einmal: 'Wenn ein Mann kein Wort sagt, sind seine Fehler und Tugenden verborgen. Glauben Sie nicht, dass jede Wüste leer ist. Sie kann nur einen schlafenden Tiger enthalten.'"

Omid hielt inne und blickte auf die Menge. Auf die jungen Gesichter, eifrig und lebendig. Auf die älteren Gesichter, unerschütterlich und sicher.

"Wie viele in meiner Generation", fuhr sie fort, "die hier in Amerika leben, habe ich geschwiegen. Aber damit ist jetzt Schluss. Diejenigen von uns, die in den freien Nationen der Welt leben, sind schlafende Tiger gewesen, und heute sind wir erwacht. Unsere Lieben im Iran und die Lieben, die unter repressiven Regierungen auf der ganzen Welt leben, brauchen uns jetzt. *Azadi*."

Die Menge nahm den Gesang wieder auf, und die Worte hallten durch die Straßen der Stadt.

"*Azadi*...Freiheit."

Und die Gesänge gingen weiter. Omid wusste, dass die Schlacht erst begonnen hatte. *Azadi* für den Iran. *Azadi* für die Welt.

Und wieder einmal war sie Teil des Kampfes.

Omid nahm Hannahs Hand, und gemeinsam wandten sie sich der grünen Wand hinter ihnen zu. Die Wand war mit Bildern von Menschen bedeckt, die in diesem Kampf verschwunden oder gestorben waren.

Und als sie das Podium verließen, hielten sie inne und berührten die Bilder von Farzaneh und Reza. Omid hatte das Gefühl, sie zu kennen. Es waren die Gesichter ihrer Kindheitsfreunde, all der jungen Männer und Frauen, die gekämpft hatten und gestorben waren, um den Iran und die Welt *frei* zu machen.

Vor dem Foto von Sayeh stehend, küsste Omid ihre Finger und drückte sie auf das Bild der Lippen ihrer Tochter.

"*Azadi*, meine Liebe. Für immer."

Anmerkung des Autors

Hichkass Hamekass, Niemand Alle, ist der Name jeder iranischen Frau, die sich jemals entschieden hat, "Nein!" zu Demütigung, "Nein!" zu Ungerechtigkeit zu sagen. Es ist der Name jeder mutigen Seele, die ihre Stimme gegen Unterdrückung erhoben hat. Ihr Kampf für bürgerliche, institutionelle und Menschenrechte geht weiter, wie schon seit Jahrzehnten, trotz des Blutes, das auf den Straßen und in den Gefängnissen vergossen wird.

Hichkass Hamekass ist das Pseudonym für unsere Mütter, unsere Töchter und unsere Freunde, die den Kampf für die Freiheit nicht aufgeben werden.

Azadi!

Über den Autor

Die USA Today-Bestsellerautoren Nikoo und Jim McGoldrick haben unter den Pseudonymen May McGoldrick, Jan Coffey und Nik James über fünfzig rasante, konfliktreiche Romane sowie zwei Sachbücher verfasst.

Diese beliebten und produktiven Autoren schreiben historische Liebesromane, Spannungsromane, Krimis, historische Western und Romane für junge Erwachsene. Sie sind viermalige Finalisten des Rita Award und Gewinner zahlreicher Auszeichnungen für ihre Werke, darunter der Daphne DuMaurier Award for Excellence, die Will Rogers Medallion, der *Romantic Times Magazine* Reviewers' Choice Award, drei NJRW Golden Leaf Awards, zwei Holt Medallions und der Connecticut Press Club Award for Best Fiction. Ihr Werk ist in der Sammlung der Popular Culture Library des National Museum of Scotland enthalten.

facebook.com/maymcgoldrick
x.com/maymcgoldrick
instagram.com/maymcgoldrick

Also by May McGoldrick, Jan Coffey & Nik James

NOVELS BY MAY McGOLDRICK

16th Century Highlander Novels

A Midsummer Wedding *(novella)*

The Thistle and the Rose

Macpherson Brothers Trilogy

Angel of Skye (Book 1)

Heart of Gold (Book 2)

Beauty of the Mist (Book 3)

Macpherson Trilogy (Box Set)

The Intended

Flame

Tess and the Highlander

Highland Treasure Trilogy

The Dreamer (Book 1)

The Enchantress (Book 2)

The Firebrand (Book 3)

Highland Treasure Trilogy Box Set

Scottish Relic Trilogy

Much Ado About Highlanders (Book 1)

Taming the Highlander (Book 2)

Tempest in the Highlands (Book 3)

Scottish Relic Trilogy Box Set

Love and Mayhem

18th Century Novels

Secret Vows

The Promise (Pennington Family)

The Rebel

Secret Vows Box Set

Scottish Dream Trilogy (Pennington Family)

Borrowed Dreams (Book 1)

Captured Dreams (Book 2)

Dreams of Destiny (Book 3)

Scottish Dream Trilogy Box Set

Regency and 19th Century Novels

Pennington Regency-Era Series

Romancing the Scot

It Happened in the Highlands

Sweet Home Highland Christmas *(novella)*

Sleepless in Scotland

Dearest Millie *(novella)*

How to Ditch a Duke *(novella)*

A Prince in the Pantry *(novella)*

Regency Novella Collection

Royal Highlander Series

Highland Crown

Highland Jewel

Highland Sword

Ghost of the Thames

Contemporary Romance & Fantasy

Jane Austen CANNOT Marry

Erase Me

Tropical Kiss

Aquarian

Thanksgiving in Connecticut

Made in Heaven

NONFICTION

Marriage of Minds: Collaborative Writing

Step Write Up: Writing Exercises for 21st Century

NOVELS BY JAN COFFEY

Romantic Suspense & Mystery

Trust Me Once

Twice Burned

Triple Threat

Fourth Victim

Five in a Row

Silent Waters

Cross Wired

The Janus Effect

The Puppet Master

Blind Eye

Road Kill

Mercy (novella)

When the Mirror Cracks

Omid's Shadow

Erase Me

NOVELS BY NIK JAMES

Caleb Marlowe Westerns

High Country Justice

Bullets and Silver

The Winter Road

Silver Trail Christmas